MADAM PRESIDENT

Af samme forfatter

Blind gudinde

Salige er de som tørster

Dæmonens død

Mea Culpa. En historie om kærlighed

Død joker

Det der er mit

Sandheden bag sandheden

Det som aldrig sker

Af Anne Holt og Berit Reiss-Andersen

Løvens gab

Uden ekko

Anne Holt

MADAM PRESIDENT

Kriminalroman

På dansk ved
Ilse M. Haugaard

Gyldendal

Madam President
er oversat fra norsk efter
„Presidentens valg“

Published by agreement with Salomonsson Agency
4. oplag
Omslag: Lise-Lotte Holmbäck
Bogen er sat med Palatino
og trykt hos Narayana Press, Gylling
Printed in Denmark 2007
ISBN 978-87-02-05529-0

www.gyldendal.dk

Til Amalie Farmen Holt,
min våbendrager,
min lille øjesten, som er ved at blive stor

Torsdag den 20. januar 2005

1

I got away with it.

Tanken fik hende til at tøve et øjeblik. Oldingen foran hende sænkede brynene. Det sygdomshærgede ansigt havde allerede fået et blåligt skær i januarkulden. Helen Lardahl Bentley snappede efter vejret og gentog endelig de ord, manden forlangte:

– *I do solemnly swear ...*

Teksten i den over hundred år gamle skindindbundne Bibel var slidt ulæselig af tre generationer dybt religiøse Lardahler. Godt skjult bag den lutherske facade af amerikansk succes var Helen Lardahl Bentley imidlertid selv en tvivler. Hun foretrak derfor at aflægge eden med højre hånd hvilende på noget, hun i hvert fald troede fuldt og fast på: sin egen families historie.

– *... that I will faithfully execute...*

Hun prøvede at fæstne sit blik i hans. Hun ville stirre på *Chief Justice* på samme måde, som alle stirrede på hende, den enorme menneskemængde, som småhutrede under vintersolen, og demonstranterne, som stod for langt væk til at kunne høres fra podiet, men som hun vidste råbte TRAITOR, TRAITOR, taktfast og aggressivt, lige indtil ordene blev kvalt bag ståldørene i de specialkøretøjer, politiet havde kørt frem tidligt samme morgen.

– *... the office of President of the United States ...*

Hele verdens øjne hvilede på Helen Lardahl Bentley. De så på hende nu, med had eller beundring, med nysgerrighed eller skepsis eller måske, i nogle af jordens mest fredelige afkroge, med ren ligegyldighed. I krydsild af hundredvis af fjernsynskameraer var hun verdens midtpunkt i disse uendelige minutter, og hun skulle ikke, *måtte ikke* tænke på dette ene.

Ikke nu, og aldrig i fremtiden.

Hun pressede hånden hårdere mod Biblen og løftede hagen en anelse.

– ... *and will to the best of my ability preserve, protect and defend the Constitution of the United States.*

Jubelen steg op fra menneskemængden. Demonstranterne var blevet kørt væk. Tilskuerne på ærespodiet smilede gratulationer imod hende, nogle varme, andre afmålte. Venner og kritikere, kollegaer, familie og enkelte fjender, som aldrig havde ønsket hende noget godt; alle formede ordene med munden, lydløst eller muntert højlydt:

– *Til lykke!*

Atter fornemmede hun snerten af en angst, som hun havde tvunget tilbage i mere end tyve år. Og i det øjeblik, nogle få sekunder inde i sit embede som Amerikas Forenede Staters 44. præsident, rettede Helen Lardahl Bentley ryggen, strøg en beslutsom hånd gennem håret, mens hun så ud over menneskemængden og én gang for alle tog beslutningen:

– *I got away with it. It's time I finally forgot.*

2

Malerierne var på ingen måder smukke.

Han var især skeptisk over for et af dem. Det gjorde ham søsyg. Da han bøjede sig helt ind til lærredet, kunne han se, at de bølgende, orangegule penselstrøg var krakeleret i et utal af bittesmå furer, som kamellort i brændende sol. Han var fristet til at lade fingeren glide over hovedmotivets groteske, gabende mund. Men han lod være. Maleriet havde i forvejen taget skade af transporten. Rækværket til højre for den chokerede figur krøllede sig nu udad i rummet med sørgelige lærredsfrynser for enden.

At få nogen til at reparere den grove flænge var udelukket. Det ville kræve ekspertise. Når de berømte malerier nu hang i et af Abdallah al-Rahmans mere beskedne paladser i udkanten af Riyadh, var grunden mere end noget andet, at manden altid, så vidt det overhovedet var muligt, undgik eksperter. Han svor til enkelt håndværk. Han havde aldrig forstået pointen i at bruge motorsav, hvis en simpel kniv kunne gøre arbejdet fuldt så godt. På vejen fra et dårligt sikret museum i Norges hovedstad til en vinduesløs træningssal i Saudi-Arabien var malerierne blevet stjålet og transporteret af småforbrydere, som ikke anede, hvem han var, og som efter alle solemærker at dømme ville havne i fængsel i deres respektive hjemlande uden nogen sinde at kunne give et fornuftigt bud på, hvor malerierne var blevet af.

Abdallah al-Rahman kunne bedre lide kvindefiguren. Men også hun havde noget frastødende ved sig. Selv efter mere end seksten år i Vesten, heraf ti på prestigefyldte skoler i England og USA, væmmedes han stadig over de blottede bryster og den vulgære måde, kvinden bød sig til på: på samme tid ligeglad og liderlig.

Han vendte sig bort. Han var nøgen bortset fra et par omfangsrige, korte, kridhvide bukser. Barfodet trådte han igen op på løbebåndet. Han greb en fjernbetjening. Båndets hastighed accelererede. Der kom lyd ud af højttalerne i den enorme tv-skærm på den modsatte væg.

– *... protect and defend the Constitution of the United States.*

Det var svært at forstå. Da Helen Lardahl Bentley stadig kun var senator, havde han været imponeret over kvindens mod. Efter at være blevet nummer tre på sin årgang ved det prestigefyldte Vassar var den småbuttede, nærsynede Helen Lardahl stormet videre til en ph.d. ved Harvard. Inden hun var fyldt fyrre, var hun godt gift og desuden optaget som partner i USA's sjette største advokatfirma, hvilket alene borgede for en ekstraordinær kompetence samt en solid portion kynisme og kløgt. Desuden var hun blevet slank, blond og brilleløs. Det var også en god idé.

Men at stille op som præsidentkandidat var ren hybris.

Nu var hun valgt, velsignet og indsat.

Abdallah al-Rahman smilede, da han med et tastetryk øgede løbebåndets hastighed. Den hårde hud under fodsålerne brændte mod gummibåndet. Så satte han tempoet yderligere op, helt op til sin egen smertegrænse.

– *It's unbelievable*, stønnede han på flydende amerikansk i vished om, at ingen i hele verden kunne høre ham gennem metertykke mure og en tredobbelt isoleret dør. – *She actually thinks she got away with it!*

3

– Et stort øjeblik, sagde Inger Johanne Vik og foldede hænderne, som om hun fandt det påkrævet at bede en bøn for Amerikas nye præsident.

Kvinden i kørestolen smilede, men sagde ingenting.

– Ingen skal komme og sige, at verden ikke bevæger sig fremad, fortsatte Inger Johanne. – Efter treogfyrre mænd på stribe ... En kvindelig præsident!

– *... the office of president of the United States ...*

– Du må da give mig ret i, at det her er stort, insisterede Inger Johanne og rettede igen blikket mod tv-skærmen. – Jeg mener, jeg havde rent faktisk troet, at de ville vælge en afroamerikaner, før de ville acceptere en kvinde.

– Næste gang bliver det Condoleezza Rice, sagde den anden. – To fluer med ét smæk.

Ikke at det var et fremskridt at tale om, tænkte hun. Hvid, gul, sort eller rød, mand eller kvinde; det amerikanske præsidentembede var for mandfolk, uanset pigmentering og kønsorganer.

– Det er ikke Bentleys kvindelighed, som har ført hende frem til der, hvor hun er i dag, sagde hun langsomt, næsten uinteresseret. – Og definitivt ikke Rices sorte hud. Om fire år tørner de sammen. Det bliver hverken særlig minoritetsvenligt eller feminint.

– Det er da fantastisk, som du er ...

– Det er ikke kvindelighed eller slaveslægt, som er det imponerende træk hos disse damer. De bruger det, naturligvis, for hvad det er værd. Men det virkelig imponerende er ...

Hun skar en grimasse og prøvede at rette sig op i kørestolen.

– Er der noget i vejen? spurgte Inger Johanne.

– Nej, nej. Det imponerende er, at ...

Hun anbragte sig i spænd mellem stolens armlæn og fik kroppen vredet en anelse nærmere ryglænet. Så glattede hun åndsfraværende ned over sin bluse.

– ... de må have bestemt sig så helvedes tidligt, sagde hun endelig.

– Hvad?

– For at arbejde så hårdt. For at blive så dygtige. For aldrig at gøre noget forkert. For at undgå brølere. For aldrig, aldrig at kunne blive taget med bukserne nede. I grunden er det jo fuldstændig ubegribeligt.

– Men de har jo altid noget ... et eller andet ... selv den dybt religiøse George W., han havde da rigeligt på ...

Kvinden i kørestolen smilede pludselig og vendte ansigtet mod stuedøren. En lille pige på omkring halvandet år tittede skyldbevidst ind ad dørsprækken. Kvinden rakte en hånd ud.

– Kom herhen, lille skat. Du skulle jo sove.

– Kan hun selv komme op af tremmesengen? spurgte Inger Johanne skeptisk.

– Hun får lov at sove i vores seng. Kom herhen, Ida!

Barnet trissede hen over gulvet og lod sig løfte op på skødet. Håret faldt i kulsorte krøller om æblekinderne, men øjnene var isblå med en markant sort ring omkring iris. Pigen smilede forsigtigt genkendende til gæsten og satte sig bedre til rette.

– Sjovt nok ligner hun dig, sagde Inger Johanne og lænede sig frem for at klappe barnet på de buttede håndrygge.

– Det er kun øjnene, sagde den anden. Farven. Folk lader sig altid narre af farver. Af øjne.

Stilheden sænkede sig igen mellem dem.

I Washington DC tegnede menneskenes ånde sig som grå damp i det grelle januarlys. *Chief Justice* fik hjælp til at trække sig tilbage; hans ryg mindede om en troldmands, idet han forsigtigt blev gelejdet indendørs. Den nyvalgte præsident var barhovedet og smilede bredt, mens hun trak den blegrosa frakke tættere om sig.

Aftenmørket lukkede sig om vinduerne mod Kruses gate i Oslo; gaderne var snefrie og våde.

En pudsig skikkelse kom ind i den store stue. Hun trak kraftigt på det ene ben som en karikeret skurk i en gammel film. Håret var tørt og tyndt og strittede til alle sider. Benene stak som blyantstreger ned i et par skotskternede tøfler under forklædet.

– Den unge sku' have sovet for længst, småskældte hun uden anden form for hilsen. – Der' ikke orden på noget her i huset. Hun ska' ligge i sin egen seng, har jeg sagt en million gange. Kom så her, min lille prinsesse.

Uden at vente på reaktion fra hverken kvinden i kørestolen eller den lille pige, greb hun barnet, anbragte det over skrævs på den dårlige hofte og haltede tilbage, hvor hun kom fra.

– Gid jeg havde en hushjælp som hende, sukkede Inger Johanne.

– Det har også sine ulemper.

Så sad de igen tavse. CNN vekslede nu mellem forskellige kommentatorer, krydsklippede med billeder fra podiet, hvor en samlet politisk elite var ved at kapitulere over for kulden og gøre sig klar til at gennemføre den mest storslåede fejring af en præsidentindsættelse, som nogen sinde var afholdt i den amerikanske hovedstad. Demokraterne havde nået deres tre mål. De havde slået en præsident, som stillede op til genvalg, i sig selv en præstation. De havde vundet med større margen, end nogen havde turdet håbe. Og de havde sejret med en kvinde i toppen. Ingen af delene ville gå upåagtet hen, og på tv-skærmen flimrede billeder af Hollywoodstjerner, som enten allerede var ankommet til byen eller ventedes i løbet af eftermiddagen. Hele weekenden ville byen være præget af festligheder og fyrværkeri. *Madam President* ville gå fra det ene selskab til det andet, tage imod hyldest, fremføre uendelige taksigelser til sine hjælpere og formodentlig skifte påklædning et utal af gange undervejs. Og ind imellem alt dette: belønne de belønningsværdige med poster og positioner, veje valgkampindsats mod pengedonationer, vurdere loyalitet og måle dygtighed, skuffe de mange, glæde de få, ligesom treogfyrre mandfolk havde gjort det før hende gennem nationens knap 230 års eksistens.

– Kan man sove efter sådan noget?

– Undskyld?

– Tror du, hun kan sove i nat? spurgte Inger Johanne.

– Du er sær, smilede den anden kvinde. – Selvfølgelig kan hun sove. Man når ikke derop, hvor hun er nu, uden at kunne sove. Hun er en kriger, Inger Johanne. Du skal ikke lade dig narre af den slanke figur og dametøjet.

En vuggesang kunne høres fra det indre af lejligheden, da kvinden i kørestolen slukkede for fjernsynet.

– *Aj-aj-aj-aj-aj-BOFF-BOFF.*

Inger Johanne lo stille. – Det dér ville have skræmt livet af mine børn.

Den anden rullede stolen hen til et lavt sofabord og tog en kop. Nippede, rynkede på næsen og satte koppen fra sig igen.

– Jeg skal også se at komme hjem, sagde Inger Johanne, halvt spørgende.

– Ja, sagde den anden. – Det skal du vel.

– Tak for hjælpen. For al hjælpen i de sidste måneder.

– Der er ikke så meget at takke for.

Inger Johanne gned sig let over lænden, inden hun satte det uregerlige hår om bag ørerne og rettede på brillerne med en smal pegefinger.

– Jo, sagde hun.

– Jeg tror ganske enkelt, at du må lære at leve med det hele. Der er ikke noget at gøre ved, at hun eksisterer.

– Hun truer mine børn. Hun er farlig. At tale med dig, at blive taget alvorligt, troet på ... Det har i hvert fald gjort det lettere.

– Det er snart et år siden nu, sagde kvinden i kørestolen. – Det var sidste år, det var rigtig alvor. De her ting i vinter ... jeg kan ikke andet end at mene, at hun ... driller dig.

– Driller mig?

– Hun trigger din nysgerrighed. Du er et dybt nysgerrigt menneske, Inger Johanne. Det er derfor, du er forsker. Det er din nysgerrighed, der roder dig ind i efterforskninger, som du i virkeligheden ikke ønsker at have noget med at gøre, og som gør, at du for alt i verden må til bunds i, hvad det er, denne forfølger vil dig. Det var din nysgerrighed, der ... førte dig til mig. Og det er ...

– Jeg må gå, afbrød Inger Johanne, og hendes mund videde sig ud i et hurtigt smil. – Der er ingen grund til at tage det hele en gang til. Men tak, i hvert fald. Jeg finder selv ud.

Et kort øjeblik blev hun stående. Det slog hende, hvor smuk den lamme kvinde var. Hun var slank, grænsende til mager. Ansigtet var ovalt med lige så mærkelige øjne som barnets: isblå, næsten farveløst klare, med en bred, kulsort ring omkring iris. Munden var velformet med en markant amorbue, omgivet af bittesmå, smukke rynker, som viste, at hun i hvert fald måtte være et godt stykke over fyrre. Hun var eksklusivt klædt i en lyseblå cashmerejumper og cowboybukser, som sandsynligvis ikke var købt i Norge. I halsgruben lå en enkel, stor diamant og duvede let.

– Hvor er du i øvrigt fin!

Kvinden smilede forsigtigt, næsten forlegent.

– Vi ses vel snart, sagde hun og kørte stolen hen til vinduet, hvor hun blev siddende med ryggen til gæsten uden at sige farvel.

4

Sneen lå knædyb over de langstrakte jorder. Frosten havde været længe. De nøgne træer i skovbrynet mod vest var glaseret med is. Sneskoene brasede her og der igennem isskorpen, og et øjeblik var han ved at miste balancen. Al Muffet standsede og hev efter vejret.

Solen var ved at gå ned bag åsene mod vest. Et fugleskrig brød i ny og næ stilheden. Sneen glitrede i rødgult aftenlys, og manden med sneskoene fulgte med øjnene en snehare, som kom hoppende ud fra træerne og siksakkede ned mod bækken på den anden side af marken.

Al Muffet trak vejret så dybt, han kunne.

Han havde aldrig tvivlet på, at det her var det rigtige. Da hans kone døde, og han sad tilbage med tre døtre på otte, elleve og seksten år, tog det ikke mere end et par uger, før han opdagede, at karrieren på et af Chicagos prestigeuniversiteter ikke så nemt kunne kombineres med rollen som enlig far, og at økonomien desuden krævede, at han så hurtigt som muligt burde omadressere resten af familien til et roligt sted på landet.

Tre uger og to dage efter at familien var på plads i sit nye hjem på Rural Route #4 i Farmington, Maine, ramte to passagerfly hver sit tårn på Manhattan. Kort efter hamrede et tredje fly ind i Pentagon. Samme aften lukkede Al Muffet øjnene i en stille taksigelse for sin egen fremsynethed: Allerede som ung havde han skilt sig af med sit oprindelige navn: Ali Shaeed Muffasa. Børnene hed fornuftigt nok Sheryl, Catherine og Louise og havde til alt held arvet deres mors pikante opstoppernæse og askeblonde hår.

Nu, godt tre år senere, gik der næppe en dag, uden at han frydede sig over den landlige tilværelse. Børnene blomstrede, og selv havde han bemærkelsesværdigt hurtigt fået glæden ved arbejdet på klinikken tilbage. Praksis var varieret med smådyr og større kreaturer i en skønsom blanding: skrantende undulater, fødende hunde og en enkelt uvan tyr, som skulle skydes en kugle for panden. Hver torsdag spillede han skak i Klubben. Lørdag var fast biografdag med børnene. Mandag aften spillede han som regel et par omgange squash med naboen, som havde en bane i sin ombyggede lade. Dagene gik i en lind strøm af tilfreds monotoni.

Kun om søndagen skilte familien Muffet sig ud fra resten af landsbysamfundet. De gik ikke i kirke. Al Muffet havde for længst mistet kontakten med Allah og havde ingen planer om at skaffe sig en gud. I begyndelsen var der reaktioner: underforståede spørgsmål ved forældremøder, en dobbelttydig bemærkning på tankstationen eller ved popcornmaskinen i biografen lørdag aften.

Men også det gik i sig selv efterhånden.

Alt går i sig selv, tænkte Al Muffet og masede for at få armbåndsuret frem mellem luffen og dynejakken. Han måtte skynde sig. Den yngste af pigerne skulle lave middag, og han vidste af erfaring, at det var klogest at være hjemme under processen. I modsat fald ville han blive mødt af et overdådigt måltid, hvor alt, hvad der fandtes af lækkerier i det lille skab til den slags, forsvandt. Sidste gang havde Louise disket op med en fire retters mandagsmenu med fois gras og risotto med ægte trøfler, efterfulgt af en hjortesteg fra efterårsjagten, egentlig tiltænkt hans årlige julemiddag for naboerne.

Kulden bed hårdere nu, efter at solen var gået helt ned. Han tog lufferne af og lagde håndfladerne mod kinderne. Efter et øjeblik begyndte han at gå med de lange, seje sneskoskridt, han med tiden havde lært at mestre.

Han havde undladt at se præsidentindsættelsen, men ikke fordi det ville have plaget ham nævneværdigt. Da Helen Lardahl Bentley for omkring ti år siden havde bevæget sig ind i det offentlige rum, var han ganske vist blevet rædselsslagen. Han mindedes ubehageligt klart den formiddag i Chicago, da han var hjemme med influenza og lå i sengen, mens han zappede sig igennem febervildelserne. Helen Lardahl, så helt anderledes end han huskede hende, holdt en tale i senatet. Brillerne var væk. Det sene hvalpefedt, som havde præget hende til langt op i tyverne, var væk. Kun fagterne, som for eksempel den bestemte, diagonale bevægelse gennem luften med åben, flad hånd for at understrege hver anden pointe, overbeviste ham om, at det virkelig drejede sig om den samme kvinde.

At hun tør, tænkte han dengang.

Siden havde han langsomt vænnet sig til det.

Al Muffet standsede igen og trak den iskolde luft ned i lungerne. Han var nået hen til bækken, hvor vandet stadig rislede under et låg af glasklar is.

Hun stolede ganske enkelt på ham. Hun måtte have valgt at stole på det løfte, han engang havde givet hende, for et helt liv siden, i en anden tid og på et helt andet sted. I hendes position måtte det være en smal sag at finde ud af, at han stadig levede, at han stadig boede i USA.

Alligevel lod hun sig vælge til verdens mægtigste statsleder i et land, hvor moral var en dyd, og dobbeltmoral en dyd af nødvendighed.

Han skrævede over bækken og baksede sig op over en stor snedrive. Pulsen slog så hurtigt, at det susede for ørerne. Det er så længe siden, tænkte han og tog sneskoene af. Han tog en i hver hånd og begyndte at løbe hen ad den smalle vintervej.

– *We got away with it,* hviskede han i takt med sine egne, tunge skridt. – Jeg har været til at stole på. Jeg er en mand af ære. *We got away with it.*

Han var alt for sent ude. Sandsynligvis ville han komme hjem til østers og en åbnet flaske champagne. Louise ville kalde det en fest, en hyldest til Amerikas første kvindelige præsident.

Fire måneder senere

Mandag den 16. maj 2005

1

– Helvedes dårligt tidspunkt. Hvem fanden har valgt lige netop denne dato?

Chefen for Politiets Sikkerhedstjeneste, PST, strøg sig over det tætklippede, rødlige hår.

– Det ved du jo godt, sagde en noget yngre kvinde, mens hun så med sammenknebne øjne på en forældet fjernsynsskærm, som stod usikkert på et arkivskab i hjørnet af kontoret; farverne var blege, og en sort stribe flimrede hen over den nederste del af billedet. – Det var statsministeren selv. Fin anledning, forstår du. At vise det gamle land frem i al sin nationalromantiske pragt.

– Druk, bøller og skidt overalt, brummede Peter Salhus. – Ikke særlig romantisk. 17. maj er og bliver et rent helvede. Og hvordan i hede, hule …

Nu gik stemmen i fistel, mens han pegede på tv-skærmen.

– … *har de forestillet sig, det skal være muligt at passe på damen?*

Madam President var netop ved at sætte foden på norsk jord. Foran hende gik tre mænd i mørke frakker. De karakteristiske ørepropper var let synlige. Trods det lave skydække bar de alle solbriller, som om de forsøgte at parodiere sig selv. Bag præsidenten, på vej ned ad trappen fra *Air Force One,* kom deres tvillingebrødre: lige så store, lige så mørke og nøjagtigt lige så udtryksløse.

– Det ser ud, som om de kan klare jobbet på egen hånd,

sagde Anna Birkeland tørt og nikkede. – Desuden håber jeg ikke, at andre hører din ... pessimisme, for nu at sige det på den måde. Jeg er egentlig en smule bekymret. Du plejer da ikke at ...

Hun afbrød sig selv. Peter Salhus tav også, hans øjne var naglet til tv-skærmen. Det heftige udbrud lignede ham ikke. Tværtimod. Da manden to år tidligere blev udnævnt til chef for overvågningsafdelingen, var det hans ro og behagelige væsen, som overhovedet gjorde det muligt for en med militær baggrund af blive accepteret som øverste chef for en tjeneste med historien fuld af skæmmende ar. Ramaskriget fra venstrefløjen var stilnet en anelse af, da Salhus kunne røbe en fortid som ungsocialist. Han var trådt ind i hæren som nittenårig „for at afsløre amerikanernes imperialisme", som han smilende forklarede i et tv-transmitteret portrætinterview. Da han derefter var slået over i dyb alvor og i løbet af halvandet minut redegjorde for et trusselsbillede, som de allerfleste kunne nikke anerkendende til, var det største arbejde gjort. Peter Salhus skiftede fra uniform til jakkesæt og flyttede ind i PST's lokaler, om ikke med akklamation, så dog med tværpolitisk støtte i ryggen. Han var afholdt af de ansatte og respekteret af sine udenlandske kollegaer. Hårlængden på de reglementerede militære millimetre og det gråmelerede skæg indgød en gammeldags, maskulin tillid. Peter Salhus var paradoksalt nok en populær overvågningschef.

Anna Birkeland kunne overhovedet ikke kende ham igen.

Loftslyset kastede reflekser i den svedglinsende isse. Kroppen vuggede frem og tilbage, tilsyneladende uden at han var klar over det. Da Anna Birkeland kastede et blik på hans hænder, så hun, at de var hårdt knyttede.

– Hvad er der i vejen? spurgte hun lavmælt, som om hun ikke var helt vild med at få et svar.

– Det her er ikke nogen god idé.

– Hvorfor har du så ikke stoppet det hele? Hvis du er så bekymret, som du virker, burde du jo have ...

– Jeg har forsøgt. Det ved du godt.

Anna Birkeland rejste sig og gik hen til vinduet. Foråret gjorde ikke meget væsen af sig i det bleggrå eftermiddagslys. Hun lagde håndfladerne mod ruden. Et hurtigt omrids af dug tegnede sig og forsvandt igen.

– Du havde indvendinger, Peter. Du skitserede scenarier og kom med indsigelser. Det er ikke det samme som at forsøge at standse noget.

– Vi lever i et demokrati, sagde han; så vidt Anna kunne høre, var stemmen blottet for ironi. – Det er politikerne, som bestemmer. I sammenhænge som denne er jeg bare en luset rådgiver. Hvis jeg kunne bestemme …

– Så havde vi lukket alle ude?

Hun vendte sig brat.

– Alle, gentog hun, nu højere. – Alle som på nogen måde udfordrer denne idyl af en landsby, som hedder Norge?

– Ja, sagde han. – Ja, måske.

Hans smil var vanskeligt at tolke. På tv-skærmen blev præsidenten gelejdet væk fra det enorme fly og hen mod en provisorisk talerstol. En mørklædt mand fumlede med mikrofonen.

– Det gik ganske udmærket, da Bill Clinton var her, sagde hun og bed forsigtigt i en negl. – Han vadede rundt i byen, drak øl og snakkede med gud og hvermand. Gik endda på konditori. Helt uden for enhver plan og aftale.

– Men det var før.

– Før hvad?

– Før 11. september.

Anna satte sig igen. Hun løftede det halvlange hår ud fra nakken med flade hænder. Hun så ned og trak vejret ind for at sige noget, men i stedet undslap der hende et hørligt suk. Ude fra gangen lød der latter, som blev båret væk af raske skridt mod elevatoren. Præsidenten var allerede færdig med sin korte tale fra det stumme tv-apparat.

– Det er Oslo Politidistrikt, som står for livvagtstjenesten nu, sagde hun endelig. – Strengt taget er præsidentbesøget derfor ikke dit problem. Vores, mener jeg. Desuden ...

Hun slog ud med hånden mod arkivskabet under tv-apparatet.

– ... har vi ikke fundet noget. Ingen bevægelse, ingen aktivitet. Ikke blandt de grupper, vi i forvejen kender til her i landet. Ikke i randzonerne. Intet af det, vi har modtaget udefra, tyder på noget som helst andet end, at det her bliver et meget behageligt besøg af ...

Hendes stemme fik samme tonefald som en nyhedsoplæser:

– ... en præsident, som vil ære sit oprindelsesland og USA's gode samarbejdspartner Norge. Der er ingen tegn på, at nogen skulle have andre planer.

– Hvilket er påfaldende, ikke? Det er ...

Han holdt inde. *Madam President* steg ind i en mørk limousine. En kvinde med lynhurtige hænder hjalp hende med frakken. Den hang uden for bilen og var ved at komme i klemme i bildøren. Den norske statsminister smilede og vinkede til kameraerne, lidt for ivrig i barnlig begejstring over det fantastisk fine besøg.

– Det dér er verdens hadeobjekt nummer ét, sagde han og nikkede mod skærmen. – Vi ved, at der hver eneste dag lægges planer for at tage livet af damen. Hver eneste forpulede dag. I USA. I Europa. I Mellemøsten. Overalt.

Anna Birkelund snøftede og tørrede sig under næsen med pegefingeren.

– Som det har været tilfældet i lang tid, Peter. Som det er tilfældet med andre end hende. Ligesom vi og vores kollegaer over hele verden hele tiden afslører ulovligheder, så de ikke bliver til realiteter. De har verdens bedste efterretningstjeneste, og ...

– Derom strides de lærde, afbrød han.

– ... og verdens mest effektive politiorganisation, fortsatte hun uanfægtet. – Jeg tror ikke, du lige behøver gå glip af din nattesøvn af bekymring for USA's præsident.

Peter Salhus rejste sig og trykkede en tyk pegefinger mod

afbryderknappen, idet kameraet zoomede ind på et nærbillede af det lille amerikanske flag, som var anbragt på siden af bilens panser. Det blafrede hidsigt i rødt, hvidt og blåt, idet bilen accelererede.

Skærmen blev sort.

– Det er ikke hende, jeg er bekymret for, sagde Peter Salhus. – Egentlig ikke.

– Nu fatter jeg virkelig ikke, hvad du snakker om, sagde Anna, tydeligt utålmodig. – Jeg smutter. Du ved, hvor du kan finde mig, hvis der skulle være noget.

Hun samlede den omfangsrige dokumentmappe op fra gulvet, rettede sig op igen og gik mod døren. Med hånden på håndtaget og døren halvt åben vendte hun sig om mod ham og spurgte:

– Hvis det ikke er Bentley, du er bekymret for, hvem er det så?

Peter Salhus rystede på hovedet og rynkede brynene let, som om han ikke var sikker på, om han havde hørt spørgsmålet.

– Os, sagde han pludseligt og skarpt. – Jeg er bekymret for, hvad der kan ske med os.

Håndtaget føltes underligt koldt mod hendes håndflade. Hun slap det. Døren gled langsomt i.

– Ikke os to, smilede han til vinduet; han vidste, at hun rødmede og ville ikke se det. – Jeg er bekymret for …

Hans knyttede hænder tegnede en stor, uklar cirkel af ingenting.

– Norge, sagde han og fangede endelig hendes blik. – Hvad fanden sker der med Norge, hvis det her går galt?

Hun var ikke sikker på, at hun forstod, hvad han mente.

2

Madam President var endelig alene.

Hovedpinen trykkede som en jernhånd i baghovedet, som

den altid gjorde efter dage som denne. Hun satte sig forsigtigt ned i en cremefarvet lænestol. Smerten var en gammel kending. Den kom med jævne mellemrum. Medicin hjalp ikke, sandsynligvis fordi hun aldrig havde røbet sin skavank for nogen læge og derfor aldrig havde taget andet end receptfrie midler. Hovedpinen kom om natten, når alt var overstået, og hun endelig kunne have sparket skoene af og lagt benene op, måske læst en bog eller lukket øjnene for at slippe for at tænke på noget som helst, inden søvnen meldte sig. Det gik ikke. Hun måtte sidde stille, tilbagelænet, med armene væk fra kroppen og fødderne plantet i gulvet. Øjnene halvt lukkede, aldrig helt; det røde mørke bag øjenlågene gjorde smerten værre. Lidt lys skulle der til. Bare en anelse lys ind mellem vipperne. Slappe arme med åbne håndflader. Afslappet overkrop. Opmærksomheden skulle styres længst muligt væk fra hovedet, ned mod fødderne, som hun pressede så hårdt, hun kunne, mod gulvtæppet. Igen og igen i takt med den langsomme puls. Ikke tænke. Ikke lukke øjnene helt. Trykke benene nedad. Igen, igen og en gang til.

Endelig, i en hårfin balance mellem søvn, smerte og vågen tilstand, slap jernhånden langsomt sit greb om baghovedet. Hun vidste aldrig, hvor længe et anfald havde varet. Som regel drejede det sig om et kvarters tid. Somme tider så hun rædselsslagent på sit ur og kunne ikke begribe, at det gik rigtigt. Andre gange var der tale om ganske få sekunder.

Således også denne gang, kunne hun se på vækkeuret på natbordet.

Hun løftede yderst forsigtigt højre hånd og anbragte den i nakken, men blev ellers siddende helt stille. Fødderne pulserede stadig mod gulvet, fra hæl til tå og tilbage. Kulden fra håndfladen fik huden på skuldrene til at krympe. Smerten var virkelig forsvundet; totalt. Hendes vejrtrækning blev mere ubesværet, og hun rejste sig lige så forsigtigt, som hun havde sat sig.

Det værste ved anfaldene var ikke smerten, men den tilstand af euforisk vågenhed, som fulgte efter. Helen Lardahl

Bentley havde gennem de sidste tyve år vænnet sig til, at søvn var noget, hun med mellemrum ganske enkelt måtte klare sig uden. Mens hun i enkelte perioder havde været smertefri i flere måneder i træk, var seancen i lænestolen næsten blevet et midnatsritual det sidste år. Og eftersom hun var en kvinde, som aldrig lod noget gå til spilde, heller ikke tid, overraskede hun til stadighed sine medarbejdere ved at være påfaldende velforberedt til de tidlige morgenmøder.

USA havde, totalt uafvidende, fået en præsident, som sædvanligvis måtte klare sig med fire timers søvn i døgnet. Og så længe det var op til hende, ville denne søvnløshed forblive en hemmelighed, hun kun delte med ægtemanden, som efter mange år havde lært at sove med lyset tændt.

Nu var hun helt alene.

Hverken Christopher eller datteren Billie var med på turen. Det havde kostet *Madam President* store anstrengelser at forhindre dem. Hun krympede sig stadig ved tanken om, hvordan hans øjne var blevet mørke af forbavset skuffelse, da hun traf beslutningen om at rejse uden familien. Turen til Norge var præsidentens første udlandsbesøg efter indsættelsen, den havde karakter af ren repræsentation og var desuden henlagt til et land, som datteren på enogtyve kunne have både glæde og nytte af at se. Der var tusind gode grunde til at rejse som familie, sådan som det også oprindeligt havde været planen.

Alligevel måtte de begge to blive hjemme.

Helen Bentley tog et par prøvende skridt, som om hun var usikker på, om gulvet holdt. Hovedpinen var definitivt forsvundet. Hun masserede sig i panden med tommel- og pegefingeren og så sig derefter omkring i rummet. Først nu lagde hun rigtig mærke til, at suiten var smukt indrettet. Stilen var køligt skandinavisk med lyst træværk, douce farver på stofferne og måske lige en anelse for meget glas og stål. Især lamperne tiltrak sig hendes opmærksomhed. Kuplerne var af sandblæst glas. Uden at have samme form var de afstemt efter hinanden på en måde, som hun ikke helt forstod. Hun lagde hånden på en af dem. En diskret varme slog igennem fra en lavspændingspære.

De er overalt, tænkte hun og strøg med fingrene over glasset. *De er alle vegne, og de passer på mig.*

Det var umuligt at vænne sig til det. Uafhængigt af sted, situation, hvem hun var sammen med; uden hensyn til tid og høflighed: De var der altid. Selvfølgelig kunne hun godt forstå, at det måtte være sådan. Med lige så stor selvfølgelighed havde hun efter knap en måned i embedet forstået, at hun aldrig ville blive fortrolig med de mere eller mindre usynlige vogtere. Én ting var livvagterne, som fulgte hende i dagtimerne. Hun havde temmelig hurtigt lært at betragte dem som en del af hverdagen. De skilte sig ud fra hinanden. De havde ansigter. Nogle af dem havde oven i købet navne, navne hun fik lov at bruge, selv om hun holdt den mulighed åben, at de var falske.

Det var værre med de andre. De utallige og usynlige, de bevæbnede, skjulte skygger, som altid var omkring hende, uden at hun nogen sinde helt vidste hvor. Det gav hende en følelse af ubehag, en malplaceret paranoia. De passede jo på hende. Ville hende det godt i det omfang, de overhovedet kunne føle andet end pligt. Hun troede, hun var forberedt på tilværelsen som objekt, indtil hun et par uger inde i præsidentperioden forstod, at det ikke var muligt at forberede sig på et liv som dette.

Ikke fuldt og helt.

Gennem hele sin politiske karriere havde hun fokuseret på muligheder og magt og skønsomt manøvreret mod begge dele. Selvfølgelig havde hun mødt modstand undervejs. Saglig og politisk, men også store dele vrangvilje og hetz, misundelse og ond vilje. Hun havde valgt en politisk karriere i et land med lange traditioner for personfikseret had, organiseret bagvaskelse, uhørt magtmisbrug og endog attentater. Den 22. november 1963 havde hun som skrækslagen trettenårig set sin far græde for første gang, og i flere dage troede hun, at verden var ved at gå under. Hun var stadig teenager, da

Bobby Kennedy og Martin Luther King blev dræbt inden for det samme, stormfulde tiår. Alligevel havde hun aldrig opfattet angrebene som egentlig personlige. For den unge Helen Lardahl var politiske drab utålelige anslag mod *ideer*, mod værdier og holdninger, som hun begærligt tilegnede sig, og som stadig, næsten fyrre år senere, gav hende gåsehud, hver gang hun så optagelser af „I Have a Dream"-talen.

Da de kaprede fly tordnede ind i World Trade Center i september 2001, opfattede hun det derfor på samme måde, i lighed med næsten tre hundred millioner af sine landsmænd: Terroren var et anslag mod selve den amerikanske idé. De næsten tre tusind ofre, de ufattelige, materielle skader og Manhattans for evigt forandrede *sky line* gik op i en større enhed: Det Amerikanske.

Således blev hvert eneste offer – hver en heltemodig brandmand, hvert faderløse barn og hver en knust familie – symbol på noget, som var langt større end dem selv. Og på den måde blev tabene til at bære, såvel for nationen som for de efterladte.

Det var sådan, hun havde følt det. Sådan havde hun tænkt.

Først nu, efter at hun selv havde fået rollen som *Object # 1*, begyndte hun at ane bedraget i det hele. Nu var det hende, som var symbolet. Problemet var, at hun ikke opfattede sig som noget symbol. I hvert fald ikke udelukkende. Hun var mor. Hun var ægtefælle og datter, ven og søster. Gennem næsten to årtier havde hun arbejdet målbevidst på dette ene: at blive præsident i USA. Hun ville have magt, hun ønskede mulighed. Det var lykkedes for hende.

Og bedraget blev stadig tydeligere for hende.

I de søvnløse nætter kunne det være plagsomt.

Hun huskede en begravelse, hun havde valgt at deltage i, ligesom de alle – senatorer og kongresmedlemmer, guvernører og alle de andre prominente personer, som ønskede at tage del i Den Store Amerikanske Sorg – havde deltaget i bisættelser og mindestunder, godt synlige for fotografer og journalister.

Den afdøde var en kvinde, en nyansat sekretær i et firma, som holdt til på treoghalvfjerdsindstyvende etage i North Tower.

Enkemanden kunne allerhøjst have været tredive år gammel. Han sad der, på forreste række i kapellet, med en lille rolling på hvert knæ. En pige på seks-syv år sad ved siden af ham; hun strøg faderen over hånden, igen og igen, næsten manisk, som om barnet allerede forstod, at faderen var ved at gå fra forstanden, og måtte minde ham om, at hun fandtes. Fotograferne koncentrerede sig om de små, om tvillingerne på to-tre år og den kønne pige klædt i sort, sådan som ingen børn burde gå klædt. Helen Bentley, derimod, stirrede på faderen, idet hun passerede kisten. Det var ikke sorg, hun så, i hvert fald ikke sorgen, som hun selv kendte den. Hans ansigt var fordrejet af fortvivlelse og angst, af ren og skær rædsel. Denne mand kunne ikke begribe, hvordan verden skulle kunne gå videre. Han anede ikke, hvordan han skulle kunne tage sig af børnene. Han vidste ikke, hvordan han skulle få enderne til at mødes, skaffe penge til husleje og skoler, finde kræfter til at opdrage tre børn helt alene. Han fik sine femten minutters berømmelse, fordi hans kone havde befundet sig på det forkerte sted på det forkerte tidspunkt og absurd nok var blevet ophøjet til amerikansk helt.

Vi brugte dem, tænkte Helen Bentley og så ud over den mørke Oslofjord gennem panoramavinduet mod syd. Himlen havde stadig et sært, blåblegt lys, som om den ikke rigtig orkede at blive til nat. *Vi brugte dem som symboler for at få folk til at slutte op i geledderne. Det lykkedes. Men hvad gør han nu? Hvordan er det gået med ham? Og børnene? Hvorfor har jeg aldrig turdet undersøge det?*

Vogterne var derude. I korridorerne. I værelserne rundt om hende. På hustage og i parkerede biler; de var overalt, og de passede på hende.

Hun var nødt til at sove. Sengen så indbydende ud med store, dunfyldte dyner, som hun huskede dem fra kvistværelset hos farmoderen i Minnesota, da hun var barn og vidste så velsignet lidt og kunne lukke verden ude ved at trække den småternede dyne op over hovedet.

Denne gang kom Folket ikke til at slutte op i geledderne. Det var derfor, dette var værre. Så uendeligt meget mere truende.

Det sidste, hun gjorde, inden hun faldt i søvn, var at stille alarmen på sin egen mobiltelefon. Klokken var blevet halv tre, og mærkeligt nok var det ved at lysne udenfor.

Tirsdag den 17. maj 2005

1

Nationaldagen begyndte som sædvanlig før fanden fik sko på. Oslopolitiet havde allerede indbragt mere end tyve ravende, rødklædte teenagere, som nu sov rusen ud, mens de ventede på, at deres fædre skulle betale dem ud med overbærende smil om læberne. Resten af de mange tusind afgangselever gjorde deres bedste, for at ingen skulle sove over sig på festdagen. Billige busser med megadyre musikanlæg brølede gennem gaderne. Nogle få små børn var allerede ude i deres stiveste puds. De løb som hundehvalpe efter de overmalede biler, mens de tiggede om rødrussernes platte visitkort. På kirkegårdene havde en gruppe krigsveteraner – de blev færre for hvert år – samlet sig til en stille markering af fred og frihed. Musikkorps slæbte sig gennem byen i halvhjertede marcher. De sure trompetstød sørgede for, at enhver, som imod forventning sov endnu, lige så godt kunne stå op og indtage dagens første kop kaffe. I byens parker krøb forvirrede junkier frem under tæpper og plasticposer uden rigtig at opfatte, hvad der foregik.

Vejret var, som det plejede at være. Der var sprækker i skydækket mod syd, men der var ingen tegn til, at dagen ville blive mild. Tværtimod var der grund til at frygte for regnbyger efter gråtonen på himlen mod nord at dømme. De fleste træer stod stadig halvnøgne, selv om birken havde fået museører og pollenfede rakler. Rundt om i landet trak forældre uldent undertøj på deres børn, som allerede længe inden morgenmaden var begyndt at plage om is og pølser. Flagene blafrede i den skarpe vind.

Kongeriget var parat til at feste.

Uden for et hotel i Oslo stod en politikvinde og hutrede. Hun havde stået der hele natten. Med kortere og kortere mellemrum så hun på uret så diskret som muligt. Hun ville snart blive afløst. Nu og da havde hun stjålet sig til en kort ordveksling med en kollega, som var posteret halvtreds-tres meter væk, men ellers havde natten forekommet uendeligt lang. I en periode havde hun prøvet at slå tiden ihjel ved at gætte på livvagter. Strømmen af mennesker, som kom og gik, var imidlertid aftaget ved totiden. Så vidt hun kunne se, var der ingen vagter på tagene. Ingen mørke, letgenkendelige biler med hemmelige agenter havde cruiset forbi, efter at den amerikanske præsident var blevet sat af og fulgt ind lige efter midnat. Men selvfølgelig var de der. Det vidste hun, selv om hun ikke var andet end en luset betjent, som stod til pynt i nyrenset uniform og frøs sig en blærebetændelse til.

En bilkortege nærmede sig hotellets hovedindgang. Normalt var vejen åben for fri passage. Nu var den lukket med flytbare metalafspærringer og var blevet forvandlet til en aflang, provisorisk plads foran det beskedne indgangsparti.

Betjenten åbnede to af bommene, sådan som hun havde fået besked om det på forhånd. Så trak hun ind på fortovet. Hun tog et par prøvende skridt hen imod indgangen. Måske ville hun få et glimt af præsidenten på nært hold, når hun blev hentet til festmorgenmåltidet. Det ville være en velkommen belønning efter en helvedes nat. Ikke at hun var særlig interesseret i den slags, men damen var trods alt verdens mægtigste kvinde.

Ingen standsede hende.

Idet den forreste bil bremsede, kom en mand smaløbende ud gennem hotellets svingdøre. Han var barhovedet og uden overtøj. Han havde en mobil radio i en rem over skulderen, og betjenten kunne skimte et våbenhylster under den åbentstående jakke. Hans ansigt var påfaldende udtryksløst.

En mand i mørkt jakkesæt steg ud fra passagersiden på forsædet i den forreste bil. Han var lille og kraftigt bygget.

Inden han var nået helt ud af bilen, havde den løbende mand grebet fat i hans arm. Sådan blev de stående et par sekunder, den største med hånden på den mindstes arm, i hviskende samtale.

– Hvad? *What?*

Den lille nordmand havde ikke amerikanerens pokerfjæs. Han måbede et øjeblik, før han tog sig sammen og rettede sig op. Den kvindelige betjent gik langsomt et par skridt hen imod bilen. Hun kunne endnu ikke opfatte, hvad de sagde.

Fire andre mænd var kommet ud af hotellet. En af dem talte lavt i mobiltelefon, mens han stirrede på en grufuld skulptur af en mandsfigur i blankt stål, som stod og ventede på en taxi. De tre andre agenter gav tegn til en eller anden, som betjenten ikke kunne se, før de alle sammen, som på et signal, så i hendes retning.

– *Hey, you! Officer! You!*

Betjenten smilede usikkert. Så løftede hun hånden og pegede på sig selv med et spørgende udtryk.

– *Yes, you,* gentog den ene af mændene og var henne hos hende i tre lange spring. – *ID, please.*

Hun tog politiskiltet ud af inderlommen. Manden kastede et blik på det norske våbenskjold. Uden så meget som at vende kortet om for at tjekke fotografiet, gav han hende det tilbage.

– *The main door,* hvæsede han og havde allerede vendt sig halvt om for at løbe tilbage. – *No one in, no one out. Got it?*

– Yes. Yes.

Manden var allerede for langt væk til at høre den høflighedsfrase, hun endelig var kommet i tanker om. Kollegaen fra i nat nærmede sig hovedindgangen. Han havde åbenbart fået samme besked som hun og virkede usikker. Alle de fire biler i kortegen gassede pludselig op, før de med hvinende dæk drønede ud fra pladsen og forsvandt.

– Hvad er det, der foregår? hviskede betjenten og tog plads foran de dobbelte glasdøre. Kollegaen virkede fuldstændig forvirret. – Hvad fanden sker der?

– Vi skal … Vi skal passe på denne her dør, tror jeg.

– Ja, ja! Så meget har jeg forstået. Men … hvorfor? Hvad er der sket?

En ældre dame kom ud indefra og prøvede at få døren til at bevæge sig. Hun havde en mørkerød frakke på og en sjov blå hat med hvide blomster langs bræmmen. På brystet havde hun sat en 17. maj-sløjfe så lang, at den næsten nåede gulvet. Endelig lykkedes det hende at vride sig ud i det fri.

– Beklager, frue. De kommer nok til at vente lidt.

Den kvindelige betjent smilede sit venligste smil.

– Vente, gentog damen fjendtligt. – Jeg skal møde min datter og mit barnebarn om et kvarter! Jeg har bestilt plads på …

– Det varer sikkert ikke længe, beroligede politikvinden hende. – Hvis De bare ville …

– Jeg tager mig af det her, sagde en mand i hoteluniform, han kom med raske skridt fra receptionen indenfor. – Frue, hvis De vil komme med mig og …

– *Oh say, can you seeeeeee, by the dawn's early liiiiight …*

En kraftig stemme skar pludselig gennem morgenluften. Betjenten snurrede rundt. Fra nordvest, hvor den afspærrede vej førte mod en parkeringsplads på sydsiden af Sentralbanestationen, kom en stor mandsskikkelse i mørk frakke, med mikrofon og et musikkorps i ryggen.

– … *what so prouuuuudly we hailed …*

Hun genkendte ham øjeblikkeligt. Musikernes hvide uniformer var heller ikke til at tage fejl af, og hun kom pludselig i tanker om, at Sinsen Ungdomskorps og manden med den kraftige musicalstemme efter planen skulle skabe en hjemlig morgenstemning for *Madam President* præcis klokken halv otte, inden hun skulle fragtes til morgenmad på Slottet.

En trommehvirvel steg til tordenstyrke. Sangeren bøjede sig sammen som for at tage afsæt og trak vejret:

– … *at the twilight's last gleeeeeming …*

Korpset forsøgte at spille noget, som mindede om marchtakt. Sangeren derimod havde hang til det højstemte. Han lå hele tiden efter musikken, og det lidenskabelige kropssprog stod i pudsig kontrast til musikernes militære holdning.

Madam President havde stadig ikke vist sig. Bilkortegen var for længst forsvundet. Amerikanerne, som lige akkurat havde nået at afgive deres kommandoer, inden de styrtede tilbage til hotelfoyeren, var heller ikke at se gennem de lukkede døre. Kun den gamle dame med hatten stod stadig og rasede bag ruderne. Nogen havde åbenbart sat døråbneren ud af funktion. Den unge, kvindelige politibetjent stod alene og anede ikke, hvad hun skulle gøre. Selv kollegaen var forsvundet, uden at hun vidste hvorhen. Hun kom i tvivl om, hvorvidt det overhovedet var korrekt af hende at tage imod ordrer fra en udlænding. Men der var ikke kommet en afløser, som det ellers var aftalt.

Hun burde måske ringe til nogen.

Måske var det kulden, måske var det nervøsitet over det prominente hverv. I hvert fald fortsatte fyrre musikere og en musicalstjerne ufortrødent deres fremførelse af *Star-Spangled Banner* på en afspærret vej, som var omdannet til en temmelig mislykket festplads med en enlig politikvinde som tilhører.

– For fanden, Marianne! For fanden!

Betjenten snurrede rundt. Fra en sidedør i hotellet kom kollegaen styrtende. Han havde ikke kasketten på, og hun rynkede på næsen og tog irettesættende til sin egen skygge.

– Damen er væk, Marianne.

Han hev efter vejret.

– Hvad?

– Jeg overhørte to, som ... jeg ville bare vide, hvad der skete, ikke, og ...

– Vi fik besked på at stå her! Passe på døren!

– Jeg tager da ikke imod ordrer fra dem! De har ingen myndighed her! Og vi skulle have været afløst for en halv time siden. Så jeg gik ind derhenne ...

Han pegede ivrigt.

– ... og de hotelfolk, du ved, de standsede mig ikke, jeg er jo i uniform og sådan, så jeg ...

– Hvem er væk?

– Damen! Bentley! Præsidenten, for pokker!

– Væk, gentog hun tonløst.

– Væk! Uden at nogen aner hvor! I hvert fald ... Jeg hørte to af de der typer tale sammen, og ...

Han afbrød sig selv og fik mobiltelefonen frem.

– Hvem skal du ..., begyndte Marianne og holdt sig for det ene øre; musikkorpset var ved at nå et crescendo. – Hvem ringer du til?

– Pressen, hviskede kollegaen. – VG vil give titusind. Mindst.

Hun snappede lynhurtigt telefonen.

– Det gør du ikke! hvæsede hun. – Vi må have fat i ... have fat i ...

Hun så på mobilen, som om den kunne hjælpe hende.

– Hvem skal vi have ...

– *... and the hoooome of the braaaave!*

Sangen tonede ud. Sangeren bukkede usikkert. Et par af musikerne lo. Så blev der helt stille.

Betjentens stemme var tynd og skarp, og hun rystede på hånden, da hun løftede telefonen op mod kollegaen og afsluttede:

– Hvem i ... hvem i helvede skal vi tale med nu?

2

Justitsministerens chefsekretær var alene på kontoret. Fra et stålskab i det aflåste arkiv fandt hun tre ringbind frem, et gult, et blåt og et rødt. Hun lagde dem på ministerens bord og satte en kande kaffe over. Hun hentede penne, blyanter og blokke til møderummet fra rekvisitskabet. Med raske fingre loggede hun sig derefter på tre af computerne, sin egen, justitsministerens og departementschefens. Så tog hun et stopur i en af sine egne skuffer og gik tilbage til arkivet. Uden det store besvær fik hun en hylde til at glide til side. Et panel med røde tal kom til syne. Hun startede stopuret. Tastede en ticifret kode, tjekkede tiden. Fireogtredive sekunder senere tastede hun en ny kode. Stirrede på stopuret, ventede. Ventede. Der gik halvandet minut. Ny kode.

Døren gik op.

Hun tog den grå kasse og lod resten af indholdet ligge. Så låste hun det hele efter samme omhyggelige procedure og lukkede arkivet.

Det havde taget nøjagtigt seks minutter at komme til kontoret. Hun og ægtemanden havde været på vej til niecen i Bærum for at tilbringe dagen med kartoffelvæddeløb og vaffelbagning på Evje skole, da mobiltelefonen havde ringet. Allerede da hun så nummeret på displayet, bad hun sin mand om at dreje af fra Ringvejen. Han havde kørt hende til ministeriet uden så meget som at spørge hvorfor.

Hun var den allerførste.

Langsomt sank hun ned i stolen og strøg sig gennem håret.

Kode fire, havde stemmen sagt i telefonen.

Det kunne være en øvelse, ligesom de så ofte før gennem de sidste tre år havde trænet procedurerne. Det kunne naturligvis være en øvelse.

Den 17. maj?

En øvelse på nationaldagen?

Det gav et sæt i chefsekretæren, da døren til gangen gik op med et brag. Justitsministeren kom ind uden at hilse. Han gik stift med korte skridt, som om han måtte lægge bånd på sig selv for ikke at løbe.

– Vi har rutiner til den slags, sagde han, lidt for højt. – Er vi i gang?

Han talte, som han gik, staccato og afmålt. Chefsekretæren var ikke sikker på, om spørgsmålet var henvendt til hende eller til en af de tre mænd, som var kommet ind ad døren bag ministeren. For en sikkerheds skyld nikkede hun.

– Godt, sagde justitsministeren uden at standse på vejen mod sit eget kontor. – Vi har rutiner. Vi er i gang. Hvornår kommer amerikanerne?

Amerikanerne, tænkte chefsekretæren og mærkede varmen stige op i kinderne. Amerikanerne. Hun kastede uvilkårligt et blik på den tykke mappe med korrespondancen i anledning af Helen Bentleys besøg.

Overvågningschef Peter Salhus fulgte ikke efter de andre. I stedet kom han over mod hendes plads og rakte hånden frem.

– Det er længe siden, Beate. Jeg ville ønske, omstændighederne havde været anderledes.

Hun rejste sig og tørrede hånden over nederdelen, inden hun tog hans.

– Jeg er ikke helt ...

Hendes stemme brast, og hun rømmede sig.

– Snart, sagde han. – Du vil snart blive informeret.

Hans hånd var varm og tør. Hun holdt den et øjeblik for længe, som om hun havde brug for den forsikring, der lå i det faste tryk. Så nikkede hun kort.

– Har du hentet den grå kasse? spurgte han.

– Ja.

Hun rakte ham den. Al kommunikation på ministerens kontor kunne scrambles, kodes og forvrænges med få greb og uden ekstraudstyr. Det var sjældent nødvendigt. Hun kunne ikke huske, hvornår hun sidst var blevet bedt om det. Måske var det i en eller anden samtale med forsvarsministeren – for alle tilfældes skyld. Under helt ekstraordinære situationer skulle kassen imidlertid bruges. Det havde aldrig været nødvendigt. Undtagen under øvelserne.

– Lige et par småting ...

Salhus vejede åndsfraværende kassen i hånden.

– Dette er ikke nogen øvelse, Beate. Og du må nok belave dig på at blive her et stykke tid. Men ... Er der nogen, der ved, at du er her?

– Min mand, selvfølgelig. Vi ...

– Du skal ikke ringe til ham endnu. Vent så længe som muligt med at give besked. Det her bliver hurtigt lækket. Men indtil da må vi købe den tid, vi kan. Vi har indkaldt Det

Nationale Sikkerhedsråd, og vi vil helst have alle samlet og på plads, før det her ...

Hans smil nåede ikke op i øjnene.

– Kaffe? spurgte hun. – Skal jeg komme ind med noget at drikke?

– Det ordner vi selv. – Derhenne, ikke?

Han tog den fulde kaffekolbe.

– Der står kopper og glas og mineralvand derinde, sagde chefsekretæren.

Det sidste hun hørte, inden døren gled i bag overvågningschefen, var justitsministerens stemme, som nu var gået op i fistel:

– Vi har rutiner til situationer som denne! Er der ingen, der har fået fat i statsministeren? Hva'? Hvad i himlens navn er der blevet af statsministeren? Vi har rutiner til sådan noget her!

Så blev der stille. Gennem de tykke ruder kunne hun ikke engang høre kortegen af rødrus-vogne, som havde valgt at parkere midt i Akersgate, lige uden for Kulturministeriet.

Der var alle vinduer mørke.

3

Inger Johanne Vik kunne ikke forestille sig, hvordan hun skulle klare sig igennem dagen, samme følelse som hun altid havde omkring 17. maj. Hun holdt Kristianes skjorte til nationaldragten op i vejret. I år havde hun været fremsynet og købt en skifteskjorte til datteren. Den var blevet snavset allerede ved halvottetiden. Denne her havde netop fået syltetøj på ærmet, og en smeltet chokoladebid klistrede til snippen. Den tiårige selv dansede splitternøgen, spinkel og spædlemmet rundt på gulvet med et blik, som kun sjældent fæstnede sig ved nogen eller noget bestemt.

Klokken var allerede tæt på halv elleve, og de havde travlt.

– Glade jul, småsang barnet. – Dejlige jul. Engle daler ned i skjul. Du grønne, glitrende træ goddag og herren løfte sit åsyn på dig og give dig fred.

– Du kløjes lidt i datoerne, smilede Yngvar Stubø og ruskede steddatteren i håret. – 17. maj har sine egne sange, ved du nok. Ved du, hvor mine manchetknapper er blevet af, Inger Johanne?

Hun svarede ikke. Hvis hun bare havde vasket den første skjorte og tumblet den, ville Kristiane i det mindste være ankommet til selskabet i rent tøj.

– Se her, klagede hun og holdt skjorten frem for Yngvar.

– Det spiller da ingen rolle, sagde han og ledte videre. – Kristiane har flere hvide skjorter i skabet.

– Flere hvide skjorter?

Hun så opgivende op i loftet.

– Er du klar over, hvad mine forældre har betalt for den her fordømte nationaldragt? Ved du overhovedet noget om, hvor skuffet mor bliver, hvis vi dukker op med ungen i en simpel Hennes & Mauritz-skjorte?

– Et barn er født i Bethlehem, messede Kristiane. – Og hip hurra for det.

Yngvar tog skjorten og studerede pletterne.

– Det fikser jeg, sagde han. – På fem minutter med lidt vaskepulver og en hårtørrer. Desuden undervurderer du din mor. Der er få mennesker, som forstår sig så godt på Kristiane, som hun gør. Gør du Ragnhild parat, så er vi ude af huset på et kvarter.

Det seksten måneder gamle barn sad dybt koncentreret med farvestrålende byggeklodser i et hjørne af stuen. Hun virkede upåvirket af søsterens sang og dans. Med forbløffende forsigtighed satte hun klodserne oven på hinanden og smilede, da tårnet nåede hende til ansigtet.

Inger Johanne nænnede ikke at forstyrre hende. I øjeblikke som dette slog det hende, hvilken afgrundsdyb forskel der var på de to piger. Den ældste spinkel og skrøbelig, den yngste så utrolig robust. Kristiane så vanskelig at forstå, Ragnhild så gennemgribende sund og ligefrem; hun løftede den øverste klods, fik øje på moderen og smilede bredt med otte kridhvide tænder:

– Se mor! Agnis høj. Se!

– Dejlig er jorden, sang Kristiane klokkeklart. – Prægtig er Guds himmel.

Inger Johanne fangede sin ældste datter, og Kristiane lod sig villigt løfte op som et spædbarn og lå i sin mors arme uden en trævl på kroppen.

– Det er ikke jul, sagde Inger Johanne stille og satte læberne mod den varme barnekind. – Det er jo 17. maj, ikke?

– Det ved jeg, svarede Kristiane og så i brøkdelen af et sekund ind i moderens øjne, inden hun med monoton stemme fortsatte: – Selveste Grundlovsdagen. Vi fejrer vor selvstændighed og frihed. I år kan vi samtidig markere, at det er hundred år siden løsrivelsen fra Sverige. 1814 og 1905. Det er det, vi fejrer.

– Min allerbedste skat, hviskede Inger Johanne og kyssede hende. – Du er så dygtig. Nu må vi vist klæde dig på igen, tror du ikke?

– Det kan Yngvar gøre.

Hun ålede sig ud af moderens arme og pilede hen over gulvet mod badeværelset på bare fødder. Hun standsede foran fjernsynet og tændte for det. *Ja, vi elsker* drønede ud af højttalerne, Kristiane havde skruet helt op for lyden aftenen før. Inger Johanne tog fjernbetjeningen og dæmpede larmen. Idet hun vendte sig for at finde sin yngste datters festtøj, var der noget, som fangede hendes opmærksomhed.

Scenen var klassisk nok. Et hav af festklædte mennesker foran Slottet. Små og store flag, pensionister på rad og række på de få tilgængelige stole lige under kongens balkon. Et nærbillede af en pakistansk pige i norsk nationaldragt; hun smilede mod kameraet og vinkede ihærdigt. Idet billedet panorerede hen over flagparaden og standsede ved reporteren i sit fineste puds, skete der et eller andet. Kvinden tog sig til øret. Hun smilede fåret, skævede ned til noget, der kunne være et manus, og åbnede munden for at sige noget. Men der kom ingenting. I stedet vendte hun sig halvt om, som om hun ikke ønskede at blive filmet. To pludselige, umotiverede og alt for hurtige klip i reportagen fulgte. Et glimt af trætoppene øst for Slottet og et skrigende barn på sin fars skuldre. Billedet blev uskarpt.

Inger Johanne skruede op for lyden igen.

Kameraet indfangede endelig reporteren, som nu holdt hele hånden over venstre øre, intenst lyttende. En stor dreng stak hovedet op over hendes skulder og brølede hurra.

– Og nu, sagde kvinden endelig, forvirret. – Og nu tager vi lige en lille pause her fra Karl Johan ... Vi kommer straks tilbage, men først ...

Drengen lavede kaninører med fingrene over reporterens hoved og skreg af grin.

– Vi stiller om til Marienlyst til en ekstraudsendelse fra nyhedsredaktionen, sagde reporteren, lidt for hurtigt, og så blev der øjeblikkeligt klippet væk.

Inger Johanne så på uret. Syv minutter over halv elleve.

– Yngvar, sagde hun lavmælt.

Ragnhild væltede sit tårn. Nyhedsjinglen lød.

– Yngvar, råbte Inger Johanne. – Yngvar, kom herind. Nu!

Manden i studiet havde mørkt jakkesæt på. De kraftige krøller virkede mere grå end normalt, og Inger Johanne syntes, at hun så ham synke to gange, før han åbnede munden.

– En eller anden må være død, sagde Inger Johanne.

– Hvad?

Yngvar kom ind i stuen med en påklædt Kristiane på armen.

– Er der nogen, der er død?

– Schhh!

Hun løftede hånden mod tv-apparatet og lagde pegefingeren for munden.

– Vi gentager, dette er en foreløbig ubekræftet meddelelse, men ...

Kommunikationen i NRK løb åbenbart løbsk. Også den erfarne studievært lagde pegefingeren mod øresneglen og lyttede intenst et par sekunder, inden han så ind i kameraet og fortsatte:

– Vi stiller om til …

Han rynkede brynene, tøvede. Så tog han øresneglen ud, lagde den ene hånd oven på den anden og fortsatte på eget initiativ:

– Vi har en række medarbejdere ude på denne sag, og som seerne kan forstå, har vi nogle tekniske problemer. Vi kommer tilbage til mine kollegaer ude i marken om et øjeblik. I mellemtiden gentager jeg altså: Den amerikanske præsident Helen Lardahl Bentley ankom ikke som planlagt til dagens 17. maj-morgenbord på Slottet. Der er ikke givet nogen officiel grund til udeblivelsen. Heller ikke fra Stortinget, hvorfra præsidenten skulle have fulgt børneoptoget sammen med Stortingspræsident Jørgen Kosmo og … et øjeblik …

– Er hun … er hun død?

– Død og rød med groft brød, sagde Kristiane.

Han satte hende forsigtigt ned på gulvet.

– De ved det vel ikke, sagde Inger Johanne hurtigt. – Men det virker, som om hun er …

En skinger piben lød fra fjernsynet, før der blev klippet over til en reporter, som ikke havde haft tid til at tage sløjfen af frakkens revers.

– Jeg står her uden for Oslo Politihus, sagde han stakåndet, mikrofonen rystede voldsomt, – … og én ting er i hvert fald sikkert: Der er sket noget. Politimester Bastesen, som normalt går i spidsen for 17. maj-optoget, forsvandt netop i løb op ad vejen her bag mig sammen med …

Han vendte sig halvt og pegede op ad den svage skråning mod Politihusets indgangsparti.

– … sammen med … flere andre. Samtidig er en række politibiler kørt ud af baggården, et par for fuld udrykning. – Harald, forsøgte manden i studiet. – Harald Hansen, kan du høre mig?

– Ja, Christian, jeg hører dig ...

– Er der nogen, der har givet en forklaring på, hvad der sker?

– Nej, det er simpelthen ikke engang muligt at komme frem til indgangen. Men rygterne svirrer voldsomt, vi må være en tolv-tretten journalister her allerede, og det synes i hvert fald helt sikkert, at der er sket et eller andet med præsident Bentley. Hun er ikke dukket op nogen af de steder, hun skulle være her i formiddag, og under det annoncerede pressemøde i Stortingets vandrehal, lige før børnetoget skulle til at gå, mødte der simpelthen ... ingen op! Regeringens pressetjeneste ser ud til at være brudt totalt sammen, og foreløbig ...

– Hvad i helvede, hviskede Yngvar og dumpede ned på sofaens armlæn.

– Schhh ...

– Vi har folk på Rigshospitalet og Ullevål, fortsatte reporteren hæsblæsende, – ... hvor Bentley naturligvis ville være indbragt, hvis udeblivelsen havde ... helbredsmæssige årsager. Der er imidlertid intet, jeg gentager, *intet*, som tyder på nogen form for ekstraordinær aktivitet omkring disse sygehuse. Ingen synlige sikkerhedsforanstaltninger, ingen usædvanlig trafik, ingenting. Og ...

– Harald! Harald Hansen!

– Jeg hører dig, Christian!

– Jeg må afbryde dig, for vi har netop fået ...

Der blev klippet tilbage til studiet. Inger Johanne kunne ikke huske, at hun nogen sinde før havde set en oplæser fysisk få overrakt et manus i studiet. Overbringerens arm var endnu synlig, da billedet kom på, og studieværten fumlede efter de briller, han indtil nu ikke havde haft brug for.

– Vi har lige fået en pressemeddelelse ind fra Statsministerens kontor, stammede han. – Og jeg læser ...

Ragnhild satte i et vræl.

Inger Johanne gik baglæns hen mod hjørnet, hvor barnet hylede som en besat, og rakte ud efter hende.

– Hun er forsvundet, sagde Yngvar tryllebunden. – Damen er ved Gud i himlen forsvundet.

– Hvem er forsvundet? spurgte Kristiane og tog ham i hånden.

– Ikke nogen, sagde han næsten uhørligt.

– Jo, insisterede Kristiane. – Du sagde, at damen var blevet væk.

– Ikke nogen vi kender, sagde han og tyssede på hende.

– Ikke mor i hvert fald. Mor er her. Og vi skal til fest hos mormor og morfar. Mor bliver aldrig væk.

Ragnhild var blevet stille, så snart hun kom op på moderens arm. Hun stak tommelfingeren i munden og begravede hovedet ved Inger Johannes hals. Kristiane stod stadig med Yngvars hånd i sin og vuggede langsomt frem og tilbage.

– Dum-di-rum-dum, hviskede hun.

– Alt er godt, sagde han distræt. – Der er ikke noget, der er farligt, lille skat.

– Dum-di-rum-dum.

Om lidt går hun helt i baglås, tænkte Inger Johanne fortvivlet. Kristiane var ved at lukke sig helt, sådan som hun gjorde, hver gang hun opfattede den mindste trussel, eller der indtraf noget uforudset.

– Alt er i orden, min lille skat.

Hun strøg barnet over håret.

– Nu skal vi gøre os klar alle sammen. Vi skal ud til mormor og morfar, ved du nok. Ligesom vi havde planlagt.

Men hun kunne ikke tage øjnene fra tv-skærmen.

Nu kom billederne fra luften, fra en helikopter som langsomt cirklede over Oslos centrum. Kameraet fulgte Karl Johan fra Stortinget og op mod Slottet, uendelig langsomt.

– Over hundred tusind mennesker, hviskede Yngvar, han stod som fastnaglet og mærkede ikke engang, at Kristiane slap hans hånd. – Måske det dobbelte. Hvordan i alverden skal de kunne …

I et hjørne af stuen stod Kristiane og dunkede hovedet mod et vægskab. Hun havde taget sit tøj af igen.

– Damen er forsvundet, nynnede hun. – Dum-di-rum-dum. Damen er væk.

Så begyndte hun at græde, stille og utrøsteligt.

4

Abdallah al-Rahman var mæt. Han klappede sig over den stramme mave. Et øjeblik overvejede han at udsætte træningsseancen. Han havde virkelig spist lidt for meget. På den anden side havde han rigeligt at gøre resten af dagen. Hvis han ikke trænede nu, var der en overhængende risiko for, at der ikke ville blive tid til det senere. Han låste sig ind i det enorme træningslokale. Kølig luft slog imod ham som et behageligt pust. Han lukkede omhyggeligt døren bag sig, inden han klædte sig af, stykke for stykke. Til sidst stod han som sædvanlig med bare fødder, kun iført et par løse, kridhvide shorts.

Han satte løbebåndet i gang. Først langsomt, i et interval på femogfyrre minutter. Det ville give ham knap en halv time til vægtene bagefter. Ikke helt længe nok for hans smag og sædvane, men bedre end ingenting.

Selvfølgelig havde han ikke modtaget nogen besked. Ingen bekræftelse, ingen kodet meddelelse, telefonsamtale eller kryptisk e-mail. Moderne kommunikation var et tveægget sværd, effektivt og samtidig alt for farligt. Han havde i stedet mødt en fransk forretningsmand til morgenmad og bedt formiddagsbønnen med sin far. Under et kort besøg i stutteriet havde han inspiceret det nye føl, født i nat og allerede et fantastisk syn. Ingen havde forstyrret Abdallah al-Rahman med noget, som lå uden for hans daglige tilværelse her og nu. Det var da heller ikke nødvendigt.

CNN havde for længst givet ham den bekræftelse, han havde brug for.

Alt var åbenbart gået, som det skulle.

5

Tingene fungerede.

Det slog hende, da hun endelig kunne stjæle lidt tid til en cigaret. Justitsministerens chefsekretær Beate Koss var ikke vaneryger, men hun havde som regel en tistyks pakke i sin håndtaske. Hun havde taget frakke på og kørt med elevatoren ned i foyeren. Den var blevet lukket for publikum, og på begge sider af indgangen stod bevæbnede vagter. Hun skuttede sig lidt og nikkede til den civile vagt, som uden videre lod hende slippe igennem afspærringen og ud.

Hun gik over gaden.

Tingene fungerede virkelig. Alt det, som indtil nu havde været indelåste direktiver og teorier, var blevet til virkelighed i løbet af nogle få formiddagstimer. Kommunikationsudstyr og varslingsrutiner fungerede, som det skulle. Nøglepersonale var indkaldt, kristestaben var nedsat. Selv forsvarsministeren, som havde været på Svalbard i anledning af nationaldagen, var tilbage på kontoret. Alle kendte deres rolle og plads i et enormt maskineri, som syntes at køre ved egen kraft, da det først var kommet i gang. Måske en time eller to for sent, i hvert fald efter Peter Salhus' mening, men hun kunne alligevel ikke dy sig for at føle en form for stolthed over at være en del af noget stort og historisk.

– Skam dig, mumlede hun og tændte cigaretten.

Nyheden om den amerikanske præsidents forsvindingsnummer havde endnu ikke lagt nogen synlig eller hørlig dæmper på festlighederne. Støj og hurraråb fra Karl Johan kastede svage ekkoer mellem regeringsbygningerne. De mennesker, som gik forbi hende på fortovet, smilede og lo. Måske vidste de ikke noget. Selv om nyheden for længst var lækket, og begge de to store tv-kanaler havde sendt ekstraudsendelser hele formiddagen, var det, som om nationen nægtede at lade sig forstyrre i sin årlige, storslåede fejring af sig selv.

Cigaretten gjorde godt.

Hun tøvede et øjeblik, inden hun tændte en til. Hun lod

blikket glide fra gruppen af journalister foran højhuset til de grønne, skudsikre vinduesruder på sjette sal. De skilte sig tydeligt ud fra resten af bygningen. I sit stille sind havde hun ofte undret sig over, hvorfor justitsministeren skulle have skudsikkert glas på sit kontor, når han kunne gå alene i supermarkeder og nøjes med et helt ordinært alarmsystem fra Securitas hjemme. Men sådan skulle det vel være, tænkte hun, sådan som hun altid og yderst loyalt slog sig til tåls med tingene, som de nu engang var blevet besluttet.

En mand kiggede ned på hende.

Usikkert løftede hun hånden til hilsen. Han vinkede tilbage. Det var Peter Salhus. En god mand. En mand, man kunne stole på. Altid venlig, når de mødtes, opmærksom og tilstedeværende, ulig så mange af de andre prominente personer, som kom og gik på justitsministerens kontor og dårligt nok registrerede, at hun eksisterede.

Beate Koss smed cigaretstumpen på jorden og trådte på den. Da hun så op igen, syntes hun, at Salhus sagde noget, inden han trak gardinet for og vendte sig ind i rummet igen.

En politibil kørte langsomt forbi, stille, men med blinkende, blå lys.

– Nu, da vi er alene, sagde Peter Salhus; kun justitsministeren og Oslos politimester var tilbage på kontoret bag de grønne vinduesruder, – så kan jeg måske tillade mig at spørge ...

Han kløede sig i skægget og sank.

– Hotel Opera, sagde han pludselig og kastede et direkte blik på politimester Bastesen. – Hotel Opera!

– Ja ...

– Hvorfor?

– Jeg forstår vist ikke helt spørgsmålet, sagde Bastesen småsurt og rynkede panden. – Det var efter ...

– Her har vi Continental og Grand, afbrød Salhus, stemmen var lav og anstrengt. – Prangende, flotte, traditionsrige hoteller. Vi har smukke repræsentationsboliger, og vi har ...

Han dæmpede stemmen yderligere og bankede med fingeren på et enormt kort over Oslos centrum.

– Konger har boet der. Prinsesser og præsidenter. *Albert fucking Einstein …*

Han standsede og trak vejret dybt.

– … og kun guderne må vide hvor mange andre celebriteter, filmstjerner og Nobelprismodtagere har sovet trygt og godt i deres senge *her …*

Pegefingeren trykkede næsten hul i kortet.

– … og så valgte man at anbringe den amerikanske præsident i en forbandet transformatorkiosk mellem en jernbanestation fuld af junkier og en fordømt byggeplads. Vor Herre bevares …

Han rettede ryggen med en grimasse. En svag susen fra klimaanlægget var den eneste lyd i rummet. Ministeren og Bastesen bøjede sig frem og studerede kortet på bordet omhyggeligt, som om *Madam President* kunne have gemt sig der mellem gadenavne og skraverede områder.

– Hvordan kunne I *finde på sådan noget*?

Justitsministeren trak sig et par skridt tilbage. Politimester Bastesen børstede usynlige støvfnug af uniformsbrystet.

– Den tone er ingen af os tjent med, sagde han roligt. – Og jeg tør måske minde om, at det er os, som har ansvaret for livvagtstjeneste nu. Det indebærer al sikring af objekter, både norske og udenlandske. Jeg kan forsikre dig om, at …

– Terje, afbrød Salhus og pustede kinderne op, inden han langsomt lod luften sive ud igen. – Jeg beklager. Du har ret. Jeg burde ikke hidse mig op. Men … Vi *kender* jo Grand! Vi har *øvelsen* i at sikre Continental. Hvorfor i alverden …

– Lad mig da så svare!

– Jeg foreslår, at vi sætter os, sagde justitsministeren stramt.

Ingen af de andre gjorde tegn til at følge opfordringen.

– De har for nylig bygget en præsidentsuite, sagde Bastesen. – Hotellet forbereder sig på et rykind af kultureliten. Store stjerner. Indtil nu har de måske haft et rygte, som ikke helt … Tja, altså ikke i Grand-klassen, for nu at sige det på den måde, men når den nye opera er færdig, vil beliggenheden jo være et håndgribeligt konkurrencemoment, og …

Pegefingeren tegnede en cirkel i Bjørvika.

– Lige nu er dette en trafikmaskine og ikke specielt charmerende. Det vil jeg indrømme. Men planerne er … Præsidentsuiten indfriede alle vore krav. Både æstetisk, praktisk og ikke mindst sikkerhedsmæssigt. Pragtfuld udsigt. De har slået den eksisterende suite sammen to andre værelser på niende etage, som er blevet … Og desuden …

Han smilede skævt.

– Prisen var faktisk rimelig.

En engel gik gennem rummet. Salhus stirrede vantro på Bastesen, som holdt blikket stift rettet mod kortet.

– Rimelig, stønnede overvågningschefen omsider. – Den amerikanske præsident kommer til Norge. Sikkerhedsudfordringerne er massive, måske de største vi nogen sinde har stået overfor. Og I vælger et hotel, som er … billigt! *Billigt!*

– Som din egen etat sikkert også er bekendt med, sagde Bastesen, stadig ganske rolig, – … er det enhver etatschefs opgave at spare på de offentlige udgifter, hvor det er muligt. Vi foretog en totalanalyse af Hotel Opera, sammenlignet med de andre hoteller, du nævnede. Opera klarede den bedst. Totalt set. Og må jeg minde om, at *Madam President* selv er udstyret med et relativt stort sikkerhedsapparat. *Secret Service* har naturligvis inspiceret området. Grundigt. Kun få indvendinger, så vidt jeg har forstået.

– Og så tror jeg, vi lader det være nok med det, sagde justitsministeren. – Vi må forholde os til virkeligheden, som den er, og ikke fare vild i spørgsmål om, hvad der kunne, skulle eller burde have været gjort anderledes. Jeg foreslår, at vi nu …

Han gik hen til døren og åbnede den.

– Hvor er tegningerne? spurgte Peter Salhus og så på politimesteren.

– Over hotellet?

Salhus nikkede.

– Dem har vi. Jeg skal øjeblikkeligt sørge for, at du får kopier.

– Tak.

Han rakte hånden frem i en forsonende gestus. Bastesen tøvede, men tog den til sidst.

Klokken var allerede over to. Stadig havde ingen hørt fra Helen Bentley. De vidste stadig ikke engang præcis, hvornår hun var forsvundet. Og stadig vidste hverken overvågningschefen eller politimesteren i Oslo, at de arkitekttegninger over Hotel Opera, de sad med i det triste, buede byggeri på Grønlandsleiret 44, var et kort, som ikke stemte fuldt og helt overens med byggeriet.

6

En mand vågnede ved, at han havde øret fuldt af bræk.

Stanken rev i næsen, og han forsøgte at rejse sig. Armene ville ikke lystre. Resigneret lagde han sig tilbage igen. Det havde taget overhånd nu. Han var begyndt at kaste op. Han kunne ikke huske, hvornår han sidst havde måttet kaste alt det skidt op, han hældte i sig. Flere årtiers øvelse havde gjort mavesækken immun over for det meste. Kun husholdningssprit holdt han sig fra. Husholdningssprit var døden. For to år siden, efter en usædvanlig fed fangst af smuglervarer, endte han på hospitalet sammen med to svirebrødre. Alle tre havde metanolforgiftning. Den ene døde, den anden blev blind. Selv stod han op efter fem dage og spadserede lige hjem, bedre tilpas end længe. Lægen havde sagt, at han var heldig.

Øvelse, havde han tænkt. Det gælder om at have øvelse.

Men husholdningssprit holdt han sig fra.

Lejligheden lignede et mareridt. Han vidste det. Han burde gøre et eller andet. Naboerne var begyndt at klage. Først og fremmest over lugten. Han måtte gøre noget, ellers ville han blive smidt ud.

Han prøvede at rejse sig en gang til.

Fandens. Hele verden snurrede rundt.

Det værkede voldsomt i lysken, og han havde bræk i håret. Hvis han rullede underkroppen ud over sofaen, kunne han måske komme op at stå derfra. Hvis det ikke havde været for den fordømte kræft, ville det her have været nemt. Han ville ikke have kastet op. Han ville have haft kræfter til at komme op at stå.

Langsomt, for at spare på det, der var tilbage af muskulatur på den radmagre krop, skubbede han benene ud mod sofabordet. Til sidst kom han op i en slags siddende stilling med knæene på ryatæppet og kroppen hvilende mod sofaen, som i bøn.

Fjernsynet kørte med al for høj lyd.

Nu huskede han. Han havde tændt det, da han kom hjem i morges. Som i en uklar drøm kunne han huske, at nogen havde banket på døren. Hidsigt og hårdt, sådan som de forbandede naboer altid plagede ham tidligt og silde. Heldigvis var der ikke sket mere. Strømerne havde vel andet at lave på sådan en dag end at komme rendende her for at anholde en gammel stakkel.

– Hurra for 17. maj, hvæsede han anstrengt og klarede endelig at få sig slæbt op i sofaen.

– Det er stadig uvist, hvornår præsident Bentley forsvandt fra hotellet …

Lyden skar sig ind i mandens slidte hjerne. Han forsøgte at finde fjernbetjeningen i kaoset på sofabordet. En pose chips var væltet ud over gamle aviser og lå badet i øl fra en dåse, som stod på hovedet. Den næsten hele pizza, han havde fået af en kammerat i baggården dagen før og gemt til nationaldagen, var der nogen, der havde spist af. Han kunne ikke begribe hvem.

– Så vidt tv-avisen er orienteret, er den amerikanske vicepræsident …

På mange måder havde det været en pokkers fin nat.

Ægte sprut, ikke det sædvanlige sprøjt. Han havde fået en halv flaske Upper Ten whisky helt for sig selv. Helt i top, måtte han indrømme, når sandheden skulle frem. Han havde forsynet sig af de andres varer, når han mente sig uset, og kun én gang var det kommet til lidt håndgemæng. Men sådan skulle det være mellem gode kammerater. Endnu et par småflasker havde fundet vej ned i inderlommen, da det hele var slut. Det kunne Harrymarry ikke have noget imod. Harrymarry var en superfin dame. Hun var havnet på den grønne gren, da hun blev samlet op af politidamen og hendes stinkende rige knopveninde og blev fisefornem hushjælp i rigmandskvarteret. Men Harrymarry var ikke den, der glemte, hvor hun kom fra. Hun ville ganske vist aldrig ud af det fort af en lejlighed, hun havde muret sig inde i, men hun sendte penge til Berit i Buret to gange om året, den 17. maj og juleaften. Og så var der fest for alle fra den gamle klike. Med mad og de ægte varer.

Han burde overhovedet ikke være blevet så dårlig efter en så fin aften.

Det var ikke sprutten, det var den forbandede klunkekræft.

Da han gik gennem byen på morgenkvisten, klokken var omkring fire, lå der et smukt lys over fjorden. Rødrusserne drak og teede sig selvfølgelig, men i de stille øjeblikke havde han taget sig tid til et hvil. På en bænk eller ved et stakit ved en skraldespand, hvor han havde fundet en hel, uåbnet flaske øl.

Lyset var så fint om foråret. Træerne var ligesom venligere, og selv bilerne dyttede ikke helt så hidsigt, når han med mellemrum var vaklet lidt for pludseligt ud på kørebanen, og chaufføren måtte stå på bremsen.

Oslo var hans by.

– *Politiet opfordrer alle, som kan have set noget, om at …*

Hvor fanden var den fjernbetjening blevet af?

Nå, der. Endelig. Den havde gemt sig under pizzaen. Han dæmpede lyden og lænede sig tilbage i sofaen.

– Jamen, se dog, sagde han tonløst.

De viste billeder af noget tøj. Blå bukser. En knaldrød jakke. Et par sko, som bare lignede et par sko.

– ... *Ifølge politiets oplysninger er det dette tøj, præsident Bentley formodes at have været iført, da hun forsvandt. Det er vigtigt, at ...*

Klokken havde været ti minutter over fire.

Han havde lige set på tårnuret uden for den gamle Østbanestation, da hun kom. Hun og to mænd. Jakken var rød, men hun var alt for gammel til at være rødrus.

For helvede, hvor det brændte i skridtet.

Var der nogen, der var forsvundet?

Det havde været en fin nat. Og han havde ikke været længere ude, end at han kunne stavre sig gennem byen og hjem, og mæt og glad havde han følt sig. Guirlander i fine farver pyntede op i gaderne, og han havde lagt mærke til, hvor rent der var alle vegne.

Bræklugten var direkte ubehagelig nu. Han måtte gøre noget. Han måtte rydde op herinde. Gøre rent, så han ikke blev smidt ud.

Han lukkede øjnene.

Den helvedes kræft. Men man skulle jo dø af et eller andet, tænkte han. Sådan var det. Han var kun enogtres, men det var i grunden nok, når han tænkte rigtigt efter.

Så gled han langsomt ned på siden og faldt i en dyb søvn, med øret i sit eget bræk endnu en gang.

7

– ... og sådan er det bare.

Statsministeren satte sig tilbage i stolen. Der blev stille i det store rum. En svag fugt hang i luften. Stedet havde været lukket i lang tid. Peter Salhus foldede hænderne i nakken og lod blikket løbe rummet rundt. Langs den ene væg stod et langt og skrankelignende møbel. Derudover var værelset domineret af et gedigent mødebord med fjorten stolen omkring. På en væg hang en plasmaskærm. Forstærkerne stod på glashylder nede ved gulvet. Et falmet verdenskort hang på den modsatte væg.

– Så vi skal have de her …

Oslos politimester, Terje Bastesen, så ud, som om han havde lyst til at sige *bavianer*, men ændrede sin slutning:

– …*agenter* hængende på ryggen. Give dem indblik i alt, hvad vi finder, alt hvad vi foretager os, alt hvad vi måtte tro og tænke. Javel.

Inden statsministeren nåede at svare, trak Peter Salhus vejret. Han lænede sig med en pludselig bevægelse ind over bordet med armene hvilende på bordpladen.

– For det første synes jeg, vi skal gøre os én ting helt klart, sagde han lavmælt. – Og det er, at amerikanerne ikke på nogen måde vil lade deres præsident forsvinde op i den blå luft uden selv at gøre det absolut yderste for ét …

Han holdt fingrene op i luften.

– … at finde hende. To …

Endnu en finger pegede mod loftet.

– … at fange den eller dem, som har bortført hende. Og tre …

Han trak på smilebåndet.

– Sætte himmel og jord – og om nødvendigt helvede – i bevægelse for at straffe vedkommende. Og det kommer ikke til at foregå her i landet, hvis jeg må sige det på den måde. Afstraffelsen, mener jeg.

Justitsministeren rømmede sig tørt. Alle så på ham. Det var første gang, han åbnede munden, siden mødet var begyndt.

– Amerikanerne er vores gode venner og allierede, sagde han; stemmen havde en tone af højstemt panik, som fik Peter Salhus til at lukke øjnene for ikke at afbryde. – Og vi skal naturligvis stå til tjeneste. Men det skal stå lysende klart …

Her slog ministeren knytnæven lidt for hårdt i bordet.

– … at vi befinder os i Norge. Med norsk jurisdiktion. Det er norsk politi, som skal stå for efterforskningen. Lad det stå fuldstændig klart. Og når gerningsmanden er pågrebet, så er det de *norske domstole* …

Stemmen blev skinger, og han hørte det selv. Han standsede og rømmede sig igen, inden han fortsatte.

– Med al respekt …

Peter Salhus' stemme lød grov i sammenligning. Han rejste sig fra stolen. Justitsministeren blev siddende med halvåben mund.

– Statsminister, fortsatte Salhus uden så meget som at kaste et blik på den øverste politiske ansvarlige for norsk politi. – Jeg tror, det er på tide med en slags realitetsorientering her.

Politidirektøren, en mager kvinde, som sad i fuld uniform og stort set havde nøjedes med at lytte sig gennem mødet, lænede sig tilbage og foldede armene foran brystet. Hun havde virket åndsfraværende det meste af tiden, og ved to lejligheder havde hun forladt rummet for at besvare telefonopkald. Nu rettede hun blikket direkte mod overvågningschefen og virkede mere interesseret.

– Jeg finder grund til, forsøgte justitsministeren hidsigt. – … at gøre opmærksom på, at …

– Jeg tror lige, vi bruger tid på det her, afbrød statsministeren med en håndbevægelse, som sikkert var ment beroligende, men som mest virkede som en irettesættelse af et ulydigt barn. – Fortsæt, Salhus. Hvor er det, vi mangler realitetssans? Hvad er det, du har set, som vi andre ikke helt har forstået?

Hans øjne, som i forvejen virkede påfaldende smalle i det runde ansigt, så nu ud, som om de var skåret ud med en skalpel.

– Er det kun mig, begyndte Salhus og slog ud med armene, – er det kun mig, der oplever denne situation som fuldstændig absurd?

Uden at vente på svar fortsatte han:

– En hel lille luftstyrke ud over *Air Force One*. Rundt regnet halvtreds *secret service*-agenter. To pansrede biler. Bombehund. En håndfuld specialrådgivere, hvilket i princippet betyder FBI-agenter, hvis nogen skulle være i tvivl …

Han prøvede at undgå at se over mod justitsministeren, som nu sad og rørte hektisk i sin kaffekop med en blyant.

– Det er den amerikanske præsidents rejsefølge under besøget i Norge. Og ved I hvad? Det er forbløffende småt!

Nu lænede han sig ind over bordet, hvilende på begge hænder.

– *Småt!*

Han lod ordet hænge i luften som for at måle chokeffekten.

– Jeg har lidt svært ved at forstå, hvor du egentlig vil hen, sagde politidirektøren roligt. – Vi er alle sammen klar over, hvor stor en stab præsidenten har taget med, og det er vel ikke …

– Det er faktisk meget småt, gentog Peter Salhus. – Det er ikke usædvanligt, at den amerikanske præsident medbringer en hær på to-tre hundred agenter. Egne kokke, en hel flåde af biler. En stor og solid varevogn proppet med moderne kommunikationsudstyr. Militærambulance. Skudsikre skjolde til brug ved offentlige optrædender, diverse dataudstyr, hele *kenneler* af spor-, bombe- og forsvarshunde …

Han skar igen en grimasse, da han rettede ryggen ud.

– Men her kommer en dame med en ret så ussel styrke. Undskyld …

Beklagelsen kom lynsnart, og han løftede hånden afværgende mod statsministeren.

– Præsidenten, mener jeg. *Madam President*. Og hvorfor, spekulerer I sikkert over. Hvorfor? Hvorfor i himlens navn kommer den amerikanske præsident på sin første udenlandsrejse med en så begrænset beskyttelse fra sine egne?

Det virkede ikke, som om tilhørerne spekulerede meget over spørgsmålet. Tværtimod havde samtalen indtil da drejet sig om den overvældende gruppe amerikanske tjenestemænd, som nu bankede på døre, brasede ind på kontorer, lagde beslag på udstyr og i øvrigt gjorde det besværligt for det norske politi.

– Fordi – der – er – sikkert – her.

Ordene kom overdrevent langsomt, og han gentog:

– Fordi Norge er et sikkert sted. Troede vi. Se på os.

Han slog sig forsigtigt på brystet.

– Det hele er absurd, gentog han lavmælt, han havde mere opmærksomme tilhørere nu. – Denne lille tarm på kortet, denne ...

Han kastede et blik op på verdenskortet. Hjørnerne var slidte. Ordet *Jugoslavien* stod med fede bogstaver hen over Balkan, og Peter Salhus greb sig i at ryste på hovedet.

– Gode, gamle Norge, sagde han og strøg med fingeren over sit eget land fra nord til syd. – I mange år har vi skiftevis talt om, hvilket farverigt fællesskab vi har fået, og hvilken multikulturel nation vi er blevet, for så i næste øjeblik at lulle os ind i forestillingen om fred, uskyld og anderledeshed. Verden er kommet tættere ind på os, siger vi hele tiden, samtidig med at vi bliver yderst fornærmede på den samme verden, hvis den ikke ser på os på nøjagtig samme måde, som vi altid selv har gjort: Vi er en idyllisk plet på kortet. En fredelig afkrog af verden, rig og gavmild og venner med alle.

Han bed sig i en tør flig af læberne.

– Vi er midt i en voldsom, forfærdelig kollision, og det vil jeg gerne have, at I forstår. Dette land er forberedt på diverse kriser i en grad, som man kan forvente. Vi er forberedt på epidemier og andre katastrofer. Nogle mener endog, at vi er forberedt i tilfælde af krig ...

Han smilede svagt i retning af forsvarsministeren, som ikke smilede tilbage.

– Hvad vi absolut ikke er forberedt på, er dette. Det, som sker nu.

– Og som er? spurgte politidirektøren, stemmen var skarp og lys.

– Som er, at vi har forlagt den amerikanske præsident.

Justitsministeren hikstede upassende, det kunne minde om et fnis.

– Og det finder de sig ganske enkelt ikke i, sagde Salhus uforstyrret og gik tilbage til den stol, han havde rejst sig fra.

– Amerikanerne har ganske vist mistet en og anden præsident gennem historien ved attentater. Men de har aldrig, *aldrig nogen sinde,* mistet en præsident på fremmed jord. Og jeg kan forsikre jer om én ting …

Han satte sig tungt.

– Hver eneste en af de *Secret Service*-agenter, som nu summer rundt og gør livet vanskeligt for vores underordnede, tager dette personligt. Højst personligt. *This happened on their watch*, og det vil de simpelthen ikke have siddende på sig. For dem er det her værre end … For dem er det her …

Hans tøven fik statsministeren til at indskyde et spørgsmål:

– Hvem … hvem kan vi egentlig sammenligne dem med?

– Ingen.

– Ingen? Men det er en politistyrke, og …

– Ja. De har ganske vist også en del andre opgaver, men det er livvagterne, som udgør styrkens identitet, og sådan har det været siden attentatet mod præsident McKinley i 1901. Og med det, der skete i nat, er denne identitet alvorligt truet. Ikke mindst fordi det hele beror på en gedigen bommert. Begået af dem selv.

Det klirrede stadig fra justitsministerens kop. Ellers var der ikke en lyd. Denne gang var der ingen, som benyttede pausen til at stille spørgsmål.

– De fejlvurderede situationen, sagde Peter Salhus. – Groft. Det er ikke kun os, som anser dette land for at være en fredelig afkrog i en farlig verden. Amerikanerne gør det også. Og det mest bekymringsvækkende ved hele denne sag, ved siden af det faktum, at præsidenten er sporløst forsvundet, er, at amerikanerne faktisk troede, at der var sikkert her. De er nemlig langt bedre i stand til at vurdere den slags, end vi er. De burde ganske enkelt have vidst bedre, eftersom …

– Eftersom de har ufatteligt meget mere efterretning, fuldførte politidirektøren langsomt.

– Ja.

– Javel, sagde statsministeren.

– Netop, sagde forsvarsministeren og nikkede.

– Ja, sagde Peter Salhus igen.

Så blev der stille. Selv justitsministeren lod kaffekoppen være i fred. Plasmaskærmen på væggen lyste ensfarvet blåt og havde intet at fortælle. Et lysstofrør i loftet var begyndt at blinke, uregelmæssigt og uden en lyd. Da en flue brød stilheden med en doven summen på vej op mod loftet, fulgte Peter Salhus den med øjnene, lige indtil stilheden begyndte at blive pinlig.

– Amerikanerne aner altså intet om, hvad det her drejer sig om, opsummerede regeringschefen.

Han samlede papirerne foran sig i en bunke uden at gøre yderligere tegn til at ville afslutte mødet.

– Nej, heller ikke de, mener jeg.

– Jeg ville måske snarere sige, at de ikke *anede*, sagde Salhus langsomt. – På forhånd, mener jeg. Udfordringen for amerikanerne er nu at analysere det vældige materiale, de til hver en tid sidder inde med. En gang til. Lægge kortene op på en anden måde og se, hvilket billede som så tegner sig.

– Men problemet er, sagde politidirektøren og slog let efter fluen, som var ved at blive nærgående. – At de har for mange kort at lægge op.

Salhus nikkede.

– Du kan ikke engang forestille dig det, nikkede han; øjnene virkede tørre, og han bed sig i tommelfingeren. – Det er vanskeligt for os at forestille os, hvad de sidder inde med. Og hvad de får ind. Hvert minut, hver time, døgnet rundt. Efter 11. september er FBI mangedoblet i størrelse og budget. Fra at være en relativt traditionel politiorganisation med klare politifaglige og hovedsageligt interne, amerikanske opgaver, lægger antiterror-aktiviteten nu beslag på broderparten af både penge og bemanding. Og dette, mine damer og herrer …

Han tog et officielt portræt af Helen Lardahl Bentley op fra bordet.

– At kidnappe præsidenten hører definitivt ind under det amerikanske terrorbegreb. Nu kommer de stormende, det kan I godt øsregne med. Som jeg sagde, er der antageligt en del

FBI-folk i præsidentens følge. *But we ain't seen nothing yet.*

Han smilede blegt og lod pegefingeren løbe under kanten på skjortekraven, mens han så distræt på billedet af præsidenten.

– Ifølge mine rapporter lander der et specialfly allerede om tre timer, bekræftede politidirektøren. – Og flere følger vel efter.

Statsministeren lod fingerspidserne løbe over bordpladen. De standsede ved en kaffeplet. To kraftige rynker tegnede sig mellem hudfolderne, som kun afslørede, at der var øjne inde bagved, fordi de blev ramt af en lysrefleks.

– Vi taler vel ikke om en direkte invasion, sagde han tydeligt irriteret. – Du får det til at lyde, som om vi er fuldstændig prisgivet amerikanerne, Salhus. Lad der ikke være skyggen af tvivl om, ...

Han hævede stemmen endnu en tak.

– ... om, at det indtrufne er sket på norsk jord. Vi skal naturligvis ikke spare nogen anstrengelse eller midler, og amerikanerne skal behandles med tilbørlig respekt. Men dette er og bliver en *norsk* sag. For *norsk* politi og retsvæsen.

– Pøj, pøj med det, mumlede Peter Salhus og gned knoerne mod panden.

– Jeg vil gerne have mig frabedt den slags ...

Statsministeren afbrød sig selv og løftede et vandglas op til munden. Hånden skælvede let, og han satte det ned igen uden at gøre forsøg på at drikke. Inden han nåede at tale videre, bøjede politidirektøren sig ind over bordet.

– Peter, hvad er det i virkeligheden, du mener? Skal vi overlade hele problemet til amerikanerne? Opgive vores suverænitet og jurisdiktion? Det mener du da ikke alvorligt?

– Det mener jeg naturligvis ikke, sagde Salhus; han virkede forbavset over den familiære tiltaleform og tøvede. – Jeg mener, at ... Jeg mener faktisk det modsatte. Al erfaring – politisk, politifaglig, historisk og for den sags skyld også militær – viser, at vi har en enorm fordel frem for amerikanerne i denne sag.

Det bankede på døren, og en rød lampe tændtes ved karmen.

Ingen reagerede.

– Vi er norske, sagde Peter Salhus. – Vi kender dette land. Vi behersker sproget. Infrastrukturen. Geografien, topografien. Arkitekturen og byen. Vi er norske. De er amerikanske.

Det bankede igen, hidsigere nu.

– Vi er i gang, fortsatte Salhus og trak på skuldrene. – Ting virker. Alle vi, som skal være her, er til stede. Kriseberedskabet fungerer. Mandskab er indkaldt. Maskineriet er for længst gået i gang i alle etater. Protokollen prøver UM og Justits foreløbig at tage sig af. Min pointe er blot ...

Han tav, da en midaldrende, kuglerund kvinde kom ind i rummet. Tavs lagde hun et ark papir foran statsministeren, som ikke gjorde mine til at ville læse. Tværtimod nikkede han opfordrende til Salhus.

– Fortsæt, sagde han kort.

– Min pointe er, at vi må indse, hvilke kræfter vi har med at gøre. Vi må ikke have illusioner om, at amerikanerne lader sig dirigere i en situation som denne. De kommer til at gå over stregen, gang på gang. Samtidig må vi erkende, at de sidder på kvalifikationer, udstyr og efterretning, som kan være helt afgørende for sagen. Vi har ganske enkelt brug for dem. Det allervigtigste bliver at overbevise dem om, at ...

Han løftede vandglasset og så åndsfraværende på det. Fluen havde sat sig på indersiden og løftede, forknyt og halvdød, vingerne.

– At de har mindst lige så meget brug for os, sagde han med eftertryk og drejede det tomme glas mellem hænderne. – Hvis ikke, tromler de os ned. Og hvis vi skal opnå en sådan gensidig tillid, tror jeg, vi lige så godt først som sidst skal prøve at undgå at pukke for meget på ord som jurisdiktion, norsk territorium og suverænitet.

– Næsten sådan som Vidkun Quisling må have sagt det, sagde forsvarsministeren. – I aprildagene 1940.

Den stilhed, som fulgte, var tæt på absolut. Selv fluen

havde kapituleret og lå med benene i vejret på bunden af vandglasset. Statsministerens utrættelige fumlen med papirbunken standsede brat. Politidirektøren sad stift i stolen uden at benytte ryglænet. Udenrigsministeren, som dårligt havde hævet stemmen under hele mødet, sad ubevægelig med et stivnet, måbende ansigtsudtryk.

– Nej, sagde Peter Salhus endelig, og så lavt, at statsministeren, som sad for den anden ende af det store bord, næsten ikke kunne høre det. – Ikke sådan. Overhovedet ikke sådan.

Han rejste sig stift og langsomt.

– Jeg går ud fra, at mødet er forbi, sagde han uden at se på statsministeren.

Så gik han hen mod døren. Han holdt dokumenterne løst i hånden og så ikke på nogen. Alle stirrede på ham. Idet han passerede den sidste stol inden døren, lagde statsministeren en forsonende hånd på hans underarm.

– Foreløbig tak, sagde han.

Salhus svarede ikke.

Statsministeren fjernede ikke hånden.

– Du … du beundrer virkelig disse FBI-folk.

Peter Salhus fattede ikke, hvad manden var ude efter. Han svarede stadig ikke.

– Og disse *Secret Service*-agenter. Du beundrer dem virkelig, ikke?

– Beundrer, gentog Peter Salhus langsomt, som om han ikke helt forstod, hvad ordet indebar.

Han trak armen til sig og mødte statsministerens blik.

– Måske, nikkede han. – Men først og fremmest … frygter jeg dem. Det burde I alle sammen gøre.

Så forlod han regeringens hemmelige krisehåndteringscenter med en svag duft af fugtig råd i næsen.

8

Manden på tankstationen var virkelig sur. Det var andet år i træk, han skulle arbejde 17. maj. Han var selvfølgelig kun nitten år og dermed den yngste af de ansatte, men det var alligevel ikke retfærdigt, at han skulle stå og rådne op på arbejde på en dag, hvor næsten ingen brugte benzin. Tanken lå også alt for langt fra centrum til, at pølsesalget ville blive noget at skrive hjem om. De skulle have lukket hele skidtet. Hvis nogen absolut skulle have brændstof, var der jo pumperne til kreditkort.

– Knægten tager vagten, havde chefen brummet, da de et par uger i forvejen havde skændtes om vagtplanen.

Knægten tager den. Som om chefen var hans far eller sådan noget.

To drenge i tiårsalderen kom stormende ind. Uniformerne var vinrøde med sorte huer og bandolerer i hvid lak. Trommerne havde de lagt fra sig et andet sted. De fægtede vildt og voldsomt med stikkerne.

– *En garde!* hujede den ene og satte et stød ind, som ramte.

– Av, for fanden!

Den mindste af dem slap trommestikkerne og tog sig til skulderen.

– Hold op med det dér, sagde tankpasseren. – Skal I have noget eller hvad?

Uden at svare fór drengene hen til isboksen. Den var lidt for høj for dem. Den ene brugte en chokoladehylde som stige.

– Isbåd! skreg den anden.

– Stop så det dér!

Tankpasseren slog i disken.

Den frække, som klatrede, var en fejlfarve.

De kunne camouflere sig, så meget de ville, i korpsuniformer og nationaldragter. De blev alligevel ved med at være fejlfarver. Det var faktisk helt vildt åndssvagt, som de prøvede at fornorske sig. Tidligere på dagen var der kommet et helt optog ind af bittesmå negre. De larmede og teede sig og fyldte hele tanken, som om de var hjemme i Tamil-land eller Afrika, eller hvor de nu kom fra. De skulle heller ikke have ret meget. Men festsløjfer havde de på! Store røde og hvide og blå bånd på deres jakkeopslag og Fretex-frakker. De grinede og larmede og ødelagde hele nationaldagen.

– Hallo, du dér!

Tankpasseren åbnede lugen i disken og gik hen til drengene. Han tog fat i nakken på pakistaneren.

– Slip den is.

– Jeg skal nok betale! Jeg betaler jo!

– Slip så den skide is!

– Av, for fanden!

Stemmen var ikke så kæk mere. Tankpasseren ville vædde på, at ungen var lige ved at græde. Han slap ham.

– Hej!

En mand kom ind i butikken. Han standsede et øjeblik og så spørgende på de to drenge. Tankpasseren mumlede hej.

– Ja, undskyld, at jeg parkerer helt op ad vinduet, sagde manden og nikkede ud mod en blå Ford på den anden side af ruden. – Jeg så ikke skiltet, før jeg var steget ud. Og jeg skal bare have noget mineralvand.

Tankpasseren nikkede hen mod et køleskab og gik tilbage til sin plads bag disken. Den yngste af drengene, ham med lyse krøller under huen, klaskede en halvtredser ned foran ham.

– To is! hvæsede han mellem tænderne. – To isbåde, røvhul!

Manden med Forden stillede sig bag hans ryg. Drengen tog imod byttepengene uden et ord og vendte sig om. Så rakte han den ene is til sin kammerat, som havde søgt tilflugt lige ved udgangen.

– *Pikansjos!* bjæffede de i kor, idet døren lukkede sig efter dem.

– Tre mineralvand, sagde den voksne kunde.

– På kort? spurgte tankpasseren surt.

– Nej. Her.

Han fik tilbage på en hund og stoppede pengene i lommen.

Tankpasseren kastede et kort blik ud mod bilen. Den stod med førersiden mod vinduet, mindre end en meter ude. Han syntes, han kunne skimte nogen på passagersædet, et lår og en hånd som rakte ud efter noget. På bagsædet sad en kvinde og sov. Hovedet var tilbagelænet, delvis støttet mod vinduet. Jakken var krøbet op over skuldrene og tvang nakken i en unaturlig vinkel. Halsen var næsten lige så rød som stoffet.

– Hej, igen, sagde manden, trak kasketskyggen ned i panden og forsvandt.

Forpulede 17. maj. Klokken var snart fire. Så blev han i det mindste afløst. Hvis altså chefen gad dukke op. Man kunne aldrig være sikker. Lortedag.

Langsomt lagde han en pølse i et brød og fyldte op med rejesalat, remoulade og mængder af sennep, inden han gaflede den i sig.

Det var hans niende siden i morges, og den smagte ikke godt.

9

– Slottet er lige deroppe, sagde ambassadør George A. Wells og nikkede mod parken på den anden side af Drammensveien. – Det er ikke kun til pynt. De bor der faktisk. Kongeparret. Hyggelige mennesker. Meget hyggelige mennesker.

Mændene lignede hinanden. Som de stod med ryggen mod rummet og ansigtet vendt ud mod byen bag fæstningsværket, som omringede den trekantede bygning, kunne de godt have været brødre. Ambassadøren måtte ganske vist dagligt finde sig i spydigheder fra sin kone om, at han burde tabe nogle pund over maven, men de to mænd, som stod bag vinduet på den amerikanske ambassade i Oslo og så festklædte mennesker juble forbi de fjendtlige stålgærder, tog både deres fedtfattige kost og deres golf dybt alvorligt. De så godt ud. George Wells nærmede sig de halvfjerds, men var stadig velsignet med en tyk, sølvgrå manke. Gæsten var yngre og havde det samme, kraftige hår, om end en anelse mindre velplejet. De stod begge med hænderne i lommen. Jakkerne havde de for længst taget af.

– Kongefamilien virker dårligere beskyttet end vi, sagde gæsten og nikkede mod Slotsparken. – Kan hvem som helst virkelig gå helt op til Slottet?

– Man ikke bare kan, man gør det. Denne langvarige parade, som afholdes hvert år den 17. maj, passerer lige under en balkon, hvor hele kongefamilien står og vinker. Det er altid gået godt. Men nu er de altså også ...

Han smilede træt og strøg sig gennem håret.

– ... lige en anelse mere populære end vi er.

Der blev stille imellem dem. De så ned på vejen, hvor det var svært at sige, om folk kom eller gik. Pludselig og samtidig fik de øje på en lille dreng med et amerikansk flag. Han kunne være fem-seks år og havde mørkeblå bukser på og en knaldrød V-bluse med hvid skjorte under. Han standsede og kiggede op. Han kunne umuligt se dem, afstanden var for stor, og de røgfarvede vinduesglas gjorde det svært at se ind. Alligevel smilede han forsigtigt og vinkede med flaget. Moderen vendte sig irriteret om og greb ham i armen. Drengen blev ved med at vinke, til han var ude af syne.

– Han slipper af sted med det, fordi han er så lille, sagde ambassadøren. Han er en lille og sød afroamerikaner og får lov til at vifte med *The Starspangled Banner* den 17. maj. Om nogle år bliver det værre.

Ny stilhed. Gæsten virkede fascineret af gadelivet og blev stående ved vinduet. Ambassadøren gjorde heller ikke tegn til at ville sætte sig. En stor flok unge kom ravende ned fra Nobel-instituttet. De sang så højt og skærende falsk, at lyden skar sig igennem det pansrede glas. En ung pige i attenårs alderen var fuld og måtte støttes af to venner. Den ene havde sin venstre hånd plantet omkring hendes bryst, uden at det så ud til at genere hende nævneværdigt. Imod dem kom en skoleklasse, hånd i hånd i en pæn række. Det forreste par, to piger med lyse fletninger, begyndte at græde, da en af de unge brølede dem ind i ansigtet. Rasende forældre kom ilende til. En ung mand i blå kedeldragt hældte øl ud over den mest ophidsede far.

En politibil prøvede at presse sig igennem menneskemængden. Halvvejs igennem gav den op og standsede. To af de unge havde sat sig på kølerhjelmen. En pige ville absolut kysse den betjent, som steg ud af bilen for at skaffe ro og orden. Flere andre kom til, en hel flok rødklædte piger, som overfaldt en uniformeret betjent for at kysse ham.

– Hvad er det her egentlig? mumlede gæsten. – Hvad er det for et land?

– Det burde du strengt taget have vidst, sagde ambassadøren, – inden du sendte *Madam President* herover. Og så på en dag som denne.

Gæsten sukkede hørligt, næsten demonstrativt. Han gik hen til et bord, hvor mineralvand og glas stod pænt opstillet på et sølvfad. Han løftede den ene flaske og så spørgende på ambassadøren.

– Ja, forsyn dig endelig.

Også ambassadøren lod til at have fået nok af norsk folkeliv. Han greb en fjernbetjening, og efter et par tryk på tasterne gled de lette gardiner for vinduerne.

– Jeg beklager den udtalelse, Warren.

Ambassadøren satte sig. Bevægelserne var tungere nu, som om dagen allerede havde været alt for lang, og alderen ikke længere var lige så let at bære.

– Det er i orden, sagde Warren Scifford. – Og desuden har du ret. Jeg burde have vidst det. Pointen er, at det gør jeg. Jeg ved alt, hvad man kan læse og lytte sig til. Du kender rutinerne, George. Du ved, hvordan vi arbejder.

Han holdt en flaske vand ud i strakt arm og så skeptisk missende på etiketten. Så trak han på skuldrene og skænkede et glas op.

– Vi har arbejdet på det her i to måneder, sagde han. – Og vi syntes faktisk, det var en god idé, da *Madam President* foreslog Norge som mål for sit første udenlandsbesøg. En …

Han hævede glasset til en tavs skål.

– … strålende idé. Og du ved naturligvis hvorfor.

Ambassadøren sagde ingenting.

– Vi har en rangorden, sagde Warren Scifford. – Helt uofficiel, naturligvis, men alligevel en seriøs rangorden. Og hvis vi ser bort fra et par Stillehavsstater med et par tusind vennesæle indbyggere, hvor den eneste risiko for præsidenten ville være en uvarslet tsunami …

Han drak en slurk, sank og tørrede sig om munden med skjorteærmet.

– … så er Norge det sikreste land at besøge. Sidste gang …

Nu rystede han svagt på hovedet.

– Præsident Clinton opførte sig, som om han var på herretur i Little Rock, da han var her. Det var før din tid, og før …

Han tog sig pludselig til tindingen.

– Er alt i orden? spurgte ambassadøren.

Warren Scifford rynkede panden og tog sig til nakken.

– Opslidende flyvetur, mumlede han. – Jeg har faktisk ikke sovet et helt døgn. Det her kom lidt pludseligt, kan man sige. Hvornår kommer denne her fyr? Og hvornår kan jeg …

Telefonen på det enorme skrivebord ringede.

– Ja?

Ambassadøren holdt røret et par centimeter fra øret.

– Ja, sagde han en gang til og lagde på.

Warren Scifford satte glasset tilbage på sølvfadet.

– Han kommer ikke, sagde ambassadøren og rejste sig.

– Hvad?

– Vi skal hen til dem.

Han greb sin jakke og tog den på.

– Men vi har en *aftale* …

– Strengt taget er det vel snarere en ordre, afbrød ambassadøren og pegede på Sciffords jakke. – En ordre fra os til dem. Tag jakken på. De accepterede den ikke. De vil have os derhen.

Inden Warren Scifford nåede at protestere igen, lagde ambassadøren hånden faderligt på den yngre mands underarm.

– Du ville have gjort nøjagtigt det samme, Warren. Vi er gæster i dette land. De vil spille på deres egen bane. Og selv om de er få, må du bare forberede dig på, at …

Han greb sig i det og lo lidt, gnæggende og forbløffende lyst. Så gik han hen mod døren, inden han satte punktum for diskussionen:

– Der er ikke mange indbyggere her i landet, men de er ubegribeligt stædige. Alle som én. *You might as well get used to it, son. Get used to it!*

10

– Mor! Det passer! Du kan selv spørge Caroline!

Hun lagde sig opgivende ind over bordet og slog i det med venstre hånd. Øjnene var røde, og sminken var løbet ud i grå skygger over kindbenene. Håret, som aftenen før havde været sat op med farverige bånd og sløjfer som en hyldest til firserne, hang ned ad ryggen som sørgelige rester efter en lidt for vellykket fest. Hun havde taget kjolen halvt af. Ærmerne lå løst bundet omkring taljen, og hun havde stukket en halvliters cola ned i linningen.

– Hvorfor tror du ikke på mig? Du tror *aldrig* på noget, jeg siger!

– Jo, da, sagde moderen roligt og satte et aflangt fad i ovnen.

– Nej! Du tror, jeg drikker og bol …

– Så er det godt!

Moderens stemme blev skarpere, og hun smækkede ovndøren i med et brag.

– Du flytter hjemmefra til efteråret, unge dame. Fra da af

kan du gøre lige, hvad du vil. Men indtil da ...

Kvinden vendte sig om mod datteren. Hun satte en hånd i siden og åbnede munden for at sige noget. Så lukkede hun den igen og strøg sig opgivende over håret.

– Spørg selv Caroline, jamrede datteren og greb om et halvfuldt mælkeglas. – Vi var der begge to. Jeg ved ikke, hvor de kom fra, men de satte sig ind i en bil. En blå bil. Det er altså rigtigt! Det passer, mor!

– Jeg tvivler ikke på, at du taler sandt, sagde moderen med anstrengt stemme. – Jeg prøver bare at få dig til at forstå, at det ikke har været den amerikanske præsident, I så. Det må have været nogle andre. Forstår du ikke det! Fatter du ikke ...

Med en stønnen satte hun sig ned ved bordet og prøvede at tage datterens hånd.

– Hvis nogen kidnapper den amerikanske præsident, spadserer de ikke pænt og udramatisk tværs over en parkeringsplads ved hovedbanegården i morgenlyset den 17. maj og i alles påsyn. Du må holde op med ...

Pigen rev hånden til sig.

– I alles påsyn! *I alles påsyn!* Der var jo for fanden ikke andre! Der var kun Caroline og mig og ...

– Du må holde op med altid at være så *dramatisk!* Du må da kunne fatte og indse ...

– Jeg ringer altså til strømerne. Damen havde præcis det tøj på, som de viste i fjernsynet. Fuldstændig mage til. Jeg sværger! Jeg ringer, mor.

– Gør du bare det. Hvis du vil gøre dig helt til grin. Men husk i det mindste, at de kalder sig politiet, ikke strømerne. Ring så bare.

Moderen rejste sig. Stegeosen var ubehagelig. Hun åbnede vinduet på klem.

– Og hvem fanden holder middagsselskab den 17. maj? mumlede datteren og drak af mælkeglasset.

– Nu styrer du dig! Nu *skal* du simpelthen holde op med det helt unødvendige banderi!

– Den 17. maj holder folk morgenbord, mor. Til nød en fin

frokost. Jeg har aldrig hørt om nogen, som holdt en skide ...

En kasserolle blev hamret ned i køkkenbordet. Den voksne kvinde rev forklædet af og tog to raske skridt hen mod datteren. Så klaskede hun hænderne i bordet.

– *Vi* har middagsselskab den 17. maj, Pernille. *Vi, familien Schou*. Det har vi haft i flere generationer, og *du* ...

Hun løftede pegefingeren. Den dirrede.

– ... du har at indfinde dig i spisestuen præcis klokken seks, og det i en adskilligt bedre tilstand, end du er i nu. Forstået?

Moderen tolkede den uforståelige mumlen som et samtykke.

– Men jeg *så* præsidenten, insisterede pigen næsten uhørligt. – Og hun så fandeme ikke særlig kidnappet ud.

11

Modellen af Hotel Opera var udført i en målestok på 1:50. Den stod monteret på sine egne, solide ben og mindede om en boligplatform en miniature. Detaljerne var imponerende. De små svingdøre i indgangspartiet var bevægelige. Vinduerne var af ultratyndt glas, og selv gardinerne havde rigtigt mønster. Da Warren Scifford gik ned i knæ og kiggede ind i foyeren, så han gule sofaer stå over for hinanden med bittesmå borde imellem. Lamperne lyste gult, og de kongeblå lænestole indbød til, at man satte sig i dem.

– Den er ikke bygget i dag, mumlede han og kløede sig i skægstubbene.

– Nej, sagde politimester Bastesen. – Den blev lavet i forbindelse med ombygningen. Hotellets direktion har naturligvis været særdeles ...

Han ledte efter det engelske ord.

– ... imødekommende. Taget kan tages af.

Hans hænder var grove og rystede lidt. Idet han forsigtigt satte fingrene omkring taget, forskubbede det sig. En raspende lyd fik en ung politibetjent, som havde stået tilbagetrukket i et hjørne af rummet, til at styrte til. Yderst varsomt løftede han taget af modellen og blotlagde hotellets niende etage.

– Se bare, sagde Warren Scifford. – Det var altså her, hun boede.

Præsidentsuiten vendte mod syd i hotellets vestfløj. Selv efter at taget var fjernet fra modellen, forblev vinduesfladerne mod fjorden på plads. Skydedørene førte ud til tagterrassen, kantet med bittesmå blomsterkrukker. Suiten var smukt møbleret helt ned til mindste detalje, som i et dukkehus hos en forkælet rigmandsdatter.

– Man kommer altså ind her, pegede Bastesen med en laserpen; den røde prik hoppede og dansede. – Lige ind i opholdsrummet. Man kan så gå her hen …

Prikken hoppede mod øst.

– … til kontoret. Det skal være en slags kontor. Vi har jo både …

Han bøjede sig nærsynet ind mod modellen.

– Her er både pc og en lillebitte printer. Og, som du kan se, inde i opholdsrummet har vi selve sengen. Vi går ud fra at præsi … at *Madam President* må have sovet, da kidnapperne kom.

– Kidnapperne, gentog Warren Scifford og berørte forsigtigt sengetøjet med pegefingeren. – Så vidt jeg har forstået, findes der ingen oplysninger om, hvor mange de var.

Politimester Bastesen nikkede og stak laserpennen tilbage i brystlommen.

– Det er korrekt. Jeg henholder mig bare til beskeden. *Vi tager kontakt*, står der. „Vi". Ikke „jeg". *We've got her. We'll be in touch.*

Warren Scifford rettede ryggen og fik et lamineret stykke papir i hånden.

– Jeg går ud fra, at det her er en kopi, sagde han.

– Naturligvis. Originalen er til nærmere analyse. Det var dine folk, som fandt den, og de … de var erfarne nok til at lade den ligge, til der blev taget behørigt hånd om den.

– *Times New Roman*, konstaterede Scifford med det samme. – Den mest almindelige af alle skrifttyper. Jeg går ud fra, at der ikke er nogen fingeraftryk? Og at papiret er af en type, som findes på hvert eneste kontor og i hvert eneste hjem?

Han gad ikke engang løfte blikket mod politimesterens bekræftende svar. I stedet rakte han papiret tilbage og koncentrerede sig igen om modellen.

– For øvrigt er det ikke mine folk, sagde han og trådte langsomt et par skridt til venstre for at få en ny synsvinkel på præsidentsuitens indgangsdør.

– Undskyld?

– Du sagde, at „mine folk" havde fundet papiret.

– Ja ...

– Det er ikke mine folk. De er fra *Secret Service*. Jeg er, som jeg går ud fra, at du er blevet oplyst om ...

Håret faldt ned i panden, da han bøjede sig og lukkede det ene øje. Han så med sammenknebne øjne hen ad korridoren uden for præsidentsuiten.

– ... fra FBI. To forskellige organisationer.

Stemmen var kølig. Han søgte stadig ikke øjenkontakt med politimesteren. I stedet trykkede han sin håndflade mod hans overarm, som om han ønskede at flytte på en genstridig, lille dreng.

– Giv mig lige plads her, mumlede han og virkede igen dybt optaget af modellen af Hotel Opera. – Er denne her lige så nøjagtig, som den ser ud til at være?

Politimesteren svarede ikke. En rødmen bredte sig over hans kinder. Han blinkede flere gange, inden han børstede et støvfnug af uniformsjakken og rømmede sig.

– Mr. Scifford, sagde han; stemmen var mørkere og mere grødet nu.

– Scifford, korrigerede FBI-agenten. SKI, ligesom i de der planker I går på i sneen. Ikke *SKY* som i himmel.

Han pegede op i loftet.

– Jeg beklager og noterer mig korrektionen, sagde politimesteren langsomt. – Men før vi går videre, vil jeg gerne gøre et par ting klart for dig. For det første ...

– Lige et øjeblik ...

Warren Scifford løftede hånden.

– Her står der et kamera, ikke sandt?

Han tog en pen op af jakkelommen og pegede på korridoren.

– Ja, sagde Bastesen tøvende. – Og herhenne. Lige der hvor korridoren slår et sving. På den måde har man hele gangen under opsyn. Fra begge sider. Derudover står der et kamera her ...

Han pegede på området uden for elevatorhuset.

– Og her, ved trapperne. Nødudgangen. Men inden vi går videre, vil jeg gerne ...

– Vent lige lidt. Bare et lille øjeblik.

Warren Scifford cirklede dybt koncentreret rundt om modellen. Af og til standsede han, lagde ansigtet ind mod ydermuren og sigtede ned langs korridoren. Håret, mørkegråt og svagt krøllet, faldt hele tiden ned i panden. Han spidsede munden og smaskede, inden han tog en ny runde, langsomt.

– Jeg skal selvfølgelig se hotellet i virkeligheden, sagde han uden at tage øjnene fra modellen. – I aften, helst. Men du har ret. Hele korridoren ser ud til at være dækket. Hvad med terrassen?

– Nu er det ikke muligt at komme derop fra ydersiden, med mindre man ...

– Intet er umuligt, afbrød Warren Scifford og supplerede med et smil, som det var umuligt at tolke. – Mit spørgsmål drejer sig om, hvordan kameradækningen er.

– Godt. *Madam President* ønskede ikke kameraer i suiten. Hun var vistnok meget standhaftig. Både vi og ...

Warren Scifford løftede begge hænder. Politimester Bastesen lod sig igen afbryde. Den unge betjent havde igen trukket sig tilbage til krogen ved døren og så ilde tilpas ned i gulvet. Der var begyndt at blive varmt i rummet, næsten hedt. Bastesen svedte i uniformen. Kindernes rødmen havde bredt sig til hele ansigtet. Tynde hårstrå klistrede til panden. Scifford havde for længst smidt jakken og smøget skjorteærmerne op. Slipset hang løst, og den øverste skjorteknap stod åben. Øjnene var dybtliggende og mørkebrune med usædvanligt lange vipper. Krøllerne og det lidt for lange hår fik ham til at se yngre ud, end han sandsynligvis var. Nu så han direkte på Oslos politimester. Mesteren stirrede igen.

– Jeg kender min præsident, sagde Warren Scifford langsomt. – Jeg kender hende rigtig godt. Jeg finder det derfor ganske unødvendigt, at du informerer mig om hendes vaner. Jeg tror, vi alle sammen vil være tjent med, at vi begrænser denne ... samtale ... til det, jeg har brug for. At du simpelthen svarer på mine spørgsmål. Okay?

Politimester Bastesen tog en dyb indånding. Så smilede han uventet og pludseligt. Han tog sig god tid til at knappe jakken op og tage den af. Store svedplamager under armene lod ikke til at genere ham, da han med begge hænder strøg håret bagover og på plads. Så smilede han endnu bredere og lagde hænderne på ryggen. Langsomt vippede han frem og tilbage på fodsålerne som en gammeldags politibetjent. Skoene knirkede.

– Nej, sagde han blidt. – Det er ikke okay.

Warren Scifford hævede brynene.

– Jeg tror, at det allervigtigste nu, fortsatte Bastesen, – ... er, at du forstår, hvilken rolle du har. Og hvilken rolle jeg har.

Han blev stående et øjeblik på forfødderne, inden han vippede ned og fortsatte:

– Jeg er politimester i Oslo. En forbrydelse har fundet sted i min by, i mit land. I Norge, en selvstændig stat. Efterforskningen af denne forbrydelse falder ind under mit suveræne ansvarsområde. Når det forholder sig sådan, at offeret er en ... prominent borger fra et andet land ...

Hænderne rystede ikke længere, da han forsigtigt berørte de små blomster på terrassen uden for præsidentsuiten. Der var så stille i rummet, at den sprøde lyd af papir mod hud kunne høres.

– ... så vil vi af almindelig høflighed og af respekt for sagens betydning for en venligtsindet allieret meget gerne holde jer informeret. Og her er vi fremme ved stikordet. Information. I bistår os med den information, som er nødvendig for at løse denne sag så hurtigt som muligt og så godt som muligt. Vi informerer jer om sagens gang, og hvad der sker. *I det omfang, det ikke udgør en risiko for opklaringen.*

Den pludseligt øgede stemmestyrke fik betjenten i hjørnet til at fare sammen. Så blev der stille.

Warren Scifford trak sig i øreflippen. Han var solbrændt for årstiden. En hvid stribe løb rundt om håndleddet, hvor et armbåndsur åbenbart havde forhindret solen i at brune.

– Det forstår jeg, sagde han venligt og nikkede.

– Det håber jeg, sagde Bastesen, som ikke gengældte smilet denne gang. – Og hvis jeg så måtte komme til pointen?

Scifford nøjedes med at nikke.

– Hun ønsker altså ingen form for overvågning inde i selve suiten. Også af den grund var vi specielt omhyggelige med korridoren.

Han tændte laserpennen igen og pegede.

– Og, som du allerede har fået at vide, viser kameraerne ingen bevægelse ud og ind af værelserne i tidsrummet tyve minutter i et om natten, da *Madam President* ankom efter den officielle middag, og tyve minutter over syv, da dine mænd ...

Han greb sig i det og ændrede det til:

– ... tyve minutter over syv, da *Secret Service* fandt det nødvendigt at trænge ind i suiten. Hun skulle have meldt sig til dem klokken syv. Kortegen, som skulle hente hende til morgenmaden på Slottet, var ventet præcis klokken halv otte. Og med hensyn til terrassen ...

Han gik rundt om modellen og pegede på skydedørene af glas.

– Det var ganske vist meget svært at rigge kameraer til på terrassen, uden at det ville komme i karambolage med præsidentens eksplicitte ønske om ikke at blive overvåget i rummene. Så vi havde et problem. Derfor udstyrede vi dørene med sensorer.

Bastesen holdt en lille pause, før han sluttede:
– En alarm ville være gået i gang, hvis dørene blev åbnet. Det blev de aldrig. Sensorerne er naturligvis blevet testet efterfølgende. De er helt i orden. Vi kan altså konkludere, at ingen er kommet ud, og ingen er gået ind.
– Ingen er kommet, ingen er gået.
Warren Scifford strøg sig gennem håret.
– Lige bortset fra at *Madam President* er forsvundet, og at nogen har efterladt en besked på hendes hotelværelse.
Havde politimester Bastesen været bedre til engelsk, ville han have registreret den bidende sarkasme. I stedet nikkede han velvilligt samtykkende.
– Lige bortset fra det, naturligvis.
– Udluftningskanaler, sagde Warren Scifford mekanisk og ville ikke slippe modellen med øjnene. – Nødudgange. Andre vinduer.
– Undersøgelserne pågår nu. Alt vil naturligvis blive undersøgt meget nøje. Men vi har allerede talt med hotellets teknisk ansvarlige, og han udelukker, at udluftningskanalerne kan være benyttet til at komme ud og ind af rummene. De er ikke store nok, mener han, og desuden er de blokeret af faste riste med relativt små mellemrum. Med hensyn til vinduerne, var alle som sagt sikret med alarmer. De har simpelthen ikke været åbnet. Nødudgange?
Han lod den røde prik strejfe en dør fra kontorværelset ud til korridoren.
– Låsen er forseglet med en af disse grønne plasticbokse, som skal slås af, før døren kan åbnes. Mekanismen er urørt. Døren har ikke været åbnet. Udgangen er desuden dækket af kameraerne i korridoren, og som sagt ...
– Ingen kom, sagde Warren Scifford. – Og ingen gik.
Det bankede på døren. Betjenten så spørgende på Bastesen, som nikkede.
– Ambassadør Wells og udenrigsministeren venter på Scifford, sagde en ung kvinde på norsk. – Jeg fik indtryk af, at de var temmelig utålmodige.

– De efterlyser dig, oversatte Bastesen og rakte Scifford hans jakke.

Han tog ikke imod den. I stedet løsnede han slipset en anelse mere og trak en notesblok op af baglommen.

– Jeg foreslår, at vi indtil videre aftaler tre møder dagligt, sagde han og strøg en langsom finger under næsen. – Derudover vil jeg gerne udstyres med en *liaison*. Hvis det ...

Smilet virkede næsten drenget, som om han bad om undskyldning uden at mene det.

– Hvis det passer dig og dine, føjede han til. – Hvis du synes, det vil være en hensigtsmæssig måde at udveksle informationer på.

Bastesen nikkede og trak på skuldrene. Han stod stadig med Sciffords jakke i hånden.

– Og i så fald vil jeg meget gerne have ...

Scifford skriblede et navn på notesblokken, rev arket af og rakte det til politimesteren.

– ... hende. Kender du navnet?

Bastesen hævede forbavset øjenbrynene, mens han læste.

– Ja, men det er umuligt. Hun arbejder ikke hos os. Det har hun aldrig gjort, selv om hun ...

Han lagde jakken fra sig over en stoleryg.

– Hun har hjulpet politiet i ny og næ, sagde han. – Rent uformelt. Men i den situation, som nu er opstået, er det udelukket at benytte ...

– Jeg vil næsten insistere, sagde Warren Scifford.

Stemmen var anderledes nu. Arrogancen var forsvundet. Den slebne, langsomme udtryksmåde var afløst af en næsten appellerende tone.

– Nej, sagde Bastesen og prøvede igen at prakke jakken på amerikaneren. – Det går ikke. Men jeg skal finde en velegnet person med det samme. Jeg tror, du bør gå nu. De er vistnok meget utålmodige.

– Vent, sagde Scifford og skriblede et nyt navn på blokken. – Kan jeg få ham? Han burde da i hvert fald ...

– Ingvar Stubbor, læste Bastesen langsomt og rystede svagt

på hovedet. – Jeg kender ingen af det navn. Men jeg …

– Yngvar Stubø, lød det fra døren.

Begge mændene vendte sig om. Betjenten rødmede.

– Han mener sikkert Yngvar Stubø, stammede han. – Han er i Kripos. Han underviste os i …

– Yngvar Stubø, gentog Bastesen og viftede med den første lap, Scifford havde givet ham. – Han er faktisk gift med damen her! Kender du dem?

Warren Scifford rettede på kraven. Så tog han endelig jakken på.

– Jeg har mødt Stubbor ved to lejligheder, sagde han. – Men jeg kender ham ikke. Inger Johanne Vik, derimod … Inger Johanne kendte jeg godt engang. Kan jeg få Stubbor?

– Stubø, rettede Bastesen. – Stubøøø. Som i *bird*. Jeg skal se, hvad jeg kan gøre.

De gik sammen mod døren. Bastesen standsede brat, og han fik et nysgerrigt udtryk i ansigtet, idet han lagde en hånd på den amerikanske gæst og udbrød:

– Det er jo sandt! Inger Johanne Vik har en slags forhistorie i FBI. Et eller andet, jeg aldrig har fået helt fat i. Er det derfra, I kender hinanden?

Warren Scifford svarede ikke. I stedet strammede han slipset, rettede på jakken og gik for at møde sin ambassadør.

12

Abdallah al-Rahman var stadig en god svømmer. Han skar gennem vandet med seje tag. Rytmen var langsom, men effektiviteten i de lange arme og usædvanligt store håndflader gjorde alligevel farten høj. Vandet var uden klor. Han fik kvalme af kemikalier, og eftersom ikke andre end han selv havde tilladelse til at benytte det store bassin, var det fyldt op med saltvand. Og det blev skiftet så tit, at det aldrig havde gjort ham syg.

Manden, som sad ved bassinkanten i en behagelig stol

fuld af løse puder, smilede over skønheden i mosaikarbejdet i og omkring bassinet. Bittesmå fliser i en million nuancer af blåt gnistrede i genskinnet fra faklerne langs murværket mod øst. Aftenluften virkede sval i forhold til den intense varme, som havde plaget ham hele dagen. Han vænnede sig aldrig til heden. Men han elskede resterne af den, en opmagasineret solvarme, som gjorde aftenerne behagelige, og som fik det ømme knæ til endelig at holde op med at gøre ondt.

Araberens krop pløjede vandoverfladen. Manden ved bassinet drak te og fulgte vennen med øjnene.

Han hed Tom Patrick O'Reilly og var født ind i elendige kår i en lille by i Virginia i 1959. Og de blev værre og værre. Faderen forsvandt, da sønnen var knap ti. Han tog af sted en eftermiddag for at fylde benzin på bilen. Derefter så familien intet til hverken ham eller den tolv år gamle pickup, familiens eneste bil. Moderen sled bogstaveligt talt livet af sig for at holde nogenlunde liv i de fire børn; hun døde, da Tom var seksten. Året var 1975, og Tom besluttede sig allerede under den beskedne bisættelse for at satse alt på det ene lykkelod, han havde. Fra at være en dygtig spiller på den lokale skoles fodboldhold, lykkedes det ham i løbet af sine sidste to år på high school at blive den mest lovende quarterback, Virginia havde fostret i flere årtier. Han fik stipendium til Stanford og rejste fra barndomsbyen med en rygsæk med tøj, tre hundred dollar i baglommen og en absolut vished om, at han aldrig ville sætte sine ben i den lille ravnekrog igen.

Det første år røg knæet. Ledbånd, korsbånd og menisk. Tom O'Reilly var tyve år og troede, at hans fremtid var ødelagt. Da hans akademiske præstationer i bedste fald var middelmådige, havde han ingen mulighed for at fuldføre skoleopholdet uden at betale for det med sine spektakulære pasninger.

Han sad på sit værelse og græd, da Abdallah kom ind. Uden at banke på. Fyren, som Tom indtil da kun havde talt med et par gange, satte sig på en tremmestol og kiggede ud ad vinduet. Han sagde ingenting.

Tom O'Reilly tørrede øjnene, huskede han. Han smilede

stift og trak ned i sweateren, som var ved at blive for lille. Tom trænede sig større og større. Stipendiet dækkede kun det allermest nødvendige, skolepenge og en beskeden levestandard. Tøj var luksus. Den unge mand, som var kommet uindbudt ind på hans værelse og nu sad og pillede ved den beskedne bagage, Tom havde stoppet i rygsækken, var klædt i dyre jeans og silkeskjorte. Skoene alene ville have sprængt Toms årlige tøjbudget.

Nu, da han sad i et palads uden for Riyadh og nippede til sød te og forvaltede en formue, han ikke engang havde drømt om, da han stod på tærsklen til en lysende karriere som idrætsudøver, slog det ham, at hændelsen den varme forårsdag i 1978 var absurd.

Han kendte ikke Abdallah, ingen på Stanford kendte ham. Ikke rigtig, selv om han blev inviteret til nogle af de mest populære fester og somme tider dukkede op, slentrende og med et smil, ingen forstod. Den unge mand var stenrig. Olie, tænkte alle ved synet af det sorte hår og den skarpe ansigtsprofil. Det var sikkert olie, men ingen spurgte. Abdallah al-Rahman indbød ikke til spørgsmål om sig selv. Han var for så vidt venlig nok og desuden en dygtig svømmer på skoleholdet. Selv om han ikke opsøgte jævnaldrende selskab ligesom de andre, var han heller ikke nogen eremit. Pigerne så efter ham. Han var høj og bredskuldret, og øjnene usædvanligt store. Det blev alligevel aldrig til noget; han var en fremmed.

Det virkede, som om han ønskede det sådan.

Og pludselig sad han bare der, på et kaotisk studenterværelse med en hørm af sure drengesokker, og rakte Tom O'Reilly en redningsplanke, som den ludfattige unge mand fra Virginia greb med begge hænder.

Siden havde han aldrig sluppet grebet.

Teen var så sød, at tungen føltes ru. Tom O'Reilly satte glasset fra sig. Han strøg sig gennem det rødblonde hår og smilede til araberen, som i en eneste graciøs bevægelse kom op af vandet.

– Godt at se dig, sagde Abdallah og rakte ham hånden. –

Undskyld, at jeg har ladet dig vente.

Altid denne hånd, tænkte Tom O'Reilly. Aldrig en traditionel omfavnelse eller et kys. Aldrig andet eller mere, kun hånden. Den var våd og kold, og Tom O'Reilly skuttede sig let.

– Du har fået for meget sol, sagde Abdallah og tog et håndklæde for at tørre sit hår. – Som sædvanlig. Jeg håber ikke, du har kedet dig. Jeg har haft lidt at se til.

Tom nøjedes med et smil.

– Hvordan går det med Judith og børnene?

– Godt, sagde Tom. – Rigtig godt, tak. Garry er ved at blive god nu. Han bliver aldrig nogen quarterback at skrive hjem om, for stor og tung, men som forsvarsspiller har han måske en fremtid. Jeg prøver at trække i nogle tråde.

– Du skal ikke trække for meget, sagde Abdallah og trak en kridhvid skjorte over hovedet, inden han satte sig på en stol. – Børn skal stort set klare sig selv. Mere te?

– Nej, tak.

Abdallah skænkede op til sig selv fra en sølvkande.

De sad lidt i tavshed. Tom greb sig i at studere Abdallah, når han troede sig uset. Araberen havde en fremmedartet ro, han aldrig holdt op med at fascineres af. De havde kendt hinanden i næsten tredive år. Abdallah vidste alt, hvad der var værd at vide, om Tom. Amerikaneren havde delt sin triste historie med kammeraten allerede den første aften, og siden havde Tom holdt ham informeret om stort og småt, om piger og bagateller, om arbejde, kærlighed og politiske præferencer. Af og til, når Tom lå i sin seng og ikke kunne sove, kunne han stirre på sin kone i mørket og tænke, at Abdallah vidste mere om ham, end hun gjorde. Selv efter næsten tyve års ægteskab.

Det var aftalen.

Allerede den varme eftermiddag, da foråret endelig havde bidt sig fast, og Tom havde fået brevet om, at stipendiatet ville blive trukket tilbage fra og med næste skoleår, *de medicinske omstændigheder taget i betragtning,* blev prisen på den fantastiske gave gjort klar for ham.

Abdallah skulle vide alt om ham.

Både dengang og nu følte Tom, at prisen var lav. Samværet med Abdallah var altid hyggeligt. I skoletiden gik de somme tider sammen, men blev aldrig betragtet som nære venner. I hvert fald ikke af andre. Efter at skoletiden var forbi, mødtes de aldrig i USA. Af og til krydsedes deres veje i Europa. Tom var ofte til møder i hovedstæder, hvor det pludselig viste sig, at Abdallah også havde forretninger. Så mødtes de til middag på en lokal arabisk restaurant i London, til en spadseretur i Champ-de-Mars ved Eiffeltårnet eller langs Tiberen efter et par kopper kaffe på en romersk café.

En sjælden gang blev Tom hentet til Riyadh.

– Gik rejsen godt?

Abdallah skænkede mere te.

– Ja.

Tom O'Reilly kunne godt lide at være i Riyadh. Han blev altid ført til dette sted, selv om han vidste, at der fandtes andre paladser, større og meget mere imponerende, hvis han forstod Abdallahs vage antydninger ret. Invitationerne kom altid pludseligt og sjældent mere end tre timer før afrejsen. Altid fra et lokalt telefonnummer. Et privatfly stod klart på nærmeste flyveplads. Det eneste, Tom skulle, var at melde sig der. Han kunne være i Madrid eller Cairo, eller for den sags skyld i Stockholm, når beskeden kom. Arbejdet som administrerende direktør i ColonelCars førte ham verden rundt. Dengang han var lavere i systemet, kunne det udgøre et problem pludselig at ændre en rejseplan. Det var lettere nu, og invitationerne kom desuden meget sjældnere.

Det var halvandet år siden sidst.

– Det her er sidste gang vi mødes, sagde Abdallah pludselig og smilede. Tom O'Reilly prøvede at rette sig op i oceanet af bløde puder. Knæet gjorde ondt igen. Han havde siddet for længe i samme stilling. Han anede ikke, hvad han skulle sige, men følte, at han burde give udtryk for et eller andet.

– Det er en skam, sagde han og følte sig idiotisk.

Abdallah al-Rahman smilede endnu bredere. Tænderne lyste hvidt i det solbrændte ansigt. Han drak resten af teen i én slurk og satte glasset forsigtigt fra sig.

– Det har været en fornøjelse, Tom. En sand fornøjelse.

Stemmens bløde tonefald overraskede Tom, det var, som om Abdallah talte til et kært barn.

– I lige måde, mumlede han og tog sit glas for at have noget at beskæftige sine hænder med.

Så tav de begge. Fjern hundegøen var det eneste, som brød den store, varme stilhed i paladset. Vandet i bassinet lå som et spejl; den svage solnedgangsbrise, som havde sat luften i behagelig bevægelse tidligere på aftenen, var stilnet af. I hvert fald her inde bag de høje, gamle mure, som omkransede haven.

Da Tom O'Reilly sagde ja tak til Abdallah al-Rahmans generøse tilbud i 1978, gjorde han det uden stærke modforestillinger. Den lille snert af noget, som kunne minde om dårlig samvittighed, fik han temmelig hurtigt bugt med. Det ville kun være dumt at stille spørgsmål, som man ikke helt kendte svaret på. Han fik sine studier fuldfinansieret mod en bagatelagtig modydelse. Stipendiet dækkede ikke blot skolegangen fuldt ud, men gav ham også en absolut anstændig levestandard. Han kunne droppe sine studenterjobs og koncentrere sig om studierne. Da han ikke længere skulle bruge fire timer om dagen til træning, hævede han sit boglige niveau betragteligt. Han afsluttede sin universitetseksamen med gode karakterer, et værdifuldt netværk fra Stanford og en vilje til succes, som sjældent ses hos andre end dem, som har været helt ude på afgrundens rand.

Efterhånden som han blev ældre, greb tvivlen ham.

Ikke voldsomt, men som trediveårig havde han alligevel prøvet at finde ud af mere om den stiftelse, som havde gjort det muligt for en fattig og ikke særlig lovende studerende at fuldføre studiet på et af verdens mest prestigefyldte universiteter. Som studerende havde han knap bekymret sig om andet end, at der hver sommer og hver jul tikkede et større beløb ind på kontoen fra en afsender, som ganske intetsigende kaldte sig „Student Achievement Foundation".

Stiftelsen eksisterede ikke.

Det gjorde ham bekymret og kostede ham et par urolige nætter. Efter ganske kort tid slog han sig imidlertid til tåls med, at den kunne være opløst. Det var der ikke noget mærkeligt i, når han tænkte efter. Så der var ingen idé i at spilde mere værdifuld tid på at undersøge den sag nærmere.

Tom O'Reilly var en intelligent mand. Da Abdallah al-Rahman begyndte at kontakte ham i Europa, forstod han naturligvis, at dette kunne blive opfattet forkert. Af andre. Af dem, som ikke forstod, at de faktisk var gode venner. Studiekammerater. Af dem, som ikke vidste, at de samtaler, de førte, var fuldstændig uskyldige.

– Har livet formet sig, sådan som du håbede? spurgte Abdallah roligt, næsten uinteresseret.

– Ja.

Tom havde fået alt. Han var sin kone tro, selv om fristelserne havde været mange. Allerede som studerende havde han svoret på, at han ikke ville lade arven efter sin far kaste skygger over tilværelsen. Familien var velsignet med fire børn og en økonomi, som havde gjort det muligt for ham at indlogere dem i en tolvværelses villa i en af Chicagos bedste forstæder. Han arbejdede hårdt og meget, men var kommet højt nok op i systemet til at værne om weekender og højtider. Tom O'Reilly var en respekteret mand. I stille stunder, som da børnene var mindre, og han puttede dem, før han selv gik i seng, følte han sig som indbegrebet af den amerikanske drøm. Han var tilfreds.

– Ja, gentog han og rømmede sig. – Jeg er meget taknemmelig.

– Du kan takke dig selv. Jeg hjalp dig bare, da systemet vendte dig ryggen. Resten har du selv klaret. Du har været dygtig, Tom.

– Tak. Men jeg er altså ... taknemmelig. Tak.

Han følte sig lidt foruroliget over Abdallahs ordvalg.

Systemet.

Han havde brugt et begreb, Tom ikke brød sig om. Ikke på den måde Abdallah havde brugt det. At henføre til systemet i sådan en sammenhæng virkede ...

Abdallah er ikke som dem. Han forstår os. Han opererer inden for vores system, vores økonomi, og har aldrig, ikke en eneste gang, sagt noget, som kunne tyde på, at han er som dem. Tværtimod. Han respekterer mig. Han har respekt for det amerikanske. Han er næsten ... amerikansk.

– Systemet er hårdt, nikkede Tom. – Men det er retfærdigt. Jeg vil på ingen måde undervurdere, hvad du har gjort for mig. Som sagt er jeg dybt taknemmelig. Men med al respekt ...

Han tøvede og studerede teglassets bittesmå ciseleringer.

– Med al respekt, så ville jeg sandsynligvis have klaret mig alligevel. Jeg havde viljen. Jeg var villig til at arbejde hårdt. Systemet belønner den, der arbejder hårdt.

Det var umuligt at læse noget ud af Abdallahs ansigt. Han slappede tilsyneladende af. Øjnene var halvt lukkede, og om munden lå et lille smil, som om han tænkte på noget fornøjeligt, som ikke havde det mindste med samtalen at gøre.

– Det er vi begge eksempler på, nikkede han omsider. – Systemet belønner dem, som arbejder hårdt og fokuseret. Den, som sætter sig langsigtede mål og ikke kun tænker på kortsigtet vinding.

Tom blev roligere. Han trak på skuldrene og smilede.

– Netop!

– Og nu vil jeg bede dig om en tjeneste, sagde Abdallah, stadig med dette åndsfraværende udtryk, som om han i virkeligheden tænkte på noget andet.

Han hidkaldte med en bydende bevægelse en tjener, som Tom ikke havde lagt mærke til, men som havde stået halvt i skjul bag tre palmer, der stod i en gigantisk krukke ved indgangen til terrassen tyve meter væk. Tjeneren kom lydløst frem og rakte Abdallah en konvolut. Så trak han sig lige så lydløst tilbage.

– En tjeneste? mumlede Tom. – Hvilken?

Du har aldrig bedt mig om noget. Kun om mit liv. Om mig selv og det, jeg har gang i. Det var aftalen. Jeg skulle holde kontakt. Møde dig, når du bad om det. Sådan var aftalen. Du sagde ikke noget om tjenester, Abdallah. I næsten tredive år har jeg holdt, hvad jeg lovede. Jeg lovede ikke mere end dette: at give af mig selv.

– Noget helt enkelt, smilede Abdallah. – Du skal tage denne her med tilbage til USA og poste den. Derefter er vi kvit, Tom. Derefter har du betalt mig det tilbage, som du skylder mig. Og for at du ikke skal tro, at dette på nogen måde er farligt ...

Tom sad som paralyseret, mens Abdallah åbnede den yderste konvolut. Inden i den lå en mindre. Den var ikke klistret til. Han stak næsen ned i åbningen og tog en indånding. En dyb indånding. Han smilede og holdt åbningen synlig for Tom.

– Ingen gift. I er, og med god grund tør jeg sige, lettere hysteriske, når det drejer sig om postforsendelser. Det her er ganske enkelt et brev.

Tom så sammenfoldet papir. Det så ud, som om der var flere ark. Arkene var foldet med teksten indad. Papiret var hvidt og almindeligt. Abdallah slikkede på kuverten og klistrede den til. Så stak han den ind i den store og lukkede også den.

– Det eneste, du skal gøre, sagde han roligt, – ... er at tage denne her med dig hjem. Derefter finder du en postkasse. Det er revnende ligegyldigt, hvor i USA den befinder sig. Så åbner du den store konvolut og putter den lille i postkassen. Smid den store væk. Det er det hele.

Tom O'Reilly svarede ikke. Halsen snørede sig sammen, det føltes næsten, som om han var lige ved at græde. Han sank dybt. Prøvede at hoste.

– Hvorfor, stammede han.

– Forretninger, sagde Abdallah ligegyldigt. – Jeg stoler ikke på postgangen. Og slet ikke på al denne moderne kommunikation. For mange øjne og ører. Overalt. Det er vigtigt, at dette kommer frem. Rene forretninger.

Hvordan kan du sidde og lyve mig op i mit åbne ansigt, tænkte Tom O'Reilly og prøvede at genvinde fatningen. *Hvordan kan du fornærme mig på denne måde? Efter tredive år? Du disponerer over en flåde af fly og en hær af medarbejdere. Men du vælger mig som kurér for et brev. Hvad er det her? Hvad skal jeg stille op med det?*

– Du gør det her, sagde Abdallah roligt, – først og fremmest fordi du skylder mig det. Og hvis det ikke er tilstrækkeligt ...

Han fangede amerikanerens blik uden at fuldføre.

Du ved alt om mig, tænkte Tom og gned sine svedige håndflader mod hinanden. *Mere end nogen anden. I otteogtyve år har vi talt sammen, altid om mig, sjældent om dig. Du har været min fortrolige i alt. Om alt. Om vaner og uvaner, drømme og mareridt. Du kender min kone uden nogen sinde at have truffet hende, du ved, hvordan mine børn ...*

– Jeg forstår, sagde han og tog imod brevet. – Jeg forstår.

– Så er vi kvit. Flyet står klar til at bringe dig tilbage til Rom i morgen tidlig. Er klokken syv for tidligt? Godt. Nu er jeg sulten. Lad os spise, Tom. Det er køligt nok til at spise nu.

Han rejste sig og tilbød amerikaneren en hånd til at komme op af den lave stol. Tom tog automatisk imod den. Da han var på benene, lagde araberen armene på hans skuldre og kyssede ham.

– Det har været en stor glæde at have dig som ven, sagde han blidt. – En sand glæde.

Og da amerikaneren fortumlet haltede efter ham over fliserne mod glasdørene ind til det smukke palads, slog tanken ham for allerførste gang:

Hvor mange Tom O'Reilly'er har du, Abdallah?

Hvor mange af min slags findes der egentlig?

13

Afdelingsleder Yngvar Stubø spadserede hjem fra sine svigerforældre efter en alt for lang og meget speciel fejring af nationaldagen.

Han kunne selvfølgelig have kørt med, da Inger Johanne ved titiden endelig af moderen fik lov til at trække sig tilbage. Ragnhild sov for længst. Hun skulle blive hos bedsteforældrene til dagen efter. Kristiane var totalt udkørt og forvirret, da Isak, hendes biologiske far, havde hentet hende ved syvtiden. Selv om de alle var påvirket af dagens begivenheder, havde Kristiane taget det tungest. De havde klaret at berolige hende om formiddagen, og hun havde haft stor glæde af at gå med i børneoptoget, selv om hun ikke havde sluppet hans hånd et sekund. I løbet af dagen blev det værre. Hun var besat af kvinden, som var forsvundet, og klamrede sig rædselsslagen til sin mor, indtil hendes far endelig kom og fik lokket hende med sig ved at fortælle om en ny togbane, som hun skulle få lov til at styre helt alene.

Yngvar kunne have kørt, men valgte at gå.

I stedet for at gå den lige vej hjem til Tåsen, valgte han en omvej over Grefsenplateauet. Luften var kølig og frisk, og majlyset lå endnu blegt over vesthimlen. Skridtene knasede mod asfalten; kommunen mente ikke, den havde råd til at fjerne vinterens grusning. Det havde regnet tidligere på dagen. Fra haverne strøg en fugtig duft af sidste års rådne løv. I blomsterbedene sang tulipanerne på sidste vers. Bag hvert eneste stuevindue flimrede tv-skærmene.

Ved et hvidmalet stakit standsede han.

Huset var også hvidt, men virkede blåt i aftenlyset. Gardinerne var trukket fra. Et ældre ægtepar fulgte udsendelsen. Han så, at kvinden løftede en kaffekop. Da hun satte den fra sig, tog hun mandens hånd. Sådan blev de siddende, ubevægelige hånd i hånd, mens de fulgte nyhedsreportager, som sandsynligvis ikke fortalte dem mere end det, de havde hørt ti gange i løbet af eftermiddagen.

Yngvar blev stående.

Han småfrøs, og det føltes behageligt. Det klarede hjernen. Han kunne ikke få sig til at gå videre. Det gamle ægtepar i det lille, hvide hus med tulipaner under stuevinduet og nyheder i fjernsynet blev et billede på, hvordan alting var blevet i Norge på denne mærkelige dag, som var begyndt med fest, og som var ved at rinde ud i en trussel, ingen endnu kendte rækkevidden af.

Et attentat ville paradoksalt nok have været nemmere at kapere, tænkte han. *Et dødsfald er en brat afslutning, men også begyndelsen til noget andet. Død er en sorg, som er til at håndtere. Bortførelser er tidløs skærsild og næsten ikke til at bære.*

Ægtemanden i stuen rejste sig stift. Han sjokkede hen mod vinduet, og et pinligt øjeblik mente Yngvar sig opdaget og trådte hurtigt et par skridt tilbage. Manden trak gardinerne for; tunge, blomstrede stoffer, som lukkede verden ude for natten.

Yngvar valgt at gå helt op til Stilla og fulgte derefter vejen langs elven. Vandet var gået over sine bredder. Gæssene var for længst tilbage efter vinteren og et par gråænder svømmede ihærdigt imod strømmen, mens de med jævne mellemrum dykkede efter natmad. Yngvar satte farten op. Han prøvede at holde trit med den forårsstore elv; han småløb.

De valgte ikke attentatet, tænkte han stakåndet. *Hvis der findes nogen „de", valgte de ikke at dræbe. Er det det her, de ønsker? Skærsilden? Og hvis det er et forvirret vakuum, de søger, hvad skal de ...*

Nu løb han, så hurtigt han kunne i sine pæne sko, jakkesættet og en lidt for stram cottoncoat. Han snublede indimellem, men genvandt balancen og styrtede videre.

Han ville hjem. Han løb og prøvede at tænke på noget andet. På sommeren, som var lige om hjørnet, og på hesten, han havde overvejet at købe, selv om Inger Johanne pure afviste at anskaffe flere husdyr end den gule, savlende køter, som Kristiane kaldte Jack, kongen af Amerika.

Hvad skal de bruge tomrummet til?

14

Klokken nærmede sig elleve. Inger Johanne Vik var for udmattet til at rejse sig fra sofaen og for urolig til at sove. Hun prøvede at nyde tanken om en børnefri nat og morgen, men orkede ikke andet end at stirre sløvt på nyhederne, som forsynede folket med meningsløse gentagelser og gennemtyggede spekulationer. Det eneste, som stod klart for offentligheden, næsten seksten timer efter opdagelsen af, at den amerikanske præsident var forsvundet fra sit norske hotelværelse, var, at hun ikke var dukket op igen. Repræsentanterne for det officielle Norge undgik stadig at bruge ordet kidnapning, men journalisterne følte sig langt friere. Den ene kommentator efter den anden luftede sine mere eller mindre fantasifulde teorier. Politiet var endnu mere tavs. Ingen fra efterforskningsledelsen havde været villige til at lade sig interviewe siden først på eftermiddagen.

– Det holder jeg med dem i, sagde Yngvar og satte sig ved siden af hende. – Der er grænser for, hvor mange gange de skal tvinges til at sige nøjagtigt det samme. Som stort set har været ingenting. Bastesen så temmelig fåret ud de sidste par gange.

– Jeg håber, de lyver.

– Lyver?

Hun smilede svagt og satte sig bedre til rette.

– Ja. At de ved mere, end de giver indtryk af. Og det gør de nok.

– Det skal du ikke være for sikker på. Jeg har sjældent set en så alvorlig samling mennesker som dem, der blev filmet på vej ud fra …

Inger Johanne zappede over på CNN.

Wolf Blitzer sad selv i studiet, som han havde gjort det i snart fjorten timer. Programmet „The Situation Room“ havde overtaget hele sendefladen, og efter aktiviteterne i studiet at dømme var der intet, som tydede på, at de planlagde et snarligt punktum. Studieværten var som sædvanlig ulasteligt klædt, kun slipset var en anelse løsere end tidligere på dagen. Han stillede erfarent over fra en reporter i marken i Washington DC til New York, inden han høfligt afbrød den udsendte journalist og gav ordet til Christiane Amanpour. Den verdenskendte journalist stod på Slottsbakken med det aftenbelyste slot i baggrunden. Hun var let påklædt. Det så næsten ud, som om hun skælvede.

– Imponerende, så hurtigt det går, mumlede Yngvar. – De er helt oppe i omdrejninger på få timer.

– Jeg kan ikke rigtig se, hvad Slottet har med sagen at gøre, sagde Inger Johanne og kvalte en gaben. – Men dækningen er god. Det er jeg enig i. Alting glider lettere og hurtigere. Har du løbet? Du er helt våd af sved, skat.

– Jeg satte lige farten lidt op til sidst. Det var dejligt. Joggede nærmest.

– I jakkesæt?

Han smilede afværgende og kyssede hende. Hun flettede sine fingre ind i hans.

– Det er faktisk underligt ...

Hun tænkte sig om og rakte ud efter vinglasset.

– Kan du mærke forskellen?

– På hvad?

– De norske og amerikanske udsendelser. Stemningen, mener jeg. Amerikanerne virker effektive, hurtige, næsten ... aggressive. Herhjemme virker det hele mere ... afventende. Folk virker på en måde lamslåede. Næsten passive. I hvert fald interviewofrene. Det er, som om de hele tiden er bange for at sige for meget, og så bliver det nærmest komisk, hvor lidt de vil ud med. Der er noget parodisk over det hele. Se på amerikanerne, hvor meget dygtigere de er.

– Nu har de ærlig talt også haft bedre mulighed for at øve sig, sagde Yngvar og prøvede at skjule den lille irritation, han altid følte ved mødet med Inger Johannes dobbelte forhold til alt, hvad der var amerikansk.

På den ene side ville hun aldrig tale om studieårene i USA. De to havde kendt hinanden i mange år nu. De var gift. De delte børn og boliglån, drømme og dagligliv. Alligevel var en lang periode af Inger Johannes historie en hemmelighed, hun vogtede mere ihærdigt over end børnene. Aftenen før brylluppet tvang hun Yngvar til at aflægge en ed: Han måtte aldrig, under nogen omstændigheder, spørge om, hvorfor hun pludselig havde afbrudt sine psykologistudier under et ophold på FBI's akademi i Quantico. Han havde sværget ved sin døde datters grav. Både edens form og konsekvenserne af den gjorde ham dårligt tilpas de sjældne gange, emnet blev bragt på bane, og Inger Johanne blev antændt af et raseri, hun ellers aldrig viste.

Samtidig var Inger Johannes fascination af alt, hvad der var amerikansk, på grænsen til det maniske. Hun læste næsten udelukkende skønlitteratur fra USA og havde en betydelig samling amerikanske lavbudgetfilm, som hun købte over nettet eller fik tilsendt af en veninde i Boston, som han aldrig havde truffet og næsten intet vidste om. Reolerne på hendes lille hjemmekontor var fulde af fagbøger om amerikansk historie, politik og samfundsliv. Han fik aldrig lov til at låne nogen af dem, og det generede ham grænseløst, at hun låste døren de sjældne gange, hun rejste alene væk.

– Egentlig ikke, sagde hun efter en lang pause.

– Hvad?

– Du sagde, at de havde haft bedre mulighed for at øve sig.

– Jeg mente ...

– De har aldrig mistet en præsident uden for landets grænser. Amerikanske præsidenter bliver dræbt af tilfældige tosser fra deres eget land. Aldrig i udlandet. Og aldrig efter en konspiration, for den sags skyld. Vidste du det?

Noget i hendes stemme afholdt ham fra at svare. Han kendte hende godt nok til at vide, at hvis han gjorde dette til en dialog, ville hun hurtigt skifte emne. Hvis hun fik lov til at tale i fred, ville hun fortsætte.

– Fire af fireogfyrre præsidenter er blevet dræbt i attentater, sagde Inger Johanne eftertænksomt; det var, som om hun i virkeligheden talte til sig selv. – Er det ikke næsten ti procent?

Han prøvede at modstå trangen til at afbryde.

– Kennedy, smilede hun mat og kom ham i forkøbet. – Glem det. Lee Harvey Oswald var en mærkelig fyr, som muligvis kan have haft et par andre tosser med i planlægningen. Måske. Nogen stor sammensværgelse er der i hvert fald ikke tale om. Undtagen på film, altså.

Hun strakte sig efter vinflasken. Den stod for langt væk. Yngvar tog den og skænkede op i hendes glas. Fjernsynet var stadig tændt. Wolf Blitzers pande var blevet en lille smule fugtig, og da han stillede om til en reporter foran Det Hvide Hus, kunne man ane skygger under studieværtens øjne. De ville antageligt være sminket over efter næste reklamepause.

– Lincoln, Garfield og McKinley, fortsatte Inger Johanne uden at røre glasset. – Alle blev dræbt af enlige fanatikere. En tilhænger af konføderationen, en sindslidende og en gal anarkist, hvis jeg ikke husker forkert. Gale landsmænd. Det samme gælder de mange mislykkede drabsforsøg. Reagans attentatmand ville gøre indtryk på Jodie Foster, mens fyren, som forsøgte sig mod Theodor Roosevelt, troede, at hans mavesmerter ville forsvinde, hvis han fik slået præsidenten ihjel. Det er kun de to puertoricanere, som ...

Christiane Amanpour var igen i billedet. Endelig havde hun fået en varmere jakke på. Pelskraven skulle måske bidrage til indtrykket af polarstemning. Hun trak den hele tiden tættere sammen i halsen med den ene hånd. Denne gang var hun placeret uden for det oplyste politihus på Grønlandsleiret. Heller intet nyt fra den front. Inger Johanne så missende på skærmen. Yngvar dæmpede lyden med fjernbetjeningen og spurgte:

– Hvad med de puerto-

– Glem det, afbrød hun. – Det var ikke meningen at belære dig om elementær amerikansk historie.

– Hvad var så meningen? spurgte han og prøvede at bevare sit venlige tonefald.

– Du antydede, at de er velforberedte. Og det er de selvfølgelig på mange måder. I hvert fald tv-stationerne.

Hun nikkede mod Christiane Amanpour, som havde problemer med mikrofonen. Bag hende, ned ad bakken fra Grønlandsleiret, kom en gruppe mænd i mørkt tøj løbende. De slog frakkekraverne op mod tv-kameraerne og lod sig ikke standse af tilråbene fra de omkring tredive journalister, som åbenbart havde slået lejr for natten. Yngvar genkendte straks politimesteren. Terje Bastesen vendte sig bort og trak uniformskasketten ureglementeret langt ned i panden, mens han skridtede af sted mod en bilkortege, som ventede ved vejkanten.

– Men det amerikanske folk, sagde Inger Johanne og fokuserede blikket mod et punkt langt over tv-skærmen. – De er sikkert ikke rigtig forberedt. Ikke helt, og ikke på det her. Hele deres historie fortæller dem, at det er forvirrede landsmænd, de skal være på vagt overfor, når det handler om angreb på selveste præsidenten. Jeg vil tro, at *Secret Service* har skitseret en række attentatscenarier, som især involverer abortmodstandere, kvindehadere og de mest ihærdige forsvarere af Irakkrigen. Det er der, Helen Bentley har sine argeste modstandere på hjemmefronten, og det er der, man skal finde grobund for den fanatisme, som empirisk set skal til. Amerikas *nyere* historie …

Hun tav et øjeblik.

– Nyere historie har selvfølgelig skabt andre scenarier. Efter 11. september vil jeg helt alvorligt tro, at *Secret Service* helst ville have anbragt deres præsidenter i en cementbunker og ladet dem blive der. USA har næppe været så upopulær i resten af verden siden uafhængighedskrigen. Og eftersom terrorbegrebet har fået et helt nyt indhold de seneste år, i hvert fald for amerikanerne, har deres frygt for, hvad der kan ramme præsidenten, naturligvis også ændret sig. At hun skulle forsvinde op i den blå luft under et besøg i en lille, venligsindet nation, ligger vist alligevel langt over, hvad nogen kunne forestille sig. Men …

Vinglasset var lige ved at vælte, da hun pludselig rakte ud efter det.

– … hvad ved jeg om alt det her, sagde hun let. – Skål, min ven. Nu skal vi snart i seng.

– Hvordan er der i det virkelige „Situation Room" netop nu, Inger Johanne?

Hun trak sig væk fra ham.

– Det ved jeg da ikke! Jeg har da ikke styr på …

– Jo. Det har du. Om ikke andet, så fordi du har en bog, som til overflod hedder „The Situation Room", og som …

Nu var det Yngvar, som ikke orkede at holde den irritation tilbage, som var ved at koge over indvendig.

– … og som ligger på dit natbord! For fanden da, Inger Johanne, det må da i himlens navn være muligt at dele …

Hun sprang op af sofaen og fór ind i soveværelset. Sekunder efter var hun tilbage. Ansigtet var flammerødt.

– Her, sagde hun. – Du husker titlen forkert. Men siden du er så forfærdelig interesseret, står det dig frit for at læse. Den er ikke dødhemmelig, når den ligger ved vores fælles seng. Værsgo.

Brillerne duggede let. Sveden piblede frem over næseroden.

– Inger Johanne, stønnede Yngvar opgivende. – Nu må du altså holde op. Vi kan simpelthen ikke have det sådan, at …

Jeg er ved at blive dødtræt af det her, tænkte han. *Pas på, Inger Johanne. Jeg ved ikke, hvor længe jeg orker din dobbelthed. Forskellen mellem min kloge, venlige, fornuftige kæreste og dette ondsindede væsen, som ruller sig sammen med strittende pigge uden forståelige årsager, slider mig op. Du har for store hemmeligheder, Inger Johanne. For store for mig og alt for store for dig selv.*

Det ringede på døren.

De fór sammen begge to. Inger Johanne lod bogen falde på gulvet, som om hun var blevet overrasket med ulovlig kontrabande.

– Hvem kan det være? mumlede Yngvar og så på uret. – Tyve minutter over elleve …

Han rejste sig med stive bevægelser og gik ud for at lukke op.

Inger Johanne blev stående halvvejs vendt mod fjernsynet. Over skærmen flimrede billeder, som i selv samme øjeblik blev fulgt i alle verdensdele og de fleste lande, uafhængigt af tidszoner og politiske regimer, religion og etnicitet. CNN havde ikke haft større publikum siden katastrofen på Manhattan og så ud til at gribe chancen med begærlighed. Klokken nærmede sig seks om eftermiddagen på Østkysten. Nyhedshungrende amerikanere var på vej hjem fra det arbejde, de havde følt sig tvunget til at gå til trods morgenens dystre nyheder, og udsendelsen blev mere intens i klipningen mellem reportere og analytikere, kommentatorer og eksperter. De virkede mere entusiastiske end udmattede, som om bevidstheden om, at *prime time* nærmede sig, gav dem alle fornyet energi. Alvorstunge mænd og kvinder med imponerende titler diskuterede skiftevis konstitutionelle konsekvenser og nationalt beredskab, krisescenarier på kort og langt sigt, terrororganisationer og den mere og mere højlydte kritik af vicepræsidentens fravær. Så vidt Inger Johanne kunne forstå, var han gemt væk i et fly et sted over Nevada. Eller i en bunker i Arkansas, som en af eksperterne hævdede, mens en tredje insisterede på at vide, at vicepræsidenten allerede var i sikkerhed på en amerikansk flådebase langt uden for landets grænser. De diskuterede det 25. grundlovstillæg og var alle som én enige om, at det mest skandaløse af det hele var, at Det Hvide Hus endnu ikke havde meddelt, om det tillæg var taget i brug.

Det er *det*, de ser på i det virkelige *Situation Room*, tænkte Inger Johanne.

Hun så plasmaskærmene for sig på væggene i en lille og snæver afdeling af Det hvide Hus i Vestfløjen i stueetagen med røde geranier uden for vinduerne. Mere end 6.200 kilometer fra villaen på Tåsen i Oslo arbejdede i dette øjeblik en gruppe mennesker i hektisk krise og kaotisk uvished med et årvågent øje på nøjagtig det samme tv-program som resten af verden, mens de forsøgte at forhindre, at kloden blev væsentligt forandret inden i morgen tidlig.

Til daglig modtog de mange departementer og bureauer,

som var knyttet til arbejdet med nationens sikkerhed, mere end en halv million elektroniske oplysninger fra ambassader, militærbaser og andre efterretningskilder over hele verden. De fik varsler af vital betydning for rigets sikkerhed og ubetydelige notater, som de helst havde været foruden. Rutinemæssige rapporter kom sideløbende med bekymrede meddelelser om fjendtlig aktivitet. Fra CIA til FBI, NSA og udenrigsministeriet, alle havde deres egne operationscentraler, som skelnede mellem skidt og kanel i en uophørlig strøm af informationer. Det meningsløse blev sendt hen, hvor det var til mindst ulejlighed. Det urovækkende, det vigtige og det farlige blev sendt videre til dem, som var sat til at håndtere den slags: *The Sit Room staff*. Den kompakte stab havde bemyndigelse til at hæve eller sænke tærsklen for information, forlange flere rapporter om særligt bekymrende områder og allervigtigst: de betjente præsidenten direkte.

Under George W. Bush stod skærmene låst på Fox News.

Nu så de igen på CNN i *The Situation Room*.

Det gjorde de alle sammen, tænkte Inger Johanne og satte sig ned igen.

Amerikanerne svømmede i et hav af informationer med understrømme, som hele tiden truede med at trække dem ned. Bureauer og departementer, operationscentre og udenlandsstationer, militære og civile enheder; informationsstrømmen i en krise som denne var ufattelig. Hele det amerikanske system var på benene nu, hjemme og ude, i Washington DC og utallige andre byer. Da Inger Johanne lukkede øjnene og mærkede en usigelig træthed, som gjorde det vanskeligt at åbne dem igen, mente hun at kunne høre en fjern summen som af en bisværm om sommeren; titusinder af amerikanske tjenestemænd som havde ét mål for øje: at bringe den amerikanske præsident hjem igen i god behold.

Og de så på CNN.

Hun slukkede.

Hun følte sig så lille. Hun gik hen til køkkenvinduet, som endelig var blevet skiftet ud. Det trak ikke længere koldt mod hånden, da hun strøg den langs vinduessprossen. Udenfor var det næsten mørkt, men ikke helt; foråret bragte dette velsignede lys med sig, som gjorde aftenerne mindre truende og morgenerne lettere.

Hun vendte sig med et ryk.

– Hvem var det?

– Arbejdet, mumlede han.

– Arbejdet? Omkring midnat 17. maj?

Han kom hen imod hende. Hun stirrede ud ad vinduet igen. Langsomt lagde han armene om hende. Hun smilede og mærkede den gode varme fra hans krop mod sin ryg. Slappede af. Lukkede øjnene.

– Jeg vil sove, mumlede hun og kærtegnede hans underarm. – Vær sød at lægge mig i seng.

– Warren er i Oslo, hviskede han og ville ikke slippe hende, selv da han mærkede, hvordan hun stivnede. – Warren Scifford.

– Hvad?

– Han er her i forbindelse med …

Inger Johanne hørte ikke længere efter. Hovedet føltes let og fjernt, som om det ikke længere helt var hendes. En varme strømmede gennem armene ud i hænderne; hun løftede dem og satte dem mod vinduesruden. Hun så lysene fra et fly på nordhimlen og kunne ikke rigtig forstå, hvad det lavede oppe i luften på denne tid, på denne dag. Hun mærkede, at hun smilede og kunne ikke begribe hvorfor.

– Jeg vil ikke høre det, sagde hun let. – Det ved du. Jeg vil ikke høre om det.

Yngvar nægtede at slippe hende. Hendes krop virkede mindre nu, hun føltes nærmest mager. Og stiv som et bræt.

Warren Scifford, *The Chief*, havde været Inger Johannes lærer på FBI-akademiet. Andet og mere end blot lærer, havde Yngvar hurtigt forstået. Inger Johanne var så ung dengang, kun treogtyve, mens Warren på det tidspunkt måtte have været oppe i fyrrerne. Et kærlighedsforhold for en evighed siden; Yngvar havde ikke engang følt den mindste antydning af jalousi ved de få lejligheder, han og Warren var stødt på hinanden. Sidste gang – det måtte være tre-fire år siden ved et Interpol-møde i New Orleans – havde de faktisk spist middag sammen. Af en eller anden uforklarlig grund havde han følt sig dårligt tilpas ved Warrens mange spørgsmål om Inger Johanne. Han havde talt udenom, og under resten af måltidet havde de holdt sig til rent faglige emner og amerikansk fodbold.

Warren Scifford var den vigtigste bestanddel i Inger Johannes store hemmelighed. At tale om manden var definitivt forbudt, et forbud som bare bekræftede det, han fornemmede som oplagt: Warren måtte have krænket hende dybt.

Den slags forekommer, tænkte han og holdt fast om Inger Johanne. *Det er hæsligt, og det kan være tungt. Men man kommer over det. Med tiden. Der er næsten gået femten år, min elskede. Glem det. Kom for guds skyld over det! Eller er der andet?*

– Tal til mig, hviskede han mod hendes øre. – Kan du ikke endelig fortælle mig, hvad det her drejer sig om?

– Nej.

Hendes stemme var som et svagt pust.

– Jeg skal arbejde sammen med ham, sagde han. – Jeg beklager.

Han prøvede at bevare grebet om hende, men med en forbavsende styrke rev hun sig løs og skubbede han væk. Hendes øjne skræmte ham, da hun spurgte:

– Hvad var det, du sagde?

– Han skal bruge en norsk *liaison*.

– Og det skulle lige være dig? Af alle de hundredvis af … Du sagde naturligvis nej.

På en måde virkede hun pludselig mere kontrolleret; det var, som om hun vågnede, idet han slap grebet om hendes krop.

– Jeg har fået en *ordre*, Inger Johanne. Jeg arbejder i et ordre-system. Der er ikke noget, der hedder at sige nej.

Han tegnede gåseøjne i luften.

Inger Johanne vendte ryggen til ham og gik ind i stuen.

Hun skruede vinproppen af proptrækkeren og satte den i den halvtomme flaske. Så tog hun glassene og gik ud i køkkenet igen, hvor hun satte det hele fra sig på bordet. Da hun konstaterede, at opvaskemaskinen var fuld, lagde hun en tablet i beholderen, lukkede metaldøren og startede maskinen. Tog en klud, vred den op under rindende vand og tørrede køkkenbordet af. Hun rystede omhyggeligt kluden over vasken, skyllede den en gang til og lagde den sammen, inden hun hængte den over hanen.

Yngvar fulgte hende med øjnene uden at sige et ord.

Inger Johanne så endelig på ham.

– Én ting skal være helt på det rene, inden vi går i seng, sagde hun. Stemmen var rolig og overtydelig, som om hun irettesatte Kristiane. – Hvis du siger ja til at være Warren Sciffords *liaison*, er det forbi.

Han kunne ikke få et svar frem.

– Jeg går fra dig, Yngvar. Hvis du siger ja, går jeg fra dig.

Så gik hun ind i seng.

Nationaldagen var endelig forbi.

Onsdag den 18. maj 2005

1

Da Warren Scifford vågnede, vidste han ikke, om det var jetlag, for lidt søvn eller en slumrende influenza, som fik ham til at føle sig så elendigt tilpas. Han blev liggende lidt og stirrede op i loftet. De luftige, himmelblå gardiner slap solskinnet ind. Sengen lå badet i morgenlys. Da han endelig orkede at løfte hovedet fra puden for at tjekke det digitale ur på tv-skærmen, rynkede han vantro panden.

Halv fem.

Først nu fattede han meningen med de uskønne, gummiagtige rullegardiner, han havde negligeret, da han var gået på hovedet i seng ved ettiden. Han kom med besvær ud af sengen og traskede hen til vinduet for at mørkelægge rummet. Efter lidt bøvl fandt han ud af mekanismen. Tusmørket sænkede sig over værelset, og kun et par ultratynde striber lys i gardinrevnerne gjorde det muligt at se noget overhovedet.

Han tændte natbordslampen og lagde sig ned igen uden at trække dynen over sig. Den nøgne hud blev nopret i trækken fra klimaanlægget. Nakken føltes stiv, og en svag hovedpine lurede bag næseroden. Han var udmattet og vågen på samme tid og vidste, at det ville blive umuligt at falde i søvn igen. Efter nogle minutter stod han op igen og tog en påfugleblå silkeslåbrok på. Der stod en el-koger på hylden ved siden af fjernsynet. Tre minutter senere havde han lavet sig en alt for bitter og stærk kop pulverkaffe, som han drak, så hurtigt det var muligt. Det hjalp, men han følte sig stadig så udslidt, at det under andre omstændigheder ville have bekymret ham.

Hurtigt regnede han ud, at kokken måtte være tyve minutter i elleve om aftenen i Washington DC. Humøret steg en anelse. Han kunne stadig regne med et par problemfrie timer, hvis det skulle blive nødvendigt at kontakte nogen. Han riggede hurtigt sit transportable kontor til på det skrivebord, han havde fået hotellet til at skaffe. Rokokobordet med den store vase, som stod der, da han kom i går eftermiddag, ville ikke have været til megen nytte. Det nye var enkelt og uprætentiøst, men enormt. Fra metalkufferten, han havde stillet ved siden af sengen, tog han en usædvanligt stor laptop, fire mobiltelefoner og en bunke svagt farvet papir. Han lagde det hele i rækker, pinligt nøjagtigt. Øverst på papiret med lige lang afstand imellem lagde han tre penne, en sort, en rød og en blå. De fire telefoner var af forskellige fabrikater og modeller og lå som på udstilling til venstre for laptoppen. Til sidst monterede han en lille printer af tre løse dele fra kufferten, koblede den til pc'en og satte stikkene i kontakterne under vinduet. Laptoppen tændtes øjeblikkeligt. Hotellet pralede med *complementary wireless connection*, men han tastede i stedet et amerikansk nummer. Sekunder senere var han inde i en af sine postkasser, som kun fire mennesker havde adressen på. Krypteringen forsinkede processen et lille øjeblik, som den altid gjorde, og viste ham et kaos af tegn, inden alt faldt til ro i et velkendt billede.

Warren Scifford gabte og blinkede for at fjerne de tårer, som trængte frem. Han havde fået svar på den henvendelse, han havde sendt, inden han gik i seng. Med et klik åbnede han beskeden.

Han læste langsomt. Så læste han det hele en gang til, før han klikkede på udskriftsikonet og ventede på den skrabende lyd, som fortalte ham, at dokumentet var overført til printeren og i færd med at blive skrevet ud. Han loggede hurtigt af og slukkede for laptoppen. Så gik han hen til døren for at tjekke, om sikkerhedslåsen stadig var slået for. Ingen havde rørt den.

Han trængte til et bad.

Han blev stående i flere minutter under fossende og alt for varmt vand. I begyndelsen brændte det mod huden, inden en behagelig følelsesløshed bredte sig ned ad ryggen. Nakken føltes allerede blødere, og bihulerne åbnede sig. Han sæbede sig grundigt ind og vaskede håret. Til sidst lukkede han for det varme vand og gispede under den iskolde kaskade.

Nu var han i hvert fald vågen. Han tørrede sig hurtigt og fandt noget tøj frem af kufferten efter at have kigget ud bag rullegardinet og endnu en gang konstateret, at det så ud til at blive en solskinsdag. Så klædte han sig på, tog udskriften fra printeren og lagde sig på sengen med tre puder under hovedet.

Troja-sporet var ikke bare varmt, det glødede.

Det var seks uger siden, en af specialagenterne var kommet ind på hans kontor med en lille bunke papirer og en bekymret rynke i panden. Da manden gik derfra en halv times tid senere, havde Warren Scifford sat albuerne på bordet, foldet hænderne bag nakken og nidstirret bordpladen i en evighed, mens han tavs forbandede sin egen forfængelighed.

Han kunne været blevet der, hvor han hørte hjemme. Warren Scifford var den allerbedste i sit fag; han var eksperten i adfærdspsykologi, som FBI havde dyrket frem i mere end tre årtier. Han kunne stadig have været superhelten i sit eget univers. I jagten på bizarre seriemordere og fordærvede voldtægtsforbrydere lå der paradoksalt nok noget trygt og håndterligt. Warren Scifford havde været i gang så længe og set så meget, at forbrydelserne ikke længere gjorde det store indtryk. Følelserne kom ikke i vejen for et stadig skarpere blik og en voksende indsigt.

Han var den allerdygtigste jæger.

Så lod han sig friste.

Præsident Bentley havde allerede efter valget i november, i god tid før indsættelsen, ringet til ham personligt for at overtale ham. Warren kunne stadig huske beruselsen, da hun kontaktede ham. Den søde smag af succes gjorde ham blød, og han havde leet højt og hævet de knyttede næver over hovedet, da samtalen var forbi. Han var ikke bare ønsket af Amerikas *Commander in Chief* til en vigtig stilling, hun havde rent ud sagt tryglet ham. Selv om Helen Bentley havde været hans nære ven i mere end seks år, vidste han, at det ikke gav ham det mindste fortrin i den omfattende kabale, hun begyndte at lægge, da George W. Bush endelig og modvilligt holdt sin *concession speech.*

Snarere tværtimod. Kommentatorerne havde berømmet *Madam President*, efterhånden som posterne blev besat. I beundringsværdig grad styrede hun uden om venner og trofaste supportere til fordel for kandidater med indiskutabel kompetence og ukrænkelig selvstændighed.

Warren blev en af dem, og han blev daglig gæst i Vestfløjen.

Den gruppe, han var sat til at lede, var en del af FBI. Alligevel skulle Warren rapportere direkte til præsidenten, hvilket havde affødt en alvorlig konflikt med FBI-direktøren, allerede før efterforskningsgruppen var endeligt sammensat. Fremgangsmåden var i strid med al gængs praksis i Bureauet. Direktøren blev selvfølgelig nødt til at give sig, men Warrens glæde over den prestigefulde opgave kølnedes ved erkendelsen af, at han ikke længere blev anset for at være Bureauets mand med hud og hår. En kort overgang havde han overvejet at ombestemme sig. Men han forstod meget hurtigt, at det ikke var muligt.

Efter den 11. september 2001 var næsten alt i FBI blevet anderledes. Bureauet var på et minimum af tid gået fra at være en politiorganisation hovedsageligt med traditionel og indenrigs kriminalitet som hovedopgave til at være selve spydspidsen i kampen mod terror. Omorganiseringer, som tidligere ville have været vanskelige at realisere inden for mange år, blev gennemført på få uger. En storm af patriotisk effektivitet fejede over alle statslige organisationer, institutioner og etater, som havde det mindste med national sikkerhed at gøre. Processen blev godt hjulpet af næsten ubegrænsede midler og en lovgivende myndighed, som viste sig langt mere fleksibel, end nogen amerikaner havde forestillet sig inden den katastrofale morgen i september.

Fjendebilledet var blevet et andet.

Der fandtes stadig lande og stater, som truede verdens mægtigste nation. Efter Sovjetunionens degradering og senere opløsning var frygten for et traditionelt krigsangreb ganske vist så godt som forsvundet. Fordi der fandtes amerikanske interesser over hele kloden, var det alligevel vigtigt fortsat at holde opmærksomheden rettet mod uvenlige nationer og fjendtlige stater, som kunne tænkes at krænke USA af ideologiske, økonomiske eller territoriale årsager.

Det blev da også gjort, nu som altid.

Men det var ikke nogen stat, som havde angrebet USA den 11. september. Der var faktisk ikke noget land at slå tilbage mod. De mænd, som stjal fire fly og crashede dem på amerikansk jord for at dræbe, var enkeltpersoner. De var individer, til dels med forskellig oprindelse og baggrund. Mens det politiske maskineri omkring præsident Bush havde konstrueret en klassisk fjende langs ondskabens akse og rettet aggressionen mod eksisterende nationer, var Helen Lardahl Bentley overbevist om, at angriberne var farligere end som så.

De var mennesker.

De blev ikke udskrevet til krig, sådan som skrækslagne soldater til alle tider havde mødt døden for konge og fædreland, de aldrig skulle se igen. Slagmarken var ikke længere defineret af generaler, som på begge sider af fronten i bund og grund var udstyret med nøjagtigt samme mål for sejr og nederlag: vunden jord og tabte slag.

Amerikas nye fjender var individer med enkeltmenneskets erfaringer, storhed og svage sider. De levede ikke ét sted, i ét system, og de bar ikke deres flag synligt. De gik ikke i krig på kommando, men af overbevisning. De var ikke bundet sammen af statsborgerskab og nationalt tilhørsforhold, men af tro og mistro, had og kærlighed.

Amerikas nye fjender var overalt, og Helen Lardahl Bentley var overbevist om, at de kun kunne afsløres og uskadeliggøres ved at lære dem at kende. Hendes allerførste embedsgerning var oprettelsen af *Behavioral Science Counter Terror Unit*. Opgaven var at ændre tørre fakta og løs efterretning til levende billeder. *The BS-Unit* skulle se mennesker, der hvor resten af det store system så mulige angreb og potentiel terror, bomber og højteknologisk udstyr. Ved at analysere, forstå og forklare, hvad der bevægede mænd med forskellig baggrund og forskellige nationaliteter til at vælge martyrdøden i et kollektivt had til USA, skulle Amerika blive dygtigere til at komme dem i forkøbet.

Warren Scifford havde fået frit valg på alle hylder. Blandt de næsten fyrre specialagenter i gruppen befandt sig nogle af de bedste *profilers*, FBI havde haft i sin tjeneste. De havde entusiastisk takket ja, alle som én.

Men Warren var begyndt at fortryde.

Da specialagenten for seks uger siden kom ind på hans kontor med fire ark i hånden for lavmælt at dele sine tanker med chefen, blev Warren Scifford for første gang i sit seksoghalvtredsindstyveårige lange liv virkelig bange.

Et trojansk angreb passede ikke ind.

Det rimede ikke med noget. Det var hverken spektakulært eller symbolsk. Det ville ikke skabe frygtindgydende, uudslettelige billeder, som da flyene brasede ind i World Trade Center. Ingen menneskemasser ville flygte i gråd og panik og vantro og skabe uforglemmelige tv-billeder. *Troja* ville ikke give fjenden opmærksomhed; der fandtes ingen ære, om aldrig så forkvaklet, at hente i noget sådant.

Resten af systemet havde gjort sit yderste for at koble Al Qaida eller nogle af deres beslægtede organisationer til *Troja*. Warren Scifford og hans kvinder og mænd havde protesteret kraftigt. Det stemte ikke, argumenterede de hårdnakket. Det var ikke sådan, Al Qaida opererede. Ikke sådan de tænkte. Og slet ikke sådan de ønskede at straffe USA. Eftersom *The BS-Unit* allerede var ugleset af alle andre end præsidenten, talte de stort set for døve ører. Efter et par ugers intens og målrettet indsats for at finde en kobling til eksisterende terrornetværk uden at finde den mindste lille antydning af sammenhæng, konkluderede de alligevel, at Warren Sciffords gruppe havde ret. Al Qaida stod ikke bag. De spredte, ufuldstændige oplysninger var derfor ikke længere lige så interessante. USA's enorme efterretningssystem modtog så meget. Der var uendeligt meget at gribe fat i. Mens uoverskuelige og kaotiske informationer hver eneste dag, hver time på døgnet, strømmede ind om mere håndfaste angreb, blev *Troja* kørt ud på et stille sidespor.

Men Warren Scifford var stadig bekymret.

Det samme gjaldt *Madam President*.

Og nu lå Warren Scifford på sengen i et norsk hotelværelse og mærkede et sug i mellemgulvet. Han læste notatet for fjerde gang. Så rejste han sig og gik ud i badeværelset. Han tog en lighter op af lommen, holdt dokumentet over wc-kummen og satte ild til det.

Mest urolig var han over følelsen af at blive holdt for nar.

En svag mistanke om at oplysningerne var plantet, havde plaget ham i flere uger. Nu, efter nøje at have gransket dokumentet, som viste, at de oplysninger om komplekset, som han havde valgt at kalde *Troja*, var strømmet ind de sidste døgn på kryds og tværs, så de ikke længere gav skyggen af mening, var han i total vildrede.

Flammerne slikkede op ad papiret. Små sodflager dalede ned mod det hvide porcelæn.

Hvis det hele var plantet, var det hele en afledningsmanøvre. Og hvis det var tilfældet, kunne præsidenten have været det egentlige mål. I så fald stod de over for en fjende, de ikke anede, hvem var. Ikke Osama bin Laden, ikke de mange terrororganisationer med base i …

– Det kan ikke være sådan, sagde Warren højt for at afbryde sin egen tankerække. – Ingen har apparatet til at plante sådan en sag. Sagen er for god til at være plantet.

Han måtte give slip på det sidste hjørne, som var tilbage af papiret. Han skyllede ud. Der klæbede stadig sorte rester til skålen, og han brugte toiletbørsten til at fjerne dem.

Så gik han tilbage til skrivebordet og tog kopien af den seddel, som var blevet anbragt på præsidentens hotelværelse.
– *We'll be in touch*, mumlede Warren Scifford. – *But when?*
Han slap arket, som om det pludselig blev varmt.
Han måtte have noget at spise.
Uret på tv-skærmen fortalte ham, at morgenmaden netop var serveret. Han brugte tre minutter på at pakke sit kontor sammen igen og sætte den aflåste kuffert ind i et skab. Kun bunken med farvet papir blev liggende tilbage på skrivebordet med tre penne som strunke tinsoldater øverst.
Den ene telefon stak han i lommen, før han gik. Det havde alligevel ikke været nødvendigt at ringe til nogen. Han var, sandt at sige, ikke sikker på, hvem han i så fald skulle have ringet til.

2

Tolderen i Oslo Lufthavn Gardermoen kunne næsten ikke tro sine egne øjne. Ganske vist var denne horde af amerikanere kommet med et chartret fly, men at det overhovedet var muligt at demonstrere en sådan arrogance over for flysikkerhed og andre landes love, gik langt over hans forstand.
– Undskyld mig!
Han rakte hånden ud og tog to skridt ud i gangen bag skranken, hvor han havde stået og kedet sig i halvanden time.
– Hvad har du der? spurgte han på engelsk med en accent, som fik amerikaneren til at smile.
– Det her?
Manden lindede på jakken, så tjenesterevolveren blev synlig.
Tolderen rystede opgivende på hovedet. Nu kom der flere af dem, alle med den karakteristiske bule over ribbenene. De masede på og ville forbi ham, hvor han stod med begge arme ud fra kroppen og råbte:

– Stop! Vent lige et øjeblik!

En irriteret mumlen bredte sig blandt de nyankomne, som talte femten-seksten mænd og et par kvinder.

– *No guns!* sagde tolderen bestemt og pegede på den lave, brede skranke. – Alle lægger deres våben her. Stil jer pænt i kø, så skal I hver især få en kvittering.

– Hør her, sagde manden, som var kommet allerførst; han kunne være i halvtredserne og var et hoved højere end den lille, korpulente tolder. – Vores ankomst er klareret med de norske myndigheder, hvad du sikkert er informeret om. Ifølge de beskeder, jeg har fået, skulle vi blive mødt af en tjenestemand, så snart vi ...

– Spiller ingen rolle, sagde tolderen og trykkede for en sikkerheds skyld på knappen under skranken, som låste de mekaniske døre fire meter længere fremme ad gangen. – Herinde er det mig, der har ansvaret. Har I papirer på disse våben?

– Papirer? Hør nu her ...

– Ingen papirer, ingen våben. Stil jer i kø her, så skal jeg ...

– Jeg tror, det er bedst, at jeg taler med din overordnede, sagde amerikaneren.

– Han er her ikke, sagde tolderen. Han havde store, blå øjne og smilede nu venligt. – Nu får vi det her overstået, så hurtigt vi kan.

Amerikaneren vendte sig om mod de mere og mere utålmodige kollegaer og begyndte en mumlende samtale. En af kvinderne fiskede en mobiltelefon frem. Med rappe fingre tastede hun et nummer.

– Der er ingen forbindelse herinde, sagde tolderen muntert. – Så det der kan du godt glemme.

Kvinden lyttede alligevel til den anden ende. Så trak hun på skuldrene og så opgivende på manden, som tydeligvis var en slags chef.

– Nu vil jeg gerne protestere, sagde han henvendt til tolderen med et blik, som fik den lille tjenestemand til at afstå fra at afbryde en gang til. – Her er der åbenbart svigtet på en række områder. For det første skulle vi være blevet modtaget ved flyet af norske kollegaer. I stedet bliver vi ført ind i denne … labyrint uden ledsagelse og uden at vide, hvor vi egentlig skal hen.

– I skal derhen, sagde tolderen og pegede mod den aflåste dør.

– I så fald foreslår jeg, at du åbner den. Nu. Der er opstået en pinlig misforståelse fra jeres side, og nu er jeg træt af det her.

– Jeg foreslår, sagde tolderen og tøvede lige præcis længe nok til at springe op på skranken med en adræthed, ingen ville have tiltroet ham. – Jeg foreslår, at I gør, som jeg siger. Derude …

Stemmen steg til et råb, og han pegede ud mod ankomsthallen.

– … er det andre, der bestemmer. Men herinde, i denne korridor, ved denne skranke, hvor I nu står, er det mig, der håndhæver reglerne. Og reglerne siger, at det er strengt forbudt at indføre våben *i mit land …*

Nu skreg han næsten.

– … uden nødvendig klarering. Så stil jer i kø, for fanden!

Det sidste blev sagt på norsk. Ansigtet var blevet rødblussende, og han svedte. Amerikanerne stirrede på hinanden. Nogle mumlede. Kvinden med mobiltelefonen gjorde et nyt og lige så mislykket forsøg på at tilkalde hjælp. Der gik et halvt minut. Tolderen steg ned fra skranken og lagde armene over kors foran brystet. Der gik yderligere et halvt minut.

– Her, sagde chefen pludselig og lagde sit våben fra sig. – Jeg kan forsikre dig om, at dette her får et efterspil!

– Jeg gør bare mit arbejde, sir!

Tolderen smilede fra øre til øre. Det tog ham næsten en halv time at kvittere for alle våbnene og lægge dem i plasticbokse på en hylde allerinderst i lokalet. Da han var færdig, hilste han med to fingre til panden og trykkede på knappen, som fik dørene til at åbne sig.

– Hav et rigtig hyggeligt ophold, sagde han og smilede, da ingen svarede.

Han gjorde bare sit arbejde. Det måtte de forstå.

3

Da Inger Johanne vågnede, var arbejde det første, hun tænkte på. Hun blev liggende ubevægelig og missede mod morgenlyset. Måske havde det alligevel været dumt at tage et ekstra års orlov. Eftersom hun netop havde afsluttet et forskningsprojekt inden fødslen og endnu ikke var i gang med et nyt, ville hverken Universitetet eller Inger Johanne lide noget nævneværdigt tab, hvis hun tog de to sabbatår, hun havde krav på. De havde været enige, Yngvar og hun, da de, som frygtet, ikke fik vuggestueplads til Ragnhild. Fordi de begge to var etableret i forvejen, da de mødtes, var boliglånet overkommeligt selv med én indtægt. De levede fornuftigt, stille og godt. Kristiane gjorde fremskridt. Alt var bedre for dem alle sammen.

Hun kunne godt lide rutinerne i tilværelsen som hjemmegående. Samværet med børnene fik et andet tempo. Hun havde altid godt kunnet lide at lave mad, og de lange formiddage gav hende mulighed for at lave det meste fra bunden. De havde opsagt hushjælpen, og selv rengøringen var blevet en del af en kontemplativ kedsomhed, som Inger Johanne havde lært at sætte pris på. Ragnhild sov et par timer midt på dagen, og med mellemrum følte Inger Johanne det, som om hun for første gang i mange år havde tid til virkelig at tænke.

Det var en god tilværelse. For en periode.

Måske var den allerede forbi.

Tanken om et formiddagsstille hus bød hende pludselig imod. Hun lyttede efter Ragnhilds pludren, da hun kom i tanker om, at den etårige var blevet hos bedsteforældrene. Hun følte sig usædvanligt stiv i kroppen. Langsomt strakte hun armene op over hovedet og vendte sig i sengen.

Yngvar var der ikke.

Det lignede hende ikke at sove så tungt. Hun plejede at vågne flere gange hver nat, og den mindste lyd fra børnene gjorde hende lysvågen på få sekunder.

Hun satte sig op med et ryk. Hun rystede på hovedet og holdt vejret for bedre at høre. Det eneste, hun opfattede, var en bil i tomgang i det fjerne og kvidren fra forårskåde fugle i træet uden for soveværelsesvinduet.

– Yngvar?

Hun stod op, tog morgenkåben på og trissede ud i køkkenet. Uret på komfuret viste 8:13. Alt var stadig stille. På bordet stod en halvtømt kaffekop. Da hun tog den, afslørede restvarmen, at det ikke kunne være så længe siden, han var gået. Ved siden af koppen lå et stykke papir.

Min kære. Som du forstår, er jeg nødt til at gøre mit arbejde. Når du ikke engang kan give mig en god grund til at prøve at slippe, ser jeg ingen anden udvej end at stille op. Det er svært at sige noget præcist om, hvornår jeg kommer hjem, jeg ved ikke engang helt, hvad dette arbejde går ud på. Jeg ringer, så snart jeg kan.

Din Y.

Inger Johanne greb sig i at drikke den lunkne kaffesjat.

Yngvar skulle være Warrens civile liaison. Hun havde bedt ham om at lade være. Hun havde truet ham med det, hun troede, var hans værste mareridt. På trods af det var han stået op, mens hun sov, havde lavet kaffe og skrevet en kort og kølig besked, inden han gik.

Hun blev stående længe med papiret i den ene hånd og koppen i den anden.

Hun kunne ikke tage ud til forældrene. Moderen ville blive hysterisk og faderen tage sig til hjertet, som han altid gjorde, når verden gik ham imod. Inger Johanne spekulerede tit på, om forældrene holdt mere af Yngvar end af hende. I hvert fald var det ham, moderen altid pralede af til hvem som helst, der gad lytte. Yngvar blev overøst med opmærksomhed af sine svigerforældre, og det var ham, som fik æren, hver gang

Ragnhild imponerede med sprog og andre færdigheder.

– Det er faktisk mig, som går hjemme med hende, plejede Inger Johanne at sukke, inden hun skjulte irritationen bag et smil.

Søsteren var også udelukket. Maries perfektion var gennem årene vokset til en uigennemtrængelig hæk imellem dem. Hun var smuk, velklædt og barnløs. Bare tanken om at invadere lejligheden på Aker Brygge med babymos og lortebleer fik Inger Johannes puls til at slå hurtigere.

Hun læste det korte brev en gang til. Bogstaverne flød ud. Hun prøvede at blinke tårerne væk. Stille, stille, trillede de ned langs næseroden, og hun tørrede snot af med ærmet.

Da de var gået i seng aftenen før, havde hun været sikker på, at han forstod. Han havde lagt sig tæt op ad hende i sengen. Uden ord, og hans hænder var varme og stærke, sådan som hun altid havde elsket dem. Yngvar forstod, at hun trængte til beskyttelse, og at Warren Scifford ikke kunne slippes løs i nærheden af deres trygge, vante tilværelse på Hauges vei. Hun var overbevist om, at Yngvar forstod alt dette, da han strøg hende over håret: i hans øjne havde hun syntes, hun så en erkendelse af, at Warrens nærværelse truede alt, hvad der var fint, sandt og ægte. Hun havde sovet så velsignet tungt.

Og så var Yngvar bare taget af sted.

Han havde ikke taget truslen alvorligt. Han havde ikke taget hende alvorligt. Han skulle komme til at se, hvor alvorlig hun var.

Inger Johanne pakkede det allermest nødvendige. I en lille kuffert lagde hun tøj til et par dage, både til sig selv og den yngste datter.

– Kristiane kan blive hos Isak.

Hun hviskede til sig selv og prøvede at undertrykke gråden. Hun måtte hente Ragnhild. Moderen ville øjeblikkeligt bemærke de rødrandede øjne, som hun altid lagde mærke til hver eneste ændring i datterens sindsstemning.

– Tag dig sammen! hvæsede Inger Johanne og snøftede.

Hun vidste ikke, hvor hun skulle gøre af sig selv. Alligevel blev hun ved med at pakke. Til sidst var kufferten så fuld, at den var vanskelig at lukke. Med en saftig ed og en kraftanstrengelse fik hun til sidst lukket lynlåsen.

Hun måtte søge tilflugt hos nogen, som ville lade hende være i fred. Ikke hos familien, ikke hos en ven. Hun kunne ikke tage hen til nogen, som ville fortælle hende, hvor barnlig hun var, og hvor uansvarligt hun opførte sig. Hun ville ikke tage hen til nogen, som ville fortælle hende det indlysende: at dramatikken ville gå over i løbet af et par dage, at hun ikke kom til at forlade Yngvar og derfor lige så godt kunne tage hjem igen med det samme. Hun kunne under ingen omstændigheder tage hen til Line, den snakkesalige bedsteveninde, som ville invitere til fest i den tro, at der ikke fandtes det problem i verden, som ikke kunne løses med god mad, gode venner og mængder af drikkevarer.

Da Inger Johanne låste yderdøren efter sig og mærkede, at vinden stadig var kølig, selv om haven lå badet i sol, slog det hende: Der var kun ét sted at tage hen.

Hun tørrede sin tårer og fremtvang et smil til naboen, som vinkede ude fra vejen. Så trak hun vejret dybt og satte sig ind i bilen. Hun måtte hente Ragnhild. Hun skulle nok klare at finde på en rimeligt tilfredsstillende forklaring til moderen under den korte biltur.

Selv om Inger Johanne måske ikke følte sig lettere i sindet, vidste hun i det mindste endelig, hvor hun skulle hen.

4

Klokken var halv tre om natten i Farmington, Maine.

Al Muffet var vågnet af en drøm, han ikke kunne huske. Det var umuligt at falde i søvn igen. Lagnerne føltes svedige mod kroppen, og det quiltede tæppe havde samlet sig i en kugle i fodenden af sengen. Han skiftede stilling. Intet hjalp.

Han havde fulgt tv-udsendelserne hele dagen. Præsidentens forsvindingsnummer havde chokeret ham lige så meget, som det rystede resten af nationen, men derudover følte han en uforklarlig uro.

Hans bror havde ringet.

Sidste gang broderen havde ringet, var for tre år siden. Da lå deres mor for døden. En hjerneblødning havde slået den foretagsomme kvinde til jorden, og det drejede sig om timer. Al Muffet havde taget det første fly tilbage til Chicago. Han kom for sent. Moderen lå allerede i en åben kiste, smukt sminket og iført sit fineste tøj.

Selv om hun, ligesom ægtemanden, havde holdt fast i sin muslimske barnetro, var familien Muffasas religion fleksibel og praktisk tilpasset et liv i en forstad, hvor der næsten ikke var andre arabere. I den episkopale kirke, som lå få blokke væk, var mrs. Muffasa en højt agtet ressource. De bedste kager til kirkens storslåede høst-taksigelsesfest kom fra hendes ovn. Hun ledte en ungdomsgruppe for de mindre velstillede. Ingen kunne binde blomster som mrs. Muffasa, og hun passede pastorens talrige børneflok, hver gang hans kone satte endnu et afkom i verden og var ude af spillet et par uger.

Men familien Muffasa gik aldrig til gudstjeneste.

I det stille forsøgte de at overholde Ramadan. De fejrede Id-al-fitr med familien fra Los Angeles, som altid afså tid til at komme. Selv om mr. Muffasa måske ikke orkede at bede mod Mekka fem gange om dagen, skete det ikke så sjældent, at han fandt tid til en bøn i de stille stunder, når bilværkstedet var tomt, og han endnu ikke havde lukket garagedørene for natten og var gået hjem.

Mr. og mrs. Muffasa læste Koranen med de allervenligste briller på. De ærede profeten Muhammed og lod ellers fred være med ham, uden at det forhindrede dem i at pynte juletræ, for at børnene ikke skulle skille sig for meget ud.

Da moderen døde, fandt børnene en slags testamente i hendes natbordsskuffe. Mindehøjtideligheden over mrs. Muffasa skulle holdes i *Church of the Epiphany* under præstefruens ledelse.

Slægtningene murrede, og moderens ældste søster faldt i krampegråd over det stive lig, som lå med foldede hænder i en kiste med kors på begge sider. Enkemanden holdt alligevel på sit. Hans kone var ved sine fulde fem, da hun bestemte sit afskedsritual. Ingen skulle få ham fra at opfylde hendes sidste ønske, og således blev mrs. Muffasa sænket i indviet jord foran en talstærk, kristen forsamling.

Begravelsen var sidste gang, Al Muffet så sin ældre bror.

Tre års stilhed. Og så ringede han i går aftes.

Al Muffet stod ud af sengen og tog hurtigt og stille tøj på. Han havde en del papirarbejde, han kunne slå natten ihjel med. Alt andet var bedre end at ligge søvnløs og føle en nagende uro, han ikke forstod.

Fayed og han havde aldrig været venner. De tålte hinanden, som brødre er nødt til, men havde aldrig forstået hinanden. Mens lille Ali havde hængt i mors skørter og været alle hendes episkopale venners kæledægge, drev Fayed alene rundt i gaderne og længtes efter den talstærke familie i Los Angeles. Der kom han med onklen i moskeen hver dag. Han fik den traditionelle mad og lærte mere arabisk end de få gloser, han opsnappede fra faderens mumlende bønner. Som voksen fortjente han dårligt nok at blive kaldt udøvende muslim, men han holdt sig stort set til traditionerne og giftede sig muslimsk. Og da Ali Shaeed Muffasa i halvfjerdserne blev til Al Muffet, beskyldte Fayed broderen for at være en arabisk onkel Tom. Siden havde brødrene næsten ikke talt sammen.

Al Muffet kunne ikke fatte, hvad Fayed ville. Han havde spurgt så tydeligt, som det var muligt uden at blive direkte uhøflig. De var trods alt brødre, og da faderen stadig levede, ønskede han ikke noget dramatisk brud. Det ville knække den gamle.

Fayed ville komme på besøg.

Fayed, som var mellemleder i et gigantisk elektronikfirma med hovedsæde i Atlanta, og som knap nok havde tid til at se sine egne børn, havde ringet og fortalt, at han ville komme forbi den 18. maj. Det nærmeste, Al var kommet på en forklaring, var en næsten fornærmet bemærkning om, at det vel ikke var så mærkeligt, at broderen havde lyst til at se, hvordan Al og pigerne havde fået det deroppe i Ingenmandsland.

Jeg kommer lige forbi, havde han sagt.

Al Muffet listede forbi døtrenes værelse. Han kendte det gamle hus nu og trådte forsigtigt over de planker, som knirkede. Han blev stående og lyttede oven for trappen. Den regelmæssige vejrtrækning fra Catherine og snorkelydene fra Louise fik ham til at smile. Han følte sig roligere. Dette var hans hus og hans liv. Fayed kunne bare komme forbi, hvis han havde lyst.

Ingen kunne skade Al Muffet eller hans døtre. Han gik stille ned ad trappen og tændte alle lysene i køkkenet. Inden han tog tasken med papirer, som han havde haft med hjem fra kontoret, satte han vand over og tog stempelkanden ud af opvaskemaskinen.

– Far, sagde Louise forundret fra døråbningen.

Det gav et sæt i ham, og han tabte kanden på gulvet.

– Er der noget i vejen? spurgte datteren; håret strittede i alle retninger, og pyjamasen var for stor.

– Nej, da, lille skat. Jeg vågnede bare og kunne ikke falde i søvn igen.

Han hentede kost og fejeblad i bryggerset.

– Hvorfor har du taget tøj på, far?

Louise virkede ængstelig nu og kom nærmere.

– Pas på glasskårene, advarede han. – Der er ikke noget som helst i vejen, kan jeg forsikre dig. Jeg tænkte bare, at jeg kunne bruge en søvnløs nat til at få noget kontorarbejde fra hånden. Skal jeg koge lidt mælk til os? Så kan vi snakke lidt, før du går i seng igen. Har du lyst til det?

Hun satte et stort smil op og satte sig ved køkkenbordet.

– Hvor hyggeligt, sagde hun og tog et æble. – Næsten ligesom da jeg var lille. Jeg skal for resten fortælle dig, hvad der skete, da Jody og jeg fik ...

Al Muffet hørte efter med et halvt øre, mens han fejede

resterne af knust glas op. Louise var i hvert fald beroliget. Han ville ønske, han kunne sige det samme om sig selv.

5

Den unge politiadvokat var dødtræt. I næsten tre timer havde han uddelt bøder til folk for at få tømt den overfyldte arrest. Halvdelen var unge, som endnu ikke havde fået fejringen af 17. maj helt ud af kroppen. Nu stod de med tømmermænd foran ham efter tur og så ned i gulvet, mens de fremstammede høflighedsfraser og lovede bod og bedring. Et par fuldvoksne drukmåse skændtes hidsigt, men blev dæmpet ned med trusler om fortsat arrest, inden de blev løsladt og skulle vente på retssag og dom.

Resten var gamle kendinge. De fleste af dem satte i virkeligheden stor pris på at få gratis logi i et lokale, som om ikke andet i hvert fald var varmt og tørt. Politiadvokaten havde aldrig forstået ideen med at idømme bøder til folk, som måtte gå på bistandskontoret for at skaffe penge til at betale dem med. Men han udførte sit arbejde, og nu var han næsten igennem hele rækken.

– Hvordan går det?

Den unge mand rakte hånden frem mod Snurre Snup. Som regel hilste han blot på arrestanterne med et nik, men Snurre var noget for sig selv. Han var professionel tyv. En gang i fortiden havde han været virkelig god. En mislykket sprængning af et pengeskab i halvfjerdserne kostede alligevel fingrene på venstre hånd, og siden tog alkoholen resten af den radmagre krop. Snurre hed egentlig Snorre. Dengang han stadig havde haft sine tænder, var de så lange, at han fik det tilnavn, som det senere blev umuligt at slippe af med. Nu nøjedes han med at stjæle fra varevogne, som stod åbne, kælderrum med spinkle låse og en sjælden gang fra butikker. Der blev han altid taget. Moderne overvågningsudstyr havde han aldrig forstået sig på. Opgivende blev han stående med varerne under armen, mens alarmen hylede, indtil vagterne kom løbende.

Snurre Snup havde aldrig løftet hånd mod et andet menneske.

– Ikke godt, klagede han og satte sig forsigtigt på en vakkelvorn stol.

– Du ser heller ikke sådan ud, sagde politiadvokaten.

– Kræft. Dernede. Rigtig slemt.

– Får du hjælp?

– Tja, der er ikke så meget at gøre, ser du.

– Men hvorfor skulle du prøve at bryde ind på et apotek?

– Det gør ondt. Allerhelvedes ondt.

– Du kan jo ikke klare et apotek, Snurre. Med alarmer og sådan noget. Og de stærke midler er låst inde i skabe, som jeg helt ærligt ikke tror, du ville kunne klare at åbne, selv om du mod forventning skulle komme ind i lokalet. Det der var simpelthen for dumt.

Snurre sukkede tungt og gned sig i nakken med den ødelagte venstrehånd.

– Ja, mumlede han. – Men det gør fanden gale mig så ondt, ja, det gør.

Politiadvokaten vippede på stolen. Der var stille i det smalle rum, men fra arrestmodtagelsen lød skarpe stemmer. En eller anden græd derude, det lød som en ung kvinde. Politiadvokaten så undersøgende på Snurres ansigt og ville sværge på, at der var tårer i øjnene på den udbrændte mand.

– Her, sagde han pludselig og trak sin tegnebog op af jakkelommen. – I dag er monopolet åbent igen. Køb dig noget stærkt.

Han rakte en femhundredlap over bordet. Snurre måbede, tandløs og vantro. Hastigt skottede han op mod den uniformerede betjent, som stod vagt i døren. Han smilede bare og så væk.

– Tak og mange tak, hviskede Snurre. – I fyre er sgu noget helt for jer selv.

– Men jeg kan ikke glemme disse her, sagde politiadvokaten og lagde hånden på dokumenterne. – Så jeg regner med, at du møder op i byretten som sædvanlig?

– Ja, sandelig så. Jeg står ved det, jeg har gjort. Det ved du, jeg altid gør. Tak og tak.

Han kærtegnede sedlen.

– Så må du godt gå. Hold op med de indbrud. Du klarer dem ikke. Okay?

Snurre rejste sig lige så forsigtigt, som han havde sat sig. Han stak pengene i lommen. Normalt kom han ud af arresten så hurtigt, de tynde ben kunne bære ham. Nu blev han stående, svagt svajende og tilsyneladende i sin egen verden.

– Klokken var ti minutter over fire, sagde han pludselig. – Da hende præsidentdamen satte sig ind i bilen.

– Hva'?

– Jeg så fjernsyn i går. Og så kunne jeg forstå, at hende damen, jeg så om morgenen, var hende, de var på jagt efter.

Politiadvokaten så på ham med sammenknebne øjne, som om han ikke helt havde forstået, hvad der blev sagt. Den uniformerede mand i døren havde taget et par skridt hen mod arrestanten.

– Sæt dig, sagde politiadvokaten.

– Du sagde, jeg kunne gå.

– Sæt dig nu ned, Snurre. Vi tager lige det her først.

Gamlingen satte sig modvilligt.

– Jeg har jo sagt det, jeg har at fortælle, sagde han mut.

– Men jeg skal have lidt mere styr på det her. Hvor var du i går morges?

– Jeg havde været til fest hos Berit i Buret. Hun bor i Skippergata. Og så sku' jeg jo hjem, ikke. Og da jeg kom forbi klokketårnet ved Oslo S, så jeg det. Ti minutter over fire. Så kom der en dame og to mænd over pladsen. De satte sig ind i en bil. Damen var sådan en blondine, som voksne damer er. Sådan kunstig blondine. Hun havde rød jakke på, helt mage til den, de viste i fjernsynet.

Politiadvokaten sagde ikke noget. Han tog en snustobaksæske og lagde en pris op under læben. Så rakte han æsken frem mod Snurre, som stoppede halvdelen af indholdet ind på de ødelagte gummer. Manden i uniform havde lagt en hånd på hans skulder, som om han ville forhindre ham i at flygte.

– Og det var i går? sagde politiadvokaten langsomt. – Den 17. maj?

– Ja, sagde Snurre irriteret og spyttede sort. – Jeg er ikke rask, men jeg er fandeme ikke så langt ude, at jeg ikke kan huske nationaldagen!

– Og klokken var ti minutter over fire om morgenen. Det er du helt sikker på?

– Ja, siger jeg jo. Nu har jeg sør'me sådan en lyst til at komme hen på monopolet.

Han trak femhundredkronesedlen frem igen. Lagde den over knæet, glattede den ud, foldede den sammen igen, omhyggeligt og forsigtigt, inden han stak den i en anden lomme. Politiadvokaten udvekslede blikke med den uniformerede betjent.

– Jeg tror desværre, det kommer til at vente lidt, sagde han. – Men vi skal skaffe dig noget smertestillende i mellemtiden.

Så greb han telefonen og havde problemer med at ramme de rigtige taster.

6

– De begynder at blive skidesure.

– Hvem?

– FBI. Eller hvem nu alle de der amerikanere er.

Overvågningschef Peter Salhus rynkede på næsen.

– Hvad er der nu? spurgte han opgivende.

– Det hele, har jeg indtryk af.

Politimester Bastesen trak på skuldrene og rakte en kop kaffe frem.

– Det kom vist til en episode ude på Gardermoen. Først en misforståelse om afhentning af omkring tyve agenter, som kom i morges. Derefter blev de …

Han gnæggede. Da Salhus ikke engang trak på smilebåndet, førte Bastesen knytnæven op foran munden, hostede let og fortsatte alvorligt:

– En nidkær tolder fratog dem alle håndvåben, hvilket for så vidt var helt korrekt. Hvad skal de med våben her til lands? Disse *Secret Service*-drenge var bevæbnede hele tiden, og se, hvor meget det hjalp! Men denne tolder var vist en anelse … udiplomatisk.

Gymnastiksalen i Politihuset havde ingen vinduer. Politimesteren var allerede begyndt at hive i skjorteflippen. Omkring halvtreds mennesker sad dybt koncentreret om bordene, som stod i hesteskoform med et kolossalt, rundt bord i midten. På ribberne hang der skemaer og kort. Det tekniske udstyr udsendte en fugtig støvlugt, som blandede sig med svedlugt og stanken af sure træningssko.

– De er heller ikke begejstrede for lokalerne.

Bastesen tømte kaffekoppen i en sidste slurk.

– Vi har givet dem tre kontorer på anden sal, rød zone. De bruger dem ikke, så vidt jeg kan se. Jeg er også ligeglad. Her har vi samlet dine folk fra PST, de bedste fra Nye Kripos samt mine mænd. Det er …

– Og kvinder, afbrød Salhus.

– Og kvinder, nikkede Bastesen. – Det var bare en talemåde. Min pointe er, at vi ikke kan have disse amerikanere vimsende rundt og forstyrre. Jeg kan ikke se, at de skulle kunne tilføre efterforskningen bare det mindste. Alene sprogproblemerne er tegn på … Indtil nu har de faktisk ikke givet os noget som helst. Tavse som østers.

– Rapporterne tyder på, at de har valgt at oprette kommandocentral på ambassaden, sagde Salhus. – Som forventet. Trafikken ind og ud ad Drammensvei er øget betragteligt, samtidig med at de har lukket for alle publikumstjenester. På ambassaden gør de, hvad de vil. Vi havde sikkert gjort det samme. Og med hensyn til deres tavshed …

Han vendte front mod politimesteren. Efter en lille pause

lagde han hånden på den andens underarm med en overraskende venlig gestus.

– Amerikanerne giver ikke noget fra sig, uden at de tjener på det, sagde han. – Og slet ikke uden at de har tillid til modtageren. Strengt taget har jeg en vis forståelse for, at den tillid ikke er helt i top netop nu.

Uden at vente på svar trådte han ned fra den katederlignende forhøjning i salens sydvendte hjørne. Han havde stadig kaffekoppen i hånden, da han standsede ved siden af en overvægtig mand i fyrrerne, som sad med hagen i hænderne og nidstirrede en dataskærm.

– Stadig ingenting? spurgte Salhus lavmælt.

– Nej.

Tjenestemanden gned sig i de rødrandede øjne. Han greb en flaske mineralvand og drak halvdelen af flasken, inden han kvalte en bøvs og skruede kapslen på.

– Jeg har set på samtlige optagelser tre gange. Langsomt, hurtigt og i normal hastighed. Der sker ingenting. Ingen kommer, ingen går. Damen må være fløjet ud ad vinduet.

– Nej, sagde Salhus roligt. – Det gjorde hun nok ikke. *Secret Service* havde som bekendt en post ... her.

Et luftfoto af området omkring Hotel Opera hang på væggen bag monitoren. Salhus pegede på taget af nabobygningen.

– Og det tekniske er i orden? Ingen har fiflet med noget? Ingen båndsløjfer eller loops?

– I så fald er det *allerhelvedes* godt gjort, sukkede politimanden og kløede sig i nakken. – Vi kan ganske enkelt ikke finde noget som helst. Jeg fatter ikke ...

Han så op, tydeligt forundret over den hidsige klikken af skohæle over gulvet. I det provisoriske lokale holdt alle en dæmpet tone. De fleste havde tillagt sig en næsten listende gang. Selv suset fra det omfattende tekniske udstyr var dæmpet med forede kasser og gummimåtter.

En rødhåret kvinde kom smaløbende over gulvet. Hun viftede glædestrålende med en telefon, som om hun havde fået den i præmie.

– Vidner! udbrød hun, da hun nåede politimester Bastesen, som var kommet hen bag Salhus og havde øjnene rettet stift mod en tom korridor på niende etage af Hotel Opera. – Endelig er der kommet tips ind, og der er mange!

– Vidner, gentog Bastesen tvivlende. – Vidner til hvad?

Kvinden hev efter vejret og strøg det røde hår om bag ørerne.

– Til bortførelsen, sagde hun stakåndet.

Den korpulente tjenestemand stirrede på hende, som om han havde problemer med at forstå sproget.

– Der findes ingen vidner, sagde han aggressivt og pegede på monitoren. – Der er jo fandeme ikke et menneske at se!

– Ikke der, sagde kvinden. – Udenfor. Bagefter, mener jeg. Uden for hotellet.

– Hvor?

Salhus lagde hånden på hendes skulder, men fjernede den straks igen, da han så begyndelsen til en rynke over kvindens næse.

– En ung kvinde, sagde hun, roligere nu. – En rødrus ... Hun sad sammen med en veninde på vandsiden af hovedbanegården, da to mænd og en kvinde, som svarer til signalementet af Helen Bentley, kom gående ...

Hun så sig hurtigt om og bøjede sig ivrigt frem mod luftfotoet.

– ... herfra. De satte sig ind i en blå Ford.

– Jaså, sagde politimester Bastesen. – Siger du det.

Han havde lagt armene over kors og stirrede på et ubestemt punkt på væggen. Peter Salhus trak sig langsomt i øreflippen. Politimanden foran monitoren kunne ikke skjule et fnis.

– Tror vi på, tralala, mumlede han.

– Hun er altså ikke den eneste, sagde kvinden hurtigt. – Hun og veninden, altså. I nat blev en af de faste drenge taget ind, og da han vågnede i morges og skulle afhøres før løsladelsen, kom det frem, at fyren havde været på samme sted på samme tid. Han fortalte nøjagtig det samme.

– Samme tid, sagde Peter Salhus og slap øret. – Som er hvornår?

– Ved firetiden, siger pigen. – Spritteren siger ti minutter over fire, han havde lige set på klokketårnet. Og så ...

Hun famlede ivrigt efter notesblokken i jakkelommen.

– Tre vidner har, uafhængigt af hinanden, ringet ind om en blå Ford med to mænd og en sovende kvinde med rød jakke på vej mod Svinesund. De er set i ...

Hun bladrede. Nu havde der samlet sig en hel kreds af tilhørere. Ingen sagde noget. Kvinden med det røde hår slikkede på fingeren og vendte et blad til.

– På E6 ved Moss på en tankstation. Ved en rasteplads uden for Fredrikstad og ...

Hun standsede brat og rystede på hovedet.

– ... i Larvik, fuldførte hun skuffet. – I Larvik. De er vel ikke på vej til Sverige?

– Ikke lige, sagde monitormanden og smilede skævt.

– Men den slags er vi da vant til, sagde Bastesen. – Nogle vidner har set noget, andre vil have opmærksomhed eller husker forkert. Det her er dog trods alt noget at gå videre med. Lad mig se papirerne på det.

Han klappede kvinden opmuntrende på skulderen og fulgte efter hende ud af gymnastiksalen. Peter Salhus blev stående. Udtryksløst stirrede han på monitoren, mens tjenestemanden spolede frem til billedet af præsidentsuitens dør klokken fire om morgenen.

– Tomt, sagde han og slog ud med armene. – Er dette en episode af Star Trek? Kan hun zappe sig ned på parkeringspladsen?

– Spol tilbage til klokken ... Hvornår var det, præsidenten ankom til sit rum? Ti minutter over halv et?

Manden nikkede og tastede tidspunktet ind på computeren.

Præsidenten virkede udmattet. Hun gik langsomt og tog sig til baghovedet, da hun standsede og ventede på, at døren skulle blive åbnet. Det hurtige smil, hun sendte de to mænd, nåede aldrig op i øjnene. Så nikkede hun til noget, den ene sagde, og gik ind. Døren blev lukket bag hende. Agenterne kom nærmere og nærmere til kameraet og forsvandt til sidst. Korridoren var igen tom.

– Siger dette dig noget?

– Hvad? Det gav et sæt i Peter Salhus.

– Siger disse billeder dig noget som helst?

To rødruspiger og en spritter, tænkte Salhus. Vidner, som ringer fra tankstationer og rastepladser fra begge sider af Oslofjorden. Alle har set det samme, helt uafhængigt af hinanden. En blå Ford, to mænd og en dame i rød jakke.

Der ville komme flere opringninger, gik det pludselig op for ham. Ikke bare fra Østfold og Vestfold. Der ville melde sig flere vidner, nogle troværdige, andre sensationshungrende, men alle ville de sværge på at have set to mænd og en kvinde i rød jakke i en blå Ford.

Erkendelsen gjorde ham varm i kinderne. Luften var indelukket og klam. Han løsnede slipset og trak vejret hurtigere.

– Siger de dig noget? gentog politimanden.

– Nej, sagde Peter Salhus. – De forvirrer mig nøjagtigt lige så meget som resten af denne sag.

Så stoppede han slipset i lommen, før han gik ud for at lede efter mere kaffe og et par hovedpinepiller.

7

Lille Ragnhild var faldet i søvn i bilen. Inger Johanne kørte forbi en ledig parkeringsplads lige ved porten i den lave mur. Lidt længere nede, i Lille Frogner allé, fik hun en ny mulighed og smuttede ind på den ledige plads efter en varevogn med defekt udstødningsrør. Ragnhild klynkede lidt, da det udsendte et knald. Men hun vågnede ikke.

Inger Johanne følte sig på samme tid sikker og usikker.

Hun ville være velkommen. Det vidste hun. Lejligheden havde en sær atmosfære af venlighed og isolation, som en solrig ø langt fra land. Det virkede, som om beboerne holdt sig inden døre det meste af tiden. Den rare, gamle hushjælp gik vistnok bogstaveligt talt aldrig ud, og Inger Johanne havde hørt noget om, at de fik dagligvarer bragt til døren. Det sidste halve år havde hun været der temmelig ofte, måske hver tredje uge. I begyndelsen kom hun, fordi hun havde brug for hjælp. Efterhånden blev besøgene i Kruses gate en behagelig vane. De var noget, hun havde helt for sig selv, et pusterum uden Yngvar og resten af familien. Ragnhild blev altid passet af hushjælpen. De to kvinder fik lov at være i fred.

Så sad de bare der som gamle venner og talte alvorligt.

Inger Johanne havde aldrig følt sig andet end velkommen. Nu tøvede hun alligevel. Hun kunne lade bagagen stå nede i bilen. På den måde ville det ikke virke så påtrængende. Måske kunne hun først stikke en finger i jorden. Lade, som om det var et besøg, og finde ud af hvordan landet lå. Om det passede. Om det var i orden, at hun kom med en unge på slæb og slog sig ned hos mennesker, hun faktisk først for nylig var kommet til at kende.

Inger Johanne besluttede sig pludselig.

Hun slukkede motoren og tog tændingsnøglen ud. Ragnhild vågnede, som hun altid gjorde, når der blev stille. Hun var medgørlig, da moderen tog hende op af barnestolen.

– Agni sovet, sagde hun fornøjet og lod sig godvilligt bære.

Inger Johanne gik hurtigt langs stenmuren, rundede portstolpen og gik hen mod indgangen. Hun skævede op til øverste etage. Gardinerne var trukket halvt fra i stuen. Der var ingen lys tændt, men det var jo også midt på dagen. Skyggerne fra de store egetræer faldt skarpt mod asfalten, og da hun kom nærmere hen til ejendommen, blev hun et øjeblik blændet af en kraftig solrefleks i et vindue.

Hun tog elevatoren og ringede uden tøven på døren.

Det varede en evighed, før der blev lukket op. Endelig hørte Inger Johanne den raslende lyd af sikkerhedskæden. Døren gik op.

– Jamen, er't ikke min sødeste skat!

Hushjælpen hilste ikke engang på Inger Johanne. Hun greb resolut Ragnhild og anbragte hende på hoften, mens hun pludrede løs. Barnet greb ud efter et smykke med overdimensionerede, farverige træperler. Marry haltede ud i køkkenet og lukkede døren, stadig uden at have vekslet et eneste ord med Inger Johanne.

Den bageste væg i den store hall var helt af glas. En kvinde i kørestol var kommet ud af stuen og sad som en sort silhuet mod dagslyset, som vældede ind gennem de nøgne vinduesflader.

– Hej, sagde Inger Johanne.

– Hej, sagde den anden og rullede nærmere.

– Må jeg gerne være her lidt?

– Ja. Kom ind.

– Jeg mener, sagde Inger Johanne og sank. – Må jeg ... Kunne Ragnhild og jeg ... kunne vi bo her? Bare et par dage?

Kvinden kom endnu nærmere. Hjulene på stolen knirkede let; måske var det bare gummidækkene mod parketgulvet. Fingrene berørte et panel på væggen, og med en svag, summende lyd gled persiennerne for vinduerne. Et behageligt halvmørke bredte sig i hall'en.

– Selvfølgelig kan I det, sagde hun. – Kom ind. Luk døren.

– Bare et par dage.

– I er altid velkomne.

– Tak.

Inger Johanne havde fået en klump i halsen, og hun rørte sig ikke. Kvinden i kørestolen kom helt hen til hende og rakte hånden frem.

– Jeg går ud fra, at ingen er død, sagde hun roligt. – For så var du vel ikke kommet herhen.

– Ingen er død, græd Inger Johanne stille. – Der er ingen, som er død.

– Du kan blive lige så længe, du vil, sagde kvinden. – Men så må du hellere komme ind og lukke døren. Selv er jeg sulten og har tænkt mig at spise.

Hanne Wilhelmsen trak hånden til sig, vendte stolen og rullede langsomt hen mod køkkenet, hvor de kunne høre Ragnhild le; perlende og lykkeligt.

8

Warren Sciffords blik vandrede fra det ældgamle fjernsyn med bordantenne og hen over opslagstavlen af kork med ødelagt ramme. Øjnene standsede ved kontorstolen. Den manglede et armlæn. Så snusede han næsten umærkeligt op i luften. I papirkurven lå tre brune æbleskrog.

– Jeg er en lille smule overtroisk, sagde Peter Salhus. – Jeg har haft risikable opgaver, siden jeg var nogenogtyve. Og der er aldrig noget, der er gået rigtig galt. Så jeg beholder stolen. Og med hensyn til resten af kontoret ...

Han trak på skuldrene.

– Hele etaten skal flytte til nye lokaler i juni. Så der var ligesom ingen idé i at bruge energi på det her rum. Sæt dig ned.

Warren Scifford tøvede stadig lidt, som om han var bange for at ødelægge sin kostbare habit. Midt på stolesædet tegnede der sig en nyreformet plet. Han lagde forsigtigt hånden mod det mørke sted, inden han satte sig. Yngvar Stubø sad ved siden af og fingererede ved et sølvfarvet cigarrør.

– Du har stadig dine uvaner, smilede Warren.

Yngvar rystede på hovedet.

– Nej, egentlig ikke. Én juleaften og måske et par hvæs på min fødselsdag. Det er det hele. Men vi har alle vores drømme. At lugte er stadig tilladt.

Han åbnede røret og bevægede cigaren frem og tilbage under næsen. Med et lydeligt suk skruede han de to metalrør sammen og stak cigaren i inderlommen.

– De der vidner, sagde han til Peter Salhus, som skænkede mineralvand i tre glas uden at spørge, om nogen ville have. – Har du hørt noget fra politiet om dem?

Overvågningschefen sendte ham et blik, han ikke kunne tyde. Måske var det en advarsel. Måske var det ingenting.

– Jeg er ret sikker på, at mr. Scifford har ...

– Warren. Vær rar at kalde mig Warren.

Scifford rakte indbydende hånden frem, som om han forærede Peter Salhus en gave. Overvågningschefen satte sig ned. Glassene stod stadig urørte på det store skrivebord. Der var så stille, at de kunne høre kulsyren bruse.

– Jeg er glad for, at du har fået den liaison, du ønskede, sagde Peter Salhus endelig. – Yngvar Stubø vil definitivt være til nytte. Du skal endvidere være klar over, at jeg har den største forståelse for din ... utålmodighed med efterforskningen. Problemer er, som du sikkert forstår ...

– Problemet er mangel på resultater, afbrød Warren Scifford og supplerede med et smil. – Desuden virker det, som om efterforskningen ledes helt tilfældigt, totalt uorganiseret og derudover ...

Smilet var nu forsvundet. Han skubbede stolen umærkeligt bagud og rettede på de spinkle halvbriller.

– Derudover oplever jeg en fjendtlighed fra politiet, hvad vi finder meget vanskeligt at acceptere.

Stilheden sænkede sig igen over rummet. Peter Salhus tog en ægformet, poleret sten op fra bordet. Han lod den hvile i håndfladen, mens tomlen strøg over den glatte overflade. Yngvar rømmede sig og rettede sig op i stolen. Overvågningschefen så op og rettede blikket mod amerikaneren.

– At du er på mit kontor lige nu, sagde han venligt, – ... er et bevis på, at vi strækker os langt, *meget* langt, for at tilfredsstille dig og dine. Det er ikke min pligt at tale med dig, og jeg har ikke tid. Men du ville gerne. Jeg valgte at efterkomme ønsket. Nu kunne jeg naturligvis give dig et *crash course* i opbygningen af norsk politimyndighed og efterretningstjeneste ...

– Jeg har ikke ...

– Et øjeblik!

Peter Salhus hævede stemmen akkurat tilstrækkeligt til at få ro til at fortsætte:

– Og det ville måske ikke have været så dumt. Men for at gøre det enkelt og i håb om at berolige dig …

Han kastede et blik på sit armbåndsur. Munden bevægede sig næsten umærkeligt, uden lyd, som om han regnede på noget.

– Det er kun syvogtyve timer siden, det blev opdaget, at præsidenten var forsvundet, sagde han og bøjede sig ind over bordet. – Godt et døgn. På det døgn har vi stablet en efterforsknings-organisation på benene, som dette land aldrig har set magen til. Oslopolitiet har indsat alt, hvad der findes af ressourcer. Og lidt til.

Nu rullede han skjorteærmerne op, inden han med højre hånd greb fat i venstre pegefinger.

– De arbejder tæt sammen med *os,* sagde han og rystede fingeren, som om det var PST selv, han holdt fast i, – … fordi der er grund til at frygte, at denne sag kan have forbindelse med vores daglige arbejde og ansvarsområde. Desuden …

Han knyttede hele højre hånd om to fingre på venstre.

– … er Kriminalpolitiafdelingen langt inde i billedet på grund af den specielle kompetence, de besidder. Ikke mindst på det tekniske område. Med andre ord: Alt, hvad der kan krybe og gå af mandskab, er sat på denne sag. Og det er et *meget* kompetent mandskab, hvis jeg må være så ubeskeden på egne vegne. Desuden er regeringen trådt i fuldt kriseberedskab med alt, hvad det indebærer, blandt andet for andre etater og direktorater end de rent politifaglige. Løbende kontakt er desuden oprettet mellem vore to regeringer på højeste niveau. Allerhøjeste niveau.

– Men …

Warren Scifford rettede på slipset. Han smilede mere hjerteligt nu. Peter Salhus hævede afværgende hånden.

– Der kommer ingen Jack Bauer, sagde han alvorligt. – Hans frist udløb for …

Han så igen på uret.

– ... tre timer siden. Vi bliver nok nødt til at sætte vores lid til godt og moderne, om ikke helt så spektakulært, politiarbejde. Norsk politiarbejde.

Stilheden varede flere sekunder. Så begyndte Warren Scifford at le. Latteren var varm, dyb og smittende. Yngvar gnæggede, og Peter Salhus smilede bredt.

– Desuden tager du fejl, tilføjede han. – Som du vil blive informeret om på mødet med politimesteren om knap en time, har vi absolut gjort fremskridt.

– Såh?

– Spørgsmålet er, om ...

Overvågningschefen lænede sig tilbage og flettede fingrene i nakken. Det virkede, som om han studerede et punkt i loftet indgående. Det varede så længe, at Yngvar kiggede op for at se, om der virkelig var noget der. Han følte sig beklemmende overflødig.

Ingen havde egentlig forklaret ham, hvad han skulle gøre. Politimesteren havde virket åndsfraværende, da han hastigt havde præsenteret dem for hinanden for en time siden. Han havde åbenbart glemt, at de kendte hinanden fra tidligere, og efter et par minutter havde han forladt dem uden at give nærmere instrukser. Yngvar havde en fornemmelse af at fungere som alibi; en luns kød kastet til amerikanerne for at få dem til at holde fred.

Og han havde ikke haft tid til at ringe hjem.

– Spørgsmålet er, om jeg ikke skal vælge at tale lige ud af posen, sagde Peter Salhus pludselig, rettede blikket mod amerikanerens og fastholdt det.

Warren gav sig ikke.

Blinkede ikke engang.

– Ja, sagde Peter Salhus endelig. – Det tror jeg.

Han skubbede et af glassene over mod Warren Scifford. Amerikaneren rørte det ikke.

– Først og fremmest, sagde Salhus, – ... må jeg understrege, at jeg nærer den største tillid til Oslo Politi. Terje Bastesen har været i etaten i næsten fyrre år og var tjenestemand, inden han blev jurist. Han kan virke ...

Han rystede på hovedet og søgte efter et passende udtryk.

– Vældig norsk? foreslog Warren.

– Måske, svarede overvågningschefen uden at trække på smilebåndet. – Men man skal ikke undervurdere ham. Jeg tror nemlig, det er politiet, vi skal håbe på i denne her sag. Her i PST har vi i løbet af det sidste døgn gennemgået alt, hvad vi havde af efterretninger forud for præsidentens besøg. Vi har endevendt hver eneste rapport og analyse for at finde ud af, hvad vi kan have overset, hvad vi ikke har lagt vægt på, men som kunne have fortalt os noget. Som kunne have advaret os. Fra resten af Europa har vi indhentet alt, hvad der måtte findes af relevant information om kendte grupper, spinkle konstellationer, enkeltpersoner ...

Han lagde hænderne oven på hovedet.

– Intet. I hvert fald ikke indtil nu.

Warren Scifford tog brillerne af og tog en pudseklud op af bukselommen. Langsomt, næsten kærligt, rensede han glassene.

– Vi havde noget, sagde han sagte. – Før ellevte september, mener jeg. Informationen var der, den fandtes, og vi havde den. Vi lagde bare ikke mærke til den. Efterretning, som kunne have reddet næsten tre tusind mennesker, druknede i alt det andet. Alt det, som ...

Han tog brillerne på igen uden at fuldføre sætningen.

– Sådan er det, nikkede Salhus, – ... i denne branche. Jeg må indrømme, at det, jeg i går morges gruede mest af alt for, var, at en af mine ansatte skulle komme til mig med den information, vi havde overset. Den brik i puslespillet, vi lagde til side, fordi vi ikke kunne få den til at passe ind i billedet. Jeg var så sikker på, at den ville komme. Men indtil nu ...

Han slog ud med armene og gentog:

– Ingenting.

Efter en lille pause tilføjede han prøvende:

– Og hvad med jer? Har I fundet noget?

Tonen var let og spørgsmålet venligt. Warren besvarede det med en næsten umærkelig løften af øjenbrynene. Så greb han om glasset med mineralvand, men uden at drikke.

– Du nævnte noget om vidner, sagde han og så på Yngvar Stubø.

– I har altså noget, sagde Salhus.

Warren tømte glasset. Han gav sig god tid. Da han var færdig, tørrede han sig om munden med et lommetørklæde og satte glasset fra sig. Ansigtet var udtryksløst, da han hævede blikket mod overvågningschefen.

– Vidner, mindede Warren Scifford ham om.

– Jeg prøvede at indbyde til fortrolighed.

– Du har min fortrolighed.

– Nej.

– Jo. Så absolut. I vores branche er der stor forskel på fortrolighed og det at være åbenmundet. Det ved du godt. I det øjeblik jeg kan se, at I har brug for oplysninger, som vi måtte sidde inde med, skal du få dem. Du, personligt. Det kan jeg love. Lige nu har *jeg* behov for at vide, hvad denne snak om vidner drejer sig om.

Salhus rejste sig og gik hen til vinduet. Morgenen havde lovet godt med strålende solskin og ganske få spredte, lette sommerskyer. De var nu blevet mørkere og samlede sig til angreb mod syd. Salhus kunne allerede se regntæppet, som nærmede sig over Oslofjorden, og han blev længe stående og fulgte vejret med øjnene.

Yngvars følelse af at være til overs var så stærk, at han overvejede at gå. Han burde for længst have ringet hjem. Da han besluttede sig i morges, havde han været overbevist om, at det eneste rigtige ville være at adlyde ordren. En overraskende vrede havde grebet ham, da han vågnede og listede sig ud af sengen. Han havde en knude i maven og havde ikke kunnet spise noget. Yngvar kunne ikke mindes, at han nogen sinde frivilligt havde sprunget et måltid over. Nu knurrede det under skjorten. Han havde bare lyst til at gå. Han ville hjem. Denne sag var så hinsides alt, hvad han havde beskæftiget sig med tidligere, at han ikke havde det mindste at bidrage med. Hvis det var meningen, at han skulle være guide for Warren Scifford på amerikanerens færd mellem offentlige kontorer i Norge, var opgaven en fornærmelse.

Den seddel, han havde lagt til Inger Johanne, kunne måske have været venligere.

Han måtte snart få ringet hjem.

– Stubø, sagde overvågningschefen pludselig og vendte sig om. – Det her er noget for dig.

Yngvar så op. Han rettede sig forfjamsket op i stolen som en skoledreng, der bliver taget på fersk gerning i at dagdrømme.

– Jaså?

Peter Salhus brugte fem minutter på at gøre rede for de vidner, som havde meldt sig. Omkring tredive personer havde kontaktet politiet om det, de havde observeret, og alle fortalte det samme. To mænd, en kvinde, som lignede *Madam President,* og en blå bil. Cirka halvdelen af dem mente, at det var en Ford. De øvrige var kun sikre på farven. Fælles for dem alle var, at chaufføren af den blå bil tilsyneladende ikke gjorde sig store anstrengelser for ikke at blive set.

– Og der har vi problemet, afsluttede han og pegede på det kort, han havde tegnet.

Skitsen over Norge mindede om en slatten vante, som hang til tørre. Peter Salhus lagde pennen fra sig og foldede armene foran brystet. De to andre mænd bøjede sig over tegningen.

– Det her kan ikke være rigtigt, sagde Yngvar.

– Jo, sagde Salhus. – Det er korrekt.

Så bøjede han sig frem og tilføjede:

– Det er de tips, vi har fået. Men selv når vi tager de sædvanlige forbehold om, at nogle af dem er fejlobservationer og andre direkte usande, kan det naturligvis ikke passe. Det har du helt ret i.

Yngvar lod endnu en gang blikket glide fra punkt til punkt på det primitive kort. Overvågningschefen havde skriblet tidspunkterne for observationerne ned ved siden af de røde mærker.

– Det her er altså E6 mod Sverige, sagde Yngvar og lod fingeren løbe over Østfold. – Og det her er E18 mod Kristiansand. Og her …

Fingeren førte mod Trondheim.

– Det her hører ikke under mit ansvarsområde, sagde Salhus lavmælt og kløede sig i skægget. – Politiet finder selvfølgelig ud af det. For så vidt kan de allerede have gjort det. Det er så oplagt.

– Det er et blindspor, udbrød Yngvar. – Det er alt sammen noget sludder!

– Ja, sagde Salhus.

Warren Scifford havde ikke sagt et ord, mens Salhus tegnede og fortalte. Nu tog han kortet med højre hånd. Mens blikket var rettet mod perlekæden af observationer over hele Sydnorge, sagde han:

– Du kender afstandene. Har du regnet ud, hvor mange Forder med rødklædte damer, der må være tale om?

– Mindst to, sagde Salhus. – Sandsynligvis tre. Det er fysisk umuligt at komme herfra …

Han tog kortet tilbage og pegede.

– … og hertil inden for den nødvendige tidsmargin. Du kan også nå at køre mellem disse to byer …

Pegefingeren gik fra Larvik til Hamar,

– … på tre og en halv time. Men det holder hårdt. Eftersom det var nationaldagen, og der ikke var megen trafik, er det alligevel muligt.

– To enheder, mumlede Warren Scifford. – Sandsynligvis tre.

– Som har kørt rundt i Norge og sørget godt og grundigt for at blive set, sagde Yngvar. – Hvorfor i alverden skulle nogen sætte sådan et scenarie i værk? De må jo vide, at det kun er et spørgsmål om tid, før det hele ville blive afsløret?

Dagslyset var ikke så kraftigt længere. Vinden var taget til, og pludselig slog et voldsomt regnskyl mod ruden. En måge satte sig på karmen uden for vinduet. Det kulsorte øje stirrede intenst på noget i rummet. Så åbnede den næbbet for at skrige.

– Tid, sagde Salhus højt. – De vil vinde tid og skabe forvirring.

Mågen lettede og forsvandt med et styrtdyk mod jorden. Det var begyndt at hagle. Iskuglerne var store som peberkorn og larmede mod ruden.

– Men alt har en plusside, sagde Salhus pludselig og med påtaget munterhed. – Der findes flere flotte billeder af chaufføren. Eller chaufførerne. Fra i hvert fald to tankstationer, efter hvad jeg har hørt. Og uanset om hele denne manøvre drejer sig om en *look-alike* på biltur, ville det være særdeles interessant at vide, hvem der har sendt dem ud på den tur. Du må spørge politimesteren, Warren. Dette er som sagt ikke min afdeling. Tal med politiet. Men inden I går ...

Peter Salhus bed sig i læben, før han tøvende tilføjede:

– Hvorfor er du her egentlig?

Warren Scifford så på ham og hævede næsten umærkeligt brynene.

– Hvorfor har de sendt lige præcis dig? sagde Salhus. – Så vidt jeg har forstået, er du leder af en slags ... adfærdspsykologisk antiterrorgruppe. Er det ikke korrekt?

Amerikaneren nikkede ligegyldigt.

– Du er altså ikke leder af FBI. Du er overhovedet ikke leder af nogen operativ gruppe. Alligevel sender de ...

– Du tager fejl. Vi er i allerhøjeste grad operative.

– Men jeg kan alligevel ikke forstå, insisterede Peter Salhus og bøjede sig ind over arbejdsbordet, – ... hvorfor de ikke sender en ...

– God observation, afbrød Warren Scifford. – Meget dygtigt observeret. Du har naturligvis fat i en pointe.

For første gang mente Yngvar at se noget hjælpeløst ved den selvsikre skikkelse. Øjnene flakkede et øjeblik, og en trækning omkring munden fik ham til at virke ældre, næsten gammel. Men han sagde ingenting. Haglbygen var sluttet lige så pludseligt, som den var begyndt.

– Og hvad er så den pointe? spurgte Salhus stille.

– At mine kollegaer ikke tror, at svaret på denne gåde ligger i Norge, svarede Warren Scifford og trak vejret dybt. – Pointen er, at de sender mig, fordi de ikke vil have mig derhjemme. De er overbeviste om, at vi kan finde løsningen i det kaos af efterretninger, som vi allerede ligger inde med, kombineret med vores egen efterforskning netop nu. Den er … intens. For at sige det mildt. Hårdhændet, vil europæerne måske sige.

Han greb ud efter glasset, tøvede og satte det tilbage. Det var tomt.

– FBI mener, at præsidentens forsvindingsnummer er et terroranslag, som kun USA kan håndtere, fortsatte han. – Norge bliver i den sammenhæng en lille … en meget lille og ubetydelig …

Han smilede kort, næsten beklagende, og trak på skuldrene.

– I forstår sikkert. Og eftersom jeg og mine folk har et andet syn end ledelsen på, hvad en terrorist er, hvad terrorister forsøger at opnå og hvordan …

Igen afbrød han sig selv. Han rettede sig op i stolen og glattede hastigt ned over sin jakke, inden han bøjede sig frem og så Salhus lige ind i øjnene.

– Interne FBI-konflikter interesserer dig næppe, sagde han. – Og jeg har heller ikke noget behov for at diskutere dem. Men jeg siger sikkert ikke for meget, når jeg fortæller dig at USA's hovedmistanke i denne sag går i én retning: mod Al Qaida. De har penge. De har netværk. De har motiver. Og de har, som bekendt … angrebet os før.

– Men ikke din, sagde Salhus.

– Min hvad?

– *Din* mistanke går ikke i retning af Al Qaida.

Warren Scifford svarede ikke. Han strøg sig gennem håret med spredte fingre. En svag duft af shampoo lagde sig om ham.

– Du er overvågningschef, sagde han endelig, lidt for højt. – Hvad tror du?

Nu var det Peter Salhus, som ikke ville sige noget. Han trommede i bordpladen med en pen.

– Det tænkte jeg nok, sagde Warren Scifford.

– Jeg har ikke sagt noget.

– Jo. Og både du og jeg ved, at det her er temmelig langt fra Al Qaida. Osama bin Laden ønsker at sprede skræk, Salhus. Al Qaida er hellige krigere, drevet af et brændende had. De ønsker spektakulære scener af ren ... terror. De er *terrorister* i ordets egentlige forstand.

– Terror, sagde Salhus og lagde pennen ned i en skuffe, – ... defineres groft set som en ulovlig handling, hvor offeret for vold eller trusler om samme ikke er hovedmålet, men midlet til at ramme en større befolkningsgruppe. Simpelthen gennem angst og rædsel. Er det at kidnappe den amerikanske præsident så ikke en terrorhandling? Så vidt jeg kan bedømme ud fra nyhedsudsendelserne ...

Han nikkede mod det sølle tv-apparat.

– ... er det netop skræk, som hærger dit land lige nu.

– Eller usikkerhed, sagde Yngvar og rømmede sig. – En martrende usikkerhed. Det er måske endnu værre. På mig virker det her helt anderledes end det, jeg forbinder med terror. Det virker mere, som om nogen ...

Han tog en indånding og ledte efter det rigtige ord, mens han så på Salhus' grove Norgeskort, overstrøet med røde prikker.

– ... leger med os, sagde han endelig. – Det virker, som om nogen holder os for nar. Ikke just Osama bin Ladens stil.

De to andre mænd så på ham. Salhus nikkede forbavset og trak på skuldrene. Han skulle til at sige noget, da Warren brat rejste sig.

– Vi må videre.

Yngvar følte sig stadig utilpas, da han trykkede Salhus' udstrakte hånd i døren. Amerikaneren trykkede en mobiltelefon til øret og var på vej hen mod elevatoren.

– Du har helt ret, sagde Salhus lavmælt på norsk. – De leger med os. Nogen har motiv, midler og mulighed for at holde os for nar, *big time*. Og jeg tror fandeme, at ham din kammerat derhenne har en mistanke om, hvem det er. Får du den mindste fornemmelse af, hvad dette drejer sig om, så kontakter du mig. Øjeblikkeligt, ikke?

Yngvar nikkede let og noterede sig forbavset, at overvågningschefens håndtryk var klamt og koldt.

9

Abdallah al-Rahman elskede det nyfødte hoppeføl. Hun var kulsort som moderen, men et lysere parti mellem øjnene gav forhåbninger om, at hun ville arve faderens hvide blis. Benene var uproportionalt lange, som de skulle være på et daggammelt føl. Kroppen var lovende, pelsen allerede skinnende blank. Hun stavrede baglæns, da han langsomt trådte ind i boksen med fremstrakt hånd. Hoppen vrinskede aggressivt, men han beroligede hende hurtigt med lavmælte ord og kærtegn over mulen.

Abdallah al-Rahman var tilfreds. Alt gik, som det skulle. Han havde stadig ikke haft direkte kontakt med nogen. Det var ikke nødvendigt. Han havde aldrig gjort noget unødvendigt i hele sit voksne liv. Eftersom tilværelsen var et tilmålt stykke tid, var det vigtigt at holde den i balance, at følge en strategi. Han så på livet, som han så på de fantastiske tæpper, som prydede gulvene i de tre paladser, han for tiden mente, han havde brug for.

En tæppeknytterske havde altid en plan. Hun begyndte ikke i det ene hjørne for derpå at arbejde sig på må og få hen imod det færdige kunstværk. Hun vidste, hvor hun skulle hen, og det tog tid. Af og til kom inspirationen over hende, og så kunne hun impulsivt lægge de smukkeste detaljer ind. Et håndknyttet tæppes perfektion lå i det uperfekte, de bittesmå afvigelser fra det på forhånd bestemte, men alligevel i streng symmetri og orden.

I hans soveværelse lå det fineste af dem alle. Det var hans mor, som havde knyttet det, og det havde taget hende otte år. Da det var færdigt, var Abdallah tretten og fik det som gave. Ingen havde set mage til tæppe. De gyldne nuancer ændrede sig efter, hvordan lyset faldt, og gjorde det vanskeligt at bestemme, hvilke farver man egentlig så. Aldrig havde nogen set knuder så tætte eller følt på en silke så ubegribelig blød og fed.

Føllet nærmede sig. Øjnene var kulsorte, og hun spærrede dem op, idet hun vaklede sidelæns og måtte slå med hovedet for at holde balancen. Hun prustede hjælpeløst og trykkede sig ind mod moderens flanke, før hun tog endnu et prøvende skridt frem imod ham.

Abdallahs liv var som et tæppe, og da broderen døde, bestemte han sig for, hvordan det skulle se ud. Han havde foretaget nogle forandringer undervejs, blot små justeringer, men i virkeligheden aldrig andet end det, hans mor havde gjort: et dybere og mere dystert indgreb her og der, eller en ny nuance, fordi den var smuk og passede ind.

Den tre år ældre bror blev dræbt i Brooklyn den 20. august 1974. Han var på vej hjem fra en amerikansk veninde, forældrene ikke vidste noget om, og det var meget sent. Da han blev fundet af en ældre kvinde morgenen efter, var hans kønsorganer en blodig masse af slag og spark. Drengenes far rejste straks til USA og vendte tilbage en måned senere som en gammel mand.

Drabet blev aldrig opklaret. Trods faderens mægtige position i hjemlandet og indiskutable autoritet selv i mødet med amerikanske myndigheder trak den ansvarlige efterforsker på skuldrene efter fjorten dage og slog øjnene ned, mens han beklagede, at de skyldige nok aldrig ville blive fundet. Der var så mange drab, så mange unge mænd, som ikke forstod, at de skulle holde sig fra farlige kvarterer og blive inden døre efter midnat. Der var så få ressourcer, klagede han og lukkede den tynde sagsmappe for altid.

Faderen kendte manden, som langt senere skulle blive den første præsident Bush. Araberen havde gjort ham flere tjenester, og tiden var inde til at kræve noget til gengæld. Han fik imidlertid ikke kontakt med sin indflydelsesrige ven. Richard Nixon var et par dage tidligere blevet tvunget ud af sit embede. Gerald Ford var USA's nye præsident. Og samme aften, som en ung udlænding blev sparket ihjel i en sidegade i Brooklyn, erklærede præsident Ford, at Nelson Rockefeller skulle ind i Det Hvide Hus som Amerikas 41. vicepræsident. En dybt skuffet og krænket George Bush senior havde andet at tænke på end en glemt, arabisk bekendt og rejste senere på året til Kina for at slikke sine politiske sår.

Abdallah blev voksen det efterår. Han var kun seksten år, men faderen blev aldrig sig selv igen. Den gamle magtede stadig at lede sine selskaber. Han havde gode folk omkring sig, og selv om første halvdel af halvfjerdserne var en turbulent tid i oliebranchen, voksede familieformuen jævnt og støt.

Men faderen blev aldrig den samme. Han forsvandt oftere og oftere ind i religiøse grublerier og spiste næsten intet. Han orkede ikke engang protestere, da Abdallah forlod forældrene og seks søstre for at få den skolegang i Vesten, som havde været tiltænkt hans storebror.

Det var dygtige folk, som styrede selskaberne, som efterhånden blev flere og flere. Abdallah stolede på dem, men allerede som tyveårig havde han en finger med i det meste af, hvad der foregik. Han var hjemme, så ofte det lod sig gøre. Den sommer, han fyldte femogtyve, døde faderen af sorg over en søn, som var forsvundet næsten ti år tidligere.

Abdallah havde set det komme og lagt det ind i sit livstæppe, således at intet kom som en overraskelse for ham. Han var overhoved og eneejer af et forretningsimperium, som ingen havde tilstrækkelig indsigt i til at anslå værdien af. Han var den eneste, som kunne komme med et fornuftigt overslag, men det afslørede han aldrig for nogen.

Det eneste, som var kommet uventet, var fraværet af raseri.

Et halvt år efter broderens død var han ganske vist gået ned på grund af vrede. Han var blevet syg. Et rekreationscenter i Schweiz havde fået ham på fode igen, og i raseriets sted kom nu en kalkulerende ro, som han fandt det meget enklere at leve med. Mens raseriet var gået ud over alt og alle og havde fortæret ham indefra, på samme måde som sorgen havde ædt faderen op, var den beregnende kynisme noget, han kunne rationere. Abdallah opdagede værdien af langsigtet planlægning og gennemtænkte strategier og flyttede moderens gave ind i soveværelset, så han kunne studere tæppet, inden han faldt i søvn, og når han en sjælden gang vågnede om natten efter drømme om sin bror.

Føllet var noget af det smukkeste, han havde set. Mulen var perfekt med usædvanligt små, vibrerende næsebor. Øjnene var ikke længere så skræmte, og vipperne var lange som sommerfuglevinger. Hun kom helt hen til ham, hvor han sad på en halmballe og ventede på hestens tillid.

– Far!

Abdallah vendte sig langsomt. Over den lave halvmur så han toppen af sin yngste søns hår, mens drengen prøvede at hæve sig op i armene for at se det nyfødte føl.

– Vent lige lidt, sagde faderen venligt. – Jeg kommer ud.

Uhyre varsomt strøg han føllet over halsen. Det bøjede sig og sitrede en anelse. Abdallah smilede og lagde hånden på hestens lille mule. Den trak sig nervøst tilbage. Manden rejste sig og gik langsomt ud af boksen og lukkede døren.

– Far! sagde drengen glædestrålende. – Vi skal jo se film i dag! Det lovede du mig!

– Vil du ikke hellere ride lidt? I hallen, hvor der er køligt?

– Nej! Du sagde jo, at jeg måtte se film.

Abdallah løftede den seksårige op og bar ham på én arm hen mod de tunge stalddøre og ud. Af mangel på lovlige biografer i Saudi-Arabien havde Abdallah indrettet sin egen sal med ti sæder og sølvlærred.

– Du lovede mig, at jeg måtte se film, klagede drengen.

– Senere. I aften, lovede jeg.

Drengens hår duftede rent og kildede ham i næsen. Han smilede og kyssede ham, inden han satte ham ned.

Den yngste søn hed Rashid som sin døde onkel. Ingen af de fire ældre brødre havde passet til navnet. De havde alle træk fra moderens familie. Så kom den femte søn. Allerede straks efter fødslen havde Abdallah lagt mærke til den brede hage med den lille kløft. Da drengen var to dage gammel og endelig åbnede øjnene, skelede han en anelse på det venstre. Abdallah lo lykkeligt og kaldte ham Rashid.

Abdallah havde aldrig tænkt på at hævne sin brors død. I hvert fald ikke efter at det første raseri havde lagt sig, og han var kommet tilbage fra Schweiz. Han vidste ikke, hvem han i så fald skulle hævne sig på. Gerningsmændene blev aldrig fundet. For en ung arabisk mand ville det være umuligt på egen hånd at efterforske et drab i USA, uanset hvilke økonomiske midler han havde. Den politimand, som henlagde sagen, var selv et offer for systemet og næppe værd at spilde tid og midler på at straffe.

Hadet, det eneste virkelige had, Abdallah al-Rahman i lang tid havde tilladt sig at nære, blev rettet mod George Bush senior. Manden, som senere blev CIA-chef, skyldte faderen en tjeneste dengang i 1974 og havde en betydelig indflydelse. Han kunne have sparket liv i en død efterforskning med en enkelt telefonsamtale. Eftersom Rashid efter alt at dømme blev dræbt af en racistisk ungdomsbande, som ikke ville acceptere den farvedes omgang med lyshårede piger, kunne det ikke have udgjort verdens største problem at løse sagen – hvis man havde villet, gidet og fået lov til at prioritere den.

Men George Herbert Walker Bush var mere optaget af at være fornærmet over en udnævnelse til vicepræsident, som han ikke selv fik, end af at besvare de mange henvendelser fra en forretningsforbindelse, som han havde valgt at glemme.

Efterhånden som tiden gik forstod Abdallah, at den vigtigste lære, som kunne drages i forbindelse med broderens død, var, at den ene tjeneste ikke var den anden værd. Ikke medmindre man havde noget i baghånden. Noget, som gjorde det umuligt at glemme sin gæld, hvad enten man ønskede det eller ej. Mange mennesker skyldte ham meget, for Abdallah havde været gavmild i næsten tredive år uden på noget tidspunkt at kræve noget til gengæld.

Tiden havde aldrig været inde. Ikke før Helen Lardahl Bentley gav ham den endelige bekræftelse på en livslang erfaring: Stol aldrig, aldrig på en amerikaner.

– Må jeg se en actionfilm, far? Må jeg se ...

– Nej. Det ved du godt. Det er ikke godt for dig.

Abdallah ruskede sønnen i håret. Drengen satte en fornærmet trutmund op, før han med bøjet hoved luskede af for at finde sine brødre. De var kommet fra Riyadh aftenen før og skulle blive hjemme en hel uge.

Abdallah blev stående og fulgte sønnen med øjnene, lige til drengen forsvandt om hjørnet på den store staldbygning. Så gik han langsomt over mod den skyggefulde have. Han ville tage sig en svømmetur.

10

Hanne Wilhelmsen var et menneske uden venner.

Det var en selvvalgt tilværelse, og den havde ikke altid været sådan.

Hun var femogfyrre år gammel og havde været i politiet i de tyve af dem. Karrieren sluttede, da hun i juledagene 2002 blev skudt under pågribelsen af en firedobbelt drabsmand. En grovkalibret revolverkugle ramte hende mellem 10. og 11. thoracale ryghvirvel. Af en grund, som lægerne ikke rigtig forstod, blev den liggende der. Da fremmedlegemet blev fjernet, var kirurgen så fascineret af de grødlignende rester, som engang havde været fungerende nerver, at han lod det fotografere. I sit stille sind tænkte han, at han aldrig havde set noget værre.

Politimesteren havde tryglet hende om at blive i etaten.

Han opsøgte hende ofte under rekonvalescensen, selv om hun blev mere og mere afvisende. Han tilbød tilrettelæggelser og særordninger. Hun kunne have valgt opgaver, som det passede hende, og der skulle intet mangle med hensyn til hjælpemidler og assistance.

Hun ville ikke og sagde sit job op to måneder efter operationen.

Der var aldrig nogen, som havde betvivlet Hanne Wilhelmsens exceptionelle dygtighed. Især de yngre betjente i styrken så op til hende. De kendte hende ikke og var endnu ikke blevet trætte af den fjerne, besynderlige opførsel, som blev mere og mere påfaldende. Helt frem til den katastrofale skudepisode forekom det, at hun tog en slags protegeer. Hun kunne klare beundring, for beundring var afstand, og afstand var det vigtigste for Hanne Wilhelmsen. Og hun var en god lærer.

De jævnaldrende og ældre kollegaer havde imidlertid for længst fået nok. Heller ikke de kunne nægte, at hun var blandt de dygtigste efterforskere, Oslo politi nogen sinde havde haft. Men egenrådigheden og den mutte modvilje mod at arbejde i team havde, som årene gik, for længst gjort dem lede og kede af hendes adfærd. Og selv om hele etaten var blevet rystet over, at en kollega blev livsfarligt såret under en pågribelse, blev der alligevel hvisket i krogene, at det var rart at være fri for hendes person. Indtil der blev stille, og de fleste havde glemt hende, sådan som alle, der er ude af øje, efterhånden bliver det.

Kun en eneste rigtig ven havde hun beholdt gennem alle årene i politihuset. Han havde reddet hendes liv, da hun lå bevidstløs i en hytte i Nordmarka og var ved at forbløde. Den store mand vågede over hende på hospitalet tre døgn i træk, til han lugtede så ilde, at en sygeplejer skubbede ham ud ad døren med besked om, at alle var bedst tjent med, at han tog hjem. Da det blev klart, at Hanne ville overleve, havde han knuget hendes hænder og grædt som et barn.

Hanne afviste også ham.

Det var over et år siden, han sidst havde kigget forbi for at finde ud af, om der stadig fandtes en lille rest venskab at bygge videre på. Da yderdøren lukkede sig efter den brede, ludende ryg et kvarter senere, drak Hanne Wilhelmsen sig fuld i champagne, låste sig inde i soveværelset og klippede sin politiuniform i strimler, som hun senere brændte i pejsen.

Hanne Wilhelmsen havde det godt for første gang i sit sære, skæve liv.

Hun levede sammen med en kvinde, som efterhånden havde accepteret en todelt tilværelse. Nefis havde sit arbejde på universitetet, sine egne venner og et liv, hvor kæresten var helt fraværende, uden for lejligheden. Hjemme i Kruses gate ventede Hanne, aldrig spørgende, altid lige stilfærdigt glad for at se hende.

Og de delte lykken over Ida.

– Hvor er Ida? spurgte Inger Johanne.

Hun havde trukket benene op under sig i sofaen. En stor plasmaskærm viste ekstraudsendelserne fra NRK.

– Hun er i Tyrkiet med Nefis. Besøger bedsteforældrene.

Inger Johanne sagde ikke mere.

Hanne kunne godt lide hende. Hun kunne lide hende, fordi hun ikke var en ven og heller ikke forlangte at blive det. Inger Johanne vidste intet om Hanne, udover det hun kunne have hørt og samlet op fra andre. Det kunne selvfølgelig være så meget, men hun lod sig alligevel aldrig friste til at grave eller afkræve eller udspørge. Hun talte meget, men aldrig om Hanne. Eftersom Inger Johanne var det mest oprigtigt nysgerrige menneske, Hanne nogen sinde havde truffet, var den tilsyneladende mangel på interesse en præstation, som beviste, at Inger Johanne kunne sit fag. Hun var en ægte *profiler.*

Inger Johanne forstod Hanne Wilhelmsen og lod hende være i fred. Og hun virkede, som om hun satte pris på at være hos hende.

– Åh, nej! sagde Inger Johanne. – Ikke hende!

Hanne, som sad og læste i en roman, kastede et blik på skærmen.

– Hun kommer ikke ud af skærmen og tager dig, sagde hun og genoptog sin læsning.

– Men hvorfor skal de altid, sagde Inger Johanne opgivende og tog en dyb indånding. – ... Hvorfor er det lige netop *hende*, som er blevet det store orakel i alle spørgsmål vedrørende forbrydere og forbrydelser?

– Fordi *du* ikke vil, sagde Hanne og trak på smilebåndet. Inger Johanne havde engang forladt et tv-studie i protest under en direkte debat og var aldrig blevet indbudt igen.

Wencke Bencke var landets mest kendte kriminalforfatter. Efter at have levet et liv som excentrisk, tvær og utilnærmelig i en årrække, var hun trådt frem i rampelyset året før. Kendisser var blevet dræbt på rad og række i en sag, politiet aldrig kom til bunds i. Inger Johanne blev modvilligt trukket ind i efterforskningen, men også på hende virkede drabene længe motivløse og uden indbyrdes sammenhæng. Og Wencke Bencke blev mediernes yndlingsekspert. Hun brillerede med indsigt i forbryderes karakter og absurde logik, samtidig med at hun holdt en ironiserende afstand til politiet. Det gjorde sig alt sammen godt på tv.

Samme efterår udkom hendes attende og bedste roman. Den handlede om en kriminalforfatter, som dræbte af kedsomhed. Bogen solgte i hundredtyvetusinde eksemplarer på tre måneder og blev straks købt af forlag i mere end tyve lande.

Kun en lille håndfuld mennesker, blandt dem Inger Johanne og Yngvar, vidste, at bogen i bund og grund handlede om Wencke Bencke selv. De kunne aldrig bevise noget, men vidste alt. Kriminalforfatteren havde selv sørget for det. De spor, hun havde lagt ud, var uanvendelige som beviser, men tilstrækkelige for Inger Johanne. Det var da også hende, de var lagt ud for at pirre, mente hun bestemt.

Wencke Bencke slap godt fra at begå drab.

Og med mellemrum, i søvnløse nætter efter at have mødt Wencke Benckes brede smil over frysedisken i supermarkedet eller set hende vinke fra Hauges vei en sen aftentime, kunne

Inger Johanne stadig ikke befri sig fra tanken om, at drabene var begået for at genere hende. Hun kunne bare ikke begribe hvorfor. Sidste efterår, da hun var på vej op på fjeldet med begge børnene på bagsædet, var en bil kørt op på siden af hende i et lyskryds på Ullernchausseen. Chaufføren stak tomlen i vejret, dyttede let og drejede til højre. Det var Wencke Bencke.

Helt tilfældigt, sagde Yngvar opgivende gang på gang. Oslo var en lille by, og Inger Johanne måtte snart se at lægge den fordømte sag bag sig.

I stedet opsøgte hun Hanne Wilhelmsen. I begyndelsen var det nysgerrighed, som drev hende; Hanne var en legende hos de få, som stadig talte om hende. Hvis nogen skulle kunne hjælpe Inger Johanne til at forstå Wencke Bencke, måtte det være hende. Den pensionerede kriminalinspektørs rolige, næsten indifferente væsen virkede beroligende. Hun var koldt analytisk, hvor Inger Johanne var intuitiv, og ligeglad, hvor Inger Johanne lod sig provokere. Men Hanne gav sig tid til at lytte, altid tid til at lytte.

– Politiet er altså gået helt i stå, sagde kriminalforfatteren i studiet og rettede på brillerne. – Det er sjældent at opleve dem være i den grad i vildrede. Og så vidt jeg kan regne ud, står de i et problem, som snarere hører hjemme i en gammeldags kriminalroman end i virkelighedens verden.

Programlederen bøjede sig frem. Der blev klippet til et two-shot af dem. De sad bøjet ind mod hinanden, som om de skulle til at dele en hemmelighed.

– Jaså, sagde manden alvorligt.

– Der var naturligvis et omfattende sikkerhedsapparat omkring præsidenten, sådan som vi har set det i masser af indslag det sidste døgn. Blandt andet overvågningskameraer i gangene omkring ...

– Lad være med at tage dig af det, sagde Hanne. – Vi kan slukke.

Inger Johanne havde uden at vide det taget en pude og trykkede den hårdt ind til sig.

– Nej, sagde hun let. – Jeg vil høre det.

– Sikker?

Inger Johanne nikkede og stirrede intenst på skærmen. Hanne så på hende et kort øjeblik, før hun umærkeligt trak på skuldrene og læste videre.

– … med andre ord en slags „det lukkede rums mysterium", sagde Wencke Bencke og smilede. – Ingen ud af rummet, ingen ind i …

– Hvordan ved hun det? spurgte Inger Johanne. – Hvordan i himlens navn ved hun altid, hvad politiet foretager sig? De kan jo ikke fordrage hende, og de …

– Politihuset lækker som en si fra Ikea, sagde Hanne og virkede endelig interesseret i samtalen på tv-skærmen. – Sådan har det altid været.

Inger Johanne greb sig i at stirre granskende på hende. Hanne havde lukket bogen, som var ved at glide ned af skødet på hende, uden at hun lagde mærke til det. Stolen rullede en anelse frem, og hun greb fjernkontrollen for at skrue op for lyden. Kroppen var foroverbøjet, som om hun var bange for at miste den mindste detalje i kriminalforfatterens fortælling. Langsomt tog hun læsebrillerne af uden at fjerne øjnene fra skærmen et sekund.

Sådan må hun have været engang, tænkte Inger Johanne forbavset. Så vågen og intens. Så anderledes end den ligeglade person, som sad i frivilligt fængsel i en overdådig lejlighed på Vestkanten og læste bøger. Hanne virkede yngre nu, næsten ung. Øjnene var klare, og hun fugtede læberne, før hun langsomt strøg håret om bag ørerne. En diamant fangede lyset fra vinduet og lynede. Da Inger Johanne åbnede munden for at sige noget, hævede Hanne næsten umærkeligt en advarende finger.

– Vi skal stille om til regeringsbygningen, sagde programlederen endelig og nikkede let mod forfatteren, – hvor statsministeren skal mødes med …

– Du må ringe, sagde Hanne Wilhelmsen og slukkede for fjernsynet.

– Ringe? Hvem skal jeg ringe til?

– Du må ringe til politiet. Jeg tror, de har begået en fejl.

– Men ... Ring dog selv! Jeg ved ikke, hvad ... Jeg kender ikke ...

– Hør her!

Hanne vendte stolen om mod Inger Johanne.

– Ring til Yngvar.

– Det kan jeg ikke.

– I har skændtes. Så meget forstår jeg dog, når du kommer her for at søge asyl. Det må være alvorligt, for ellers var du ikke taget af sted med barnet. Men det vil jeg blæse på. Jeg er ikke interesseret.

Inger Johanne opdagede, at hun sad med åben mund og lukkede den med et hørligt smæld.

– Det her er i hvert fald vigtigere, fortsatte Hanne. – Hvis Wencke Bencke er korrekt informeret, hvilket der er al mulig grund til at antage, at hun er, har de begået en bommert så stor, at ...

Hun tav et øjeblik, som om hun ikke helt turde tro på sin egen teori.

– Det er dig, der kender Oslopolitiet, sagde Inger Johanne spagt.

– Nej. Jeg kender ingen. Du må ringe. Hvis du ringer til Yngvar, ved han, hvad der skal gøres.

– Jamen, så fortæl mig det, sagde Inger Johanne tvivlende og lagde puden fra sig. – Hvad er det, der er så vigtigt? Hvad er det, politiet har gjort?

– Det er snarere noget, de ikke har gjort, svarede Hanne. – Og det er som regel værre.

11

Yngvar Stubø stod ved elevatordørene på tredje sal i Politihuset og følte sig meget beklemt. Han havde endnu ikke haft mulighed for at ringe hjem. Følelsen af at have gjort noget forkert ved at snige sig ud af det morgenstille hus uden at tale med Inger Johanne blev værre for hver time, der gik.

Warren Scifford måtte have indtaget et enormt morgenmåltid. To gange havde han afslået tilbud om frokost. Yngvar var skrupsulten og var begyndte at lade sig irritere af amerikanerens tilsyneladende planløse flakken rundt mellem kontorerne på Grønlandsleiret 44. Manden kommunikerede mindre og mindre med sin norske liaison. Af og til undskyldte han, at han skulle ringe, men så trak han sig så langt væk, at Yngvar ikke kunne høre et ord af samtalen. Da han ikke anede, hvor længe Warren Sciffords samtaler ville vare, kunne han ikke selv benytte sig af chancerne og ringe til Inger Johanne.

– Bliver nødt til at gå, sagde Warren Scifford og klappede en mobiltelefon sammen, mens han småløb hen mod Yngvar og døren.

– Hvor skal vi hen?

Yngvar havde ventet på ham i næsten et kvarter. Han prøvede alligevel at virke lige venlig.

– Jeg har ikke brug for dig. Ikke lige nu. Jeg må tilbage til hotellet. Har du et nummer?

Yngvar gav ham et visitkort.

– Mobilen, sagde han og pegede. – Ring på det nummer, når du får brug for mig. Skal jeg følge dig ud? Skaffe en vogn?

– Ambassaden har allerede sendt en, sagde Warren let. – Tak for hjælpen. Indtil nu!

Så løb han ud mod trapperne og forsvandt.

– Yngvar? Yngvar Stubø?

En køn, slank kvinde kom gående imod ham. Yngvar lagde øjeblikkeligt mærke til skoene. Hælene var så høje, at det var svært at forstå, hvordan hun kunne holde sig på benene. Ansigtet lyste op, da hun konstaterede, at det virkelig var ham. Hun strakte sig på tå og kyssede ham let på kinden.

– Hvor hyggeligt, sagde Yngvar; denne gang var smilet ægte. – Det er længe siden sidst, Silje. Hvordan går det?

– Puha ...

Hun pustede kinderne op og lukkede langsomt luften ud igen.

– Her er travlt, som du ved. Alle som én arbejder på præsidentsagen. Jeg har været her i over et døgn nu og skal være meget heldig, hvis der ikke går en halv dag mere, før jeg kan gå hjem. Og hvad med dig?

– Jo, tak, jeg ...

Silje Sørensen så pludselig på ham, som om hun havde opdaget noget helt nyt ved den kraftige skikkelse, der så ud, som om den var proppet ind i en for lille jakke. Yngvar afbrød sig selv og tog sig forlegent til næsen.

– Du arbejdede med Munch-tyverierne, sagde hun hurtigt. – Gjorde du ikke? Og med NOKAS-røveriet?

– Både ja og nej, svarede Yngvar og så sig omkring. – Med Munch-tyverierne, ja, men ikke direkte med NOKAS. Men jeg ...

– Du kender miljøet, Yngvar. Bedre end de fleste, ikke sandt?

– Jo, jeg har arbejdet med ...

– Kom!

Politibetjent Silje Sørensen tog fat i hans ærme og begyndte at gå. Han fulgte med uden egentlig at ville. Følelsen af at blive behandlet som en herreløs hund blev stærkere og stærkere. Han havde ganske vist arbejdet i Politihuset, da han var yngre, men han følte sig ikke hjemme der og var ikke helt sikker på, hvor Silje havde tænkt at føre ham hen.

– Hvad laver du hos os? spurgte hun stakåndet, mens hun ilede hen ad en gang med klaprende hæle.

– Hvis jeg skal være helt ærlig, er jeg faktisk ikke helt sikker.

– Ingen er sikker på noget som helst i disse dage, smilede hun.

De var endelig nået hen til en blå dør uden navn. Silje Sørensen bankede på og åbnede uden at vente på svar. Yngvar fulgte efter hende ind. En midaldrende mand sad foran tre monitorer og noget, der lignede en mixerpult i et pladestudie.

Han vendte sig kort og mumlede hej, inden han igen koncentrerede sig om arbejdet.

– Det her er afdelingsleder Stubø fra Kripos, sagde Silje.

– „Nye Kripos", rettede Yngvar smilende.

– Latterligt navn, brummede manden ved mixerpulten. – Frank Larsen her, politibetjent.

Han rakte ikke hånden frem. Han øjne var stadig rettet mod monitorerne. Billeder i sort-hvid fra en tankstation med kunder, som kom og gik, flimrede i rasende fart over skærmen.

– Der er få, som kender tyve-miljøet på Østlandet bedre end Yngvar, sagde Silje Sørensen og trak to stole hen til den store pult. – Sæt dig ned, sagde hun til Yngvar.

Politibetjent Larsen virkede mere interesseret nu. Han smilede hastigt til Yngvar, mens fingrene løb lynhurtigt over et tastatur. Skærmen blev sort, og efter et par sekunder dukkede et nyt billede op. En mand var ved at gå ud gennem en åben skydedør. Kameraet måtte være monteret i loftet, for manden blev set oppefra. Han var ved at kollidere med et avisstativ og trak kasketskyggen ned i panden.

– Vi har ikke haft tid til at systematisere afhøringen af vidnerne endnu, sagde Silje lavmælt, mens politimanden manipulerede med billedet for at gøre det tydeligere. – Men indtil nu er der i hvert fald én ting, som har slået mig. Denne mand eller disse mænd – indtil videre tror vi, det drejer sig om to – har ønsket at gøre sig bemærket over for de ansatte. Han har småsludret og gjort opmærksom på sig selv. Men han vil ikke indfanges af kameraerne. Vi har ikke et eneste tydeligt billede af hans ansigt. Eller ansigter, altså.

Frank Larsen hentede et andet billede frem på den næste monitor.

– Her kan du se, pegede han. – Han ved åbenbart, hvor kameraerne er placeret. Han trækker huen ned her ...

Alle tre så på monitoren, som var mærket A.

– ... og ser til siden her.

Monitor B viste manden, idet han nærmest sidelæns nærmede sig kasseapparatet.

– Hvis de ved, hvor kameraerne er, har de været der før.

Yngvar talte lavmælt og stirrede fascineret på monitor C, hvor det utydelige, kornede billede af en mand gradvis blev skarpere. Det var taget skråt bagfra. Kasketskyggen dækkede det meste af ansigtet, men både hagepartiet og en kraftig næse var synlig. Det var for tidligt at sige, men Yngvar mente at ane konturerne af et kortklippet skæg.

– Og hvis de har lavet research på forhånd, fortsatte han, – ... burde der findes bedre billeder fra tidligere besøg.

– Næppe, sagde Frank Larsen surt, som om bare tanken om at skulle gennemgå endnu mere materiale gjorde ham nedtrykt. – De bliver slettet efter et par ugers tid. Det ved hver eneste forbandede kæltring. Sikkert også disse her. Man skal bare finde ud af ting og sager i god tid i forvejen, så er det gjort. Og det er det her for øvrigt også.

En buttet pegefinger berørte monitor C.

Manden på billedet var bredskuldret, og hagen var ganske rigtig dækket af et kort, velplejet skæg. Næseryggen og øjnene var skjult, men frem under kasketskyggen stak en usædvanlig stor og krum næse. Håret under kasketten var kortklippet. I højre øre sad en lille guldring.

– Jeg mener at have set ham før, sagde Silje. – Og der er et eller andet, der siger mig, at det har noget med tyve-miljøet at gøre. Men det ...

– Han har klippet sit hår, sagde Yngvar og trak stolen nærmere pulten. – Og anlagt skæg. Den ring i øret er også ny. Problemet er ...

Nu smilede han bredt og lod fingeren glide over skærmen.

– ... at den næse kan ingen løbe fra.

– Du ved, hvem det er?

Frank Larsen virkede dybt skeptisk.

– Det er fandeme ikke meget, man kan se af kalorius.

– Det er Gerhard Skrøder, sagde Yngvar og lænede sig tilbage i stolen. – De kalder ham Kansleren. Han snakkede så meget ude i byen, at vi en overgang troede, at han var med i

NOKAS-røveriet. Men det var ikke andet end pral, viste det sig. Munch-tyverierne derimod …

Frank Larsen lod sine fingre arbejde, mens Yngvar talte. En printer i hjørnet begyndte at knitre.

– Vi fandt aldrig noget på ham. Men hvis I spørger mig, så var han indblandet.

Silje Sørensen hentede udskriften fra printeren og studerede den et øjeblik, inden hun rakte den til Yngvar.

– Er du stadig sikker?

Billedet var ganske vist ikke særlig godt, men efter den omhyggelige computermanipulation var det i hvert fald tydeligt. Yngvar nikkede og strøg med fingeren over billedet. Den kolossale næse, brækket efter et slagsmål i fængslet i 2000 og brækket tilbage under et livtag med politiet to år senere, var ikke til at tage fejl af.

Gerhard Skrøder kom fra et tilsyneladende godt hjem og var en notorisk slyngel. Faderen var øverste chef i en stor, offentlig etat. Moderen sad i Stortinget for Sosialistisk Venstre. Gerhards søster var erhvervsadvokat, og lillebroderen netop udtaget til landsholdet i atletik. Gerhard selv havde prøvet at sprinte fra politiet, siden han var tretten, som regel uden held.

NOKAS-røveriet i Stavanger året før var det største i Norges historie og havde kostet en politimand livet. Aldrig havde større ressourcer været sat ind i en enkelt sag, og det gav resultater. Retssagen skulle begynde engang efter jul. Gerhard Skrøder havde længe været i søgelyset, men i slutningen af vinteren forsvandt han ud af det igen. Fordi NOKAS-efterforskningen medførte en endevendelse af hele tyve-miljøet, dukkede hans navn imidlertid op i andre og næsten lige så interessante sammenhænge. Da Munch-malerierne *Skrig* og *Madonna* blev stjålet ved højlys dag i august 2004, var Gerhard Skrøder på Mauritius med en attenårig blondine uden generalieblad. Det kunne bevises. Yngvar var overbevist om, at manden havde været en nøglefigur under planlægningen. Det kunne ikke bevises.

– Lad mig se, sagde Frank Larsen og rakte hånden ud efter billedet.

Han studerede det længe.

– Jeg er tilbøjelig til at tro dig, sagde han til sidst og gned sig i øjnene med knoerne. – Men kan du så fortælle mig, hvorfor en fyr fra det miljø er indblandet i en dækoperation i forbindelse med kidnapningen af den amerikanske præsident?

Han så på Yngvar med overbelastede øjne.

– Kan du sige mig det, hva'? At kidnappe den amerikanske præsident ligger da langt uden for det, den slags gutter normalt beskæftiger sig med, ikke sandt? De tænker kun på én ting, de der fyre, og det er penge. Så vidt jeg ved, er der ikke stillet et eneste krav, ikke et forbandet ...

– Du tager fejl, afbrød Yngvar. – De tænker ikke kun på penge. De tænker også på ... prestige. Men du har sikkert ret på ét punkt. Jeg tror slet ikke, at de har kidnappet den amerikanske præsident. Jeg tror faktisk ikke, Gerhard Skrøder aner en hujende fis om sagen. Han har bare påtaget sig en fedt betalt opgave, tror jeg. Men I kan jo spørge ham. De der fyre ...

Han kastede endnu et blik på fotografiet.

– De har indrettet sig sådan i tilværelsen, at vi ved nøjagtigt, hvor de befinder sig. Til hver en tid. Det vil næppe tage jer mere end en time at hente ham ind.

Så klappede han sig på maven med en grimasse og tilføjede:

– Nu *må* jeg have noget mad. Held og lykke!

Hans telefon ringede. Han kastede et blik på displayet og løb ud i gangen for at tage den, uden at sige farvel.

12

En kvinde nærmede sig indsøen. Hun var ikke rigtig klædt på til dette vejr. En grå himmel hang over vandet, og bølgerne havde hvide toppe blot hundrede meter fra bredden. Morgenen havde lovet så godt, og hun havde taget chancen og ladet det uldne undertøj ligge i skuffen. Det var gået fint hele vejen til Ullevålseter, men hun fortrød, at hun havde valgt omvejen over Øyungen på tilbageturen.

Hun skulle til Skar, hvor hun havde parkeret den lille Fiat, som hendes søn forgæves prøvede at få hende fra at køre i. Kvinden havde lige fejret sin firs års fødselsdag. Da festen var forbi, havde hun opdaget, at bilnøglerne var forsvundet fra deres sædvanlige knage over hylden i entreen. Selvfølgelig mente sønnen det godt. Alligevel provokerede det hende, at han gjorde sig til dommer og troede, han kendte hendes helbred bedre, end hun selv gjorde. Heldigvis havde hun ekstra nøgler i smykkeskrinet.

Hun følte sig kåd som et føl, og det var ture i skov og mark, som var skyld i dette. De små bitte anfald, som af og til plagede hende, gjorde hende ganske vist en anelse glemsom, men benene fejlede ikke noget.

Hun frøs forfærdeligt, og uheldigvis var hun også tissetrængende.

Hun var ikke uvant med at lade vandet i skoven, men tanken om at trække bukserne ned i den klamme vind fik hende til at sætte farten op for at undgå det.

Det gik ikke. Hun måtte finde et egnet sted.

Lige inden dæmningen drejede hun mod nord og masede sig gennem et birkekrat, som stod med fulde rakler og lysegrønne, klæbrige blade. En naturlig jordvold gjorde det vanskeligt at komme videre. Den gamle kvinde satte prøvende en støvle på en tue, greb fat i en gren og klarede at komme ned i den halvanden meter dybe grøft. Idet hun skulle til at knappe bukserne op, så hun ham.

Han lå så fredfyldt og sov. Den ene arm lå beskyttende over ansigtet. Mosen under ham var blød og dyb, og det lave birkekrat virkede næsten som en dyne.

– Hallo, sagde kvinden og beholdt sit tøj på. – Hallo, dernede!

Manden svarede ikke.

Hun arbejdede sig besværligt forbi en stor kampesten og trådte ud i dyndet. En gren piskede hende i ansigtet. Hun undertrykte et skrig, som om hun ville tage hensyn til skikkelsen under træerne. Endelig stod hun ved siden af ham og gispede efter vejret.

Hendes puls slog hurtigere. Hun følte sig svimmel og løftede forsigtigt hans arm. Øjnene, som stirrede på hende, var brune. De var vidt åbne, og i det ene kravlede en lille flue.

Hun anede ikke, hvad hun skulle gøre. Mobiltelefon havde hun ikke på trods af sønnens evindelige plagen. Den slags ødelagde friluftslivet og kunne desuden give kræft i hovedet.

Manden havde et mørkt sæt tøj på og pæne herresko, som var meget mudrede. Den gamle dame var på grådens rand. Han var så ung, syntes hun, sikkert ikke mere end fyrre år. Ansigtet var så fredfyldt med pæne øjenbryn, som lignede en fugl i flugt over de store, åbne øjne. Munden var blålig, og et øjeblik tænkte hun, at det rigtige ville være at forsøge med genoplivning. Hun trak i hans revers for at komme til hjertet med en uklar fornemmelse af, at det var dét hun skulle gøre noget ved. Der faldt noget ud af hans inderlomme. Det var en slags tegnebog, troede hun, og samlede den op. Så rettede hun ryggen, som om hun endelig forstod, at det kolde lig var mange timer fra at kunne reddes af hjertemassage. Hun havde stadig ikke opdaget kuglehullet i mandens tinding.

En voldsom kvalme skød op gennem kroppen. Hun hævede langsomt højre hånd. Den virkede så langt borte, helt uden for hendes kontrol. Rædslen fik hende til at ønske sig væk derfra, ud på vejen, ud på den store skovvej, hvor der gik andre mennesker. Hun stak ubevidst den lille sorte, skindindbundne bog i sin jakkelomme og klatrede over jordvolden. Nu svigtede højrebenet, det blev følelsesløst og forsvandt under hende, og den gamle kvinde kom ud af krattet og ind på grusvejen alene i kraft af en jernvilje, som havde holdt hende stærk og sund i firs år og fem dage.

Så faldt hun om og mistede bevidstheden.

13

– Der er ikke noget at diskutere, sagde Inger Johanne.

– Men ...

– Stop! Jeg advarede dig, Yngvar. Jeg sagde det til dig i går aftes. Jeg var sikker på, at du forstod alvoren, men du er åbenbart ligeglad. Det er heller ikke derfor, jeg ringer.

– Du kan da ikke bare tage Ragn...

– Yngvar! Tving mig ikke til at hæve stemmen. Ragnhild bliver bange.

Det var bare løgn. Han kunne ikke høre antydning af babypludren i baggrunden, og datteren var ellers aldrig helt stille, med mindre hun sov.

– Er du virkelig flyttet? *For alvor!* Er du blevet splitter ravende gal, eller hva'?

– Måske lidt.

Han mente at kunne høre antydningen af et smil og trak vejret lettere.

– Jeg er frygtelig skuffet, sagde Inger Johanne roligt. – Og meget rasende på dig. Men det kan vi tale om senere. Lige nu må du høre på ...

– Jeg har krav på at vide, hvor Ragnhild er.

– Hun er hos mig og har det fint. Hør på mig nu, så lover jeg dig på æresord at ringe senere for at snakke om det hele. Og mit løfte er lidt mere værd end dit. Det ved vi jo.

Yngvar bed tænderne sammen. Han knyttede den ene hånd og hævede den for at slå på et eller andet. Han fandt kun væggen. En uniformeret betjent standsede som ramt af lynet tre meter nede ad gangen. Yngvar sænkede hånden, trak på skuldrene og fremtvang et smil.

– Er det rigtigt, hvad Wencke Bencke sagde i fjernsynet? spurgte Inger Johanne.

– Nej, stønnede Yngvar opgivende. – Ikke hende igen. *Please.*

– Nu *hører* du simpelthen på mig!

– Okay.

– Du skærer tænder.

– Hvad vil du?

– Er det rigtigt, at overvågningskameraerne viser, at der ikke var nogen trafik ind eller ud af præsidentens værelse? I tidsrummet fra hun gik i seng, og til man opdagede, at hun var forsvundet, mener jeg?

– Det kan jeg ikke svare på.

– Yngvar!

– Jeg har tavshedspligt, som du ved.

– Har I gennemgået båndene, som viser, hvad der skete *bagefter*?

– Jeg har ikke gennemgået noget som helst. Jeg er Warrens norske liaison, ikke efterforsker i præsidentsagen.

– Hører du, hvad jeg siger?

– Ja, men jeg har ikke noget med ...

– Hvornår er det mest kaotiske tidspunkt på et gerningssted, Yngvar?

Han bed sig i tommelfingerneglen. Hendes stemme var anderledes nu. Den forurettede, urimelige tone var dæmpet, næsten forsvundet. Han hørte Inger Johanne, som hun var i virkeligheden, sådan som hun aldrig ophørte med at fascinere ham med sin næsten sokratiske måde at få ham til at se på tingene med nye øjne og fra andre vinkler, end hans snart tredive år lange karriere i politiet havde lært ham at gøre.

– Idet forbrydelsen bliver opdaget, sagde han kort.

– Og?

– Og i tidsrummet lige efter, sagde han langsomt. – Inden området er sikret og ansvaret fordelt. Mens alt er ... kaos.

Han sank dybt.

– Netop, sagde Inger Johanne lavmælt.

– For fanden da også, sagde Yngvar.

– Præsidenten behøver ikke at være forsvundet om natten. Hun kan være forsvundet senere. Efter klokken syv, da alle troede, at hun allerede var forsvundet.

– Men ... Hun var der jo ikke! Værelset var tomt, og der lå en besked fra kidnapperne ...

– Den kendte Wencke Bencke også til. Nu ved hele Norge det. Hvilken funktion tror du, den lap havde?

– At fortælle ...

– Sådan en besked snyder hjernen til at drage konklusioner, afbrød Inger Johanne, hun talte hurtigere nu. – Den får os til at tro, at der allerede er sket noget. Jeg gætter på, at *Secret Service*-folkene kastede et hurtigt blik rundt, da de havde læst den. Det er en stor suite, Yngvar. De tjekkede sandsynligvis badeværelset, og måske åbnede de et par skabe. Men den besked, den var først og fremmest beregnet på at få dem ud derfra. Så hurtigt som muligt. Og hvis der er kaotisk på et ordinært gerningssted, kan jeg kun gisne om, hvordan der må have været på Hotel Opera i går morges. Med to landes myndigheder og ...

Der blev helt stille imellem dem.

Nu kunne han endelig høre Ragnhild. Hun kluklo, og der var nogen, der talte med hende. Han kunne ikke skelne ordene. Stemmen var vanskelig at kønsbestemme. Den lød grov og rusten, men alligevel ikke helt som en mands.

– Yngvar?

– Jeg er her endnu.

– Du må få dem til at tjekke optagelserne fra timen efter, at der blev slået alarm. Jeg vil tro, der skete noget i løbet af femten-tyve minutter.

Han svarede ikke.

– Hører du?

– Ja, svarede han. – Hvor er du?

– Jeg ringer til dig i aften. Det lover jeg.

Så lagde hun på.

Yngvar blev stående nogle sekunder og stirrede på telefonen. Sulten plagede ham ikke længere, han mærkede den ikke.

14

Fayed Muffasa var fire år ældre end sin bror. De lignede hinanden helt utroligt. Den ældste bror havde ganske vist kortere hår og var pænere i tøjet end Al Muffet, som var iført cowboybukser og en ternet skovmandsskjorte af flannel. Han var ved at sætte sig ind i bilen for at køre sin yngste datter i skole, da broderen kom. Fayed steg ud af bilen med et bredt smil.

Hvor han dog ligner mig, tænkte Al og rakte hånden frem. *Jeg glemmer altid, hvor ens vi ser ud.*

– Velkommen, sagde han alvorligt. – Du kommer tidligere, end jeg havde regnet med.

– Det gør ikke noget, sagde Fayed, som om det var ham, det var ubelejligt for. – Jeg venter her, til du er tilbage. Hej, Louise!

Han bøjede sig frem mod bilruden og kiggede ind.

– Hvor er du blevet stor, råbte han og gjorde tegn til, at hun skulle rulle vinduet ned. – Det er dig, der er Louise, ikke?

Hun åbnede i stedet døren og stod ud.

– Hej, sagde hun genert.

– Hvor er du smuk, udbrød Fayed og slog ud med armene. – Og hvor er her fint! Dejlig luft!

Han trak vejret dybt og smilede igen bredt.

– Vi trives, sagde Al. – Du må …

Han gik op mod huset. Nøgler raslede, han åbnede og lod døren stå på vid gab.

– Slå dig ned, sagde han og pegede bydende ud mod køkkenet. – Du kan finde dig noget at spise, hvis du er sulten. Der er stadig kaffe på termokanden.

– Fint, smilede Fayed. – Jeg har noget med at læse i. Jeg finder en god stol og slapper af. Hvornår er du tilbage?

Al kastede et blik på armbåndsuret og tænkte sig om.

– Om en lille time. Jeg skal først køre Louise, og bagefter har jeg et ærinde i byen. Tre kvarter, tror jeg.

– Så ses vi, sagde Fayed og gik ind.

Netdøren smækkede bag ham.

Louise havde allerede sat sig ind i bilen igen. Al Muffet kørte langsomt ned ad grusstien og drejede ud på vejen.

– Han virker da meget flink, sagde Louise.

– Det gør han sikkert.

Vejen var dårlig. De mange huller efter vinterens slitage var endnu ikke blevet fyldt op. Al Muffat var i grunden ligeglad. Den ujævne vejoverflade tvang tilfældige forbipasserende til at sænke farten. Han rundede et lille klippefremspring et par hundrede meter fra sin egen ejendom og standsede bilen.

– Hvad skal du, far?

– Tisse, sagde han med et hurtigt smil og gik ud.

Han skrævede over grøftekanten og nærmede sig det tætte krat, som voksede på klippefremspringet. Han trængte langsomt igennem buskadset og sørgede hele tiden for at være i dækning bag de mægtige lønnetræer, som balancerede yderst på fremspringet.

Fayed var kommet ud igen. Han stod på grusstien midtvejs mellem huset og vejen og så sig omkring. Det virkede, som om han tøvede, inden han slentrede ned til lågen. Flaget på postkassen var nede, postbudet havde ikke været der endnu. Fayed undersøgte kassen, som Louise havde fået lov til at male året før. Den var knaldrød med billede af en blå, galoperende hest på hver side.

Fayed rettede sig op og begyndte at gå tilbage mod huset. Han var mere målrettet end før og satte farten op. Han standsede ved udlejningsbilen og satte sig ind. Han blev siddende uden at starte motoren. Det kunne se ud, som om han talte i mobiltelefon, men det var svært at sige på denne afstand.

– Far! Kommer du ikke?

Al trak sig langsomt tilbage.

– Kommer, mumlede han og masede sig gennem krattet. – Jeg kommer nu.

Han børstede jord og små kviste af sig, før han satte sig ind i bilen.

– Jeg kommer alt for sent, klagede Louise. – Det er anden gang i denne her måned, og det er din skyld!

– Ja, ja, mumlede Al Muffet åndsfraværende og satte bilen i gear.

Broderen kunne have haft behov for at strække benene. Han var måske ikke sulten. Det var naturligt, at han ville trække frisk luft efter den lange køretur. Men hvorfor havde han sat sig tilbage i bilen? Hvorfor var broderen overhovedet kommet, og hvornår i alverden havde han, så langt tilbage Al kunne huske, været så venlig?

– Pas dog på, hvor du kører!

Han vred rattet hurtigt til højre og undgik med nød og næppe at køre af vejen. Bilen skred ud i modsat retning, og han hamrede foden på bremsepedalen i refleks. Baghjulet blev fanget af den dybe grøft. Al Muffet slap bremsen igen, og bilen sprang frem, før den endelig stoppede på tværs af vejen.

– Hvad har du gang i? skreg Louise.

Bare et lille anfald af paranoia, tænkte Al Muffet og prøvede at få bilen startet igen, mens han sagde:

– Det er i orden, lille skat. Bare rolig. Nu går det helt fint.

15

Den amerikanske præsident havde mistet al tidsfornemmelse.

Hun havde prøvet at koncentrere sig om tiden.

De havde taget hendes armbåndsur og trukket en hætte ned over hovedet på hende, idet de satte sig ind i bilen. Begge dele var sket så overraskende, at hun ikke havde gjort nogen form for modstand. Først da motoren startede, fik hun samlet sig og havde beregnet køreturen til at vare i underkanten af en halv time. Mændene havde ikke sagt et eneste ord i løbet af turen, så hun kunne tælle i fred. De havde bundet hendes hænder sammen foran og ikke bag ryggen. Sådan som hun sad, alene på bilens bagsæde, kunne hun bruge fingrene til at tælle med. Hver gang hun nåede tallet tres, greb hun fat i næste finger. Da der var gået ti minutter, og hun ikke havde flere fingre, ridsede hun sig i håndryggen med en velplejet, halvlang negl. Smerten hjalp hende med at huske. Tre rifter. Tredive minutter. Rundt regnet en halv time.

Oslo var ikke stor. En million indbyggere? Flere?

Det eneste, som gjorde det muligt at se noget som helst i værelset, var en svag, rødlig pære, som så ud til at være monteret ind i væggen lige ved den låste dør. Hun rettede blikket mod det røde og tog en dyb indånding.

Hun måtte have været her længe nu. Havde hun sovet? Hun havde besørget i hjørnet af rummet. Det var vanskeligt at få bukserne ned med de sammenbundne hænder, men det gik. Det var værre at få dem op igen. Hvor mange gange havde hun været henne ved papkassen fuld af avispapir? Hun prøvede at huske, beregne, få styr på tiden.

Hun måtte have sovet.

Oslo var ikke stor.

Ikke så stor. Ikke en million indbyggere.

Sverige var størst. Stockholm var størst.

Koncentrer dig. Træk vejret roligt og tænk. Du kan godt. Det ved du.

Oslo var lille.

En halv million? En halv million.

Hun mente ikke, hun kunne have sovet i bilen. Men senere?

Kroppen føltes som bly. Det var smertefuldt at bevæge sig. Hun måtte have siddet for længe i samme stilling. Forsigtigt prøvede hun at skubbe lårene fra hinanden. Hun lagde forbløffet mærke til, at hun havde besørget ned ad sig selv. Lugten var ikke generende, hun kunne ikke lugte noget.

Træk vejret. Rolig. Du har sovet. Koncentrer dig.

Hun huskede indflyvningen.

Byen kravlede op ad fjeldene, som omkransede den. Fjorden åd sig helt ind til bykernen.

Helen Lardahl Bentley lukkede øjnene mod det røde tusmørke. Hun prøvede at genskabe indtrykkene, fra da *Air Force One* nærmede sig lufthavnen syd for Oslo.

Nord for. Den lå nord for byen, huskede hun endelig.

Det hjalp at lukke øjnene.

Skovområderne omkring hovedstaden virkede langt fra så vilde og frygtindgydende, som familiesagaen gjorde dem til, og som det var blevet hende fortalt på bedstemoderens skød. Den gamle kvinde havde aldrig sat sine ben i hjemlandet, men det billede, hun havde tegnet for børn og børnebørn, var levende nok: Norge var smukt, frygtindgydende og med forrevne fjelde overalt.

Det var ikke sandt.

Gennem vinduet fra *Air Force One* havde Helen Bentley set noget helt andet. Landskabet var venligt. Der var runde fjeldtoppe og åse med snerester på nordskråningerne. Træerne var begyndt at grønnes i den lyse nuance, som hørte årstiden til.

Hvor stor var Oslo?

De kunne ikke være kommet langt væk.

Hotellet lå, så vidt hun havde forstået, midt i byen. En halv time kunne ikke have fjernet hende langt.

De havde drejet flere gange. Måske var det nødvendige manøvrer, men det kunne lige så godt have været for at forvirre hende. Hun kunne stadig befinde sig i centrum.

Men hun kunne også tage fejl. Hun kunne have talt forkert. Havde hun sovet? Var hun faktisk faldet i søvn?

Nej, hun havde ikke sovet i bilen. Hun havde holdt hovedet koldt og talt sekunder. Når hun vred hænderne rundt, kunne hun mærke tre rifter. Tre rifter var tredive minutter.

Den hætte, de havde trukket ned over hendes hoved, havde været klam, og den lugtede underligt.

Havde hun sovet?

Hendes øjne fyldtes af tårer. Hun spilede dem op. Måtte ikke græde. En dråbe løsnedes fra øjenkrogen og fulgte næseroden ned mod munden.

Ikke græde.

Tænke. Åbne øjnene og tænke.

– Du er den amerikanske præsident, hviskede hun og bed

tænderne sammen. – Du er USA's præsident, *goddammit!*

Det var vanskeligt at fastholde én tanke. Alt løb sammen. Det var, som om hjernen var standset i en videosløjfe uden mening, med usammenhængende billeder i en mere og mere forvirrende collage.

Ansvar, tænkte hun og bed tungen til blods. *Jeg har ansvar. Jeg må samle mig. Rædsel er en følelse, jeg kender. Jeg er fortrolig med frygt. Jeg er nået så langt, som noget menneske kan nå, og jeg har ofte været ængstelig. Jeg har aldrig vist det til nogen, men fjender har skræmt mig. Uvenner har truet alt, hvad jeg er og står for. Jeg har aldrig ladet mig knække. Angst skærper mig. Angsten gør mig klar og klog.*

Blodet smagte sødt af varmt jern.

Helen Bentley havde øvelse i at håndtere rædsel.

Men ikke panik.

Den sløvede hende. Selv den velkendte jernklo, som nu havde taget et fast greb om baghovedet, kunne ikke pine hende ud af den forvirrende tilstand af lammende skræk, som havde siddet i hende, siden de hentede hende i suiten på hotellet. Adrenalinen havde ikke gjort hende skarp og klar, som den plejede at gøre under et konfliktmøde eller en vigtig tv-udsendelse. Tværtimod. Da manden ved sengekanten hviskende gav hende sit korte budskab, stod tilværelsen stille i en smerte så overvældende, at han havde måtte hjælpe hende op at stå.

Kun én gang tidligere havde hun haft det på samme måde.

Det var så længe siden og burde være glemt.

Det burde være glemt. Jeg havde endelig glemt det.

Hun græd nu, i stille, hikstende anfald. Tårerne var salte og blandede sig med blodet, som løb fra den sønderbidte tunge. Det var, som om lyset ved døren voksede og dannede truende skygger overalt. Selv når hun igen kneb øjnene sammen, følte hun sig indpakket i et rødt og farligt mørke.

Jeg må tænke klart. Jeg skal tænke klart.

Havde hun sovet?

Oplevelsen af totalt at have mistet fornemmelsen af tid forvirrede hende mere, end hun havde forestillet sig. Et øjeblik følte hun det, som om hun havde været borte i flere døgn, før hun rev tankespindet over og gjorde endnu et forsøg på at ræsonnere.

Lyt. Hør efter lyde.

Hun anstrengte sig. Intet. Alt var stille.

Den norske statsminister havde under den sene middag fortalt hende, at fejringen af nationaldagen ville blive støjende. At hele befolkningen ville være på benene.

– *This is the children's day*, havde han sagt.

At rekonstruere en faktisk hændelse var noget håndfast. Noget at hænge tankerne fast i, så de ikke løsnede sig og fór omkring som trævler i vinden. Hun ville huske. Hun åbnede øjnene og stirrede lige ind i den røde pære.

Statsministeren havde stammet og benyttet sig af en lap med stikord.

– *We don't parade our military forces*, sagde han med kraftig accent. – *As other nations do. We show the world our children.*

Der havde ikke været nogen børnestemmer at høre, siden hun var kommet til denne tomme bunker med det røde, forfærdelige lys. Ingen fanfarer. Intet andet end absolut stilhed.

Hovedpinen lod sig ikke fordrive. Sådan som hun sad med hænderne bundet sammen med tynde plasticstrimler, som skar sig ind i huden om håndleddene, var hun forhindret i at gennemføre det sædvanlige ritual. Hun indså fortvivlet, at det eneste, hun kunne gøre, var at give smerten frit løb og håbe på barmhjertighed.

Warren, tænkte hun apatisk.

Så faldt hun i søvn midt i det værste anfald, hun nogen sinde havde oplevet.

16

Tom Patrick O'Reilly stod på hjørnet af Madison Avenue og East 67th Street og længtes hjem. Flyveturen havde været lang, og han havde ikke kunnet sove. Fra Riyadh til Rom sad han alene. Det havde føltes som at blive transporteret af en robot. Først da de landede i Rom, kom piloten ud af cockpittet og hilste med et nik, inden han åbnede flydøren. Da var der nøjagtig tyve minutter til næste afgang med et rutefly til Newark. Tom O'Reilly var sikker på, at han ikke ville nå det. En kvinde i uniform dukkede imidlertid op, uden at han opdagede hvorfra, og fik ham på magisk vis gennem alle sikkerhedssluser.

Turen fra Riyadh til New York havde taget ham nøjagtigt fjorten timer, og tidsforskellen gjorde ham forvirret og utilpas. Han vænnede sig aldrig til det. Kroppen føltes tungere end normalt, og han kunne ikke huske, hvornår knæet sidst havde gjort så ondt. Han havde forgæves forsøgt at aflyse et par møder, som han efter planen skulle gennemføre i New York samme eftermiddag.

Han ville bare hjem.

Det sidste måltid med Abdallah var foregået i tavshed. Maden var, som altid, god. Abdallah havde smilet sit uudgrundelige smil, mens han langsomt og systematisk spiste fra den ene ende af tallerkenen til den anden. Familien var, som sædvanlig, ikke til stede. Der var kun dem, Abdallah og Tom, og en stilhed, som voksede. Også tjenerne forsvandt, da frugten var serveret. Lysene brændte ned. Kun de store terracottalamper langs væggen kastede et skær over rummet. Til sidst havde Abdallah rejst sig og forladt ham uden andet end et sagte godnat. Morgenen efter var Tom blevet vækket af en tjener og hentet af en limousine. Da han satte sig ind i bilen, virkede paladset fuldstændig ubeboet.

Han havde ikke set sig tilbage, og nu stod Tom O'Reilly på et gadehjørne på Upper East Side og knugede en konvolut i hånden. En ukendt ubeslutsomhed gjorde ham urolig, næsten bange. Den frygtindgydende ørn på postkassen så ud, som om den skulle til at angribe. Han satte den lille kuffert fra sig.

Han kunne selvfølgelig åbne brevet.

Han prøvede at se sig om, uden at det ville virke for påfaldende. Fortovene myldrede med mennesker. Bilerne dyttede hidsigt. En gammel kvinde med en skødehund på armen var lige ved at støde ind i ham, da hun passerede. Hun havde solbriller på trods en grå himmel og støvregn i luften. På den anden side af gaden bemærkede han tre unge, som talte ivrigt sammen. De så på ham, syntes Tom. Deres læber bevægede sig, uden at det var muligt at høre noget gennem larmen af storby. En pige smilede til ham, da han mødte hendes blik; hun gik med en barnevogn og var letpåklædt i det kølige vejr. En mand standsede lige ved siden af Tom. Han så på sit ur og åbnede en avis.

Nu ikke paranoid, tænkte Tom og strøg sig over hagen. *Det er helt almindelige mennesker. Det er ikke dig, de holder øje med. Det er amerikanere. Helt ordinære amerikanere, og jeg er i mit eget land. Det her er mit land, og her er jeg i sikkerhed. Nu ikke paranoid.*

Han kunne åbne kuverten.

Han kunne smide den væk.

Måske burde han gå til politiet.

Med hvad? Hvis forsendelsen var ulovlig, ville han blive involveret i alverdens efterforskning og konfronteret med, at det faktisk var ham, der havde bragt den ind i landet. Hvis alt var i orden, og Abdallah havde talt sandt, ville han have svigtet manden, som havde sørget for ham i mange år.

Han åbnede langsomt den yderste kuvert. Han trak den inderste ud med bagsiden opad. Brevet var ikke forseglet, bare limet helt normalt til. Det var uden afsender. Da han skulle til at vende kuverten for at se adressatens navn, stivnede han.

Hvad han ikke vidste, havde han ikke ondt af.

Han kunne stadig kassere kuverten. Et par meter borte stod en affaldsspand. Han kunne smide brevet i den, gå til sine møder og prøve at glemme det hele.

Han ville aldrig kunne glemme, for han vidste, at Abdallah

aldrig ville glemme ham.

Resolut lagde han brevet i den blå postkasse. Han tog sin kuffert og begyndte at gå. Da han passerede affaldsspanden, krøllede han den yderste, navnløse kuvert sammen og smed den deri.

Der var ikke noget galt i at poste et brev.

Det var ikke nogen forbrydelse at gøre en ven en tjeneste. Tom rankede ryggen og tog en dyb indånding. Han ville få møderne overstået så hurtigt som muligt og prøve at nå et Chicago-fly først på aftenen. Han skulle hjem til Judith og børnene, og han havde overhovedet ikke gjort noget forkert.

Han var bare så forfærdelig træt.

Ved fodgængerovergangen standsede han og ventede på grønt lys.

Tre taxier dyttede hidsigt, de sloges om inderbanen på Madison Avenue. En hund gøede hæst, og dæk hvinede mod asfalten. En lille pige hylede i protest, mens moderen trak af sted med hende og kom op på siden af Tom. Hun sendte ham et undskyldende smil. Han smilede tilbage, fuld af forståelse, og trådte et par skridt ud på gaden.

Da politiet kom til åstedet få minutter efter, var vidneforklaringerne forvirrende og modsigende. Moderen med den lille pige var nærmest hysterisk og kunne ikke bidrage med særlig meget med hensyn til at opklare, hvad der var sket, da den midaldrende, høje og kraftige mand blev mejet ned af en grøn Taurus. Hun klamrede sig bare til sit barn og græd. Manden i Taurusen var også på randen af sammenbrud og hikstede et eller andet om „pludselig" og „gik over for rødt". Et par af fodgængerne trak på skuldrene og mumlede noget om, at de intet havde set, mens de i smug skævede til deres ur og forsvandt i samme øjeblik, politiet gav dem lov.

To vidner virkede imidlertid helt klare. Det ene, en mand i fyrrerne, havde stået på samme side af gaden som Tom O'Reilly. Han ville sværge på, at manden nærmest havde vaklet, inden han, uden at vente på grønt, var tumlet ud på gaden. Et ildebefindende, mente vidnet og smaskede sigende.

Han opgav villigt navn og adresse til den nidkære politikvinde og skævede hen mod skikkelsen, som lå ubevægelig midt i krydset.

– Er han død? spurgte han lavmælt og fik et bekræftende nik som svar.

Det andet vidne, en yngre mand i jakkesæt og slips, havde stået på den anden side af 67th Street. Han gav en beskrivelse af hændelsesforløbet, som var bemærkelsesværdigt sammenfaldende med den andens. Politikvinden noterede sig også hans personalia og følte sig lettet over at kunne berolige den temmelig medtagne chauffør med, at det hele så ud til at være et frygteligt uheld. Chaufføren trak vejret roligere, og et par timer senere var han, takket være de observante vidner, igen en fri mand.

En god time efter at Tom O'Reilly var død, var krydset ryddet. Liget blev hurtigt identificeret og kørt bort. Trafikken gled som før. Rester af blod på vejbanen fik ganske vist en og anden tilfældig forbipasserende til at studse et øjeblik, men et skybrud ved sekstiden samme eftermiddag rensede asfalten for de allersidste tegn på, at noget tragisk var sket.

17

– Hvem gav dig ideen?

Politimanden, som sad foran en monitor i Politihusets motionssal og havde brugt halvandet døgn på at gennemgå film, som ikke viste andet end en tom korridor, stirrede skeptisk på Yngvar Stubø.

– Det er jo ikke logisk, tilføjede han i en aggressiv tone. – Der er jo ingen, som kunne forestille sig, at der kunne være noget interessant i optagelserne, efter at damen forsvandt.

– Jo, sagde politimester Bastesen. – Det er helt logisk, og en bommert af dimensioner, at vi ikke tænkte på det. Men sket er sket. Lad os nu hellere se, hvad du kan vise os.

Warren Scifford var omsider kommet tilbage. Det havde

taget Yngvar en halv time at få fat i ham. Amerikaneren tog ikke sin mobil, og der blev ikke svaret på ambassaden. Da han kom, smilede han og trak på skuldrene uden at give en nærmere forklaring på, hvor han havde været. Han rev frakken af på vej ind i salen, hvor luften nu var uudholdelig.

– *Fill me in*, sagde han og greb en ledig stol, som han satte sig på og trak ind til bordet.

Politimandens fingre løb over tastaturet. Skærmen flimrede i grå toner, før billedet blev klart. De havde set filmklippet mange gange: To *Secret Service*-agenter, som kom gående hen mod døren til præsidentsuiten. En af dem bankede på.

Den digitale tæller øverst til venstre på skærmen viste 07:18:23.

Agenterne blev stående et par sekunder, før den ene lagde hånden prøvende på håndtaget.

– Pudsigt at døren var åben, mumlede politimanden med fingrene klar på tastaturet.

Ingen sagde noget.

Mændene gik ind og forsvandt fra kameraets dækningsområde.

– Lad filmen køre videre, sagde Yngvar hurtigt og noterede sig tidspunktet.

07:19:02.

07:19:58.

To mænd kom styrtende ud igen.

– Det er her, vi er sluttet, sagde politimanden opgivende. – Her er jeg sluttet og gået tilbage til tyve minutter over tolv.

– Seksoghalvtreds sekunder, sagde Yngvar. – De bruger seksoghalvtreds sekunder i hendes suite, før de kommer farende ud og slår alarm.

– Under et minut til mere end hundrede kvadratmeter, sagde Bastesen og gned sig på hagen. – Ikke nogen lang ransagning.

– *Would you please speak English*? sagde Warren Scifford uden at tage øjnene fra skærmen.

– *Sorry*, sagde Yngvar. – Som du ser, blev der ikke foretaget nogen specielt grundig undersøgelse. De har set den tilsyneladende tomme suite, læst beskeden, og *that's about it*. Men vent, nu. Se ... se her!

Han bøjede sig ind mod skærmen og pegede. Politimanden ved tastaturet havde hurtigt spolet frem til et billede, hvor en bevægelse skimtedes nederst på skærmen.

– En ... En stuepige?

Warren kneb øjnene sammen.

– Stuedreng, korrigerede Yngvar. – Hvis der er noget, der hedder sådan.

Rengøringsmanden var en relativt ung mand. Han var iført en praktisk uniform og skubbede en stor rullevogn foran sig. Den havde hylder med shampoo og lignende artikler og en dyb, tilsyneladende tom kurv foran til snavset sengetøj. Manden tøvede et øjeblik, inden han åbnede døren til suiten og gik ind med vognen foran sig.

– 07:23:41.

Yngvar læste tallene langsomt.

– Har vi noget overblik over, hvad der skete præcis på det tidspunkt? I resten af hotellet?

– Ikke helt, sagde Bastesen. – Men jeg kan roligt sige, at det meste var ... kaotisk. Det vigtigste er, at ingen fulgte med på overvågningsskærmene. Der var slået fuld alarm, og vi havde problemer med ...

– Ikke engang jeres folk? afbrød Yngvar og så spørgende på Warren.

Amerikaneren svarede ikke. Øjnene var stift rettet mod skærmen. Tælleværket viste 07:25:32, da rengøringsmanden kom ud igen. Han baksede for at få rullevognen over dørtærsklen. Hjulene strittede imod, og fronten af vognen stod fast i flere sekunder, før den endelig lod sig skubbe ud i korridoren.

Kurven var fuld. Øverst lå et lagen eller et stort håndklæde; det ene hjørne hang ud over kanten. Vognen nærmede sig kameraet, og rengøringsmandens ansigt var tydeligt.

– Arbejder han der? spurgte Yngvar lavt. – I virkeligheden,

mener jeg. Er han ansat?

Bastesen nikkede.

– Vi har folk ude for at hente ham nu, hviskede han. – Men fyren der …

Han pegede på manden, som gik bag den unge, pakistanske rengøringsmand: en kraftigt bygget person iført jakkesæt og mørke sko. Håret var tykt og kortklippet, og han havde anbragt en hånd på pakistanerens ryg, som for at skynde på ham. Han bar på noget, som kunne ligne en lille, sammenklappelig stige.

– … ham ved vi foreløbig ikke noget om. Men det er jo også kun tyve minutter siden, vi så det her for første gang, så arbejdet med at …

Yngvar hørte ikke efter. Han stirrede på Warren Scifford. Amerikanerens ansigt var gråblegt, og et tyndt lag sved havde lagt sig på hans pande. Han bed sig i en kno og sagde stadig ingenting.

– Er der noget galt? spurgte Yngvar.

– Shit, svarede Warren indædt og rejste sig så brat, at stolen var ved at vælte.

Han rev frakken fra armlænet og tøvede et øjeblik, før han gentog, så højt at alle i salen vendte sig om mod ham:

– Shit! *Shit!*

Han greb Yngvar hårdt i armen. Sveden havde fået det krøllede pandehår til at klæbe mod huden.

– Jeg må se det hotelværelse en gang til. Nu.

Så stormede han over gulvet. Yngvar udvekslede et blik med politimester Bastesen, inden han trak på skuldrene og småløb efter amerikaneren.

– Han svarede ikke på, hvor han havde fået ideen fra, sagde politimanden ved monitoren surt. – Til at tjekke de senere optagelser. Fandt du ud af, hvem det skide geni var?

Kvinden ved nabobordet trak på skuldrene.

– Nu har jeg i hvert fald fortjent et hvil, sagde manden og gik ud for at finde noget, som kunne ligne en seng.

18

Helen Lardahl Bentley havde sovet tungt. Hun anede ikke, hvor længe hun havde været væk, men hun huskede, at hun havde siddet i den spinkle stol ved væggen, da anfaldet kom. Nu lå hun på siden på gulvet. Musklerne sved og værkede. Da hun prøvede at sætte sig op, mærkede hun, at højre arm og skulder var forslået. En stor bule i tindingen gjorde det vanskeligt at åbne øjet.

Hun burde være vågnet ved faldet. Måske havde mødet med gulvet slået hende bevidstløs. Hun måtte have været væk længe. Hun kunne ikke komme op. Kroppen lystrede ikke. Hun måtte huske at trække vejret.

Tankerne myldrede rundt. Det var umuligt at fastholde en konkret. I et glimt så hun datteren for sig – som barn, som lille, lyshåret treårig, den dejligste af alle – og så forsvandt hun. Billie blev trukket ind i lyset på væggen som et mørkerødt hul, og Helen Bentley tænkte på sin farmors begravelse og en rose, hun havde lagt på kisten: Den var rød og død, og lyset skar så frygteligt i øjnene.

Træk vejret ind. Ånd ud. Ind. Ud.

Rummet var alt for lydløst. Helt unormalt stille. Hun prøvede at skrige. Det eneste, hun kunne præstere, var en klynken, og den forsvandt som i en tyk pude. Der var ingen genklang fra væggene.

Hun blev nødt til at trække vejret. Rigtigt.

Tiden snurrede rundt. Hun syntes, hun så tal og urskiver over hele rummet, og hun lukkede øjnene mod mængden af pileformede visere.

– Jeg vil op, skreg hun hæst og formåede endelig at arbejde sig op i siddende stilling.

Stolebenet skar sig ind i ryggen.

– *I do solemnly swear,* sagde hun og bøjede det højre ben ind over det venstre.

– *... that I will faithfully execute ...*

Hun vred sig rundt.

Det føltes, som om lårmusklerne skulle briste, da hun endelig kom op på knæ. Hun satte hovedet mod væggen som støtte og registrerede sløvt, at den var blød. Hun satte skulderen imod, og med en sidste kraftanstrengelse kom hun endelig op.

– ... *the office of President of the United States.*

Hun måtte tage et skridt til siden for ikke at falde. Plasticstrimlerne havde skåret sig endnu længere ind i huden omkring håndleddene. Hovedet føltes pludselig let, som om hjernen var tømt for alt andet end et svagt ekko af hendes eget hjerteslag. Fordi hun kun var et par centimeter fra væggen, holdt hun sig oprejst.

Der var kun én dør i rummet. Den var i den modsatte væg. Hun måtte gå tværs over gulvet.

Warren havde svigtet hende.

Hun måtte finde svaret på hvorfor, men hovedet var tomt; det var umuligt at tænke, og hun var nødt til at krydse et gulv. Døren var lukket, det huskede hun nu, hun havde prøvet den tidligere. De bløde vægge opslugte den lille lyd, det lykkedes hende at frembringe, og døren var umulig at åbne. Alligevel var den det eneste håb, hun havde, for bag døre fandtes der altid en mulighed for noget andet, nogen andre, og hun måtte ud af denne lydløse kasse, som var ved at tage livet af hende.

Forsigtigt satte hun den ene fod foran den anden og begyndte at gå over det mørke, gyngende gulv.

19

Yngvar Stubø begyndte endelig at forstå, hvorfor Warren Scifford gik under navnet *The Chief.*

Han mindede ikke meget om Geronimo. Han havde ganske vist høje kindben, men øjnene lå dybt, næsen var smal og skægvæksten så genstridig, at den allerede tegnede en kraftig, grå skygge. Manden havde været nybarberet samme morgen. Det stålgrå hår faldt i bløde krøller og var lidt for langt i panden.

– Nej, sagde Warren Scifford og standsede uden for døren til præsidentsuiten på Hotel Opera. – Jeg ved ikke, hvem manden på overvågningsfilmen er.

Ansigtet var ubevægeligt og blikket direkte uden at røbe noget som helst. Der sporedes heller ingen indignation over spørgsmålet i hans udtryk, ingen påtaget eller ægte forbavselse over det uhørte i Yngvars antydning.

– Det virkede sådan, insisterede Yngvar og fumlede med nøglen. – Det så definitivt ud, som om du kendte ham.

– Jamen, så har jeg givet et forkert indtryk, sagde Warren uden at blinke. – Skal vi gå ind?

Der havde ikke været meget indianeragtigt over amerikanerens følelsesudbrud i salen på Politihuset, men nu havde han åbenbart taget sig sammen. Med hænderne i bukselommen gik han ind i suiten og stillede sig midt i rummet. Han stod der længe.

– Vi antager, at hun lå i snavsetøjskurven på vej ud, opsummerede han omsider; det virkede, som om han talte til sig selv. – Hvilket altså vil sige, at hun var skjult et eller andet sted, da de to agenter kom ind lidt over syv.

– Eller gemte sig, sagde Yngvar.

– Hva'?

Warren vendte sig om mod ham og smilede forbavset.

– Hun kan have været gemt, sagde Yngvar. – Men det kan også være, at hun gemte sig. Det ene er en anelse mere passivt end det andet.

Warren slentrede over til vinduet. Der blev han stående med ryggen til Yngvar. Han stod skødesløst lænet med skulderen mod en vinduesstolpe, som om han nød udsigten over Oslofjorden.

– Så du mener, hun selv kan have været med i det, sagde han pludselig uden at vende sig. – At USA's præsident skulle iscenesætte sit eget forsvindingsnummer i et fremmed land. Jaså.

– Det har jeg ikke sagt, sagde Yngvar. – Jeg antyder, at der findes mange forklaringer. At alle muligheder må holdes åbne i en efterforskning som denne.

– Det er udelukket, sagde Warren roligt. – Helen ville aldrig sætte sit land i en sådan situation. Aldrig.

– Helen, gentog Yngvar forbavset. – Kender du hende så godt?

– Ja.

Yngvar ventede på en nærmere forklaring. Den kom aldrig. I stedet begyndte Warren at gå rundt i den store suite, stadig let slentrende, stadig med hænderne i lommen. Det var vanskeligt at se, hvad han egentlig så efter, men blikket løb overalt.

Yngvar sneg sig til at se på sit ur. Det viste tyve minutter i seks. Han ville hjem. Han ville ringe til Inger Johanne og finde ud af, hvad hendes udflugt i virkeligheden handlede om, og – ikke mindst – hvor hun var. Hvis han bare kunne komme af sted snart, ville han stadig have en mulighed for at få både hende og Ragnhild hjem inden det blev for sent.

– Vi kan altså gå ud fra, at agenterne kun undersøgte rummet helt overfladisk, før de styrtede ud igen, sagde Yngvar i et forsøg på at få amerikaneren til at blive mere meddelsom. – Og så er der mange mulige gemmesteder. Skabene derhenne, for eksempel. Har I for resten afhørt mændene? Spurgt dem, hvad de foretog sig herinde?

Warren standsede foran de dobbelte skabsdøre i lys eg. Han åbnede dem ikke.

– Det her er virkelig et smukt indrettet rum, sagde han. – Jeg kan så godt lide den skandinaviske brug af træværk. Og udsigten ...

Han slog ud med højre arm og nærmede sig igen vinduet.

– Den er storslået. Bortset fra byggepladsen dernede. Hvad skal der være dér?

– En opera, sagde Yngvar og tog et par skridt hen imod ham. – Deraf navnet på hotellet her. Men hør nu, Warren, det her hemmelighedskræmmeri tjener intet formål. Jeg forstår, at sagen kan have implikationer for USA, som vi ikke har eller kan få indsigt i. Men …

– Vi fortæller jer det, I har brug for at vide. Bare tag det helt roligt.

– *Cut the crap*, hvæsede Yngvar.

Warren snurrede rundt. Han trak på smilebåndet, som om Yngvars udbrud morede ham.

– Du skal ikke undervurdere os, sagde Yngvar, den uvante vrede gjorde ham rød i kinderne. – Det vil være meget dumt. Undervurder mig ikke. Du burde vide bedre.

Warren trak på skuldrene og åbnede munden for at sige noget.

– Du kendte manden på filmen, snerrede Yngvar. – Ikke én af os, som stod omkring dig, var i tvivl. Og man behøver ikke have været politimand i næsten tredive år for at forstå, at denne fyr må have været her inde i rummet hele natten. Det er ikke først og fremmest præsidentens gemmested, du leder efter. Hun kan have været hvor som helst. Under sengen, inde i skabet.

Yngvar pegede rundt i rummet.

– For den sags skyld kan hun have gemt sig bag gardinerne, sagde han. – Når vi tager i betragtning, hvilken *elendig* …

En fin hinde af spyt lagde sig over Warrens ansigt. Han fortrak ikke en mine, og Yngvar gik endnu et skridt nærmere, mens han trak vejret dybt og fortsatte:

– hvilket *ufatteligt* dårligt arbejde jeres superagenter udførte på åstedet, kan damen fandeme have hængt i loftslampen uden at blive opdaget!

– De blev bange, sagde Warren.

– Hvem?

– Agenterne. De siger det selvfølgelig ikke. Men det var det, de blev. Bange mennesker laver et dårligt stykke arbejde.

– Bange? *Bange?* Står du her og siger, at verdens bedste

sikkerhedsagenter ... at de der gurkha-drenge af dine blev *bange!*

Warren trådte endelig et skridt tilbage. Det ligegyldige udtryk måtte vige for noget, som mindede om skepsis. Yngvar tolkede det som arrogance.

– Det her ligner dig ikke, sagde amerikaneren.

– Du kender mig ikke.

– Jeg kender dit omdømme. Hvorfor tror du, jeg bad om netop dig som liaison?

– Det har jeg faktisk undret mig seriøst over, sagde Yngvar, roligere nu.

– Gurkhaerne var soldater. *Secret Service* er ikke nogen hær.

– *Whatever*, mumlede Yngvar.

– Men du har ret. Jeg ønsker at finde ud af, hvor manden i jakkesættet kan have gemt sig.

– Men så lad os dog i himlens navn lede!

Warren trak på skuldrene og pegede på det tilstødende rum. Yngvar nikkede og gik hen mod den åbne dør. Et øjeblik standsede han og ventede på, at Warren skulle gå først ind. Amerikaneren var standset midt på gulvet. Han stirrede på et punkt i loftet.

– Ventilationsanlægget er tjekket, sagde Yngvar utålmodigt. – En metalrist to meter inde i røret hindrer yderligere indtrængen. Der er ikke pillet ved den.

– Men det er der ved denne her ventilationsrist, sagde Warren; stemmen lød forvrænget, da han bøjede hovedet kraftigt bagover. – Der er tydelige mærker i skruehovederne. Kan du se det?

– Selvfølgelig er der mærker, sagde Yngvar og blev stående i døren ind til kontorafdelingen af suiten. – Politiet har demonteret den for at tjekke, om rørsystemet har været benyttet som flugtvej.

– Men nu ved vi bedre, sagde Warren og trak en stol med sig. – Nu leder vi ikke efter en flugtvej, men et gemmested, ikke sandt?

Han kravlede op på stolen, anbragte forsigtigt en fod på hver af de brede armlæn og tog en lommekniv op af jakkelommen.

– Bruger *Secret Service* ikke hunde? spurgte Yngvar.

– Jo.

Warren havde lirket en lille skruetrækker ud af den røde lommekniv.

– Ville hundene ikke have reageret på lugten af et menneske i loftet?

– *Madam President* er allergiker, stønnede Warren og skruede en af de fire skruer løs, som holdt en gennemhullet metalplade på plads i loftet. – *Secret Service* bruger sporhundene i god tid, inden hun selv ankommer. Så man kan nå at støvsuge bagefter. Giv mig lige en hånd her.

Han løsnede den sidste skrue i metalristen. Den var kvadratisk og kunne være lige under en halv meter på hver side. Warren nåede lige at fange den, da den pludselig var løsnet.

– Her, sagde han og rakte den til Yngvar. – Jeg går ud fra, at der for længst er taget fingeraftryk overalt herinde?

Yngvar nikkede. Warren sprang ned på gulvet, bemærkelsesværdigt graciøst.

– Jeg skal have noget højere end denne her til at stå på, sagde han og så sig omkring. – Jeg vil helst ikke røre ved noget deroppe.

– Se her, sagde Yngvar lavmælt; han holdt metalristen op foran ansigtet og studerede den med sammenknebne øjne. – Se lige på det her, Warren.

Amerikaneren bøjede sig ind mod ham. Deres hoveder berørte lige akkurat hinanden, og Warren så ud over brillekanten.

– Lim? Tape?

Han foldede skruetrækkeren ind i kniven og trak en syl ud. Varsomt pirkede han i den næsten transparente, tilsyneladende klæbrige masse; den kunne dårligt være mere end en millimeter bred og måske en halv centimeter lang.

– Forsigtig! advarede Yngvar. – Jeg vil sende den til analyse.

– Lim, gentog Warren og rettede på brillerne. – Måske resterne af dobbeltklæbende tape?

Yngvar så uvilkårligt op mod loftet, hvor en kant af emaljeret metal løb rundt om det åbne hul. Lyset i rummet gjorde det umuligt at se detaljer inde i skakten. Kun en refleks fra en bordlampe røbede, at selve ventilationsrøret var af mat aluminium. Men to bittesmå pletter på den hvide ramme interesserede ham mere end rummet inde bagved.

– Vi har virkelig brug for noget at stå på, sagde Warren og gik hen mod døren til det andet rum. – Måske kunne vi ...

Resten forsvandt i en mumlen.

– Jeg ringer efter nogle folk, sagde Yngvar. – Det her er Oslopolitiets ansvar, og jeg ...

Warren svarede ikke.

Yngvar fulgte efter ham ind i det mindre rum. Et stort skrivebord stod på skrå midt på gulvet. Bordpladen var bar bortset fra en smuk blomsteropsats og en skindindbundet mappe, som Yngvar gik ud fra indeholdt skrivepapir. Langs glasdørene ud mod altanen stod en chaiselong med dekorative silkepuder i rosafarvede chatteringer. De matchede gardinerne og en endevæg med tapet i japanskinspireret mønster.

På den modsatte væg, bag en lille sofagruppe, stod en stor bogreol i massivt træ. Den var cirka halvanden meter høj. Amerikaneren prøvede at vippe den frem.

– Den er løs, sagde han og tømte den for en masse bøger og en glasbowle. – Hjælp mig lige.

– Det her er ikke vores arbejde, sagde Yngvar og fandt mobiltelefonen frem.

– Hjælp mig nu, sagde Warren. – Jeg skal bare se. Ikke røre.

– Nej. Jeg ringer efter de rigtige folk nu.

– Yngvar, sagde Warren opgivende og slog ud med armene. – Du sagde det selv. Denne suite er blevet gennemsøgt på kryds og tværs, og alle spor er sikret. Alligevel har de ...

har nogen overset en lille detalje. Du og jeg er begge erfarne politifolk. Vi ødelægger ikke noget. Jeg skal bare se. Okay? Så kan dine folk komme og gøre deres.

– Det er ikke mine folk, mumlede Yngvar.

Warren smilede og begyndte at trække i reolen. Yngvar tøvede endnu et øjeblik, inden han modvilligt tog fat i den anden ende. I fællesskab fik de reolen ind i det store værelse og stillede den lige under den åbne skakt.

– Holder du?

Yngvar nikkede, og Warren satte prøvende foden på næstnederste hylde. Den var stærk nok, og med højre hånd på Yngvars skulder klatrede han videre, til han stod på øverste hylde. Han måtte bøje hovedet for at studere de små pletter.

– Der er også lim her, mumlede han uden at røre pletterne. – Det ligner samme stof som på selve risten.

Han stak hovedet op i skakten.

– God plads, konstaterede han; stemmen lød hul og grødet i resonansen fra metalvæggene. – Det er absolut muligt for en …

Resten var umuligt at høre.

– Hvad sagde du?

Warren bøjede hovedet ud af hullet i loftet.

– Som jeg troede, sagde han. – Det er stort nok til en voksen mand. Og dine venner …

Han bøjede ned i knæene og sprang ned på gulvet.

– Jeg håber, de sikrede eventuelle spor i skakten, inden de krøb ind for at tjekke spærringen.

– Det gjorde de helt afgjort.

– Men det her har de overset, sagde Warren og bøjede sig igen over den løse rist.

– Det ved vi faktisk ikke.

– Ville der have været rester tilbage, hvis de havde opdaget det her? Ville hele risten her ikke være sendt til undersøgelse?

Yngvar svarede ikke.

– Og det her, sagde Warren og pegede med lommekniven

mod et punkt midt på pladen. – Kan du se det? Ridserne?

Yngvar så med sammenknebne øjne på en næsten usynlig ridse i det hvide metal. Noget havde skrabet mod emaljen uden at bryde helt igennem.

– Genialt i al sin enkelhed, sagde han stille.

– Ja, sagde Warren.

– Nogen har skruet risten løs, trukket en kile bundet til en snor eller et bånd af en art, gennem det midterste hul, sat dobbeltklæbende tape på kanten af risten ...

– ... og er kravlet ind, fuldførte Warren. – Og så kunne han få risten på plads igen bare ved at trække den til sig. Det forklarer den lille stige, han bar på.

Han pegede på loftet med tommelfingeren.

– Og så skulle han bare kravle ned, når ...

– Men hvordan i helvede er det lykkedes ham overhovedet at komme ind? afbrød Yngvar. – Kan du forklare mig, hvordan noget menneske har kunnet komme ind i en suite, som skal benyttes af USA's præsident, rigge alt det her til ...

Han pegede mod loftet og derefter på den løse plade på bordet.

– ... lægge sig til rette i en luftkanal, kravle ud, tage præsidenten med for derefter at *slippe af sted med det*?

Han rømmede sig, inden han fortsatte, lavmælt og resigneret:

– Og alt dette i et hotelværelse, som var gået efter med en tættekam af både norsk politi og amerikansk *Secret Service* så sent som nogle timer før, præsidenten skulle i seng. Hvordan kan det lade sig gøre? Hvordan er det overhovedet muligt?

– Der er mange løse ender her, sagde Warren og lagde en hånd på nordmandens skulder.

Yngvar foretog en næsten umærkelig bevægelse, og Warren fjernede hånden.

– Vi må finde ud af, hvornår overvågningskameraerne blev tændt, sagde han hurtigt. – Og om de blev slukket på noget tidspunkt. Vi må finde ud af, hvornår den sidste kontrol af suiten blev gennemført, inden *Madam President* kom tilbage fra middagen. Vi må ...

– Ikke vi, sagde Yngvar og tog mobiltelefonen op igen. – Jeg burde for længst have tilkaldt teknikere. Det her er efterforskernes opgave. Ikke din. Ikke min.

Han fastholdt Warrens blik, mens han ventede på svar i den anden ende. Amerikaneren var lige så udtryksløs, som da de ankom til suiten knap en halv time tidligere. Idet Yngvar fik kontakt, vendte han sig om og gik langsomt hen mod vinduerne mod fjorden, mens han førte en lavmælt samtale.

Warren Scifford dumpede ned på en stol. Han stirrede ned i gulvet. Armene hang slapt langs siderne, som om han ikke rigtig vidste, hvor han skulle gøre af dem. Jakkesættet virkede ikke så elegant mere. Det sad skævt, og slipseknuden var løs.

– Er der noget galt? spurgte Yngvar; han var færdig med telefonsamtalen og vendte sig brat om.

Warren rettede hastigt på slipset og rejste sig. Forfjamskelsen forsvandt så hurtigt, at Yngvar ikke kunne være sikker på, om han havde set rigtigt.

– Alt, sagde Warren og lo kort. – Alt er galt nu for tiden. Skal vi gå?

– Nej. Jeg venter her, til mine kollegaer kommer. Det burde ikke vare længe.

– Men så, sagde Warren og børstede let på højre jakkeærme, – ... så håber jeg, du ikke har noget imod, at jeg trækker mig tilbage?

– Ikke spor, sagde Yngvar. – Bare ring, når du får brug for mig.

Han havde lyst til at spørge Warren, hvor han skulle hen, men noget holdt ham tilbage. Hvis amerikaneren ville lege hemmelighedsfuld, skulle han minsandten få lov til at lege i fred.

Yngvar havde andet at tænke på.

20

– Jeg har helt andre ting at tage mig af, sagde han og flyttede telefonen fra højre til venstre hånd, mens han satte sig ind på passagersædet i en patruljevogn fra Oslo Politidistrikt. – Jeg har været på arbejde siden halv otte i morges, og nu må jeg hjem.

– Du er den bedste, sagde stemmen i den anden ende af telefonen. – Du er bedst, Yngvar, og dette her er det nærmeste, vi er kommet på noget konkret.

– Nej.

Yngvar Stubø var helt rolig, da han et øjeblik lagde hånden over telefonens nederste del og hviskede til chaufføren:

– Hauges vei 4, tak. Ind fra Maridalsveien, lige før du kommer til Nydalen.

– Hallo, sagde stemmen i den anden ende.

– Ja, jeg er her endnu. Jeg skal hjem. I har givet mig et hverv som liaison, og det forsøger jeg at forrette efter bedste evne. Det er simpelthen... uprofessionelt pludselig at trække mig ind i ...

– Det er tværtimod temmelig professionelt, sagde politimester Bastesen. – Denne sag kræver, at vi til enhver tid benytter os af de bedste kræfter i landet. Helt uafhængigt af vagtlister, rang og overtid.

– Men ...

– Det er naturligvis klareret med dine overordnede. Du kan betragte dette som en ordre. Kom.

Yngvar lukkede øjnene og pustede langsomt ud. Han åbnede dem igen, da chaufføren bremsede hårdt op i rundkørslen ved Oslo City. En ung fyr i en udrangeret Golf smuttede ind foran dem med al for høj hastighed.

– Ændring i planerne, sagde Yngvar opgivende og afsluttede samtalen. – Kør til Politihuset. Der er nogen, der mener, at denne dag ikke har været lang nok.

Det rumlede højlydt i bilen. Yngvar klappede sig på maven og smilede undskyldende til chaufføren.

– Og kør lige ind på en tank, tilføjede han. – Jeg må kyle en pølse eller tre indenbords.

21

Abdallah al-Rahman var sulten, men havde endnu et par ting at gøre, før han ville indtage aftenens sidste måltid. Først ville han se til sin yngste søn.

Rashid sov tungt med en blød legehest under armen. Drengen havde endelig fået set den film, han havde plaget om, og lå på ryggen med spredte ben og et udtryk af fuldkommen tilfredshed. Tæppet havde han for længst sparket af sig. Det kulsorte hår var blevet for langt. Lokkerne lå som bække af fed olie mod den hvide silke.

Abdallah lagde sig på knæ og bredte varsomt tæppet over drengen. Han kyssede ham på panden og lagde hesten bedre til rette. De havde set *Die Hard* med Bruce Willis.

Den næsten tyve år gamle film var Rashids favorit. Ingen af de ældre brødre forstod hvorfor. For dem var *Die Hard* for længst forældet med hjælpeløse special effects og en helt, som ikke engang var rigtig sej. For den seksårige Rashid var action-scenerne perfekte, tegneserieagtige og uvirkelige og derfor ikke noget, man blev rigtig bange af. Desuden var terroristerne østeuropæere i 1988. De var endnu ikke blevet arabere.

Abdallah så op mod den store filmplakat over sengen. Natlampen, som Rashid stadig måtte have tændt, fordi han var mørkeræd, kastede et svagt og rødligt lys over Bruce Willis' forslåede ansigt. Det var delvis dækket af Nakatomi Plaza, et tårn i eksplosiv brand. Skuespillerens mund var åben, næsten måbende, og øjnene var spærret vidt op mod det utænkelige: et terrorangreb mod en skyskraber.

Abdallah rejste sig for at gå. Han blev stående et øjeblik i døråbningen. I halvmørket blev Bruce Willis' mund et stort, sort hul. I hans øjne mente Abdallah at kunne se de rødgule reflekser fra den voldsomme eksplosion, et begyndende raseri.

Sådan reagerede de, tænkte han. Præcis sådan, tretten år efter at filmen var lavet. Med chok og vantro, afmagt og rædsel. Og så, da det amerikanske samfund indså, at det utænkelige var blevet virkelighed, kom raseriet.

Terrorangrebet den 11. september 2001 havde været gale mænds værk. Abdallah havde indset det øjeblikkeligt. Han fik et ophidset telefonopkald fra en forbindelse i Europa og nåede lige akkurat at se *United Airlines Flight 175* styrte ind i South Tower. North Tower stod allerede i flammer. Klokken var lidt over seks om aftenen i Riyadh, og Abdallah havde ikke været i stand til at sætte sig ned.

I to timer stod han foran tv-skærmen. Da han endelig løsrev sig fra udsendelserne for at besvare nogle af de telefonbeskeder, som var strømmet ind, indså han, at angrebet på World Trade Center kunne blive lige så skæbnesvangert for den arabiske verden, som angrebet på Pearl Harbor havde været for japanerne.

Abdallah lukkede døren ind til sønnens værelse. Han havde mere at gøre, inden han skulle spise. Han begyndte at gå over mod kontorafdelingen af paladset, mod østfløjen, hvor morgensolen, inden den blev for varm, kunne strømme ind ved arbejdsdagens begyndelse.

Nu lå bygningerne mørkelagt og stille. De få ansatte, han fandt det nødvendigt at have herude, holdt til i et lille boligkompleks, han havde ladet opføre to kilometer nærmere Riyadh. Kun det private tjenerskab måtte opholde sig i paladset efter arbejdstid. Selv de havde deres natkvarter et godt stykke fra hovedhuset i de lave, sandfarvede bygninger ved porten.

Abdallah gik tværs over pladsen mellem fløjene. Natten var klar, og han tog sig som altid tid til en lille pause ved karpedammen for at se på stjernerne. Paladset lå langt nok væk fra lysene i storbyen til, at himlen virkede gennemhullet af millioner af hvide punkter; nogle bittesmå og blinkende, andre store, skinnende stjerner. Han satte sig på en lav bænk og fornemmede aftenbrisen mod ansigtet.

Abdallah var pragmatiker, når det drejede sig om religion. Familien holdt de muslimske traditioner i hævd, og han sørgede for, at sønnerne ud over deres krævende akademiske uddannelse blev oplært i Koranen. Han troede på Profetens ord; han havde gjort sin *hajj* og betalt sin *zakah* med stolthed. For ham var det hele alligevel en personlig sag, et forhold mellem ham og Allah. Han bad sine fem, daglige bønner, men ikke hvis tiden var knap. Det var den tiere og tiere, uden at han bekymrede sig af den grund. Abdallah al-Rahman var overbevist om, at Allah, i det omfang han kunne tage sig af den slags, havde den største forståelse for, at det at passe sine forretninger kunne være vigtigere end at følge *salah*-reglerne til punkt og prikke.

Og han havde stærk aversion imod at blande politik og religion. At tilbede Allah som den eneste guddom og anerkende profeten Muhammed som hans sendebud var en åndelig øvelse. Politik, og dermed også forretninger, handlede ikke om ånd, men om realiteter. Efter Abdallahs mening var skellet mellem politik og religion ikke bare nødvendigt for politikkens vedkommende. Det mere væsentlige var at beskytte det rene og ophøjede i troen fra det kyniske, ofte brutale, i nødvendige, politiske processer.

I forretningslivet var han en vantro uden andre guder end sig selv.

Da Al Qaida ramte USA så hårdt i september 2001, blev han lige så oprørt som de fleste af jordens seks milliarder indbyggere.

Han fandt angrebet afskyeligt.

Abdallah al-Rahman betragtede sig selv som en kriger. Hans foragt for USA var lige så stærk som terroristernes had til landet. Drab var desuden et virkemiddel, Abdallah accepterede og til tider benyttede sig af. Men det skulle bruges med præcision og udelukkende af streng nødvendighed.

At ramme i blinde var altid ondt. Han havde selv kendt

flere af de omkomne på Manhattan. Tre af dem stod på hans egen lønningsliste. Uden at vide det, naturligvis. De fleste af hans amerikanske selskaber var ejet af holdingselskaber, som igen var tilknyttet internationale forretningsimperier, som effektivt tilslørede de egentlige ejerforhold. Via de sædvanlige omveje sørgede Abdallah for, at familierne til de dræbte ikke skulle lide økonomiske tab. De var amerikanere alle sammen og anede intet om, at de generøse checks fra de dødes arbejdsgiver kom fra en mand med samme hjemland som Osama bin Laden.

At ramme i blinde var ikke bare ondt, det var også ubeskrivelig dumt.

Abdallah havde problemer med at forstå, at en intelligent og højt uddannet mand kunne henfalde til stupid terror.

Abdallah kendte Al Qaida-lederen godt. De var næsten jævnaldrende og begge født i Riyadh. De bevægede sig i de samme kredse under opvæksten: et slæng af rigmandssønner omkring de utallige prinser af huset Saud. Abdallah kunne godt lide Osama. Han var en rar dreng, mild, opmærksom og langt mindre brovtende end de andre unge mænd, som væltede sig i rigdom og sjældent gjorde det mindste for at tage vare på familieformuerne, som sprøjtede op af landets enorme ørkenområder. Osama var velbegavet og dygtig i skolen, og de to drenge var ofte endt i en afsides krog i lavmælte samtaler om filosofi og politik, religion og historie.

Da Abdallahs bror døde, og det ansvarsfrie liv som yngste søn dermed var slut, mistede han kontakten med Osama. Det var godt det samme. Den senere terroristleder gennemgik en politisk-religiøs vækkelse i slutningen af 1970'erne, en proces, som virkelig kom i skred, da Sovjetunionen fandt på at invadere Afghanistan.

De gik hver sin vej og havde ikke set hinanden siden.

Abdallah rejste sig fra bænken. Han strakte armene op mod himlen og mærkede musklerne blive spændt til bristepunktet. Den svale aftenluft gjorde godt.

Langsomt slentrede han over mod østfløjen.

Al Qaidas angreb på USA var en handling funderet på rent had, tænkte han, som altid dybt forundret over barndomsvennens manglende indsigt i vestlige forhold.

Abdallah kendte hadets begrænsning. Under rekonvalescensen i Schweiz efter broderens død havde han forstået, at had var en følelse, han aldrig ville kunne tillade sig at nære. Allerede dengang, som sekstenårig, havde han indset, at rationaliteten var enhver krigers vigtigste redskab, og at fornuft var uforeneligt med had.

Hadet reproducerede desuden sig selv.

At ramme tre bygninger, fire fly og dræbe op mod tre tusind mennesker havde været nok til at udløse et modhad og en rædsel så kolossal, at folket accepterede uhyrligheder af sine egne myndigheder. I håb om aldrig at blive ramt igen gik det amerikanske folk villigt med til at undergrave sin egen grundlov, tænkte Abdallah. De fandt sig i aflytning og tilfældige arrestationer, ransagninger og personovervågning i en grad, som havde været utænkelig i mere end to hundred år.

Amerikanerne var rykket tæt sammen, tænkte Abdallah, sådan som folk til alle tider har gjort det mod ydre fjender.

Han åbnede den store, smukt udskårne dør ind til kontoret. Lampen på skrivebordet var tændt og kastede et gyldent skær over de mange tæpper på gulvet. Det summede fra dataudstyret, og en svag duft af kanel fik ham til at åbne et skab ved vinduet. En rygende varm kande te stod parat på et stativ af sølv, sådan som den sidste tjener altid sørgede for, inden han trak sig tilbage fra kontorfløjen og lod Abdallah få fred til sine aftenforpligtelser. Han skænkede op.

Denne gang ville de ikke rykke tæt sammen.

Han smilede let ved tanken og drak et halvt glas, før han satte sig ved pc'en. Det tog ham kun et par sekunder at taste sig ind på ColonelCars' hjemmeside. Der kunne han læse, at ledelsen med stor sorg måtte meddele, at selskabets administrerende direktør, Tom Patrick O'Reilly, var omkommet i en tragisk ulykke. Ledelsen udtrykte dyb medfølelse med direktørens familie og kunne forsikre om, at den omfattende, internationale virksomhed ville fortsætte i afdødes ånd, og at 2005 allerede så ud til at blive et rekordår.

Abdallah havde fået sin bekræftelse og loggede af.

Han tænkte aldrig mere på sin gamle studiekammerat Tom O'Reilly.

22

Manden, som netop havde hentet sin afdøde mors private ejendele på hospitalet, låste døren bag sig og gik ind i sin egen lejlighed. Et øjeblik stod han rådvild og stirrede på den anonyme pose med moderens tøj og rygsæk. Han havde den stadig i hånden og vidste ikke helt, hvad han skulle gøre.

Lægen havde givet sig god tid til at tale med ham. Det var gået meget hurtigt, trøstede han, og moderen kunne dårligt nok have registreret, at der var noget galt, før hun faldt om. Hun blev fundet af en anden motionist, kunne han fortælle, men den gamle var alligevel død ved ankomsten til hospitalet. Lægen havde smilet varmt og åbent og sagt noget om, at han ville ønske, han selv ville møde døden på samme måde, ved sine fulde fem i naturen en majdag, som rask og rørig firsårig.

Firs år og fem dage, tænkte sønnen og strøg sig over øjnene med håndryggen. Ingen kunne klage over sådan en alder.

Han lagde posen fra sig på spisebordet. Det virkede på en vis måde uværdigt ikke at pakke ud. Han prøvede at overvinde uviljen mod at gennemgå moderens private sager, det var som at forbryde sig mod barndommens regel nummer ét: Ikke rode i andres ting.

Rygsækken lå øverst. Forsigtigt åbnede han den. En blikmadkasse lå øverst. Han tog den op. Engang havde låget haft et billede af Geirangerfjorden i strålende solskin med en gammel luksusdamper midt ude i fjorden. Nu var der kun små rester af skidenblåt hav og grålig himmel tilbage. Han havde givet hende en ny madkasse i knaldrød plastic for et par år siden. Den gik hun øjeblikkelig hen og byttede til en hjulpisker, da der ikke var nogen mening i at udskifte en fuldt brugbar madkasse.

Han smilede ved tanken om moderens bistre ansigtsudtryk, hver gang han forsøgte at prakke hende noget nyt på, mens han tømte resten af den gamle, grå rygsæks indhold ud på bordet: En termoflaske, et tomt chokoladepapir; et slidt kort over Nordmarka; et kompas, som i hvert fald ikke vidste, hvor nord var: Den røde pil virrede hid og did, som om den havde drukket af spritten, den lå i.

Hendes sportsjakke lå under sækken. Han løftede den op til ansigtet. Lugten af gammel kvinde og skov fik tårerne til at bryde frem igen. Han holdt jakken ud fra sig og børstede forsigtigt blade og kviste væk, som havde sat sig på det ene ærme.

Der faldt noget ud af en lomme.

Han foldede jakken pænt sammen og lagde den ved siden af tingene fra rygsækken. Så bøjede han sig ned og tog det op, som var faldet på gulvet.

En tegnebog?

Den var af læder og meget lille. Alligevel føltes den tung i hånden. Han åbnede den og greb sig i at le højt.

Han måtte ikke le, og han hikstede og snøftede og spærrede øjnene op for ikke at græde.

Latteren lod sig ikke undertrykke, og han fik problemer med vejrtrækningen.

Hans genstridige, firs år gamle mor havde mødt døden med et *Secret Service*-bevis i lommen.

Det åbnede sig som en lille bog. Højre side var prydet af et guldfarvet metalskilt, hvorpå en ørn havde vingerne slået ud over et våbenskjold med en stjerne i midten. Den mindede ham om den sherifstjerne, han havde fået af sin far til jul, da han var otte år, og nu lo han ikke længere.

På venstre side, i en gennemsigtig plasticlomme, sad et id-kort. Det tilhørte en mand ved navn Jeffrey William Hunter.

En flot fyr efter billedet at dømme. Han havde kortklippet, tykt hår og et alvorligt udtryk i de store øjne.

Den midaldrende mand, som netop havde mistet den sidste af sine forældre, var taxichauffør. Hans vagt var for længst begyndt, og bilen stod uvirksom lige uden for ejendommen. Han havde ikke ringet og meldt forfald. At køre rundt i byen var vel lige så godt som at sidde alene hjemme og føle sorg. Nu var han ikke så sikker længere. Han studerede det kunstfærdigt udførte guldemblem. Hvordan han end vendte og drejede det, kunne han ikke begribe, hvorfor hans mor havde været i besiddelse af sådan et. Det eneste svar, han kunne komme på, var, at hun havde fundet det i skoven. En eller anden måtte have tabt det.

Der var mange af den slags agenter i byen. Han havde selv set dem omkring Akershus fæstning under middagen aftenen inden nationaldagen.

Han granskede igen den fremmede mands ansigt.

Han virkede så alvorlig, næsten trist.

Taxichaufføren rejste sig pludselig. Han lod moderens ting ligge på spisebordet og greb bilnøglerne fra knagen ved hoveddøren.

Et *Secret Service*-bevis skulle ikke sendes med posten. Det kunne være vigtigt. Han ville køre direkte til politiet.

Nu.

23

– Du er og bliver noget helt for dig selv, sagde Yngvar Stubø.

Gerhard Skrøder mere lå end sad på stolen. Benene skrævede til hver side, hovedet lå uinteresseret bagover, og blikket var rettet mod et eller andet i loftet. Sorte rande under øjnene stod i skærende kontrast til den ellers blege hud og fik næsen til at virke endnu større. Manden, som blev kaldt Kansleren, havde hverken rørt kaffekoppen eller flasken med mineralvand, som Yngvar Stubø havde sat frem.

– Jeg spekulerer på, fortsatte afdelingschefen og trak sig langsomt i øreflippen, – om sådan nogle som jer er klar over, hvor idiotisk det der råd i virkeligheden er. Hold op med at vippe!

Stolebenene smældede i gulvet.

– Hvilket råd? spurgte manden modvilligt, idet han foldede armene over brystet og skulede ned i gulvet; de to mænd havde endnu ikke haft øjenkontakt.

– Det der sludder, som jeres advokater fylder jer med om altid at holde kæft under en politiafhøring. Forstår du slet ikke, hvor dumt det er?

– Det har virket før.

Manden smilede skævt og trak på skuldrene uden at rette sig op i stolen.

– Desuden har jeg fandeme ikke gjort noget ulovligt. Det er ikke forbudt at køre rundt i Norge.

– Der kan du selv se!

Yngvar smålo. For første gang glimtede der noget, som kunne ligne interesse, i Gerhard Skrøders øjne.

– Hvad fanden mener du? spurgte han og greb vandflasken.

Nu så han lige på Yngvar Stubø.

– I holder altid fuldstændig kæft. Så ved vi, at I er skyldige. Men det tænder vi bare endnu mere på, kan jeg fortælle dig. Vi får ikke noget gratis fra jer, men så meget mere bliver vi indstillet på virkelig at lægge os i selen. Og ser du ...

Han bøjede sig ind over det gamle, slidte bord, som skilte dem.

– I sager som denne, hvor du faktisk fantaserer om, at du ikke har begået noget strafbart, så kan du alligevel ikke lade være med at tale. Ikke i længden. Det varede ...

Han så op på væguret.

– ... treogtyve minutter, før du lod dig friste til at snakke. Fatter du ikke, at vi for længst har knækket jeres tåbelige kode? Den, der er uskyldig, taler altid. Den, der taler, er ofte skyldig. Den, der tier, er altid skyldig. Jeg ved godt, hvilken strategi jeg ville have valgt, for nu at sige det sådan.

Gerhard Skrøder strøg sig langs næseryggen med en snavset pegefinger. Neglen var blå og nedbidt. Han begyndte igen at vippe på stolen, frem og tilbage. Han var mere urolig nu og trak kasketskyggen ned over øjnene. Yngvar rakte ud efter en A4-blok, tog en tusch og begyndte at skrible på papiret uden yderligere snak.

Gerhard Skrøder havde ikke været vanskelig at finde. Han hyggede sig med en luder fra Litauen i en beboelsesejendom på Grünerløkka. Lejligheden stod i politiets omfattende register over tilholdssteder for Oslos kriminelle, og den udsendte patrulje fik bid i tredje forsøg. Få timer efter at han var blevet genkendt af Yngvar på det uskarpe videobånd fra en døgnåben tankstation, sad han i varetægt. Der havde han siddet et par timer for at blive mør, inden han højlydt havde bandet ved synet af Yngvar Stubø, som kom for at hente ham.

Siden havde han været tavs. Lige til nu.

Stilheden var tydeligvis sværere at holde ud end alle Yngvars spørgsmål og anklager og henvisninger til fotobeviser. Gerhard Skrøder bed i en tommelfingernegl, som i forvejen var bidt næsten væk. Det ene lår rystede. Han rømmede sig og åbnede vandflasken. Yngvar tegnede videre, et psykedelisk mønster med blodrøde striber og stjerner.

– Jeg vil i hvert fald vente på min advokat, sagde Gerhard Skrøder til sidst og rettede sig op i stolen. – Og jeg har krav på at få at vide, hvad I mener, jeg har gjort. Jeg har bare kørt rundt med et par passagerer. Siden hvornår er det blevet ulovligt?

Yngvar skruede omhyggeligt duppen på tuschpennen og lagde den fra sig. Han sagde stadig ikke et ord.

– Og hvor fanden bliver Ove Rønbeck af? klagede Gerhard, som åbenbart havde kastet sin tidligere strategi over bord.

– Du har ikke lov til at snakke med mig, uden at min advokat er til stede, ved du nok!

– Jo, da, sagde Yngvar. – Det har jeg. Jeg kan for eksempel spørge dig, om du vil have noget frisk kaffe. Du har ikke rørt den dér, og nu er den kold.

Gerhard rystede surt på hovedet.

– Og så kan jeg gøre dig en anden tjeneste, sagde Yngvar og rejste sig.

Han gik langsomt et par skridt langs bordet, før han satte sig på bordkanten, halvt bortvendt fra Gerhard.

– Hvad? mumlede arrestanten ned i flasken.

– Er det i orden, at jeg gør dig en tjeneste, inden din advokat kommer?

– For helvede, Stubø! Hvad snakker du om?

Yngvar snøftede og tørrede sig under næsen med skjorteærmet. Der var overraskende koldt i rummet. Ventilationsanlægget måtte være forkert indstillet. Måske var det gjort med vilje for at tage varmen fra de usædvanligt mange tjenestemænd, som var på fuldt arbejde i huset døgnet rundt. Selv nu, ved halvottetiden, hvor korridorerne som regel lå øde hen med lukkede døre på rad og række, hørtes smækken og skridt, stemmer og raslen med nøgler som på en travl fredag formiddag i juni.

Hans jakke hang over stoleryggen. Han lod sig glide ned fra bordet og greb ud efter den. Mens han tog den på, smilede han og sagde venligt:

– Jeg har aldrig kunnet lide dig, Gerhard.

Manden pillede i en sårskorpe uden at svare.

– Og det er måske derfor, fortsatte Yngvar og rettede på kraven, – … at jeg for en gangs skyld er ret glad for, at du holder kæft.

Gerhard skubbede kasketten op og åbnede munden for at sige noget. Han ombestemte sig lidt for sent, og ordet blev til et pudsigt grynt, før han bed tænderne sammen. Så lænede han sig igen bagover i stolen, mens han kløede sig hidsigt i skridtet.

– Meget glad for, gentog Yngvar og nikkede.

Han stod nu med ryggen til fangen, som om han talte til en imaginær tredje person.

– For jeg kan ikke lide dig. Og sådan, som du opfører dig,

kan jeg bare slippe dig ud.

Han snurrede rundt og pegede bydende på den lukkede dør.

– Jeg kan lade dig gå, sagde han. – For dem udenfor har helt andre virkemidler end dem, jeg benytter mig af. Helt andre.

Han lo sagte, som om tanken om at slippe Gerhard Skrøder fri morede ham inderligt.

– Hvad mener du?

– Jeg tror måske, jeg har bestemt mig, sagde Yngvar, og igen virkede det, som om han talte til andre end Gerhard. – Så slipper jeg for det her pjat. Så kan jeg gå hjem. Holde fyraften.

Han klappede sig på jakken som for at sikre sig, at han havde tegnebog og nøgler på plads, inden han gik.

– Og så ville jeg slippe for nogen sinde at se dig igen. Én slambert mindre for politiet at bruge ressourcer på.

– *Hvad fanden snakker du om?*

Gerhard hamrede to knytnæver i bordet.

– Du sagde, at vi skulle vente på din advokat, smilede Yngvar. – Og det kan du jo så sidde her og gøre. Alene. Jeg skal sørge for, at hans opgave bliver ganske enkel. Du bliver løsladt, når papirarbejdet er i orden. Hav en rigtig god aften, Gerhard.

Han gik hen mod døren, låste op og skulle til at åbne.

– Vent. *Vent!*

Yngvar lod hånden ligge på håndtaget.

– Hvad er der, sagde han.

– Hvem er det, du mener? Hvem er det, der skulle have … Hvad i helvede er det, du snakker om?

– Gerhard, dog … De kalder dig da Kansleren, ikke? Man skulle tro, sådan en titel gav dig en vis indsigt i internationale forhold.

– Jeg fatter fandeme …

Et tyndt lag sved havde lagt sig over det gustne ansigt, og Gerhard tog for første gang kasketten af. Håret var fladt og fedtet, og en tjavs faldt ned i øjnene. Han prøvede at puste den til side.

– Er det amerikanerne, du tænker på? spurgte han.
– Bingo! smilede Yngvar. – Pøj, pøj!
Han trykkede håndtaget helt ned.
– Men, så vent dog, Stubø! Amerikanerne har vel for fanden ingen ret til at …
Yngvar lo højt. Han lagde hovedet tilbage og grinede. De bare vægge i det sterile rum gjorde latteren skarp og kantet.
– Amerikanerne ret til? Amerikanerne?
Han lo så voldsomt, at han næsten ikke kunne tale. Han slap håndtaget og holdt sig på maven, han rystede på hovedet og hikstede.
Fangen sad med åben mund og så på. Han havde lang erfaring med politiet og havde ikke længere tal på, hvor mange gange han havde siddet i forhør hos en eller anden idiot af en strømer. Men det her havde han aldrig været ude for. Pulsen steg. Han mærkede blodet banke i øregangene, og halsen snørede sig sammen. Røde pletter voksede frem under øjnene. Han knugede om kasketskyggen. Da Yngvar Stubø måtte støtte sig til væggen for ikke at falde om med krampelatter, bogstaveligt talt, rodede Gerhard Skrøder febrilsk i lommen efter sin inhalator. Det var det eneste, han havde fået lov til at beholde, da han blev visiteret og frataget alle sine personlige ejendele. Han satte den til munden. Hænderne rystede.
– Det er længe siden, jeg har haft det så sjovt, hikstede Yngvar og tørrede øjnene.
– Men hvad skulle amerikanerne kunne gøre mig? sagde Gerhard Skrøder, stemmen var spag og lys som hos et barn. – Vi er jo i Norge …
Han prøvede at stikke inhalatoren tilbage i lommen, men ramte ved siden af. Den faldt på gulvet, og han bøjede sig ned efter den. Da han rettede sig op igen, stod Yngvar Stubø med knytnæverne plantet på bordet og ansigtet kun ti centimeter fra hans eget. Hængemaven og de usædvanligt brede skuldre fik politimanden til at ligne en lyshåret gorilla, og der var ikke antydning af morskab i de blegblå øjne.
– Du tror, du er verdensmester, hviskede Yngvar. – Du tror,

du har en stjerne derude. Du bilder dig ind, at du er en af de tunge drenge, bare fordi du har bevæget dig i periferien af den russiske mafia. Du tror, du kan klare dig. Du tror, du er hård nok til at prøve kræfter med kriminelle albanerdjævle og andet balkansk pak. Glem det. Det er nu … *Det er nu …*

Han løftede pegefingeren og stak den helt op under fangens næse. Stemmen blev hævet flere takker.

– Det er nu, du vil få at se, at du er en lille lort. Hvis du et øjeblik tror, at amerikanerne vil sidde stille og se på, at vi løslader en bunke lort som dig, så tager du som *ind i helvede* fejl! Hver dag, mange gange om dagen, informerer vi dem om, hvor vi befinder os i efterforskningen. De ved, at du er her lige nu. De ved, hvad du har gjort, og de vil …

– Men jeg har jo ikke gjort *noget*, sagde Gerhard Skrøder med hivende åndedræt, han havde besvær med at tale. – Jeg … har jo … bare …

– Træk vejret dybt og roligt, sagde Yngvar brysk. – Tag noget mere af din medicin.

Han trak sig en anelse bagud og sænkede pegefingeren.

– Jeg vil vide alt, sagde han, mens fangen inhalerede fra den runde, blå beholder. – Jeg skal vide, hvem der gav dig denne opgave. Hvornår, hvor og hvordan. Jeg skal vide, hvor meget du fik for det, hvor pengene er nu, hvem andre du har talt med i forbindelse med det her. Jeg vil have navne og beskrivelser. Alt.

– De kan da ikke … gispede Gerhard, – … tage mig med til Guantomo?

– Guantánamo, rettede Yngvar ham og bed sig hårdt i læben for ikke at briste i en latter, som denne gang ville have været ægte. – Hvem ved. Hvem fanden ved i disse tider. De har mistet deres præsident, Gerhard. Så rent praktisk anser de dig for at være terrorist.

Yngvar ville sværge på, at Gerhards pupiller udvidede sig. Et øjeblik troede han, at fangen var holdt helt op med at trække vejret. Men så gispede han og hev vildt efter vejret. Han strøg sig frem og tilbage over panden med hånden, som om han troede, det skæbnesvangre ord var skrevet dér med store bogstaver.

– Terrorist, gentog Yngvar og smaskede på ordet. – Ikke noget særlig hyggeligt stempel at få af USA.

– Jeg skal nok snakke, sagde Gerhard Skrøder stakåndet. – Jeg skal fortælle det hele. Men så skal jeg også blive siddende her. Jeg må blive her, ikke? Her hos jer?

– Det er klart, sagde Yngvar venligt og klappede ham på skulderen. – Vi passer på vores egne, ser du. Så længe I samarbejder. Nu tager vi en pause.

Uret på væggen viste nitten minutter i otte.

– Til klokken otte, sagde han og smilede. – Så er din advokat sikkert kommet. Og så taler vi sammen i fred og ro. Okay?

– Det er i orden, mumlede Gerhard Skrøder, som trak vejret lettere nu. – Det er i orden. Men jeg bliver altså siddende her. Hos jer.

Yngvar nikkede, åbnede døren og gik ud.

Langsomt lukkede han døren bag sig.

– Hvad skete der? spurgte politimester Bastesen, som stod lænet op ad væggen og var ved at læse noget i en dokumentmappe, som han hurtigt smækkede i, da Yngvar dukkede op. – Samme rutine som altid? Han siger ikke et ord?

– Ork, jo, sagde Yngvar. – Han er parat til at synge. Vi får hele historien klokken otte.

Bastesen smålo og knyttede en hånd i sejrstegn.

– Du er den bedste, Yngvar. Du er virkelig den bedste.

– Det er jeg vist, mumlede Yngvar. – I hvert fald til at spille teater. Men nu trænger denne her Oscar-vinder til mere mad.

Og da han traskede hen ad korridoren for at finde noget at putte i munden, lagde han ikke engang mærke til, at folk begyndte at klappe i takt med, at nyheden om, at Gerhard Skrøder ville snakke, bredte sig.

Inger Johanne havde stadig ikke ringet.

24

Kvinden, som haltede hen ad en lang kældergang, mens hun mumlede forbandelser og bønner og raslede med et nøgleknippe for at holde spøgelserne væk, havde engang været Oslos ældste gadeluder. Dengang hed hun Harrymarry og havde på mirakuløs vis holdt sig i live i mere end et halvt hundrede år.

– Alle go'e magter stå mig bi, mumlede hun og trak det dårlige ben efter sig, hun skulle helt ind i bunden af den uendelige gang. – Og alt, hva' der findes af djævelskab: Gå i hi. Fusj og fuglemøg.

Lige siden Harrymarry blev født på ladet af en lastbil i den krigshærgede Finmark en januarnat i 1945, havde hun trodset alle skæbnens ihærdige og gentagne forsøg på at knække hende. Hun havde ingen forældre og faldt aldrig til ro i de plejefamilier, hun blev tvunget ind i. Efter et par år på børnehjem stak hun af til Oslo for at klare sig selv. Da var hun tolv år gammel. Uden uddannelse, med læsefærdigheder som en seksårig og et udseende, som kunne skræmme de fleste, gav karrieren sig selv. Fire gange havde hun sat et barn i verden. De var alle sammen arbejdsulykker, og de blev taget fra hende ved fødslen.

Ved årtusindskiftet tilsmilede lykken Harrymarry for allerførste gang.

Hun mødte Hanne Wilhelmsen.

Harrymarry var kronvidne i en drabssag, og af grunde, ingen af de to senere kunne forklare, flyttede hun ind hos efterforskeren. Siden havde hun ikke været til at rokke. Hun tog sit rigtige navn tilbage og blev en hårdtarbejdende hushjælp og kokkepige. Hun skulle kun have tre ting som betaling: metadon, en ren seng og en pakke rulletobak om ugen. Ikke andet, ikke mere. Ikke før Nefis' og Hannes datter kom til verden. Marry droppede smøgerne og forlangte tobaksrationerne byttet ud med en stak visitkort. På gylden karton med flossede kanter stod der:

Marry Olsen,
Guvernante

Hun havde selv valgt skrifttypen. Ingen telefonnumre, ingen adresse. Hun behøvede dem heller ikke, da hun aldrig gik ud og aldrig havde haft besøg. Bunken med visitkort lå på hendes natbord, og hver eneste aften tog hun det øverste, kyssede det let og lukkede øjnene, mens hun med flad hånd trykkede kortet ind mod hjertet og bad sin faste aftenbøn:

– Tak du kære herremand i himlen. Tak for Hanne å Nefis å min lille Ida-prinsesse. No'n har brug for mig. Tak ska'ru ha' for det. Go'nat, Gud.

Så sov hun tungt i otte timer. Altid.

Nu nærmede Marry sig endelig det rigtige kælderrum. Hun holdt nøglen parat.

– Så'noget pjat, skændte hun på sig selv. – Gamle kælling, å så bange for en skide kælder. Gudfader!

Hun slog ud med den magre arm som for at kyse angsten væk.

– Nu ska' jeg bare derind, sagde hun skingert. – Å hente dyner og så'n til Inger Johanne. Her find's jo ikke farligheder her, ka' du vel tænke. Gudfader, Marry! Du har sgu da vær't ude for værre spøjelser end dem, der ku' finde på å slå sig ned her.

Endelig ramte hun nøglehullet.

– Fint ska'et være, sagde Marry og åbnede døren. – Ku' de ikke bare ha' normale kælderrum her på Vestkanten! Næ, nej ...

Hun famlede efter kontakten.

– Her ska de ha' lukket rum med or'nlig dør og vægge og så'n. Ikke no'et mæ hønsenet og hængelås her, næ, nej.

Kælderrummet var mere end tyve kvadratmeter. Det var rektangulært, og langs de lange vægge var der hylder fra gulv til loft. De var fulde af æsker, kasser, kufferter og mangefarvede opbevaringsbokse fra IKEA. Alt var omhyggeligt mærket. Det var Marry, som havde systematiseret det hele.

Bogstaver var ikke hendes stærke side, men tal og logik fandt hun altid mening i. Da hun som regel løb sur i alfabetet, var tingene derfor opmagasineret efter betydning. Allernærmest døren stod kasserne med dåsemad og bevaringsvenlig tørkost. I tilfælde af atomkrig. Derefter kom vintertøjet i kasser med store ventilationshuller. Lille Idas babytøj lå i en lyserød kasse med en tegnet bamse på låget, og der lugtede af lavendel, da Marry lindede på låget og stak fingrene ned i de bløde tekstiler.

– Det'r Marrys lille skattepige. Min pusling.

Nu hviskede hun. Duften af Idas aflagte tøj fik hende til at føle sig roligere. Hun sjokkede over gulvet og standsede helt inde ved den bageste væg, hvor Nefis' ski stod fastspændt i holdere ved siden af Idas kælk.

DYNE TE GÆSDER.

Hun trak den store kasse ud og løftede låget. Dynen var rullet sammen med to brede, røde bånd. Marry tog den under armen, lagde låget på kassen, skubbede den på plads og sjokkede tilbage til døren.

– Så'n, sagde hun lettet. – Nu ska' vi bare se å kom' op i lejlighedens lune favn og rede igen.

Hun skulle lige til at låse, da hun syntes, hun hørte en lyd.

En bølge adrenalin fik hende til at holde vejret.

Ingenting.

Der var det igen. Et dumpt smæld eller slag. Fjernt, men tydeligt nu, og Marry slap dynen og foldede hænderne af skræk.

– Åh, herre min skaber å Jesu navn, udbrød hun.

Der var lyden igen.

Dybt inde i Marrys hjerne lå en sidste rest af den tilværelse, hun havde levet i gennem næsten femoghalvtreds år, før livet tog en så forunderlig vending, at alt blev lyst og godt. Den spinkle, grimme horeunge Marry klarede sig imod alle odds, fordi hun var velbegavet. Den unge, rapkæftede Marry klarede sig igennem livet som prostitueret i Oslos gader i tresserne, fordi hun var snu. Den gamle luder Harrymarry havde udholdt et liv i fornedrelse og tung rus af én grund: Hun lod sig simpelthen ikke knække.

Nu var hun så bange, at hun troede, hjertet ville gå op i sømmene. Det svimlede for hende. Hun havde mest lyst til at sætte sig ned og lade Spøgelset tage hende, lade Djævlen hente hende, sådan som hun egentlig og inderst inde mente, hun fortjente.

– Fand'me nej. Ikke endnu.

Hun sank en gang og bed tænderne sammen. Der var lyden igen.

Det lød, som om nogen prøvede at banke på en dør, men ikke rigtig kunne. Der var noget urytmisk og haltende over det hele, og det virkede i hvert fald ikke aggressivt.

Marry tog dynen op fra betongulvet.

– Her har jeg end'lig findet lykken, sagde hun til sig selv. – Å så ska' der ikke kom' no'en å skræmme det skide liv ud af mit gamle skrog.

Hun begyndte at gå hen mod kældertrappen.

Dunk. Dunkdunk.

Nu var Marry sikker. Lyden kom fra den dør, hun stod ved. Den var rødmalet i modsætning til kælderens øvrige, hvide standarddøre. Et papskilt var sat fast med gulnet tape i øjenhøjde. Det var halvt afrevet og skriften næsten ulæselig. I hvert fald for Marry.

Hun syntes, hun kunne høre en stemme, ganske svagt og måske bare indbildning.

Mærkeligt nok var hun ikke så bange mere. En arrig trods havde fortrængt angsten. Dette var hendes hus og hendes kælder. Hun havde valgt en tilværelse i isolation i Kruses gate for at holde gamle dæmoner fra livet, og hverken levende eller døde skulle frarøve hende noget som helst.

Ikke nu og aldrig mere.

– Hallo! sagde hun højt og bankede på døren. – Hallo! Er der no'en derinde?

Den radmagre hånd dunkede på døren. Der blev helt stille.

Så begyndte bankelydene igen, så pludseligt at hun trådte et skridt baglæns.

Lyden af en stemme kom tilsyneladende fra et sted forfærdelig langt borte. Det var umuligt at skelne ordene.

– Det var som ... mumlede Marry og kløede sig på hagen, inden hun lagde øret til døren. – Det må da være byens tætteste dør.

– Lås dig ud! råbte hun mod dørpladen. – Bare vrid låsen om!

Bankelydene fortsatte.

Marry så med sammenknebne øjne på låsen. Ligesom til de andre rum skulle man også her bruge nøgle for at åbne. På indersiden skulle der være en vrider, så det var umuligt at låse sig inde i kælderen. Eller at låse nogen inde.

Denne dør måtte være fikset på en eller anden måde. Marry var ikke længere i tvivl om, at der var nogen derinde. Langt bagude i hukommelsen pressede minder sig på; oplevelser, hun havde forsøgt at lægge bag sig i verden derude, den verden, hun aldrig opsøgte og aldrig nogen sinde igen ville være en del af.

At være gadeluder var ikke bare at være luder. Det var værre at være prisgivet gaden. Marry lukkede øjnene mod billederne af affaldsrum og kælderrum, møgbeskidte madrasser i hytter og brændeskure, hurtige blowjobs i beskidte biler, som stank af tobak, fed mad og gammel gris.

Marry havde ikke tal på, hvor mange gange hun var blevet voldtaget. Efterhånden som hun sank nedad på ludernes rangstige, blev hun fortrængt fra sit hjørne, frataget sine kunder, spyttet på af importluderne, de satans russertøser, hånet af unge drenge og forladt af sine jævnaldrende. De døde rundt om hende, en efter en, og i 1999 var Harrymarry en omvandrende død. Hun tog de jobs, ingen andre ville have, ikke engang de litauske småpiger, som undergravede markedet ved at nøjes med en halvtredser for et knald uden kondom.

Harrymarry huskede en kælder. Hun huskede en mand.

– Jeg vil fand'me ikke huske no'et som helst! skreg Marry

og hamrede hænderne mod den røde dør. – Jeg ska' nok få dig ud, ven! Bare vent, så ska' Marry hjælpe dig!

Hun haltede tilbage til sit eget rum, åbnede døren og greb den velforsynede værktøjskasse, som Nefis uafbrudt fyldte op med nye redskaber, ingen forstod, hvad hun skulle bruge til.

– Nu kommer jeg! brølede Marry og tog hele kassen med hen til den røde dør. – Nu kommer jeg, lille ven!

Marry Olsen var skind og ben. Men hun var stærk. Nu var hun også rasende. Først fjernede hun gerigterne med et stemmejern og smed det ødelagte træværk på gulvet. Så tog hun en hammer og slog løs på håndtaget, som om det var sin egen fortid, hun tog et opgør med.

Det brækkede af, men døren var lige lukket.

– Helvede! fnøs Marry, snød næsen i fingrene og tørrede dem af i den blomstrede nederdel. – Her må stærker' lud til.

Marry tømte værktøjskassen. Lyden af metal, som faldt på betongulv, var øredøvende. Da der blev helt stille, hørtes et svagt ekko af banken fra dørens inderside.

– Nu kommer jeg, sagde Marry og tog et stort koben, som havde ligget på bunden af kassen.

Med stor kraft hamrede hun den kløftede ende ind ved låsen. Hun brugte hammeren til at skaffe nogle ekstra millimeter at gribe fat i, inden hun stillede sig med ryggen mod trappeopgangen, greb fat om jernet med begge hænder og trak til.

Træværket knagede. Intet skete.

– En gang til, hvæsede Marry.

Træværket gav sig. Døren stod lige fast.

– Måske den anden vej, sagde Marry og foretog samme manøvre fra den modsatte side.

Låsen gav efter. Døren slog sig. Den var skæv, og Marry tvang endnu en gang kobenet ind i revnen. Den var større nu, og hun fik bedre fat.

– Og så træææææææææææææææææææææææ

– Og så trææææææææææææææææææææ

Hun tabte kobenet. Det sang i ørerne, da det ramte gulvet. Resolut greb hun fat i dørpladen og rev åbningen større.

– Såsåså, sagde hun til det menneske, som sad på gulvet indenfor og så på hende. – Jeg ve' godt hvo'n så'nog't er. Nu ska' …

– *Help*, sagde kvindemennesket hæst.

Russerluder, tænkte Marry og rystede på hovedet.

– Jeg ska' nok hjælp' dig, ka' du tro, sagde hun og bøjede sig ned for at tage fat om livet på den forslåede skikkelse. – Mandfolk ska' ikke bare gøre, hva' de lyster, nej. Ham her har været slem, hva'? Å så er du bundet å så'n. Se her …

Hun fandt en lommekniv i værktøjsbunken og skar plasticstrimlerne over, som tvang kvindens hænder sammen. Med en kraftanstrengelse fik hun hende på benene. Stanken af urin og afføring rev i næsen. Marry kastede et blik på indersiden af døren. Vrideren var fjernet.

– Skidesnu mandfolk, brummede hun med trøstende stemme og strøg varsomt kvinden over det blodige ansigt. – Nu ska' du få dig et dejligt bad, lille ven. Kom så med mig.

Kvinden forsøgte at gå, men knæene gav efter.

– Du stinker ækelt, lille ven. Kom så med Marry.

– *Help*, hviskede kvinden. – *Help me.*

– Jada, jaja, det er jo det, jeg gør. Du forstår vel ikke, hva' jeg si'r. Men jeg har vær't der, ser du, jeg har vær't der, hvor du er nu å …

Sådan småpludrede Marry hele vejen hen til trappen, hvor hun halvvejs bar den anden de fem trin op til elevatoren. Da den kom, smilede Marry lykkeligt og fik den anden kvinde stablet ind.

– Hold fast her, sagde hun og pegede på et gelænder af stål. – Nu er vi der som to små søm, lille ven. Puha, hvor du ser ud!

Først nu i det stærke lys fra neonrørene i loftet fik Marry lejlighed til at studere kvindens ansigt. En enorm bule i den ene tinding havde farvet halvdelen af ansigtet blåligt, og øjet var klistret til. Størknet blod sad i kager ned over halsen.

– Men fint tøj ska' de ha', sagde Marry lidt skeptisk og følte på den røde jakke. – Den der er ikke købt i Fretex, nej.

Elevatordørene åbnede sig.

– Nu ska' du være en stor pige å ta' fat om Marry.

Kvinden stod apatisk med åben mund. Øjnene var fuldstændig livløse, og Marry holdt sine magre fingre op foran hendes ansigt og knipsede.

– Hallo! Er du her endnu? Kom nu.

Med venstre arm om livet på kvinden og højre arm om underarmen fik hun slæbt hende hen til indgangsdøren. Hun ville ikke slippe hende for at finde nøglerne frem og stak i stedet albuen op på ringeklokken.

Der gik mange sekunder.

– *Help*, stønnede kvinden.

– Jaja, mumlede Marry utålmodigt og ringede på igen.

– Marry, sagde Inger Johanne glad, da døren gik op. – Du var væk så længe, at ...

– Jeg har fundet en luder i kælderen, sagde Marry brysk. – Jeg tror, hun er russer eller nog't derfra, men vi må hjælp' alligevel. Stakkels lille pus. Et eller andet pikhoved har taget sig friheder med hende.

Inger Johanne stod helt stille.

– Så flyt dig dog!

– Hanne, sagde Inger Johanne lavt, hun slap ikke kvinden med øjnene. – Du må komme.

– Hanne er ikke den å afviser en skamslået luder, sagde Marry rasende. – Flyt dig så! Nu!

– Hanne, gentog Inger Johanne, meget højere nu. – *Kom herud!*

Kørestolen kom til syne bagest i korridoren med de store glasvægge, hvorigennem træerne kastede aftenskygger på huset, som baggrund. Langsomt rullede hun frem mod dem. Gummihjulene knirkede næsten uhørligt mod trægulvet.

– Hun ska' bare ha' et bad, sagde Marry bedende. – Og lidt å spise. Vær nu sød, Hanne. Du er jo godheden selv.

Hanne Wilhelmsen rullede nærmere.

– *Madam President*, sagde hun og bøjede hovedet, før hun så op igen og holdt en umærkelig pause. – *Come in, please. Let's see what we can do to help you.*

25

– Lad mig lige opsummere det her, sagde Yngvar. – Så vi undgår enhver misforståelse.

Han trak fingrene gennem håret, før han satte sig omvendt på stolen. En rød tusch balancerede mellem tommel- og pegefinger.

– Du bliver altså ringet op af en mand, som du aldrig har mødt.

Gerhard Skrøder nikkede.

– Og du ved ikke, hvor han er fra, eller hvad han hedder.

Gerhard rystede på hovedet.

– Og selvfølgelig heller ikke, hvordan han ser ud.

Fangen kløede sig i nakken og stirrede forlegent ned i bordet.

– Næ, det var jo ikke nogen billedtelefon.

– Så du sidder her, sagde Yngvar overdrevent langsomt og satte hænderne op for ansigtet, – ... og siger, at du påtog dig en opgave fra en fyr, du kun har talt i telefon med og ikke kender navnet på. En, du aldrig har set.

– Det er nu heller ikke helt ualmindeligt.

Advokat Ove Rønbeck advarede sin klient ved næsten umærkeligt at hæve højre hånd.

– Jeg mener, det er vel ikke så mærkeligt ...

– Jo. Det synes jeg. Hvordan lød han?

– Lød ...

Gerhard vred sig på stolen som en teenager, taget på fersk gerning i at have taget sig friheder over for en modvillig pige.

– Hvilket sprog talte han? spurgte Yngvar.

– Han var norsk, tror jeg.

– Jaså, sagde Yngvar og åndede tungt og langtrukkent ud. – Han talte altså norsk?

– Nej.

– Nej? Og hvorfor drager du så den slutning, at han var norsk?

Advokat Rønbeck løftede hånden og åbnede munden, men satte sig lynhurtigt tilbage i stolen igen, da Yngvar med et sæt vendte sig om imod ham.

– Du har ret til at være her, sagde han. – Men lad være med at afbryde. Jeg behøver vel ikke minde dig om, hvor alvorlig denne sag er for din klient. Og for én gangs skyld er jeg ikke specielt interesseret i Gerhard Skrøder. Jeg vil bare *vide så meget som muligt om din anonyme opgavestiller!*

Det sidste blev brølet lige i hovedet på Gerhard, som pressede sig helt tilbage i stolen. Den stod nu helt op ad væggen, og der var ikke længere plads til den evindelige vippen. Øjnene flakkede, og Yngvar bøjede sig frem og tog kasketten af ham.

– Har din mor ikke lært dig, at drenge skal tage hatten af i stuen? spurgte han. – Hvorfor tror du, at manden var norsk?

– Han talte ligesom ikke helt engelsk. Mere sådan med ... accent.

Gerhard kløede sig hidsigt i skridtet.

– Du burde gå til lægen, sagde Yngvar. – Hold op med det der.

Han rejste sig og gik hen til et fralægningsbord ved døren. Han tog den sidste flaske mineralvand, åbnede den og drak halvdelen af indholdet i én slurk.

– Ved du hvad, sagde han pludselig med en kort latter. – Du er så vant til at lyve, at du ikke kan finde ud af at fortælle en sammenhængende sand historie, selv når du har besluttet dig for det. Det kan man da kalde erhvervsskade.

Han satte flasken fra sig og dumpede ned på stolen igen. Med hænderne foldet i nakken lænede han sig bagover og lukkede øjnene.

– Fortæl, sagde han roligt. – Omtrent som om du skulle fortælle et eventyr. Til et barn, hvis det altså er muligt for dig at forestille dig sådan en situation.

– Jeg har to nevøer, sagde Gerhard surt. – Jeg ved sgu da godt, hvad unger er.

– Fint. Flot. Hvad hedder de?

– Øh, hva'?

– Hvad hedder dine nevøer, gentog Yngvar, stadig med lukkede øjne.

– Atle og Oskar.

– Nu er jeg Atle, og Rønbeck derhenne er Oskar. Og så skal du fortælle om dengang, onkel Gerhard fik en betalt opgave af en mand, som han aldrig mødte.

Gerhard svarede ikke. Pegefingeren rev hul i de camouflagefarvede bukser.

– Der var engang, opmuntrede Yngvar. – Kom nu. Der var engang, at onkel Gerhard …

– … blev ringet op, sagde Gerhard.

Der blev stille.

Yngvar foretog en cirkelbevægelse med hånden.

– … fra et hemmeligt nummer, sagde Gerhard. – Det kom ikke op på displayet. Så tog jeg telefonen. Det var en fyr, som talte engelsk. Men det virkede nærmest, som om … som om han ikke var engelsk. Det lød faktisk mere … norsk, på en måde.

– Mmm, nikkede Yngvar.

– Der var noget … der var i hvert fald noget underligt ved sproget. Han sagde, at han kunne tilbyde en allerhelvedes simpel opgave, og at der var en masse penge i det.

– Kan du huske, hvilket udtryk han brugte for „penge"?

– Money, tror jeg. Ja. Money.

– Og det var den …

Yngvar bladrede i sine notater.

– 3. maj, sagde han og så spørgende på Gerhard, som nikkede svagt og rev i det større og større hul i bukserne. – Tirsdag den 3. maj om eftermiddagen. Vi bestiller en udskrift af din indgående opkaldsliste, så får vi nok tidspunktet bekræftet.

– Men det er …

– I kan ikke …

Advokat Rønbeck og hans klient protesterede i kor.

– Slap af. *Slap af!*

Yngvar stønnede opgivende.

– Din opkaldsliste er dit mindste problem lige nu. Vi kommer tilbage til den. Fortsæt. Du er ikke særlig god til at fortælle historier. Koncentrer dig nu.

Advokaten og Gerhard udvekslede et blik. Rønbeck nikkede.

– Han sagde, at jeg skulle holde mig parat den 16. og 17. maj, mumlede klienten.

– Parat?

– Ja. Ikke lægge nogen planer. Holde mig ædru. Være i Oslo. Tilgængelig og sådan.

– Og du kendte ikke manden, som ringede?

– Nej.

– Og alligevel sagde du okay. Du skulle lade årets store festdag gå din næse forbi, fordi en fremmed i telefonen bad dig om det. Jaså.

– Der var tale om penge. Helvedes mange penge.

– Hvor mange?

En lang pause fulgte. Gerhard tog kasketten fra bordet og skulle som refleks til at tage den på, inden han ombestemte sig og lagde den igen. Han sagde stadig ikke noget. Blikket var fokuseret på det ødelagte bukselår.

– Jamen, okay da, sagde Yngvar til sidst. – Vi venter med beløbet til senere. Men hvad mere fik du at vide?

– Ingenting. Jeg skulle bare vente.

– På hvad?

– En ny opringning. Den 16. maj.

– Og den kom?

– Ja.

– Hvornår?

– Om eftermiddagen. Jeg husker ikke det nøjagtige tidspunkt. Ved firetiden, måske. Ja. Lidt over fire. Jeg skulle møde nogle kammerater på Løkka for at drikke nogle øller inden kampen. Enga mod Fredrikstad på Ullevål. Fyren ringede, lige før jeg tog af sted.

– Hvad sagde han?

– Faktisk ingenting. Han ville bare vide, hvad jeg skulle.

– Skulle?

– Ja. Hvilke planer jeg havde for aftenen og sådan. Om jeg holdt mig til aftalen. At jeg ikke skulle drikke og sådan. Så sagde han, at jeg skulle være hjemme senest klokken elleve. Han sagde, at det ville kunne betale sig. At det *virkelig* ville kunne betale sig. Så jeg ...

Han trak på skuldrene, og Yngvar ville sværge på, at manden rødmede.

– Så jeg drak en pilsner eller tre med drengene, så kampen og gik hjem. Den endte 0-0, så der var alligevel heller ikke meget at fejre. Var hjemme inden elleve. Og ...

Nervøsiteten var påfaldende nu. Han kløede sig på skulderen under sweateren, mens han gned balderne fra side til side på stolen. Højre lår sitrede kraftigt, og han blinkede uafbrudt.

– Så ringede han. Ved ellevetiden.

– Hvad sagde han?

– Det har jeg jo fortalt dig en million gange! Hvor længe skal vi blive ved med det her?

– Du har fortalt det to gange før. Og nu vil jeg høre det en tredje. Hvad sagde han?

– At jeg skulle møde ved klokketårnet på Oslo S nogle timer senere. Klokken fire om morgenen. Der skulle jeg blive stående, til der kom en fyr og en kvinde, og så skulle vi følges ad hen til en bil og køre væk. Der skulle ligge en rutebeskrivelse i handskerummet. Og halvdelen af betalingen. Snip, snap, snude, så er historien ude.

– Ikke helt endnu, sagde Yngvar. – Synes du ikke, den opgave var lidt mærkelig?

– Nej.

– Du får besked på at køre rundt i det sydlige Norge med to passagerer, som du ikke kender, og på at sørge for at blive set af personalet på diverse tankstationer, men at holde dig skjult for overvågningskameraerne. Du skal ikke foretage dig noget, ikke stjæle noget, bare køre rundt. Så skal du parkere bilen i udkanten af en skov ved Lillehammer, tage toget tilbage til Oslo og glemme hele historien. Det syntes du var helt naturligt.

– Jep.

– Du skal ikke jeppe mig, Gerhard. Tag dig sammen. Kendte du nogen af de andre? Kvinden og den anden mand?

– Nej.

– Var de norske?

– Aner det ikke.

– Du aner det ikke?

– Nej! Vi talte ikke sammen!

– I fire timer?

– Ja! Jeg mener, nej! Vi holdt kæft hele tiden.

– Det tror jeg ikke på. Det er umuligt.

Gerhard bøjede sig ind over bordet.

– Jeg sværger! Jeg sagde måske et ord eller to til dem, men ham fyren pegede bare på handskerummet. Jeg åbnede det, og der lå beskeden, sådan som han havde sagt det i telefonen. Om hvor jeg skulle køre hen og sådan. Og så stod der, at vi ikke skulle tale sammen. Okay, tænkte jeg. For fanden, Stubø, jeg har jo sagt, at jeg ville fortælle det hele! Så tro dog på mig!

Yngvar foldede hænderne over brystet og fugtede læberne med tungen. Han slap ikke fangen med øjnene.

– Hvor er den besked nu?

– Den ligger i bilen.

– Og hvor er bilen?

– Som jeg har sagt en trillion gange: I Lillehammer. Lige ved hopbakken, der hvor der går en …

– Den er der ikke. Vi har tjekket.

Yngvar pegede på et notat, som en betjent havde været

inde med ti minutter tidligere.

Gerhard trak ligegyldigt på skuldrene.

– Nogen har stjålet den, foreslog han.

– Hvor meget fik du for det?

Yngvar fiskede cigarrøret op af skjortelommen og rullede det langsomt mellem håndfladerne. Gerhard var tavs.

– Hvor meget fik du, gentog Yngvar.

– Det er lige meget, sagde Gerhard surt. – Jeg har ikke pengene mere.

– Hvor meget? gentog Yngvar.

Da Gerhard stirrede trodsigt ned i bordet uden at gøre mine til at ville svare, rejste Yngvar sig. Han gik hen til vinduet. Det var lige begyndte at mørkne. Vinduerne var snavsede. Karmen var dækket af støv. Der lå et par døde insekter som grove peberkorn i støvet.

På plænen mellem politihuset og celleblokken var der vokset en hel lille landsby op. Et par af de udenlandske tv-stationer havde kørt deres OB-vogne ud på græsset, og Yngvar talte otte partytelte og seksten forskellige medielogoer, før han opgav at tælle videre. Han løftede hånden til et venligt vink, som om han så nogen, han kendte. Han smilede og nikkede. Så vendte han sig, stadig med et bredt smil om munden, og gik hen til fangens side af bordet og bøjede sig ned over ham. Hans mund kom så tæt på hans øre, at det gav et sæt i Gerhard.

Yngvar begyndte at hviske, hvæsende og staccato.

– Dette er helt ureglementeret, begyndte advokat Rønbeck og rejste sig halvt i stolen.

– Hundredtusind dollar, sagde Gerhard, han råbte næsten. – Jeg fik hundredtusind dollar!

Yngvar klaskede ham på skulderen.

– Hundrede tusinde dollar, gentog han langsomt. – Jeg kan se, at jeg er i den forkerte branche.

– De halvtreds tusind lå i handskerummet, og da vi var færdige, fik jeg en konvolut med det samme beløb i fra ham fyren. Altså ham, jeg kørte rundt med.

Selv advokaten havde svært ved at skjule sin forbavselse. Han sank tilbage i stolen og gned sig hektisk over kæberne. Det så ud, som om han prøvede at finde noget fornuftigt at sige, uden at det lykkedes. I stedet rodede han i lommerne og fiskede en halspastil frem. Han stak den i munden, som om det var en beroligende pille.

– Og hvor er pengene nu? spurgte Yngvar; hans hånd hvilede tungt på Gerhards skulder.

– De er i Sverige.

– I Sverige. Jaså. Hvor i Sverige?

– Det ved jeg ikke. Jeg har givet dem til en fyr, jeg skyldte penge.

– Du skyldte nogen et hundrede tusinde dollar, opsummerede Yngvar overdrevent langsomt.

Grebet om skulderen blev hårdere.

– Og dem har du allerede nået at give til kreditor. Hvornår skete det?

– I morges. Han dukkede op hjemme hos mig. Allerhelvedes tidligt, og de der fyre, de folk i Göteborg, de er ikke til at ...

– Så, rolig nu, sagde Yngvar og løftede hænderne med en pludselig opgivende bevægelse. – Stop! Du har ret, Gerhard.

Fangen så op. Han virkede mindre nu, sammensunken og åbenlyst udmattet. Nervøsiteten var gået over i en mærkbar rystelse, og han havde vand i øjnene, da han så op og spagt spurgte:

– Ret i hvad?

– I at vi må beholde dig her hos os. Det ser ud til, at der er meget mere at rode op i. Men det skal andre tage sig af. Du trænger til et hvil, og det gør jeg så sandelig ...

Uret på væggen viste kvart i ni.

– ... også!

Han samlede sine notater sammen og tog dem under armen. Cigarrøret var faldet på gulvet. Yngvar kastede et blik ned på det, tøvede, og lod det så ligge. Gerhard Skrøder rejste sig stift og gik villigt med den tilkaldte politibetjent ned til en kældercelle.

– Hvem er det, der betaler hundred tusind dollar for sådan en opgave? spurgte advokat Rønbeck lavmælt, mens han pakkede sine sager sammen.

Det virkede, som om han talte til sig selv.

– En, som har ubegrænsede midler og vil være et hundred procent sikker på, at opgaven bliver udført, sagde Yngvar. – En, som har så stor en kapital, at han simpelthen ikke behøver at bekymre sig om, hvad noget koster.

– Skræmmende, sagde Rønbeck, hans mund var smal som sprækken på en sparebøsse.

Men Yngvar Stubø svarede ikke. Han havde taget mobiltelefonen frem for at se, om der havde været nogen opkald.

Det havde der ikke.

26

– Skal du eller jeg ringe til politiet? hviskede Inger Johanne Vik og holdt mobiltelefonen op.

– Ingen af os, sagde Hanne Wilhelmsen lavmælt. – Ikke foreløbig.

Den amerikanske præsident sad i en knaldrød sofa med et glas vand i hånden. Stanken af ekskrementer, urin og angstens sved var så stærk, at Marry uden synderlig diskretion åbnede et af stuevinduerne på vid gab.

– Den dame trænger te et bad, sagde hun højt. – Jeg fatter ikke, hun ska' sidde her og blomstre i så'n en lortelugt. Præsident al mulig, og så ska' vi fornedre hende på den måde.

– Nu tager du det helt roligt, sagde Hanne bestemt. – Selvfølgelig skal den dame have et bad. Hun bliver sikkert også sulten, så vær sød at gå ud og lav et eller andet varmt. En suppe, tror du ikke, det er bedst? En god suppe?

Marry sjokkede ud af stuen. Hun småbrokkede sig hele vejen til køkkenet. Selv efter at hun havde lukket døren bag sig, kunne de høre hendes bjæffende stemme i korte udbrud mellem lyde af gryder og skåle, som blev hamret hidsigt ned på stålbordet.

– Vi må da ringe, gentog Inger Johanne. – I himlens navn … Hele verden venter på at …

– Ti minutter fra eller til spiller vist ikke nogen stor rolle, sagde Hanne og rullede hen mod sofaen. – Hun har været forsvundet i mere end halvandet døgn. Jeg synes faktisk, at en præsident skal have en vis bestemmelsesret. Det kan for eksempel være, at hun ikke vil ses i en tilstand som denne. Af andre end os, mener jeg.

– Hanne!

Inger Johanne lagde en hånd på kørestolen for at standse hende. – Du, som har været i politiet, sagde hun indigneret, samtidig med at hun forsøgte at tale lavmælt. – Hun må ikke vaske sig og skifte tøj, før hun er blevet undersøgt! Hun er jo en omvandrende bunke bevismaterialer! For den sags skyld kan hun være …

– Jeg vil skide på politiet, afbrød Hanne. – Men jeg skider faktisk ikke på hende. Og jeg skal nok lade være med at miste skyggen af bevismateriale.

Hun så op. Øjnene var mere blå, end Inger Johanne huskede at have set dem. Den sorte ring om iris fik dem til at virke for store til det smalle ansigt. Beslutsomheden viskede rynkerne omkring munden væk og gjorde hende yngre. Hun slap ikke hendes blik, og med en lille bevægelse med højre bryn fik hun Inger Johanne til at slippe kørestolen, som om hun havde brændt sig. For første gang, siden de mødte hinanden for knap et halvt år siden, så Inger Johanne et glimt af den Hanne, hun havde hørt historier om, men aldrig oplevet; den lysende, kynisk analyserende og helt igennem egenrådige efterforsker.

– Tak, sagde Hanne sagte og rullede videre hen mod sofaen.

Præsidenten sad helt stille. Vandglasset, som hun kun havde nippet til, stod på bordet foran hende. Hendes ryg var rank, hænderne hvilede i skødet, og blikket var rettet mod et enormt maleri på væggen.

– *Who are you?* sagde hun uventet, da Hanne nærmede sig.

Det var det første, hun sagde, siden Marry havde slæbt hende ind i lejligheden.

– *I am Hanne Wilhelmsen, Madam President. I'm a retired police officer.* Og det er Inger Johanne Vik. Hende kan De stole på. Kvinden, som fandt Dem i kælderen, er Marry Olsen, min hushjælp. Vi vil dig det bedste, *Madam President.*

Inger Johanne vidste ikke, om hun var mest forbavset over, at præsidenten kunne tale i den tilstand, hun befandt sig i, at Hanne omtalte hende selv som en, man kunne stole på, eller at det sprog, hun benyttede sig af, virkede uvant højtideligt. Det var, som om selv Hanne Wilhelmsen følte underdanighed i mødet med den amerikanske præsident, hvor forkommen Helen Bentley end forekom.

Inger Johanne vidste heller ikke helt, hvor hun skulle gøre af sig selv. Det virkede ikke rigtigt at sætte sig ned, samtidig med at hun følte sig latterlig, som hun stod der midt på gulvet som en uvelkommen tilhører til en fortrolig samtale. Situationen udviklede sig så absurd, at hun havde problemer med at samle tankerne.

– Vi skal naturligvis tilkalde de relevante myndigheder, sagde Hanne lavmælt. – Men jeg tænkte, at De muligvis ville gøre Dem i stand først. Jeg har sikkert noget tøj, som vil passe Dem. Hvis De altså vil, selvfølgelig. Hvis De hellere vil …

– Det skal I ikke, afbrød Helen Bentley, stadig uden at bevæge sig, stadig med det enøjede blik rettet mod det abstrakte billede på væggen overfor. – I skal ikke ringe til nogen. Hvordan har min familie det? Min datter … Hvordan …

– Deres familie har det godt, sagde Hanne Wilhelmsen roligt. – Ifølge mediernes rapporter befinder de sig under ekstraordinær beskyttelse et hemmeligt sted, men de har det efter omstændighederne godt.

Inger Johanne stod som tryllebundet.

Kvinden i sofaen havde bogstaveligt talt beskidt tøj på, et skamferet øje og lugtede modbydeligt. Den groteske bule i tindingen, det størknede blod, som klistrede håret sammen i totter, fik hende til at ligne de ødelagte kvindeskikkelser, som både Hanne og Inger Johanne havde set alt for mange af. Præsidenten mindede hende om noget, hun aldrig tænkte på, aldrig ville tænke på, og et øjeblik følte hun sig svimmel.

Efter snart ti år med voldsforskning var det næsten lykkedes hende at glemme, hvorfor hun overhovedet var begyndt. Drivkraften havde hele tiden været et inderligt ønske om at forstå, en dybtfølt trang til indsigt i noget, hun i bund og grund fandt uforklarligt. Selv nu, efter en doktorgrad, to bøger og mere end et dusin videnskabelige artikler, følte hun sig ikke meget nærmere sandheden om, hvorfor nogle mænd bruger deres fysiske overmagt mod kvinder og børn. Og da hun valgte at forlænge sin barselsorlov, forklædte hun beslutningen i en ubevidst løgn: hensynet til familien.

For børnenes skyld ville hun blive hjemme et år mere.

Sandheden var, at hun var ved vejs ende. Hun stod for enden af en videnskabelig blindgyde og vidste ikke, hvad hun skulle gøre. Hun havde brugt sit voksenliv til at prøve at forstå forbrydere, fordi hun ikke magtede at indse konsekvenserne af at være et offer. Hun orkede ikke skammen, voldens faste våbendrager, hverken sin egen eller alle de andres.

Helen Bentley virkede ikke skamfuld, og Inger Johanne kunne ikke begribe det. Aldrig før havde hun set en mørbanket kvinde så stolt og rank. Hagen var fremskudt; denne kvinde bøjede ikke nakken. Skuldrene var lige, som tegnet med en lineal. Hun virkede ikke det mindste pinligt berørt. Tværtimod.

Da det uskadte øje pludselig flyttede sig hen på Inger Johanne, gik der et stød igennem hende. Blikket var stærkt og direkte, og det var, som om præsidenten på uforklarlig vis havde forstået, at det var Inger Johanne, som ville tilkalde hjælp.

– Jeg insisterer, sagde præsidenten. – Jeg har grunde til

ikke at ville blive fundet. Ikke endnu. Jeg ville sætte pris på et bad ...

Forsøget på et høfligt smil fik den hævede underlæbe til at sprække, da hun vendte sig om mod Hanne.

– ... og rent tøj siger jeg med glæde mange tak til.

Hanne nikkede.

– Det skal jeg sørge for med det samme, *Madam President*. Jeg håber imidlertid, at De forstår, at jeg må bede om en grund til ikke at informere om, at De er her. Strengt taget begår jeg en forseelse ved ikke at ringe til politiet ...

Inger Johanne rynkede brynene. Hun kunne i skyndingen ikke komme i tanker om en eneste straffelovsbestemmelse imod at lade forslåede kvinder være i fred. Hun sagde ingenting.

– ... og jeg må derfor insistere på en forklaring.

Hanne smilede hastigt, før hun tilføjede:

– I hver fald en lille del af den.

Præsidenten prøvede at rejse sig. Hun vaklede, og Inger Johanne ilede til for at forhindre, at hun faldt. Halvvejs over gulvet standsede hun brat.

– *No thanks. I'm fine.*

Helen Bentley stod forbløffende sikkert, mens hun berørte tindingen og prøvede at løsrive en blodig hårtot, som klistrede til huden. En smertegrimasse forsvandt lige så hurtigt, som den var kommet. Hun rømmede sig og så fra Hanne til Inger Johanne og tilbage.

– Er jeg i sikkerhed her?

– Fuldstændig, nikkede Hanne. – De kunne ikke være kommet til et mere isoleret sted og stadig være i centrum af Oslo.

– Så det er her, jeg er? sagde præsidenten. – I Oslo?

– Ja.

Præsidenten rettede på den ødelagte jakke. For første gang, siden hun kom, fik hun et forlegent udtryk om munden, da hun sagde:

– Jeg skal naturligvis sørge for, at ødelæggelserne bliver erstattet. Både her og ...

Hånden slog ud mod de mørke pletter i sofaen.

– … og i … kælderen?

– Ja. De sad i kælderen. I et forladt lydstudie.

– Det forklarer væggene. De var på en måde bløde. Kunne du vise mig badeværelset? Jeg trænger til at gøre mig lidt i stand.

Igen gled et hævet smil over ansigtet.

Hanne smilede tilbage.

Inger Johanne var fortvivlet. Hun magtede ikke at tro på præsidentens tilsyneladende selvkontrol. Kontrasten mellem kvindens sørgelige ydre og den høflige, beslutsomme tone var for stor. Allerhelst ville hun tage hende i hånden. Holde fast om hende, tørre blodet af hendes pande med en varm klud. Hun ville hjælpe hende, men havde ingen anelse om, hvordan man skulle trøste en kvinde som Helen Lardahl Bentley.

– Ingen har mishandlet mig, sagde præsidenten, som om hun kunne læse Inger Johannes tanker og følelser. – Jeg må have været bedøvet på en eller anden måde, og mine hænder var bundet. Det står lidt uklart for mig, det hele. Men jeg faldt i hvert fald ned af en stol. Temmelig hårdt. Og jeg har ikke …

Hun afbrød sig selv.

– Hvad dato er det i dag?

– Den 18. maj, sagde Hanne. – Og klokken er tyve minutter over ni aften.

– Snart to døgn, sagde præsidenten, nu var det, som om hun talte med sig selv. – Jeg har en del at gøre. Er der Internetopkobling her?

– Ja, nikkede Hanne. – Men som jeg sagde før, må jeg bede om en forklaring på …

– Er jeg antaget død?

– Nej. Man antager vel ingenting. Man er mere … forvirret. I USA vil de helst tro …

– De har mit ord, sagde præsidenten og rakte en smal hånd frem.

Hun svajede let og måtte tage et lille skridt til siden for at genvinde balancen.

– De har mit ord på, at det er af allerstørste vigtighed, at jeg ikke bliver fundet. Mit ord burde være mere end godt nok.

Hanne rakte hånden op og greb hendes. Den var iskold.

De så på hinanden.

Præsidenten vaklede endnu et skridt til siden. Det var, som om det ene knæ svigtede; hun forsøgte at rette sig op efter et komisk kniks, inden hun slap Hannes hånd og hviskede:

– Ring ikke til nogen. Lad for alt i verden ingen få noget at vide!

Langsomt segnede hun ned i sofaen. Hun faldt sidelæns, slap som en kasseret slaskedukke. Hovedet ramte en pude. Sådan blev hun liggende, med den ene hånd på hoften og den anden i klemme under kinden, så det så ud, som om hun pludselig havde bestemt sig for at tage et hvil.

– Her er suppe, sagde Marry.

Hun stoppede brat midt på gulvet med en dampende skål mellem hænderne.

– Staklen var vel dødtræt, sagde hun og vendte sig om. – Hvis andre ve ha, må de komme ud i køk'net.

– Nu må vi ringe, sagde Inger Johanne fortvivlet og satte sig på hug ved den bevidstløse præsident. – Vi må i hvert fald skaffe en læge!

27

Majnatten havde lagt sig godt til rette over Oslo.

Skyerne var gråsorte og lå så lavt over byen, at de øverste etager af Hotel Plaza forsvandt. Det virkede, som om det stramme, slanke højhus opløstes til ingenting mod himlen. Luften var kølig, men vindpust af varmere luft gav løfter om en bedre morgendag.

Yngvar Stubø var aldrig kommet på rigtig god fod med foråret. Han brød sig ikke om kontrasterne i vejret, fra stegende sommervarme til tre klamme grader, fra isregn til badetemperaturer, det hele i hurtige kast og uforudsigelige vendinger.

Det var umuligt at klæde sig hensigtsmæssigt. Han gik på kontoret i sweater mod morgenkulden og var gennemblødt af sved før frokost. En impulsivt arrangeret grillfest, der virkede som en god idé om formiddagen, kunne lige så godt blive et kulderystende mareridt inden middag.

Foråret lugtede grimt, syntes han. Især i centrum. Det milde vejr afslørede vinterens skrald, sidste efterårs forrådnelse og ekskrementer fra et utal af hunde, som ikke burde bo i byen.

Yngvar var efterårsmenneske. Allerbedst syntes han om november. Regn fra først til sidst og et jævnt dalende temperaturniveau, som i bedste fald gav sne, før adventstiden satte ind. November lugtede bare vådt og råt og var en forudsigelig, inderligt trist måned, som altid satte ham i godt humør.

Maj, derimod, var en anden historie.

Han satte sig på en bænk og tog en dyb indånding. Vandspejlet i Middelalderparken krusede sig forsigtigt i den svage vind. Der var ikke en sjæl at se. Selv fuglene, som på denne årstid sørgede for et frygteligt spektakel fra morgen til aften, var gået til ro. En lille flok gråænder lå ved bredden og sov med næbbet under vingen. En enlig, smældfed andrik vraltede tilfreds omkring og holdt vagt over familien.

Det var, som om de sidste svære døgns begivenheder ikke bare havde tappet Oslo for kræfter, men hele den vestlige verden. Yngvar havde set en nyhedsudsendelse tidligere på aftenen. New Yorks gader havde ikke ligget så øde hen i mands minde. Byen, som aldrig sover, var gået i dvale, en lammet tilstand af uforløst ventetid. I Washington og Lillesand, i småbyer og metropoler, overalt var det, som om præsidentens forsvindingsnummer var et varsel om noget endnu værre, noget forfærdeligt, som ville komme, og som gjorde det sikrest at trække indenfor og hjem bag låste døre og nedrullede gardiner.

Han lukkede øjnene. Den uforanderlige susen af storby og lyden af lastvognstog fra trafikmaskinen på den anden side af vandet mindede ham om, at han sad midt i en hovedstad.

For øvrigt kunne han have været et helt andet sted. Han følte sig som Palle alene i verden.

I over en time havde han prøvet at få fat i Warren Scifford. Der var ingen mening i at tage hjem, før den samtale var overstået. To gange havde han lagt en besked, både på mobilsvareren og på ambassaden. På hotellet sagde de, at de ikke havde set mr. Scifford siden først på eftermiddagen.

Den døde *Secret Service*-agent Jeffrey William Hunter var blevet fundet mindre end en time efter, at en ophidset taxichauffør havde opsøgt kriminalvagten med et id-kort, han havde fundet i sin afdøde mors jakkelomme. Eftersom ambulancetjenesten straks kunne fortælle, hvor kvinden, som var blevet ramt af et slagtilfælde, var blevet hentet, kunne de bare begynde at lede derfra.

Manden blev fundet tolv meter fra stedet. Han lå i en grøft lige ved vejen. Kraniet var gennemhullet af en 9 mm-kugle fra en SIG-Sauer P229, han havde i hånden. Åstedsteknikerne havde studset lidt over, at højre arm var delvis skjult, kilet ind i en kløft mellem to kampesten, hvilket ved første øjekast virkede umuligt for en død mand. En hurtig og uformel rekonstruktion af faldet havde alligevel overbevist dem om, at det hele drejede sig om et selvmord. Det samme mente patologen, med alle de forbehold, der lå i, at det ville tage flere dage at fremskaffe en sikker konklusion.

Klokken var næsten halv elleve, og Yngvar gabte langtrukkent. Han var træt og vågen på samme tid. På den ene side længtes han efter at komme i seng. Kroppen var tung og udslidt. På den anden side var han plaget af en uro, som ville gøre det umuligt at falde i søvn.

Politihuset var blevet et uudholdeligt sted. Ingen talte mere om ulovlig overtid eller om, hvornår de uendelige vagter ville være forbi. Folk bevægede sig rundt som i en myretue. Det var, som om der hele tiden kom flere og flere ind i den massive, krumme bygning, uden at det så ud til, at nogen forlod den igen. Gangene vrimlede med mennesker. Alle kontorerne var optaget. Selv rengøringsrum var inddraget som tilholdssted for ekstraindkaldt kontorpersonale.

Og Huset var som belejret. Landsbyen på den store græsplæne på skråningen ned mod Grønlandsleiret voksede stadig. Et par svenske tv-selskaber havde valgt at slå sig ned på den anden side af Politihuset. De havde for en stund spærret Åkebergveien med to OB-vogne. Nu var de blevet henvist til Borggate lige ved Grønlands kirke, men tilkørselsvejen var så smal, at politibilerne ikke kunne komme ud fra baggården, sådan som optagevognene stod. Svenskerne havde allerede skændtes med ordenspolitiet i tre kvarter, da Yngvar fandt ud af, at han ikke kunne holde det ud længere. Han måtte have luft.

Han havde fyldt mad i sig ved den mindste anledning hele eftermiddagen. Inden han gik fra Huset, havde han forsynet sig grådigt af en lunken pizza fra Peppe's. De flade æsker lå alle vegne. Oslopolitiet var i løbet af knap to døgn blevet fastfood-kædens største kunde gennem tiderne.

Men han følte sig stadig sulten.

Han klappede sig på maven. Det var længe siden, han havde kunnet kalde sig kraftig. Uden helt at vide hvornår det var sket, næsten på samme måde som håret blev tyndere, var Yngvar blevet fed. Hans mave hang tungt ud over bæltet, som han løsnede, så snart han troede sig uset. Sidste indkaldelse til bedriftslægen havde han meldt afbud til med en undskyldning om tidsnød. Han turde ikke gå derhen. I stedet sendte han en stille tak til de elendige rutiner, som betød, at han ikke ville få en ny indkaldelse før til næste år. Af og til, når han vågnede om natten, fordi han skulle på toilettet, kunne han bogstavelig talt fornemme kolesterolet klæbe sig som en modbydelig, livstruende slim til årevæggene. Han syntes, han mærkede dobbeltslag og stik i hjertet og venstre arm og kunne for første gang i sit liv ligge vågen om natten og bekymre sig om sit eget helbred.

Når morgenen endelig kom, indså han lettet, at det hele var indbildning, og spiste som sædvanlig æg og bacon til morgenmad. Han var et stort og kraftigt mandfolk og havde behov for rigtig mad. Nu ville han også snart begynde at træne igen. Han skulle bare lige have lidt bedre tid.

Telefonen kimede.

– Inger Johanne, hviskede han og tabte den.

Displayet lå ned mod jorden, og han tjekkede det ikke, da han hurtigt samlede telefonen op igen og sagde:

– Hallo?

– Hallo. Det er Warren.

– Nå. Hej. Jeg har prøvet at få fat i dig.

– Det er derfor, jeg ringer.

– Du løj om manden på videofilmen af overvågningen.

– Gjorde jeg?

– Ja. Du vidste, hvem det var. Manden i jakkesættet var en *Secret Service*-agent. Du løj. Og det bryder vi os meget lidt om.

– Det kan jeg forstå.

– Vi har fundet ham. Jeffrey Hunter.

Der blev helt stille i den anden ende. Yngvar tog ikke øjnene fra andrikken. Den vrikkede et par gange med halefjerene, inden den lagde sig ned på en stor tue et par meter fra familien, som i et vagttårn. En lysrefleks ramte det kulsorte øje. Yngvar prøvede at trække frakken tættere om sig, men den var for lille. Han gav Warren den tid, han havde brug for.

– *Shit*, sagde amerikaneren endelig.

– Ja, det må du nok sige. Manden er død. Selvmord, går vi ud fra. Men det anede du vel.

Der blev helt stille igen.

Andrikken slap ikke Yngvar med blikket. Den rappede lavt og konstant, som om den ville forsikre ham om, at den stadig var på vagt.

– Jeg tror, det bedste vil være et møde, foreslog Warren pludselig.

– Klokken er snart elleve.

– Dage som denne slutter aldrig.

Nu var det Yngvar, som ikke svarede.

– Et møde om ti minutter, insisterede Warren. – Salhus, du og jeg. Ingen andre.

– Jeg ved ikke, hvor mange gange jeg skal forklare dig, at det her er en politiefterforskning, sagde Yngvar opgivende. – Politimesteren eller en af hans folk bør være til stede.

– Hvis du siger det, sagde Warren køligt; det var, som om Yngvar kunne se ham trække på skuldrene med ligegyldig arrogance. – Skal vi sige klokken kvart over elleve?

– Så kommer du til Politihuset. Jeg er der om ti minutter. Så må vi se, om politimesteren og Peter Salhus er disponible.

– Det bør de være, sagde Warren og afbrød forbindelsen.

Yngvar blev siddende og stirrede på telefonen. Displayet blev mørkt efter nogle sekunder. Han følte en uforklarlig vrede. Mavesyren gav et stik i mellemgulvet. Han var hundesulten og rasende. I virkeligheden var det ham, som havde grund til at være forbandet på Warren. Alligevel var det på uforklarlig vis lykkedes for amerikaneren at vende situationen på hovedet. Yngvar blev igen den underdanige. Det var, som om Warren i bund og grund følte, at han ikke var afhængig af nogen, præcis som det land han kom fra, og derfor ikke behøvede at skamme sig over at blive grebet i en direkte, fed løgn.

Telefonen ringede igen.

Yngvar sank tungt, da han så Inger Johannes navn lyse blåt på telefonen. Han lod den ringe fire gange. Det susede mod trommehinderne, han kunne næsten mærke blodtrykket stige. Han prøvede at trække vejret roligt og trykkede på det grønne ikon.

– Hej, sagde han lavt. – Du ringer sent.

– Hej, svarede hun lige så lavt. – Hvordan har du det?

– Okay. Jeg er selvfølgelig dødtræt, men det er vi alle.

– Hvor er du?

– Hvor er *du*?

– Yngvar, sagde hun stille. – Jeg er ked af det i morges. Jeg blev så såret og ked af det og rasende og ...

– Det er okay. Det vigtigste nu er, at jeg får at vide, hvor I er. Og hvornår I kommer hjem. Jeg kan hente jer, om ... om en times tid eller deromkring. Måske to.

– Det kan du ikke.

– Jeg vil ...

– Klokken er allerede elleve, Yngvar. Du må da kunne se, hvor tåbeligt det er at vække Ragnhild midt om natten.

Yngvar satte en tommelfinger for det ene øje og pegefingeren for det andet og trykkede til. Han sagde ingenting. Røde ringe og pletter dansede mod det tomme mørke bag øjenlågene. Han følte sig tungere end nogen sinde før, det var, som om alt det overflødige fedt på kroppen var blevet til bly. Bænken føltes hård mod ryggen, og det højre ben sov.

– Jeg vil i hvert fald vide, hvor I er, sagde han.

– Det kan jeg simpelthen ikke sige.

– Ragnhild er mit barn. Jeg har ret og pligt til at vide, hvor hun er. Til enhver tid.

– Yngvar ...

– Nej! Jeg kan ikke tvinge dig hjem, Inger Johanne. Du har også ret i, at det er for dumt at vække Ragnhild midt om natten. Men jeg vil ... Jeg vil vide, hvor I er!

Andrikken rappede og baskede let med vingerne. Et par af de andre ænder vågnede og stemte i.

– Der er sket noget, sagde Inger Johanne. – Noget, som ...

– Har I det godt?

– Ja, sagde hun højt og hurtigt. – Vi har det godt begge to, men jeg kan ikke fortælle dig, hvor jeg er, uanset hvor gerne jeg ville. Okay?

– Nej.

– Yngvar ...

– Glem det, Inger Johanne. Sådan er vi to ikke. Vi stikker ikke af med børnene og nægter at fortælle hinanden, hvor vi er. Det er simpelthen ikke os.

Hun blev stille i den anden ende.

– Hvis jeg siger, hvor jeg er, sagde hun til sidst. – Vil du så sværge på tro og love på, at du ikke opsøger mig, før jeg siger til?

– Jeg er faktisk skide hamrende træt af de løfter, du bliver ved med at afkræve af mig, sagde han og prøvede at trække vejret roligt. – Sådan er voksenlivet ikke. Ting sker, og alt forandres. Man kan ikke bare sværge til højre og venstre og ...

Han tav, da det gik op for ham, at Inger Johanne græd. Den sagte snøften blev til skrabende lyde i telefonen, og han mærkede en iskold hånd ned ad ryggen.

– Er der noget helt galt? spurgte han gispende.

– Der er sket noget, hulkede hun. – Men jeg har lovet ikke at sige noget. Det har intet med Ragnhild eller mig at gøre, så du kan ...

Gråden overmandede hende. Yngvar prøvede at rejse sig fra bænken, men højre fod var helt død. Han skar en grimasse, støttede sig til ryglænet og kom op at stå, så han kunne ryste liv i det sovende ben.

– Jeg lover det, min ven, sagde han blidt. – Jeg skal nok lade være med at opsøge dig, før du selv siger til, og jeg spørger ikke om mere. Men hvor er du?

– Jeg er hos Hanne Wilhelmsen, sagde hun hikstende. – I Kruses gate. Jeg kender ikke husnummeret, men det kan du sikkert finde ud af.

– Hvad ... hvad fanden laver du hos ...

– Du lovede, Yngvar. Du lovede mig ikke at ...

– Okay, sagde han hurtigt. – Okay.

– Men, så godnat.

– Godnat.

– Hav det godt.

– I lige måde.

– Jeg elsker dig.

– Mmm.

Han blev stående med telefonen mod øret, længe efter at hun havde lagt på. En let støvregn var begyndt at falde. Det føltes stadig, som om benet var fuldt af myrer. Andefamilien flød nu rundt på vandet; den turde ikke have ham i nærheden længere.

Hvorfor er det altid mig, der skal respektere hende, tænkte han og begyndte at halte hen mod ruinerne af Mariakirken over det fugtige, nyslåede græs. *Hvorfor er det altid mig, der skal give mig? Altid og over for alle?*

28

– Her? Denne her dør?

Politibetjent Silje Sørensen stirrede på den rædselsslagne trediveårige og prøvede at dæmpe sin egen irritation.

– Du er sikker på, det var denne her dør?

Han nikkede vildt.

Selvfølgelig kunne hun forstå mandens rædsel. Han var af pakistansk oprindelse, havde norsk statsborgerskab. Alle papirer var i orden.

For hans vedkommende.

Den unge, pakistanske kvinde, han for nylig havde giftet sig med, så det derimod værre ud for. Hun var blevet udvist af Norge efter et ulovligt ophold i landet som teenager. Et år senere blev hun arresteret på Gardermoen med falske papirer og et pænt parti heroin i bagagen. Hun bedyrede, at hun var blevet tvunget af bagmænd, som nu ville dræbe hende, og slap mærkeligt nok med endnu en udvisning. Denne gang for tid og evighed. Det forhindrede ikke faderen i at få hende bortgiftet til en fætter med norsk pas. Hun var kommet til Norge et par uger tidligere, smuglet ind over Svinesund en meget tidlig morgen, skjult bag fire paller tomatjuice i en lastbil fra Spanien.

Ali Khurram måtte virkelig elske hende, tænkte Silje Sørensen og studerede den dør, han havde vist hende. På den anden side kunne den ekstreme angst, han udviste omkring konens skæbne, lige så godt dreje sig om angsten for, hvordan hendes far ville reagere. Selv om han var bosat i Karachi, næsten 6000 kilometer fra Oslo, havde Ali Khurrams svigerfar allerede nået at pudse to advokater på politibetjent Sørensen. Forbløffende nok havde de været af den forstående type. De havde forstået, at en mand, som havde smuglet den amerikanske præsident ud af et hotelværelse i en snavsetøjskurv, måtte have et forklaringsproblem. De nikkede alvorligt, da de under strenge påmindelser om tavshedspligten fik indblik i en lillebitte del af efterforskningsmaterialet. Den ene af advokaterne, som selv var af pakistansk oprindelse, havde derefter ført en lavmælt og kort samtale med Ali Khurram på urdu. Snakken var effektiv. Khurram havde tørret øjnene og været villig til at vise det sted i kælderen, hvor han havde parkeret rengøringsvognen.

Silje Sørensen studerede endnu en gang arkitekttegningerne. Det var svært at håndtere de store ark. Den betjent, hun havde med sig, prøvede at holde i den ene ende, men det stive papir bugtede sig uvilligt imellem dem.

– Den er her ikke, sagde betjenten og forsøgte at bøje det unødvendige på tegningen væk.

– Men er vi i den rigtige gang?

Silje så sig omkring. Neonlyset fra skinnerne i loftet var skarpt og ubehageligt. Den lange gang endte mod vest i en dør ud til en bagtrappe, som førte op til stueplan, to etager over dem.

– Der er to kælderetager, sagde en midaldrende mand, som bed sig nervøst i et tyndt overskæg. – Det her er den underste. Så ... Ja, vi er i den rigtige gang.

Han var hotellets tekniske driftsleder og så ud, som om han var ved at gøre i bukserne. Benene trippede uafbrudt, og han kunne ikke lade overskægget være i fred.

– Men denne her er ikke med på tegningerne, sagde Silje og stirrede dybt skeptisk på døren, som om den var sat op i strid med alle love og regler.

– Hvad er det egentlig for tegninger, du har? sagde driftslederen og prøvede at finde dateringen.

– Hvad mener du? spurgte betjenten og gjorde endnu et forsøg på at få orden på de genstridige ark.

– Han sagde, han var fra *Secret Service*, da han fik mit mobilnummer, klagede Ali Khurram. – Jeg kunne jo ikke vide, at … Han viste mig sit ID og alting! Sådan et, man har set i fjernsynet, med billede og stjerne og alting … Han sagde det til mig tidligere på dagen, at jeg skulle komme op, så snart han ringede. Med det samme, sagde han! Han var jo fra *Secret Service* og alting! Jeg kunne da ikke vide …

– Du skulle have fortalt det til os, da du forstod, hvad der var sket, sagde Silje iskoldt og vendte ryggen til ham. – Du skulle have slået alarm øjeblikkeligt. Kan du finde ud af det her?

Det sidste var henvendt til driftslederen.

– Jamen, min kone, fortsatte Ali Khurram. – Jeg var så bange for det med … Hvad sker der med min kone? Skal hun nu rejse? Kan hun ikke …

– Nu begynder vi ikke forfra på det her, sagde Silje og hævede hånden. – Nu har du forklaret dig i flere timer. Situationen bliver ikke bedre af, at du bliver ved og ved, hverken for dig eller din kone. Gå derover og stil dig. Og hold mund.

Hun pegede på et punkt på gulvet et par meter fra døren. Ali Khurram luntede hen ad gangen. Han holdt hænderne op for ansigtet og mumlede på urdu. Den uniformerede betjent fulgte efter ham.

– Du har de forkerte tegninger, sagde driftslederen endelig. – Disse her er de oprindelige. Fra dengang hotellet blev bygget, mener jeg. Det var færdigt i 2001. Dengang var den der dør der ikke.

Han tilføjede et smil, som sikkert var tænkt afvæbnende, som om døren ikke længere var noget at bekymre sig om, nu da mysteriet om de unøjagtige tegninger var opklaret.

– Forkerte tegninger, gentog Silje Sørensen tonløst.

– Ja, sagde driftslederen ivrigt, – eller … Denne her dør er vel egentlig slet ikke med på nogen tegninger. I forbindelse med arbejdet på operaen, med sprængninger i undergrunden og den slags, blev vi pålagt at indsætte en dør fra parkeringshuset og herind. I tilfælde af, at der skulle ske …

– Hvilket parkeringshus? spurgte Silje Sørensen opgivende.

– Det, sagde driftslederen og pegede på væggen.

– Det? *Det?*

Silje Sørensen var noget så sjældent som en stenrig polititjenestekvinde. Hun gjorde alt, hvad hun kunne, for at skjule sin største svaghed: den arrogance, som fulgte med en beskyttet barndom og medfødt rigdom. Nu holdt det hårdt.

Driftslederen var en idiot.

Jakken var smagløs. Vinrød og med en dårlig pasform. Bukserne var blanke over knæene. Overskægget var latterligt. Næsen var smal og kroget og mindede om et fuglenæb. Desuden sleskede han for hende. Til trods for den alvorlige situation smilede han uafbrudt. Silje Sørensen følte en næsten fysisk afsky for manden, og da han lagde hånden på hendes underarm i en venskabelig gestus, rev hun den væk.

– *Det,* gentog hun og prøvede at tøjle temperamentet. – Det er måske noget upræcist. Hvad synes du selv?

– Parkeringshuset for Sentralstationen, forklarede han. – Et offentligt parkeringshus. Der findes ingen udgang til det fra hotellet. Man må gå udenom. Hvis gæsterne ...

– Du sagde lige, at denne dør fører derud, afbrød hun og sank.

– Ja da, smilede han. – Denne her, ja! Men den er ikke i brug. Det var bare en ordre, vi fik. Da de skulle til at sprænge i forbindelse med operaen og ...

– Det har du allerede sagt, afbrød hun igen og lod hånden glide langs de groft tilpassede rammer omkring døren. – Hvorfor er der ikke noget håndtag her?

– Som sagt var det ikke meningen, at denne dør skal bruges. Vi fik bare ordre om at lave en åbning ind til parkeringshuset. Af sikkerhedsmæssige årsager har vi fjernet håndtaget. Og så vidt jeg ved, er den aldrig blevet ført ind på tegningerne.

Han kløede sig i nakken og bøjede sig frem. Silje kunne ikke fatte, at en dør kunne fungere som nødudgang ved sprængningsulykker, hvis den ikke kunne åbnes, men hun orkede ikke gå nærmere ind på det. I stedet strakte hun hånden frem mod det løse håndtag, driftslederen havde trukket op af en omfangsrig taske med hotellets logo på siden.

– Nøglen, kommanderede hun og satte håndtaget på plads.

Driftslederen adlød. Det tog kun et par sekunder at låse op. Hun var omhyggelig med ikke at sætte fingeraftryk. Gerningsstedsholdet var allerede på vej for at se, om der fandtes tekniske spor. Hun åbnede døren. Den tunge lugt af parkerede biler og gammel udstødningsgas slog imod dem. Silje Sørensen blev stående uden at gå ind i parkeringshuset.

– Udkørslen er derovre, ikke?

Hun pegede til højre, mod øst.

– Jo. Og jeg må tilføje ...

Han smilede endnu bredere, og det virkede, som om nervøsiteten aftog noget, da han fortsatte:

– ... at *Secret Service* selv har inspiceret dette område. Alt er i den skønneste orden. De fik oven i købet eget håndtag og egen nøgle. Både til døren her og til elevatoren. De gjorde i det hele taget et imponerende stykke arbejde. De undersøgte hotellet fra kælder til kvist, flere dage inden præsidenten ankom.

– Hvem fik nøgle og håndtag, sagde du?

Silje spurgte uden at vende sig om.

– *Secret Service.*

– Hvem i *Secret Service?*

– Hvem ...

Driftslederen lo kort.

– De har sværmet rundt i hele huset. Jeg fik forståeligt nok ikke fat i alle navnene.

Endelig vendte Silje Sørensen sig. Hun lukkede den tunge dør, låste den, trak håndtaget ud og stak det og nøglen i sin egen taske. Fra en sidelomme tog hun et ark papir ud og holdt det op foran driftslederen.

– Hvad med ham her?

Manden kneb øjnene lidt sammen og stak hovedet frem mod papiret uden at flytte kroppen. Han lignede en grib.

– Det er ham! Navne kan smutte for mig, men ansigter

glemmer jeg aldrig. Måske en erhvervsskade. I hotelbranchen ...

– Er du helt sikker?

– Ja da!

Driftslederen lo.

– Jeg husker ham tydeligt. Meget hyggelig fyr. Han var faktisk hernede to gange.

– Alene?

Manden tænkte sig om.

– Jaaa ...

Han trak på det.

– De var så mange. Men jeg er næsten sikker på, at han tog sig af denne del af kælderen på egen hånd. Bortset fra, selvfølgelig, at jeg var med. Jeg tog egenhændigt ...

– Godt, sagde Silje Sørensen og stak billedet af Jeffrey Hunter tilbage i tasken. – Har der været nogen hernede siden?

– Hvad mener du med siden? Efter at hun forsvandt?

– Ja.

– Nej, sagde driftslederen og trak på det. – I timerne efter at det blev opdaget, at præsidenten var forsvundet, blev hele bygningen jo grundigt undersøgt. Jeg er selvfølgelig ikke helt sikker, eftersom jeg sad på kontoret sammen med en politibetjent og kontrollerede alting ved hjælp af disse tegninger ...

Hånden slog ud mod skitserne, som stak op af Siljes taske.

– ... og gav ordre om det ene og det andet. Desuden var kælderetagen jo lukket af.

– Lukket af? Kælderen?

– Ja, selvfølgelig.

Han smilede sigende.

– Af sikkerhedsmæssige årsager ...

Sætningen lød som et mantra, noget han sagde hundred gange hver dag, og som derfor havde mistet ethvert indhold.

– ... blev den underste kælder lukket af i god tid, inden præsidenten ankom. Jeg forstod det sådan, at *Secret Service* ønskede, at … minimere al risiko. De lukkede også dele af vestfløjen af. Samt dele af syvende og ottende etage. Det er det, der kaldes *minimal risk … minimizing risk …*

Han ledte forgæves efter de engelske ord, han næsten lige havde lært.

– Minimeret risikozone, sagde han fornøjet på norsk. – Helt normalt. I de kredse. Meget fornuftigt.

– Så politiet behøver ganske enkelt ikke at have været hernede, sagde Silje langsomt. – I timerne efter kidnapningen, mener jeg.

– Nej …

Igen virkede han usikker på, hvilket svar hun egentlig ønskede. Han stirrede intenst på hende uden at finde svaret.

– Altså, hele etagen var lukket af. Aflåst. Elevatoren kan kun benyttes hertil med nøgle. Ingen gæster skal rende rundt hernede, det forstår du sikkert godt. Teknisk udstyr og … Ja, du forstår. *Secret Service* havde selvfølgelig nøgler, men ingen andre. Andre end mig, altså, og de af mine ansatte, som …

– Blev undersøgelsen gennemført efter dette kort? spurgte Silje Sørensen og greb fat i papiret, som stak op af tasken.

– Nej. Det dér er de originale tegninger. Vi brugte de allernyeste, dem hvor ombygningen af præsidentsuiten er taget med. Men tegningerne af kælderen er jo de samme, som de altid har været, så den etage, du har der …

Han pegede mod hendes taske.

– … den er jo helt mage til. Kælderen er den samme. I begge udgaver.

– Og ingen af dem har denne dør tegnet ind, sagde Silje endnu en gang, som om det hele var for skidt til at være sandt.

– Vi samarbejdede fuldt ud med politiet, forsikrede driftslederen. – Et tæt og godt samarbejde, både før og efter kidnapningen.

Jamen, gud dog, tænkte Silje og sank. *Vi var for mange. Utallige kokke og et sindssygt rod. Kælderen var lukket og aflåst. Ifølge tegningerne findes der ingen udgang. De ledte efter en flugtvej, og alt var det rene kaos. Vi fandt ikke denne dør, fordi vi ikke ledte efter den.*

– Må jeg godt tage hjem nu? bad Ali Khurram, som stadig stod på et par meters afstand, tæt op ad murstensvæggen. – Nu må jeg vel gerne gå?

– Sådan nogle som dig holder aldrig op med at forundre mig, sagde Silje Sørensen indædt uden at fjerne blikket fra den fortvivlede mand. – I fatter ingenting, vel? Tror du virkelig, at du kan forbryde dig, som det passer dig, og så få lov til at gå hjem til madammen, som om intet var sket? Tror du virkelig det?

Hun tog et skridt frem imod ham. Ali Khurram sagde ikke noget. I stedet skævede han op til betjenten. Den høje, ranke politimand hed Khalid Mushtak og havde for to år siden afsluttet sin eksamen på politiskolen som den bedste på sit hold. Hans øjne blev smalle, og adamsæblet afslørede, at han lavede synkebevægelser. Men han sagde ingenting.

– Med mennesker som dig, sagde Silje hurtigt og tegnede gåseøjne i luften, – ... mente jeg ikke sådan nogen som dig, altså. Jeg mente ... jeg mente mennesker, som ikke har lært vores system. Som ikke forstår, hvordan ...

Hun afbrød sig selv. Den regelmæssige summen fra kolossale, blotlagte ventilationsrør i loftet var den eneste lyd, som hørtes. Driftslederen var endelig holdt op med at smile. Ali Khurram snøftede ikke længere. Khalid Mushtak stirrede på Silje uden et ord.

– Beklager, sagde Silje Sørensen til sidst. – Jeg beklager. Det var rigtig dumt sagt.

Hun rakte hånden frem mod betjenten.

Han tog den ikke.

– Det er ikke mig, du skal sige undskyld til, sagde han tonløst og gav arrestanten håndjern på. Det er fyren her. Men det får du jo masser af chancer for. Jeg vil vædde på, at han bliver siddende et godt stykke tid.

Det smil, han sendte hende, da han klappede håndjernene på fangen, var hverken koldt eller hånligt. Det var medlidende.

Silje Sørensen kunne ikke huske, hvornår hun sidst havde følt sig som en mere komplet idiot. Men det var alligevel værre, at der fandtes en flugtvej ud af Hotel Opera, som ingen havde vidst noget om, andre end en *Secret Service*-agent, som havde taget livet af sig.

Sandsynligvis af skam, tænkte hun og mærkede sin egen rødmen.

Det værste var nu alligevel, at det havde taget mere end halvandet døgn at finde den.

– En satans dør, mumlede kvinden, som ellers aldrig bandede.

Hun gik op ad trappen bag Khalid Mushtaks brede ryg.

– Det tog os fyrre timer at finde en satans dør. Hvad andet mon vi ikke har fundet endnu?

29

– En dør. Man fandt en dør.

Warren Scifford lagde en hånd over øjnene. Håret virkede fugtigt, som om det lige var vasket. Han havde skiftet jakkesættet ud med cowboybukser og en omfangsrig, mørkeblå sweater. Tværs over brystet stod der YALE med store bogstaver. Støvlerne så ud til at være af ægte slangeskind. Påklædningen fik ham til at virke ældre, end da han havde jakkesæt på. Ansatserne til slap hud på halsen blev tydeligere i en løstsiddende collegetrøje. Den solbrune hud virkede ikke længere frisk og sporty. Tværtimod; i det ungdommelige tøj var der noget krampagtigt over hele skikkelsen, som blot blev understreget af, at huden var unaturligt mørk for årstiden. Han sad med det ene ben over det andet, og den øverste støvlesnude vippede nervøst. For øvrigt så det næsten ud, som om han var ved at falde i søvn. Han støttede albuen på armlænet og mere lå end sad på stolen.

– En dør, som beviseligt var tjekket af *Secret Service*, sagde

Yngvar Stubø. – Hvornår opdagede I, at han var borte?

Warren Scifford rettede sig langsomt op. Først nu lagde Yngvar mærke til, at manden havde skåret sig slemt. Blodet var trængt igennem et plaster lige ved venstre øre. Duften af aftershave var en anelse for kraftig.

– Han meldte sig syg, sagde amerikaneren endelig.

– Hvornår?

– Om morgenen den 16. maj.

– Så han var her, før præsidenten kom til Norge?

– Ja. Han var hovedansvarlig for sikring af hotellet. Han kom hertil den 13.

Politimester Bastesen rørte i sin kaffekop. Han sad og stirrede fascineret på malstrømmen i koppen.

– Jeg troede, de folk var totalt ubestikkelige, mumlede han på norsk. – Det er ikke så sært, at vi ikke har rokket os ud af stedet.

– *Pardon me*, sagde Warren Scifford, synligt irriteret.

– Han meldte sig altså syg, sagde Yngvar hurtigt. – Det må have været temmelig alvorligt, hvad? At den hovedansvarlige for hotelsikkerheden omkring præsidenten melder sig syg, tolv timer inden objektet skal ankomme, må høre til sjældenhederne. Jeg ville tro, at ...

– *Secret Service* havde folk nok, afbrød Warren. – Desuden var alt på plads. Hotellet var kæmmet, planerne udarbejdet, dele af området afspærret, systemet på skinner. *Secret Service* sjusker aldrig. De har backup for det meste, hvor utænkeligt det end måtte virke.

– De må vel siges at have sjusket her, sagde Yngvar. – Når en af deres egne specialagenter deltager i bortførelsen af USA's valgte præsident.

Der blev stille i rummet. Overvågningschef Peter Salhus skruede proppen af en colaflaske. Terje Bastesen havde endelig sat kaffekoppen fra sig.

– Vi ser med stor alvor på det her, sagde han endelig og prøvede at fange amerikanerens blik. – I må på et meget tidligt tidspunkt have forstået, at en af jeres egne var involveret. At

I så ikke ...

– Nej, afbrød Warren brysk. – Vi var ikke ...

Han tog sig i det og strøg sig igen over øjnene. Det virkede, som om han skjulte dem med vilje.

– *Secret Service* blev ikke klar over, at Jeffrey Hunter var forsvundet før langt op ad dagen i går, sagde han efter en pause, som var så lang, at en sekretær havde nået at være inde med en lunken pizza og en kasse mineralvand. – De havde andet at tænke på. Og ja, sygdommen virkede alvorlig. Prolaps. Fyren kunne ikke røre sig. De prøvede at pumpe ham fuld af smertestillere om morgenen den 16. maj, men det eneste, han magtede, var at ligge i sengen og døse.

– Sagde han i hvert fald.

Warren så på Yngvar og nikkede svagt.

– Det var det, han sagde.

– Blev han undersøgt af en læge?

– Nej. Vores mandskab har stor medicinsk viden. En prolaps er en prolaps, og der er meget lidt man kan gøre bortset fra hvile eller eventuelt en operation. Den måtte i så fald vente, til præsidentbesøget var slut.

– En røntgenundersøgelse ville have afsløret ham.

Warren gad ikke svare. I stedet lænede han sig frem mod pizzaen, rynkede næsten umærkeligt på næsen og undlod at forsyne sig.

– Og med hensyn til os i FBI, sagde han og tog i stedet en flaske vand, – ... så vidste vi ingenting, før I viste mig filmen. I eftermiddag. Siden har vi naturligvis foretaget vores undersøgelser. Sammenholdt dem med hvad *Secret Service* selv har fundet ud af ...

Warren rejste sig og gik hen til vinduet. De sad på politimesterens kontor på sjette sal i Politihuset og havde en storslået udsigt over den grå majnat. Lysene fra medielandsbyen på plænen neden for vinduerne var kraftigere nu, og der kom flere og flere til. Døgnets mørkeste tidspunkt var kun en time borte, men plænen lå badet i kunstigt lys. Træerne langs alleen op mod celleblokken udgjorde en mur mod mørket på den anden side af parken.

Han drak lidt vand, men sagde ingenting.

– Kunne det være så enkelt som penge? spurgte Peter Salhus stille. – Penge til familien?

– Havde det bare været det, sagde Warren til sit eget spejlbillede i vinduesglasset. – Det var børnene. I et boligområde mellem Baltimore og Washington DC sidder der nu en bundfortvivlet enke, som forstår, at både hun og manden har gjort noget forfærdeligt. De har tre børn. Den yngste er autist. Det går efter omstændighederne godt med ham. Han får specialundervisning. Den er dyr, og Jeffrey Hunter måtte sandsynligvis vende hver en skilling for at få det hele til at løbe rundt. Men ulovlige penge har han aldrig modtaget. Det er der ikke noget, der tyder på. Imidlertid er drengen stille og roligt blevet bortført to gange i de sidste to måneder. Begge gange dukkede han op igen, inden der blev slået storalarm, men længe efter at forældrene var blevet panikslagne. Beskeden var klar: Gør det, du bliver bedt om i Oslo, ellers forsvinder drengen for altid.

Peter Salhus virkede oprigtig chokeret, da han spurgte:

– Men ville en erfaren *Secret Service*-agent lade sig presse af den slags? Kunne han ikke bare sørge for, at familien blev sat under beskyttelse? Hvis nogen skulle kunne klare at modstå en sådan trussel, må det da være en statslig agent?

Warren stod stadig med ryggen til dem. Stemmen var tonløs, som om han næsten ikke kunne klare at tænke på historien.

– Den første gang blev drengen fjernet fra skolen. Det burde i sig selv være umuligt. Både offentlige og ikke mindst private skoler, som i dette tilfælde, er temmelig hysteriske, når det drejer sig om børnenes sikkerhed. Men det var altså muligt for nogen. Drengen blev så sendt i skjul hos en gammel skoleveninde af moderen i Californien. Der fik han undervisning hjemme, og ingen, ikke engang hans søskende, vidste, hvor han var. En eftermiddag forsvandt han også derfra. Han var kun væk i fire timer, og hverken veninden eller nogen anden kunne forklare, hvordan det kunne ske. Men budskabet var jo krystalklart.

Med en kort, tør latter vendte Warren sig endelig omkring og gik tilbage til sin stol.

– De ville finde drengen uanset hvad. Jeffrey Hunter har ikke følt, at der var noget valg. Men forræderiet var naturligvis ikke til at leve med. Skammen. Han var jo fuldstændig klar over, at det før eller siden ville blive opdaget, at han var involveret. At nogen på et eller andet tidspunkt ville finde på at tjekke videooptagelserne fra efter selve kidnapningen.

– Så strejfede han rundt i Oslos gader, til det blev sent nok til at sætte sig i en bus op mod skoven, opsummerede Bastesen. – Der gik han et stykke vej, gemte sig i en grøft og tog livet af sig med sin egen tjenestepistol. Han kan ikke have haft det særlig godt, staklen. Gået opad mod Skar og vidst, at der kun var nogle minutter tilbage af livet. At han aldrig mere skulle se …

Yngvar mærkede en svag rødmen i kinderne over politimesterens klodsede mindetale og afbrød hurtigt:

– Kan Jeffrey Hunters selvmord være forklaringen på, at vi ikke har hørt noget fra kidnapperne? De sagde jo på beskeden, som var anbragt i suiten, at de ville give lyd fra sig.

– Det tvivler jeg på, sagde Warren. – Eftersom Jeffrey Hunter egentlig ikke har været andet end et redskab. Der findes absolut ikke den mindste indikation af, at han skulle have været involveret i andet end at få præsidenten ud af hotellet.

– Jeg bliver nødt til at modsige dig lidt, sagde Yngvar. – Jeg kan ikke se andet, end at oplysningerne om præsidentens tøj må være kommet indefra.

– Hvad mener du? Tøj?

– De to biler, som kørte rundt …

Yngvar løftede to fingre og afbrød sig selv.

– Vi har for resten også fundet føreren af den anden bil. Vi får lige så lidt ud af ham som af Gerhard Skrøder. Samme type *lowlife* forbryder, samme fremgangsmåde, samme eksorbitante betaling.

– Men tøjet, gentog Warren. – Hvad med det?

– Den røde jakke, de elegante, blå bukser. Hvid silkebluse. USA's og Norges fælles nationalfarver. Hvem det end er, som står bag kidnapningen, så har vedkommende vidst, hvad hun skulle have på. Disse look-alikes havde det samme på. Ikke helt ens, men vellignende nok til at afledningsstuntet lykkedes. Vi spildte ubegribelig megen tid og mange kræfter på at jage skygger.

Yngvar trak vejret, tøvede og fortsatte:

– Jeg går ud fra som en selvfølge, at *Madam President* har både en frisør og påklæderske med på turen. Hvad siger de?

Warren Scifford havde tydelige problemer. Pokerfjæset, der normalt gjorde ham i stand til at lyve uden at blinke, var blevet opløst i et opgivende, træt udtryk. Munden virkede smallere, og Yngvar kunne se, at ansigtsmusklerne var spændt.

– Jeg er faktisk ret imponeret over, hvor konsekvent du har formået at undervurdere os, sagde Yngvar lavmælt. – Tror du ikke, vi for længst har tænkt over denne problemstilling? Tror du ikke, vi lige fra begyndelsen har frygtet, at noget af dette måtte være et *inside job*? Forstår du ikke, at du ved at spille *Mr. Secret* har båret benzin til netop det bål?

– Præsidentens beklædningsgenstande er lagt ind i et datasystem, sagde Warren lavt.

– Som hvem som helst har adgang til?

– Nej. Men hendes sekretær har listen. Hun har et vældig godt forhold til Jeffrey Hunter. De er ... var ... ganske enkelt venner. I begyndelsen af maj, under en uformel frokost i Det Hvide Hus, havde de talt om denne ... nationaldag, I fejrer her i landet. Vi har naturligvis afhørt sekretæren, og hun kan ikke for sin død huske hvem af dem, der bragte emnet på bane. Men det kom i hvert fald frem, at præsidenten havde købt meget nyt tøj ind til sit første udenlandsbesøg. Blandt andet en jakke til brug på nationaldagen. Den skulle have præcis samme røde farve som i det norske flag. En eller anden havde oplyst hende om, at I er ret … ømfindtlige med den slags.

Et flygtigt smil for over ansigtet uden at blive besvaret af de andre.

– Og I er hundrede procent sikre på, at ikke flere af jeres egne er involveret i det her? At Jeffrey Hunter opererede alene?

– Så sikre, som det er muligt at være, sagde Warren Scifford. – Men jeg må, med al respekt, have lov til at sige, at jeg ikke bryder mig om den vending, dette møde har taget. Jeg er ikke kommet herhen for at stå skoleret over for jer. Jeg er kommet for at give jer de informationer, I har brug for til at finde præsident Bentley. Og så selvfølgelig også for at høre hvor langt I er kommet med efterforskningen.

Stemmen havde en snert af ironi, da han rettede ryggen. Terje Bastesen hostede let og satte den evindelige kaffekop fra sig for at sige noget. Yngvar kom ham i forkøbet.

– Du kan godt spare dig, sagde han.

Stemmen var venlig nok, men øjnene var blevet nøjagtigt så smalle, at Warren måtte blinke.

– Du får alt at vide fra vores side, sagde Yngvar. – Vi informerer dig lige så hurtigt, som vi kan få fat i dig. Hvilket for øvrigt ofte har vist sig vanskeligt. Vi har to tusind mennesker …

Han studsede, som om det enorme antal først gik helt op for ham nu.

– … som arbejder på denne sag alene i de forskellige politiafdelinger. Herudover kommer selvfølgelig ministerierne, direktoraterne, til en vis grad mili-

– Vi har i alt toogtrestusind amerikanere, afbrød Warren uden at hæve stemmen, – … som netop nu forsøger at finde ud af, hvem der kidnappede præsidenten. Herudover …

– Det her er ikke nogen konkurrence!

Alle så hen på Peter Salhus. Nu var det ham, der havde rejst sig. Yngvar og Warren udvekslede blikke som to kamphaner, taget på fersk gerning af inspektøren i skolegården.

– Der er dog ingen, som tvivler på, at dette er en topprioriteret opgave i begge lande, sagde Salhus, hans stemme var endnu mørkere end sædvanligt. – Og at I amerikanere ganske sikkert leder efter en større konspiration og sammenhæng. Både CIA, FBI og NSA har i løbet af det seneste døgn fået en helt ny … attitude, må jeg vel kalde det, med hensyn til udveksling af informationer og efterretning. Den er mildest talt kontraproduktiv, men det er alligevel ikke vanskeligt for os at se, i hvilken retning I arbejder. Efterretningstjenester i hele Europa følger med i det, der sker. Vi har også vore kilder, hvad I ganske sikkert ved. Og det er naturligvis blot et spørgsmål om kort tid, før USA's egne journalister får nys om de metoder, I har taget i brug.

Warren blinkede ikke.

– Det bliver jeres eget problem, sagde Salhus og trak på skuldrene. – Sådan som jeg tolker de data, vi har fået ind, sammenholdt med det, I ikke formår at holde uden for offentligheden …

Han bøjede sig og trak et dokument op af mappen, som stod på gulvet ved siden af den stol, han havde rejst sig fra.

– Stærkt indskrænket flytrafik, læste han. – Totalt flyvestop fra visse lande, de allerfleste af dem muslimske. Omfattende bemandingsreduktioner på offentlige kontorer. Skoler lukket indtil videre.

Han viftede med arket, inden han stak det tilbage i mappen.

– Og sådan kunne jeg blive ved. Summen af alt dette er indlysende. I venter flere angreb. Langt mere omfattende angreb end at stjæle en amerikansk præsident.

Warren Scifford åbnede munden og løftede hænderne med håndfladerne opad.

– Du kan spare dig dine protester, sagde den norske overvågningschef; basstemmen dirrede af indestængt harme. – Jeg må sige som Stubø her: I skal ikke undervurdere os.

Den tykke pegefinger standsede få centimeter fra amerikanerens næse.

– Det, du skal huske, det, du *skal huske …*

Warren rynkede brynene og trak hovedet tilbage. Salhus gik endnu nærmere. Fingeren dirrede.

– … er, at det er os, norsk politi, som har en chance for at løse denne her sag. *Denne her konkrete sag.* Det er os, og kun os, som har mulighed for at kortlægge, hvordan en helt konkret handling, at fjerne den amerikanske præsident fra hendes hotelværelse i Oslo … at den slags overhovedet kan finde sted. Forstår du?

Warren sad fuldstændig roligt.

– Så kan I for vores skyld godt have besværet med at sætte denne handling ind i et større perspektiv. *Forstår du?!?*

Manden nikkede, næsten umærkeligt. Salhus tog en dyb indånding, trak hånden til sig og fortsatte:

– Det er ufatteligt, at I ikke alene nægter at hjælpe os, men at I oven i købet saboterer efterforskningen ved ikke at give os vitale oplysninger, som at en *Secret Service*-agent på mystisk vis var forsvundet.

Han blev stående på gulvet lige foran amerikaneren.

– Hvis en gammel dame på skovtur ikke havde virret rundt i en grøft og var faldet bevidstløs om nogle meter derfra, ville vi stadig søge i blinde efter manden i jakkesættet fra videoen. Vi ville stadig ikke have nogen anelse om …

Peter Salhus rømmede sig og holdt en pause, som om han måtte tage sig sammen for ikke at blive virkelig rasende.

– Jeg har i samarbejde med politimester Bastesen her, vores justitsminister og vores udenrigsminister sendt en formel klage til din regering, fortsatte Peter Salhus uden at sætte sig. – Med kopi til *Secret Service* og FBI.

– Jeg er bange for, sagde Warren Scifford tonløst, – … at min regering, FBI og *Secret Service* har alvorligere ting at bekymre sig om end sådan en klage. Men værsgo … *Be my guest!* Jeg kan ikke nægte jer at korrespondere med andre, hvis I mener, I har tid til den slags.

Han rejste sig brat og greb ud efter en armygrøn jakke, som hang over armlænet.

– Jamen, så er jeg sådan set færdig her, sagde han med et smil. – Jeg har fået mit. Og I har jo også fået lidt. Et frugtbart møde, med andre ord.

De tre andre mænd i rummet var så forbavsede over det pludselige opbrud, at de ikke kunne finde på noget at sige. Warren Scifford måtte lægge hånden på Salhus' overarm for at få ham til at flytte sig.

– For resten, sagde amerikaneren og vendte sig om, da han var nået over til døren, stadig uden at de andre havde fundet på noget fornuftigt at sige. – Du tager fejl med hensyn til, hvem der kan løse sagen. *Denne konkrete sag*, som du kaldte den. Som om bortførelsen overhovedet kan løsrives fra motiver, planlægning, konsekvenser og kontekst.

Munden smilede bredt. Øjnene var alt andet end venlige.

– Den, som måtte finde præsidenten, tilføjede han. – *Den* person vil have mulighed for at løse sagen. *Hele sagen*. Jeg er desværre mere og mere i tvivl om, at det bliver jer. *Det* bekymrer …

Han stirrede lige på Salhus.

– … min regering, FBI og *Secret Service*. Men held og lykke, i hvert fald. Godnat.

Døren smækkede efter ham, en anelse for hårdt.

30

– Vi har fundet præsidenten, hviskede Inger Johanne Vik. – Det er helt …

Hun vidste ikke, hvad hun skulle sige, og undertrykte et fnis. Da det ville være omtrent lige så passende som at fnise ved en begravelse, tog hun sig sammen. I stedet begyndte tårerne igen at løbe. Hun følte sig totalt udslidt, og det absurde i hele situationen blev ikke mindre af, at Hanne stod klippefast på sit standpunkt om ikke at slå alarm. Inger Johanne havde forsøgt alt, fra fornuft og ræsonnement via tryglen til rene trusler. Intet hjalp.

– En kvinde som Helen Bentley ved bedst selv, sagde Hanne sagte og lagde varsomt et tæppe over præsidenten. – Hjælp mig lige, så er du sød.

Helen Bentleys vejrtrækning var regelmæssig og tung. Hanne lagde to fingre på hendes håndled og så på sit armbåndsur. Læberne bevægede sig, mens hun talte stumt, og derpå lagde hun forsigtigt armen tilbage på præsidentens hofte.

– Jævn og god hvilepuls, hviskede hun. – Jeg tror faktisk ikke, hun er besvimet. Hun er faldet i søvn. Kokset helt ud. Totalt udmattet, mentalt og fysisk.

Stille rullede hun stolen ind i stuen ved siden af. På vejen dæmpede hun det stemmestyrede lys:

– Mørkt!

Lyset i lamperne tonede langsomt ned til ingenting. Inger Johanne fulgte efter Hanne og lukkede døren bag dem. Denne stue var mindre. En gedigen gaskamin, indrammet i børstet stål, kørte på fuldt tryk og fik skyggerne i rummet til at flakke. Inger Johanne satte sig i en dyb chaiselong og hvilede hovedet mod det bløde rygstød.

– Helen Bentley har ikke akut brug for en læge, sagde Hanne og standsede sin stol lige ved chaiselongen. – Men for en sikkerheds skyld bør vi ruske lidt i hende en gang i timen. Hun kan have pådraget sig en lille hjernerystelse. Jeg kan tage den første vagt. Hvornår plejer Ragnhild at begynde at røre på sig?

– Ved sekstiden, sagde Inger Johanne og gabte.

– Så tager jeg første vagt. Så får du i hvert fald nogle timers søvn.

– Fint. Tak.

Men Inger Johanne rejste sig ikke. Hun stirrede ind i flammerne bag de kunstige brændeknuder. De virkede næsten hypnotiske på hende; luftig, smuk, blå bund som blev til orangegule luer.

– Ved du hvad, sagde hun og fornemmede et strejf af Hannes parfume. – Jeg tror ikke, jeg nogen sinde før har mødt sådan et menneske.

– Som mig, smilede Hanne og så på hende.

Inger Johanne lo kort, trak på skuldrene og svarede:

– Som dig også, for så vidt. Men lige nu tænkte jeg på Helen Bentley. Jeg husker udmærket valgkampen. Jeg mener, jeg følger altid rimelig godt med i ...

– Rimelig godt med, afbrød Hanne Wilhelmsen med en lille latter. – Du er sygeligt optaget af amerikansk politik! Jeg troede, jeg var slem, når det drejer sig om fascination af det land, men du er mange gange værre. Vil du ...

Hun rystede på hovedet. Det var, som om hun overvejede, om spørgsmålet ville krydse den vigtige grænse mellem venlighed og venskabelighed.

– Ville det egentlig ikke gøre godt med et glas vin? spurgte hun alligevel, men fortrød. – Nej, det er nok dumt. Så sent. Glem det.

– Det ville smage mig fortrinligt, gabte Inger Johanne. – Ja, tak!

Hanne rullede stolen hen til et skab, som var bygget ind i selve væggen. Hun åbnede det ved et let tryk på dørpladen og tog uden tøven en rødvinsflaske ud med en etiket, som fik Inger Johanne til at måbe.

– Den skal du da ikke tage, sagde hun. – Vi skal bare have et glas!

– Det med vin er Nefis' afdeling. Hun bliver bare glad, hvis hun kan se, at jeg har drukket noget rigtig godt.

Hun åbnede flasken, satte den mellem lårene, tog to glas med stilk og lagde dem forsigtigt i skødet, lukkede døren og rullede tilbage. Så skænkede hun generøst op til dem begge to.

– Det var jo egentlig et under, at hun blev valgt, sagde Inger Johanne og smagte. – Fantastisk. Vinen, altså!

Hun løftede glasset til en diskret skål og drak igen.

– Hvad ville du sige, hun vandt på? spurgte Hanne. – Hvordan lykkedes det hende? Når absolut alle kommentatorer sagde, at det var for tidligt med en kvindelig præsident?

Inger Johanne smilede.

– Først og fremmest x-faktoren, sagde hun.

– X-faktoren?

– Det, som ikke kan forklares. Summen af dyder, man egentlig ikke kan pege på. Hun havde det hele. Hvis nogen skulle have en chance som kvinde, var det hende. Og kun hende.

– Hvad så med Hillary Clinton?

Inger Johanne smaskede og sank den lille slurk, hun havde hvilende på tungen.

– Jeg tror, det her er den bedste vin, jeg har smagt, sagde hun og stirrede på glasset. – Det var for tidligt for Hillary. Det forstod hun da også selv. Men hun kan komme. Senere. Hun har helbredet og kan være aktuel, til hun bliver omkring halvfjerds, vil jeg tro. Det er der længe til. Fordelen ved Hillary er, at alt snavset er kendt. På vejen frem til at blive *First Lady* blev hele hendes liv endevendt. For ikke at tale om de otte år i Det Hvide Hus. Alt er for længst afsløret. Men der skal nok lægges en vis afstand til det først.

– Men Helen Bentley blev da også dissekeret, sagde Hanne og prøvede at rette sig op i stolen. – De var efter hende som blodtørstige ulve.

– Selvfølgelig. Pointen er, at de ikke fandt noget. Ikke noget af betydning. Hun havde vid og sans til at indrømme, at hendes studietid ikke lige havde været en klostertilværelse. Det gjorde hun, inden nogen nåede at spørge. Og hun sagde det med et bredt smil. Hun blinkede endda. Til Larry King i direkte tv. Genialt træk.

Da hun holdt vinglasset op mod flammerne fra gasbålet, kunne hun se farvespillet, der hvor væsken gik fra intens mørkerød til lys murstensfarve langs kanten.

Helen Bentley havde endda haft en *tour* i Vietnam, sagde Inger Johanne og måtte igen smile. – I 1972. Da var hun toogtyve. Klogt nok sagde hun ikke noget om det, før en eller anden sludregøg, eller skulle jeg hellere sige høg, meget tidligt i nomineringsprocessen pegede på, at USA faktisk er i krig med Irak. Og at *Commander in Chief* nødvendigvis måtte have krigserfaring. Hvilket naturligvis er det værste vrøvl. Se på Bush! Har faret lidt rundt i en flyveruniform som ung og aldrig sat sine ben uden for USA. Men du ved …

Hovedet føltes allerede lettere af vinen.

– Helen Bentley vendte spørgsmålet totalt på hovedet. Henvendte sig direkte til tv-kameraet og sagde alvorligt, at grunden til, at hun aldrig gjorde meget ud af sine tolv måneder i Nam, var, at hun af respekt for de lemlæstede og psykisk skadede veteraner ikke ville slå mønt af en tjeneste, som stort set gik ud på at sidde bag en skrivemaskine. Hun havde deltaget i krigen uden at være tvunget, men fordi hun opfattede det som en pligt. Hun vendte tilbage, sagde hun, som en voksen og klogere kvinde og mente, at hele krigen var en fatal fejltagelse. Sådan som også krigen mod Irak, som hun i princippet støttede, havde udviklet sig til et mareridt, man måtte bruge alle kræfter på at finde en ærefuld og forsvarlig vej ud af. Hurtigst muligt.

Hun satte lynhurtigt hånden over glasset, da Hanne ville skænke mere op.

– Nej tak. Det var herligt, men nu må jeg snart i seng.

Hanne nødte hende ikke og satte proppen i flasken.

– Kan du huske, da vi sad her og så indsættelsesceremonien sammen? sagde hun. – Og talte om, hvor ufatteligt dygtige de måtte være til at planlægge deres liv? Kan du huske det?

– Ja, svarede Inger Johanne. – Jeg var vist mere … grebet, egentlig. End du var.

– Det er, fordi du ikke er lige så kynisk som jeg. Du kan stadig imponeres.

– Det er umuligt at lade være, sagde Inger Johanne. – Der hvor Hillary Clinton slås med et image som hård, stejl og egenrådig, vil …

– Det er noget, hun arbejder hårdt på at forandre, har jeg set.

– Ja. Definitivt. Men det tager tid. Helen Bentley har noget …

Hun rystede på hovedet og strøg håret om bag ørerne. Først nu opdagede hun, at brilleglassene var fulde af Ragnhilds fingeraftryk. Hun tog dem af og pudsede dem med en skjortesnip.

– ... udefinérbart, sagde hun lidt efter. – X-faktoren. Varm, smuk, kvindelig, samtidig med at hun har bevist sin styrke gennem karriere og krigsdeltagelse. Hun er ganske afgjort en hård negl og har mange fjender. Men hun behandler dem ... anderledes?

Hun tog brillerne på og så på Hanne.

– Forstår du, hvad jeg mener?

– Ja, nikkede Hanne. – Hun er med andre ord god til at narre folk. Til at få selv bitre modstandere til at tro, at hun behandler dem med tilbørlig respekt. Men jeg undrer mig over, hvad det er med hende.

– Er med hende? Hvad mener du?

– Hold dog op, smilede Hanne. – Du tror da vel ikke på, at hun er så lysende ren, som hun fremstår?

– Hun har jo ... Hvis der var noget, ville en eller anden da dødsikkert have fundet ud af det! Amerikanske journalister er de bedste ... de værste i verden til netop den slags.

Hanne virkede mærkeligt nok glad for første gang i deres skrøbelige, korte bekendtskabstid. Det var, som om det at have en kidnappet, amerikansk præsident liggende i koma på sofaen havde trukket hende ud af det uigennemtrængelige skjold af venlig ligegyldighed, hun ellers altid omgav sig med. En hel verden holdt vejret i stigende angst for, hvad der var sket med Helen Lardahl Bentley. Hanne Wilhelmsen nød tilsyneladende at holde dem på pinebænken. Inger Johanne vidste ikke helt, hvordan hun skulle tolke det. Eller om hun brød sig om det.

– Dit fjols, lo Hanne og bøjede sig frem for at prikke hende i siden. – Der findes ikke et menneske, ikke *et menneske* i hele verden, som ikke har noget at skamme sig over. Noget, de er bange for at andre skal få at vide. Jo højere oppe, man står på rangstigen, desto værre er et selv bagatelagtigt fejltrin i fortiden. Vores veninde derinde har nok også sit.

– Jeg går i seng, sagde Inger Johanne. – Bliver du siddende oppe?

– Ja, sagde Hanne. – I hvert fald til du vågner. Døser sikkert lidt hen her i stolen, men jeg har meget at læse.

– Til Ragnhild vågner, korrigerede Inger Johanne og gabte endnu en gang, mens hun tøflede ud mod køkkenet i de lånte hjemmesko for at hente vand.

I døråbningen vendte hun sig.

– Hanne, sagde hun stille.

– Ja?

Hun vendte ikke stolen. Hun blev siddende og stirrede ind i de legende flammer. Hun havde skænket mere vin op til sig selv og løftede glasset.

– Hvorfor er du så stædig med hensyn til ikke at fortælle nogen, at hun er her?

Hanne satte glasset fra sig. Langsomt vendte hun kørestolen om mod Inger Johanne. Rummet lå i mørke bortset fra ilden og den lille rest majaften, som stadig og stædigt pressede mod ruderne. Hendes ansigt virkede endnu mere magert i de store skygger, og øjnene var forsvundet.

– Fordi jeg lovede hende det, sagde Hanne. – Kan du ikke huske det? Jeg gav hende hånden. Så besvimede hun. Det man lover, holder man. Enig?

Inger Johanne smilede.

– Ja, sagde hun. – Vi er i hvert fald enige om lige præcis det.

31

Klokken var præcis seks om eftermiddagen på USA's østkyst.

Al Muffets yngste datter Louise havde fået lov til at lave middagsmaden. Onklens ankomst skulle fejres, mente hun. Efter farmoderens død havde de næsten ingen kontakt haft med faderens familie, og Louise havde insisteret. Al lukkede øjnene i en stille bøn til alle køkkenguder, da han så hende åbne skabet med delikatesser igen og igen.

Der røg foie gras'en.

Nu tog hun den sidste dåse russisk kaviar fra et parti, han havde fået af en ferierende familie, hvis hundehvalp han havde kureret for forstoppelse.

– Louise, sagde han dæmpet. – Du behøver ikke at tage alt, hvad vi ejer og har. Vær sød at slå bremserne lidt i.

Pigen satte en fornærmet trutmund op.

– Selv om du ikke synes, der er noget særligt ved familie, så synes jeg, at der er grund til at slå på stortromme, far. Og hvem skulle vi ellers servere alt det her for, hvis vi ikke skulle spise det, når min onkel er på besøg? Min onkel, far! Min egen kødelige onkel.

Al Muffet pustede kinderne op og lukkede langsomt luften ud af dem igen.

– Husk, at han er muslim, mumlede han. – Ikke noget med svinekød i hvert fald.

– Og hvad med dig selv som elsker spareribs. Fy skamme dig.

Han elskede at høre hende le. Hun havde sin mors latter, det sidste, som var tilbage af hende, når Al Muffet lukkede øjnene og prøvede at genskabe billedet af sin kone uden at se den magre skygge, hun havde været de sidste måneder af sit liv, for sig. Men det lykkedes aldrig. Ansigtet var forsvundet. Det eneste, han kunne kende, var en svag duft af en parfume, han havde givet hende, da de forlovede sig, og som hun havde holdt sig til lige siden. Og så latteren. Den var melodiøs og trillende som et klokkespil. Louise havde arvet den, og af og til kunne han skabe sig eller fortælle en vittighed bare for at lukke øjnene og lytte.

– Hvad foregår her? spurgte Fayed fra døråbningen. – Er det dig, der er mesterkokken her i familien?

Han gik hen til køkkenbordet og ruskede Louise i håret. Hun smilede og tog fat i en aubergine, som hun begyndte at skære i skiver med vante bevægelser.

Jeg må aldrig ruske hende i håret, tænkte Al Muffet. *Sådan må man ikke behandle en tolvårs pige, Fayed. I hvert fald ikke en, du næsten ikke kender.*

– Nogle flotte piger du har, sagde Fayed og satte en vinflaske på det groft tilhuggede egetræsbord midt på gulvet. – Jeg tænkte, at denne her kunne smage godt. Hvor er Sheryl og Catherine?

– Sheryl er tyve år, mumlede Al. – Hun flyttede hjemmefra sidste år.

– Åh, sagde Fayed og måtte tage et lille skridt til siden for at genvinde balancen, da han åbnede en skuffe. – Findes der en proptrækker her?

Al syntes, at han allerede kunne fornemme en lugt af spiritus. Da Fayed vendte sig om mod ham, ville Al sværge på, at øjnene var fugtige, og munden virkede slap.

– Drikker du? spurgte han. – Jeg troede …

– Næsten aldrig, afbrød Fayed og hostede let, som om han ville tage sig sammen. – Men på en dag som denne …

Han brast i latter og skubbede gemytligt til sin niece.

– Jeg kan se, at du synes, vi rigtig skal fejre, sagde han. – Det er jeg enig med dig i. Jeg har gaver med til jer piger. Vi kan åbne dem efter middagen. Det er virkelig dejligt at se jer alle sammen!

– Du har strengt taget kun set os to indtil videre, sagde Al og trak en skuffe ud. – Men Catherine kommer snart. Jeg sagde, at der var mad ved halvsyvtiden. Hun skulle spille en kamp i eftermiddag. Den burde være færdig nu.

Proptrækkeren hang fast i et piskeris. Endelig fik han redskaberne fra hinanden og rakte åbneren til sin bror.

– Hvad siger du? sagde Fayed muntert og tog den. – Spiller min niece kamp, uden at du har sagt noget? Vi kunne jo været taget hen og have set på! Mine unger interesserer sig ikke for den slags.

Han rystede på hovedet og skar en misfornøjet grimasse.

– Ingen af dem. Der findes ikke skyggen af konkurrencegen

i nogen af dem.

Louise smilede forlegent.

Fayed åbnede flasken og så sig om efter glas. Al åbnede et skab og tog et ud, som han satte på egetræsbordet.

– Skal du ikke have? spurgte Fayed forbavset.

– Det er onsdag. Jeg skal tidligt op i morgen.

– Bare et glas, bad Fayed. – Du godeste! Du kan vel tåle et enkelt glas? Er du ikke glad for at se mig?

Al trak vejret dybt. Så tog han et glas til og satte det ved siden af det første.

– Så meget, sagde han og pegede et par centimeter fra bunden. – Stop!

Fayed skænkede rundhåndet til sig selv og hævede glasset.

– En skål for os, sagde han. – For genforeningen af familien Muffasa!

– Vi hedder Muffet, sagde Louise lavt uden at se på onklen.

– Muffet. Muffasa. *Same thing!*

Han drak.

Du er fuld, tænkte Al forbavset. *Du, som er den religiøse af os, og som aldrig har drukket så meget som én øl med drengene! Du dukker op som en trold af en æske uden at have givet lyd fra dig i tre år, og så drikker du dig fuld i et eller andet, jeg ikke engang har serveret.*

– Nu kan vi godt sætte os, sagde Louise.

Hun virkede genert, noget hun ellers aldrig var. Det var, som om hun pludselig havde forstået, at onklen ikke var helt tilregnelig. Da han bøjede sig ind mod hende for at klappe hende på ryggen, trak hun sig væk med et forlegent smil.

– Værsgo, sagde hun og pegede mod spisestuen.

– Skal vi ikke vente på Catherine? spurgte Al; han nikkede beroligende til sin datter. – Hun kommer nok lige straks.

– Jeg er hjemme, lød et råb, og yderdøren smækkede hårdt. – Vi vandt! Jeg slog en *home run!*

Fayed tog sit glas med ind i stuen.

– Catherine, sagde han kærligt og standsede for at tage niecen i fuldt øjesyn.

Den femtenårige standsede brat. Hun så skeptisk på manden, som lignede hendes far til forveksling, bortset fra blikket, som var fugtigt og svært at læse. Desuden havde han et overskæg, hun ikke kunne lide, en kraftig moustache, som var fugtig i spidserne. De pegede som små pile mod munden og skjulte overlæben.

– Hej, sagde hun stille.

– Jeg fortalte jo, at onkel Fayed måske ville kigge forbi i dag, sagde Al med påtaget munterhed. – Og her er han! Lad os sætte os. Louise har stået for maden, og den er sikkert derefter.

Catherine smilede forsigtigt.

– Jeg skal bare lige op med tingene på mit værelse og vaske hænder, sagde hun og tog trappen op til første sal i fire store spring.

Louise kom ind fra køkkenet med to tallerkener i hænderne og to andre balancerende på de tynde underarme.

– Se bare der, sagde Fayed. – En rigtig professionel!

De satte sig. Catherine kom ned fra første sal, lige så hurtigt som hun var kommet op. Hun havde kort hår, et smukt, bredt ansigt og brede skuldre.

– Nå, så du spiller softball, sagde Fayed temmelig overflødigt og stak den første bid foie gras i munden. – Din far spillede baseball. I sin tid. Det er sandelig længe siden! Ikke også, Ali?

Ingen havde kaldt faderen for Ali, siden farmoderen døde. Pigerne udvekslede blikke, Louise skjulte et fnis bag en flad hånd. Al Muffet mumlede noget uhørligt, som skulle standse snakken om hans miserable sportskarriere.

Fayed tømte glasset. Louise skulle til at rejse sig for at hente flasken i køkkenet, men blev standset af faderen, som lagde en hånd på hendes lår.

– Onkel Fayed er færdig med vinen nu, sagde han mildt. – Her er koldt, frisk vand.

Han hældte et stort glas op og skubbede det over mod broderen, som sad på den modsatte side af bordet.

– Jeg kan da godt drikke lidt mere vin, sagde Fayed og rørte ikke vandet.

– Det tror jeg ikke, sagde Al og huggede sit blik i ham.

Der var noget helt galt. At Fayed drak kunne selvfølgelig skyldes, at han havde forandret sig i de år, de ikke havde set hinanden. Men det var usandsynligt. Desuden virkede det, som om han tålte det ret dårligt. Selv om han åbenbart havde fået et eller andet indenbords, før han kom ud i køkkenet, havde det ene, store glas gjort ham mærkbart mere fuld. Fayed var ikke vant til at drikke. Al kunne ikke begribe, hvorfor han gjorde det nu.

– Nej, sagde Fayed højt og brød den pinlige tavshed. – Du har helt ret. Ikke mere vin til mig. Godt i små portioner, faaarligt i store.

Da han sagde „farligt", viftede han med pegefingeren i en overdreven bevægelse mod de to niecer, som sad for hver sin ende af spisebordet.

– Hvordan går det med familien? spurgte Al midt i en mundfuld.

– Tja, hvordan går det med familien ...

Fayed begyndte igen at spise. Han tyggede langsomt, som om han måtte koncentrere sig om at ramme maden med tænderne.

– Godt, formodentlig. Jo da. Hvis man kan sige, at det går godt med nogen i det her land. Med vores etniske baggrund, mener jeg.

Al var øjeblikkelig på vagt. Han lagde gaffel og kniv fra sig og satte albuerne på bordet, mens han lænede sig frem.

– Vi har ingen problemer, sagde han og smilede til sine piger.

– Jeg talte da heller ikke om sådan nogle som dig, sagde Fayed og snøvlede ikke helt så meget længere.

Al ville gerne tage til genmæle, men ikke mens pigerne var til stede. Han spurgte, om alle var færdige med forretten, og begyndte at rydde de brugte tallerkener væk. Louise gik efter ham ud i køkkenet.

– Er han syg? hviskede hun. – Han er ret … mærkelig. Så … uregnelig på en måde.

– Utilregnelig, rettede faderen sagte. – Det har han altid været. Men døm ham ikke for hårdt, Louise. Han har ikke haft det lige så let som os.

Fayed er aldrig kommet sig over 11. september, tænkte han. *Han var på vej op ad rangstigen i et krævende og belønnende system. Efter katastrofen sluttede det øjeblikkeligt. Han fik med nød og næppe lov til at beholde den mellemlederstilling, han havde. Fayed er en bitter mand, Louise, og du er for ung til at blive udsat for bitterhed.*

– Han er i virkeligheden meget sød, sagde han til datteren. – Og som du selv sagde, han er din kødelige onkel.

De gik tilbage til stuen, hver bar på to tallerkener med en lækker mellemret med russisk kaviar og hjemmedyrkede skalotteløg.

– … og den uretfærdighed har de aldrig evnet at gøre noget ved. Og det kommer de heller aldrig til.

Fayed rystede på hovedet og satte en finger mod tindingen.

– Hvad snakker I om? spurgte Al.

– Om de sorte, sagde Fayed.

– Afroamerikanerne, sagde Al. – Du mener afroamerikanerne.

– Kald dem, hvad du vil. De lader sig udnytte. Sådan er de skabt, ved du. De vil aldrig evne at rejse sig.

– Den slags tale er ikke tilladt her i huset, sagde Al roligt og satte tallerkenen foran gæsten. – Jeg foreslår, vi skifter emne.

– Det er genetisk betinget, sagde Fayed uanfægtet. – Slaverne skulle være arbejdsomme og stærke uden at kunne tænke ret meget. Hvis der skulle have været nogle genier iblandt dem der ovre i Afrika, så fik de lov at gå fri. Det genetiske materiale, som blev sejlet over havet, gør dem uegnet til andet end sportsfolk. Og gangstere. Det er noget andet med os. Vi behøver ikke finde os i alt det lort.

Bang!

Al Muffet hamrede sin tallerken i bordet, så den gik i stykker.

– Nu holder du din kæft, hvæsede han. – Ingen, ikke engang min egen bror, har min tilladelse til at fyre sådan noget skidt af. Ikke her. Ikke nogen steder. Forstår du det? *Forstår du?*

Pigerne sad stive som saltstøtter, kun øjnene bevægede sig fra faderen til onklen og tilbage igen. Selv Freddy, den lille terrier, som stod bundet udenfor og plejede at gø sig igennem hvert eneste måltid, den ikke måtte deltage i, var stille.

– Så kan vi måske spise, sagde Louise til sidst med en svagere stemme end normalt. – Far, du må få min. Jeg er faktisk ikke så vild med kaviar. Desuden tror jeg, at både Condoleezza Rice og Colin Powell er meget kloge, faktisk. Selv om jeg ikke er enig med dem. Jeg er nemlig demokrat.

Den tolvårige smilede forsigtigt. Ingen af mændene sagde noget.

– Her, sagde hun og rakte sin tallerken mod faderen.

– Du har ret, sagde Fayed endelig; han trak på skuldrene i noget, der kunne ligne en undskyldning. – Lad os skifte emne.

Det viste sig at være vanskeligt. De sad i lang tid og spiste, uden at nogen sagde et ord. Hvis faderen havde kastet et blik på Louise, ville han have bemærket de tårer, som hang i vipperne, og den lille skælven i underlæben. Catherine, derimod, så ud til at finde situationen højst interessant. Hun stirrede ufravendt på sin onkel, som om hun ikke rigtig forstod, hvad han skulle der.

– I ligner da hinanden helt vildt, sagde hun. – Hvis man lige ser bort fra overskægget, mener jeg.

De to mænd så endelig op fra maden.

– Det har vi hørt, siden vi var helt små, sagde faderen og tog et lille stykke brød for at få hele mellemretten op. – Og det på trods af aldersforskellen.

– Selv mor kunne tage fejl, sagde Fayed.

Al så skeptisk på ham.

– Mor? Hun tog da aldrig fejl af os to. Du er fire år ældre end mig, Fayed!

– Da hun døde, sagde Fayed; stemmen havde en undertone, Al aldrig havde hørt og slet ikke kunne tolke. – … da troede hun faktisk, at jeg var dig. Sandsynligvis fordi hun elskede dig højest. Hun ville ønske, at det var sådan. At det var yndlingssønnen, som sad der og talte med hende i det sidste, klare øjeblik, hun fik. Men du … nåede jo ikke frem.

Smilet var tvetydigt.

Al Muffet lagde bestikket fra sig. Rummet var langsomt begyndt at dreje rundt. Han mærkede blodet løbe fra hovedet og adrenalinen sprøjte ud i hver eneste muskel, bade hver nerve i kroppen. Håndfladerne klæbede til bordet. Han måtte holde sig fast for ikke at falde ned af stolen.

– Jaså, sagde han tonløst og prøvede at lade være med at skræmme børnene, som stirrede på ham, som om han pludselig sad med rød klovnenæse på. – Hun troede …

– Du er så mærkelig, far! Hvad er der i vejen?

Louise rakte sin smalle pigehånd over bordet og lagde den over faderens grove næve.

– Jeg har det … Det går helt fint. Helt fint.

Han fremtvang en grimasse, som skulle være et beroligende smil, men som han forstod, han burde følge op med en forklaring:

– Jeg fik lige et akut mavekneb, sagde han. – Måske kunne jeg ikke tåle kaviaren. Det går lige straks over.

Fayed så på ham. Øjnene virkede endnu mørkere end sædvanlig. Det var, som om manden havde en overnaturlig evne til at trække dem ind i hovedet eller til at skyde panden længere frem og gøre ansigtet mere dystert, mere skræmmende. Al huskede, hvordan broderen havde set sådan på ham, præcis sådan, da de var små, og Fayed havde gjort noget, han ikke måtte, og løj, så det drev under faderens gentagne og med årene mere og mere rasende tordentaler. Al forstod, hvad det kunne betyde.

Og han indså, uden helt at forstå hvorfor, hvad det kunne indebære, at moderen på dødslejet havde taget fejl af sønnerne.

Det eneste, han for sin død ikke kunne begribe, var, hvorfor broderen havde valgt at komme herop nu, tre år senere, ud af den blå luft, opføre sig som en fremmed og forstyrre den vante, tilfredse tilværelse, som Al Muffet havde bygget op med sine døtre i en nordøstlig afkrog af USA.

– Jeg tror, jeg bliver nødt til at lægge mig et øjeblik. Bare et lille øjeblik.

Der er noget galt, tænkte han, da han gik hen mod trappen til første sal. *Der er noget forfærdelig galt, og jeg må samle mig.*

Ali Shaeed Muffasa, du må tænke!

32

Abdallah al-Rahman vågnede ved sin egen latter.

Som regel sov han tungt i syv timer, fra elleve om aftenen til seks næste morgen. En sjælden gang kunne han alligevel vågne af uro, en stressende fornemmelse af ikke at have trænet, som han skulle. Til tider blev livet for hektisk, selv for en mand, som gennem de sidste ti år havde lært sig at uddelegere så meget som muligt. Han ejede tilsammen mere end tre hundred selskaber verden over, varierende i størrelse og med forskellige behov for hans personlige indsats. De allerfleste af dem blev drevet af mennesker, som ikke anede, at han eksisterede, ligesom han for længst havde fundet det formålstjenligt at skjule broderparten af sine selskaber ved hjælp af en hær af advokater, de fleste af dem amerikanske eller britiske, bosat på Cayman Islands med imponerende kontorer, luksuriøse hjem og stærkt anorektiske koner, han næsten ikke gad give hånden.

Men med mellemrum var der naturligvis for meget at gøre.

Abdallah al-Rahman nærmede sig de halvtreds og var afhængig af to timers hård træning hver dag for at holde sig i den form, han mente, en mand som han burde være i, og som desuden velsignede ham med en tung, effektiv nattesøvn. Uden træning blev nætterne urolige. Heldigvis hørte den slags til sjældenhederne.

Han var aldrig før vågnet ved, at han lo.

Forundret satte han sig op i sengen.

Han sov alene.

Hans tretten år yngre kone, mor til alle hans sønner, havde sin egen suite i paladset. Han besøgte hende ofte, helst tidligt om morgenen, mens nattekulden endnu sad i væggene og gjorde hendes seng ekstra indbydende.

Men han sov altid alene.

De digitale tal på et ur ved sengen viste 03:00.

Præcis.

Han gned sig i ansigtet. Midnat i Norge, tænkte han. De var netop på vej ind i det døgn, som skulle hedde torsdag den 19. maj.

Dagen før dagen.

Han sad helt stille og forsøgte at huske drømmen, som havde vækket ham. Det var umuligt. Han huskede intet. Men han følte sig i et sjældent godt humør.

Én ting var, at alt var gået, som det skulle. Ikke alene var bortførelsen gennemført som planlagt. Det var tydeligt, at alle de små detaljer havde fungeret. Det havde kostet ham penge, mange penge, hvilket overhovedet ikke bekymrede ham. Men kostbart var det, at så mange i systemet måtte ofres. Men det spillede ingen rolle.

Sådan måtte det være. Det lå i sagens natur, at de omhyggeligt opbyggede og nænsomt plejede objekter kun kunne benyttes én gang. Nogle af dem var naturligvis mere værdifulde end andre. De fleste, som dem han havde hyret i Norge, var bare småforbrydere. Købt og betalt til et job lige om hjørnet, og ikke andet at tænke på. Andre havde det taget mange år at forædle og klargøre.

Enkelte, som Tom O'Reilly, havde han personligt taget sig af.

Men alle var *dispensable*.

Han kunne huske en vittighed, han engang var blevet fortalt af en brovtende, rødmosset schweizer under et forretningsmøde i Houston. De sad på øverste etage af et højhus, da en vinduespudser blev sænket ned i en kurv uden for det store panoramavindue. Den korpulente mand fra Geneve havde sagt noget om, at det ville have været bedre med engangsmexicanere. De andre mødedeltagere havde stirret spørgende på manden. Han brast i latter og beskrev en kø af mexicanere på taget, hver med et vaskeskind i hånden, og så kunne man bare kaste dem ned efter tur. De ville rengøre en stribe hver, og så var man færdige med både dem og vinduerne.

Ingen lo. Det måtte man lade dem, de amerikanere, som var til stede. De fandt ikke vitsen spor morsom, og schweizeren havde virket beskæmmet en halv times tid.

Skulle man eksploitere mennesker, skulle nytten være større end at opnå rene vinduer, tænkte Abdallah.

Han stod ud af sengen. Tæppet, det fantastiske tæppe, moderen havde knyttet til ham, og som var den eneste ejendel, han havde, som aldrig, under nogen omstændigheder, ville blive solgt, føltes blødt under de bare fødder. Han stod et par sekunder og borede tæerne ned i den fede, kølige silke. Farvespillet var vidunderligt selv i det næsten mørkelagte rum. Skæret fra vækkeuret og en smal, dæmpet lysstrimmel ved vinduet var nok til, at de gyldne toner forandrede sig, da han langsomt gik over tæppet mod den store plasmaskærm, hvis fjernbetjening lå på et lille, ciseleret, håndsmedet bord af guld.

Da han havde tændt for fjernsynet, åbnede han et køleskab og tog en flaske mineralvand ud. Han gik tilbage til sengen og arrangerede sig med en masse puder i ryggen.

Han følte sig ophidset, næsten lykkelig.

Lykkens gudinde stod altid på sejrherrernes side, tænkte Abdallah og åbnede vandflasken. At Warren Scifford blev sendt til Norge, kunne han for eksempel ikke have regnet med. Selv om Abdallah først havde set det som en alvorlig streg i regningen, tydede alt nu på, at det var det bedste, som kunne være sket. Det havde vist sig langt enklere at bryde ind i norske hotelværelser end at komme ind i en FBI-chefs lejlighed i Washington DC. Det havde selvfølgelig ikke været nødvendigt at levere uret tilbage, efter at den rødhårede escortpige havde fundet ud af det, som hun var klækkeligt betalt for.

Men det var en fiks detalje.

Ligesom lydstudiet i Oslos fornemste boligkvarter på vestkanten. Det havde taget lang tid at finde, men var perfekt. Et i dobbelt forstand isoleret og forladt kælderrum i et område, hvor ingen registrerede, hvad naboen foretog sig, så længe man ikke skilte sig ud fra de andre, og så længe man havde råd til at være en af dem. Det bedste ville selvfølgelig have været, at Jeffrey Hunter havde dræbt præsidenten, inden han låste hende inde. Abdallah havde ikke engang tænkt tanken. Når det havde været nødvendigt med så skrappe virkemidler for at få *Secret Service*-agenten til at assistere ved en kidnapning af det objekt, han havde viet sit liv til at beskytte, ville det have været totalt umuligt at få ham til at dræbe sin egen præsident.

Det mulige er altid det bedste, tænkte Abdallah, og lydstudiet virkede som det helt rigtige valg. At køre langt ud på landet ville have været risikabelt; jo længere tid der gik, før præsidenten var låst inde, jo mere risikabelt var projektet.

Dette her gik, som det skulle.

CNN kørte stadig udsendelser om kidnapningen og alle dens konsekvenser døgnet rundt, kun afbrudt af bulletiner hver hele time med andre nyheder, som i bund og grund ikke interesserede nogen. Netop nu drejede diskussionen sig om New York-børsen, som var sunket som et blylod de sidste to dage. Selv om de fleste analytikere mente, at det lodrette fald var en hypernervøs reaktion på en akut krise og ikke ville fortsætte i samme tempo, var alle dybt bekymrede. Især fordi oliepriserne steg i en tilsvarende opadgående kurve. Rygterne svirrede i det politiske miljø om en lynsnar nedkøling af det tidligere så anspændte forhold mellem USA og de vigtigste olieproducerende lande i Mellemøsten. Man behøvede ikke være særlig politisk velorienteret for at forstå, at Amerikas regering først og fremmest rettede opmærksomheden mod de arabiske lande i efterforskningen af præsidentens bortførelse. Hårdnakkede påstande om et særlig skarpt søgelys på Saudi-Arabien og Iran havde ført til hektisk politisk aktivitet mellem landenes diplomater. For tre dage siden, inden Helen Bentley forsvandt, lå prisen for en tønde olie på 47 dollar. En ældre mand med ørnenæse og professortitel rettede sit olme blik mod programlederen og erklærede:

– 75 dollars within a few days. That's my prediction. A hundred in a couple of weeks if this doesn't cool down.

Abdallah drak mere af vandet. Han spildte, og lidt af den iskolde væske ramte det bare bryst. Han gyste og smilede endnu bredere.

En langt yngre mand i studiet prøvede nervøst at gøre en pointe ud af, at også Norge var en olienation. Som sådan ville dette lille stenrige land i Europas udkant tjene milliarder på, at præsidenten var forsvundet.

Abdallahs humør blev ikke dårligere af den pinlige situation, som opstod i studiet. En seniorrådgiver i den amerikanske centralbank gav ynglingen en tredive sekunders belæring. Det var da korrekt nok, at Norge ville tjene på en højere oliepris, isoleret betragtet. Norsk økonomi var derimod så afhængig af og så integreret i den globale økonomi, at faldet på New York-børserne, som naturligvis for længst havde påvirket børserne andre steder i verden, var en absolut katastrofe også for dem.

Den unge mand smilede stift og så ned i sine notater.

Dette er de sande amerikanske værdier, tænkte Abdallah. *Forbrug. Nu nærmer vi os.*

Efter seksten år i Vesten, seks i England og ti i USA, blev han stadig forundret, når han hørte ellers højt uddannede mennesker udtale sig om amerikanske værdier i den tro, at de drejede sig om familie, fred og demokrati. Under valgkampen året før havde temaet været helt centralt; værdispørgsmålene var Bushs eneste mulige billet til genvalg. Med et folk, som allerede begyndte at blive krigstrætte og i bund og grund var åbent for en præsident, som kunne få dem ud af Irak, blot det skete med den kollektive værdighed i behold, forsøgte George W. Bush at gøre selv den blodige, mislykkede og tilsyneladende endeløse krigsførelse i Irak til et spørgsmål om værdier. At flere og flere amerikanske drenge blev sendt hjem i en kiste med flaget på låget, blev til et nødvendigt offer for at varetage Den Amerikanske Idé. Den kontinuerlige kamp for fred, frihed og demokrati i et land, som de fleste amerikanere dårligt gad interessere sig for, og som lå mere end titusind kilometer fra nærmeste hjemlige kyst, blev i Bushs retorik til en kamp for at bevare de mest centrale, amerikanske værdier.

Folk havde længe troet på ham. For længe, begyndte de at ane, da Helen Lardahl Bentley kom sejlende ind i valgkampen og tilbød dem et bedre alternativ. At det senere skulle vise sig langt sværere at komme ud af det inferno, som Irak var blevet for amerikanerne, end hvad kandidaten Bentley havde troet og påstået, var en anden sag. USA befandt sig stadig i landet med fuld styrke, men Bentley var allerede valgt.

Abdallah strakte sig i sengen. Han dæmpede lyden ved hjælp af fjernbetjeningen. Scenen var blevet overtaget af CNN-staben i Oslo, som så ud til at have slået sig ned i en slags have med en langstrakt, østeuropæisk lignende bygning i baggrunden.

Han lukkede øjnene og tænkte tilbage.

Abdallah huskede den skelsættende diskussion, som om den havde fundet sted i sidste uge.

Det var i Stanford-tiden, til en fest, hvor han som sædvanlig stod i udkanten af begivenhederne med en flaske mineralvand og fulgte de støjende, leende, dansende og drikkende amerikanere med halvt lukkede øjne. Fire drenge ved et bord, som vaklede under utallige tomme og halvfulde ølflasker, havde vinket ham hen til sig. Tøvende var han gået derover.

– Abdallah, sagde den ene med et smørret grin. – Du, som er så allerhelvedes klog. Og som ikke er herfra. Sæt dig ned, mand. Tag en øl!

– Nej tak, havde Abdallah svaret.

– Men hør, sagde den anden. – Danny her, som for resten er en skide kommunist, hvis du spørger mig …

De andre brølede af grin. Selv Danny strøg det lange, uplejede hår om bag ørerne og smilede, mens han hævede ølflasken til en slatten skål.

– Han siger, at al den snak om amerikanske værdier er noget *bullshit*. Han siger, at vi skider på fred, familie, demokrati, retten til at forsvare os med våben …

Her slap hukommelsen om centrale værdier op, og han havde tiet et lille øjeblik, mens han viftede med ølflasken.

– *Whatever*. Det, Danny-boy her vil sige, er, at …

Fyren hikkede, og Abdallah huskede, at han bare havde haft lyst til at gå. Han ville væk. Han hørte ikke til, ligesom han aldrig helt blev inkluderet i noget på amerikansk jord.

– Han siger, at vi amerikanere i bund og grund kun har tre behov, snøvlede fyren og trak Abdallah i ærmet. – Og det er retten til at køre vores biler, hvor som helst, når som helst og til en billig penge …

De andre lo så højt og støjende, at flere var begyndt at nærme sig for at tjekke, hvad der foregik.

– Og så er det retten til at shoppe, hvor som helst, når som helst og til en billig penge …

Nu lå to af fyrene på gulvet og holdt sig på maven i latterkrampe. Nogen havde dæmpet musikken lidt, og en hel lille flok stod rundt om Abdallah og prøvede at forstå, hvad det var, som fik disse andetårsstuderende til næsten at dø af grin.

– Og det tredje er, råbte fyren og prøvede at få de to andre med sig:

– *At se fjernsyn, når som helst, hvor som helst og til en billig penge*, hylede de alle i kor.

Flere lo. Der blev igen skruet op for musikken, så den var

endnu højere nu. Danny havde rejst sig. Han bukkede demonstrativt og dybt med den ene arm på maven og venstre hånd om ølflasken med en fejende, galant hilsen.

– Hvad siger du, Abdallah? Er det sådan, vi er, eller hvad?

Men Abdallah var der ikke længere. Han havde umærkeligt og stille trukket sig tilbage mellem de fnisende, drikkende piger, som sendte nysgerrige blikke mod hans krop og fik ham til at gå hjem, længe før han havde planlagt.

Det var i 1979, og han havde aldrig glemt det.

Danny havde haft helt ret.

Abdallah følte sig sulten. Han spiste aldrig ved nattetid, det var ikke godt for fordøjelsen. Nu kunne han alligevel mærke, at han måtte have noget i maven, hvis han skulle have en chance for at falde i søvn igen. Han løftede røret på en telefon, som var bygget ind i sengen. Efter to ringetoner hørte han en søvnig stemme i den anden ende. Abdallah gav en lavmælt ordre og lagde på.

Han lænede sig tilbage i sengen med hænderne foldet i nakken.

Danny-boy, en langhåret, usoigneret og skarp Stanford-studerende havde set virkeligheden så klart, at han uden at vide det havde givet Abdallah en opskrift, som kom ham til nytte mere end et kvart århundred senere.

Han kunne sin krigshistorie, Abdallah al-Rahman. Fordi han så tidligt var kommet ind i sin fars omfattende forretningsimperium, havde en militær karriere været udelukket. Men han drømte altid om soldaterlivet, især da han var yngre. En periode havde han forlæst sig på de gamle generaler. Særlig kinesisk krigskunst fascinerede ham. Og den største af de største var Sun Zi.

Et smukt indbundet eksemplar af den 2500 år gamle bog *Kunsten at føre krig* lå altid ved sengen.

Nu tog han den og begyndte at bladre i den. Han havde selv fået den nyoversat til arabisk, og den bog, han nu holdt i hånden, var et af de kun tre eksemplarer, han havde fået trykt. Han ejede dem alle selv.

Det er bedst at bevare fjendens stat intakt, læste han. *Det er kun næstbedst at ødelægge den. At kæmpe hundrede slag og vinde hundrede sejre er ikke topmålet af dygtighed. Ikke at kæmpe og alligevel underlægge sig fjendens styrker er den dygtigstes værk.*

Han strøg hånden over det tykke, håndlavede papir. Så lukkede han bogen og lagde den forsigtigt fra sig på den vante plads.

Osama, hans gamle barndomskammerat, ønskede kun ødelæggelse. Selv mente bin Laden, at han havde vundet 11. september, men Abdallah vidste bedre. Katastrofen på Manhattan var et gedigent nederlag. Den ødelagde ikke USA, den forandrede blot landet.

Til det værre.

Det havde Abdallah lært af egen, bitter erfaring. Over to milliarder dollars af hans formue var øjeblikkeligt blevet indefrosset i amerikanske banker. Det havde kostet ham flere år og ufattelige beløb at få frigivet det meste af kapitalen, men dominoeffekten af total og langvarig pause i dynamiske selskaber havde været katastrofal.

Men han klarede sig igennem alligevel. Hans forretningsdynasti var kompliceret. Han havde mange ben at stå på. Tabene i USA var til en vis grad blevet kompenseret af stigende oliepriser og vellykkede investeringer andre steder i verden.

Abdallah var en tålmodig sjæl og en mand, hvis forretninger gik forud for alt andet, bortset fra sønnerne. Tiden gik. Amerikansk økonomi kunne ikke for evigt være afsondret fra arabiske interesser. Det kunne den ikke tåle. Selv om han havde brugt årene siden 2001 til at bevæge sig ud af det amerikanske marked, havde han omsider, for knap et år siden, fundet tiden moden til at satse endnu en gang. Denne gang var satsningen større, dristigere og vigtigere end nogen sinde før.

Helen Bentley var hans chance. Selv om han aldrig stolede fuldt og fast på et menneske fra Vesten, havde han på en måde set en styrke i hendes øjne, noget anderledes, et glimt af en redelighed, han valgte at satse på. Hun så ud til at gå mod sejren i november 2004, og hun virkede rationel. At hun var kvinde, plagede ham aldrig. Tværtimod; da han forlod mødet, havde han følt en modvillig beundring for den stærke, knivskarpe dame.

Hun svigtede ham en uge før valget, fordi hun indså, at det var nødvendigt for at vinde.

Krigskunst var at knuse uden at kæmpe.

At kæmpe imod USA på traditionel vis var frugtesløst. Abdallah indså, at amerikanerne kun havde én fjende: dem selv.

Tag bil, shopping og tv fra en gennemsnitsamerikaner, og man tager livslysten fra ham, tænkte han og slukkede for plasmaskærmen. I et glimt så han Danny fra Stanford for sig, med det skæve smil og ølflasken i hånden: en amerikaner med selvindsigt.

Tager man livslysten fra en amerikaner, bliver han rasende. Og raseriet stiger op nedefra, fra den enkelte, fra slideren, fra ham, der arbejder halvtreds timer om ugen og alligevel ikke har råd til at holde sig med andre drømme end dem, der vokser ud af tv-skærmen.

Sådan tænkte Abdallah og lukkede øjnene.

Så rykker de ikke tæt sammen, så retter de ikke raseriet mod de andre, dem derude, *de der ikke er som os, og som vil os ondt.*

Så sparker de opad. De rejser sig mod deres egne. De retter aggressionen mod dem, som er ansvarlige for det hele, for systemet, for at tingene skal fungere og bilerne køre, og for at der fortsat skal findes drømme at klamre sig til i en ellers trist tilværelse.

Og deroppe er der kaos. Den øverste general er borte, og hendes soldater farer forvirrede rundt uden mål og med, uden ledelse, i det vakuum, som opstår, når lederen hverken er levende eller død.

Bare forsvundet.

Et forvirrende slag mod hovedet. Derefter et dræbende anslag mod kroppen. Elementært og effektivt.

Abdallah så op. Tjeneren kom stille ind med en bakke. Han satte frugt, ost, et rundt brød og en stor karaffel juice fra sig ved sengen. Med et let nik fra døren forsvandt han. Han havde ikke sagt noget, og Abdallah takkede ham ikke.

Der var halvandet døgn tilbage.

Torsdag den 19. maj 2005

1

Helen Lardahl Bentley åbnede øjnene og kunne først ikke begribe, hvor hun var.

Hun lå dårligt. Højre hånd var klemt under kinden, og den sov. Forsigtigt satte hun sig op. Kroppen føltes mørbanket, og hun måtte ryste liv i armen. Da hun måtte lukke øjnene i et pludseligt svimmelhedsanfald, huskede hun, hvad der var sket.

Svimmelheden fortog sig. Hovedet føltes stadig underligt og let, men da hun forsigtigt strakte arme og ben ud, forstod hun, at hun ikke kunne være kommet alvorligt til skade. Selv såret i tindingen føltes bedre nu. Da hun strøg over bulen med fingrene, mærkede hun, at den var blevet mindre, mens hun havde sovet.

Sovet?

Det sidste, hun huskede, var, at hun havde taget den handicappede kvinde i hånden. Hun havde lovet ...

Faldt jeg i søvn stående? Besvimede jeg?

Først nu opdagede hun, at hun stadig var møgbeskidt. Stanken blev pludselig uudholdelig. Langsomt, med venstre hånd mod sofaryggen, rejste hun sig op. Hun blev nødt til at vaske sig.

– God morgen, *Madam President*, sagde en kvindestemme lavmælt fra døren.

– God morgen, sagde Helen Bentley forfjamsket.

– Jeg var bare ude i køkkenet for at lave kaffe.

– Har du ... har du siddet her hele natten?

– Ja.
Kvinden i kørestolen smilede.
– Jeg tænkte, at du måske havde fået en hjernerystelse, så jeg har rusket i dig nogle gange. Du blev temmelig gnaven. Vil du have en kop?
Hun rakte den dampende kop kaffe frem.
Madam President vinkede afværgende med den frie hånd.
– Jeg skal i bad, sagde hun. – Og hvis jeg ikke ...
Et øjeblik virkede hun forvirret og strøg sig over øjnene med hånden.
– Hvis jeg ikke husker forkert, tilbød du mig noget rent tøj.
– Selvfølgelig. Kan du gå selv, eller skal jeg vække Marry?
– Marry, mumlede præsidenten. – Det er ... hushjælpen?
– Ja. Og jeg hedder Hanne Wilhelmsen. Det har du sikkert glemt. Du kan kalde mig Hanne.
– Hannah, gentog præsidenten.
– Godt nok.
Helen Bentley tog et par prøvende skridt ud på gulvet. Knæene rystede, men benene bar. Hun så spørgende på den anden kvinde.
– Hvor er det?
– Følg mig, sagde Hanne Wilhelmsen venligt og rullede hen mod en dør.
– Har du ...
Præsidenten afbrød sig selv og fulgte efter. Det grå lys uden for vinduerne fortalte hende, at det endnu måtte være meget tidligt. Alligevel havde hun allerede været der længe. Det måtte dreje sig om flere timer. Kvinden i kørestolen havde åbenbart holdt sit løfte. Hun havde ikke slået alarm. Helen Bentley kunne stadig udføre det, hun skulle, inden hun gav sig til kende. Hun havde stadig mulighed for at finde ud af det hele, men så måtte ingen vide, at hun var i live.
– Hvad er klokken? spurgte hun, idet Hanne Wilhelmsen åbnede døren til badeværelset. – Hvor længe har jeg ...

Hun måtte støtte sig til dørkarmen.

– Kvart over fire, sagde Hanne. – Du har sovet i godt seks timer. Sikkert ikke nok.

– Det er meget mere, end jeg plejer, sagde præsidenten og fremtvang et smil.

Badeværelset var storslået. Et indmuret badekar i dobbelt bredde dominerede rummet. Det var nedsænket og kunne minde om et lille bassin. I en usædvanlig rummelig bruseniche ved siden af karret kunne præsidenten skimte noget, som lignede en radio, og noget, som definitivt var en tv-skærm. Gulvet var dækket af mosaikfliser i et orientalsk mønster, og et gigantisk spejl over to marmorkummer var rammet ind i tungt, guldbelagt træværk.

Helen Bentley syntes, hun kunne huske, at kvinden havde påstået at være pensioneret fra politiet. Der var ikke meget ved denne lejlighed, som bar præg af en politigage. Medmindre dette land var det eneste i verden, som betalte sit politi den løn, det egentlig var værd.

– Værsgo, sagde Hanne Wilhelmsen. – Der er håndklæder i skabet derhenne. Jeg lægger tøjet uden for døren, så kan du tage det, når du er færdig her. Bare tag dig god tid.

Hun rullede stolen ud af badeværelset og lukkede døren.

Madam President klædte sig langsomt af. Musklerne var stadig ømme og forslåede. Et øjeblik var hun i tvivl om, hvad hun skulle gøre med det snavsede tøj, indtil hun fik øje på en sammenlagt affaldssæk, som Hanne havde lagt ved siden af den ene vaskekumme.

En mærkelig kvinde, tænkte hun. Men var de ikke to? Tre, med hushjælpen?

Nu var hun nøgen. Hun proppede tøjet i sækken og bandt den omhyggeligt til. Allerhelst ville hun have et karbad, men bruseren virkede mere fornuftig, når man tænkte på, hvor beskidt hun var.

Varmt vand fossede ud af et bruserhoved på størrelse med en middagstallerken. Helen Bentley stønnede, dels af velvære, dels af smerten, som jog gennem kroppen, da hun lagde hovedet tilbage, for at ansigtet kunne møde vandfaldet.

Der havde også været en anden kvinde i går aftes. Helen Bentley huskede det tydeligt nu. En, som ville alarmere politiet. De to kvinder havde talt sammen på norsk, og hun havde ikke opfattet andet end et ord, som kunne ligne *police*. Kvinden i kørestolen måtte have vundet diskussionen.

Det her hjalp.

Det var som en renselse, i dobbelt forstand. Hun skruede helt op for vandfaldet. Trykket øgedes betragteligt. Vandstrålerne blev til masserende pile mod huden. Hun gispede. Fyldte munden, så hun næsten ikke kunne trække vejret, sprøjtede det ud, lod alt rende og skubbede sig kraftigt med en hampehandske, som føltes god og grov om hånden. Huden blev rød. Hidsigrød af for varmt vand, flammende striber af rødt efter den hårde hamp. Det sved intenst, da vandet ramte åbne sår.

Præcis sådan havde hun stået den sene efterårsaften i 1984, den aften, hun aldrig havde delt med nogen, og som ingen derfor kunne vide noget om.

Hun havde stået under bruseren i næsten fyrre minutter, da hun kom hjem. Det var midnat, huskede hun tydeligt. Hun havde skrubbet sig til blods med en svamp, som om det var muligt at skrabe et synsindtryk af huden og få det til at forsvinde for altid. Det varme vand blev brugt op, men hun blev stående i den iskolde stråle, lige til Christopher forundret kom og spurgte, om hun ikke ville tage nattørnen med Billie.

Det havde regnet udenfor. Det fossede ud af himlen i en øredøvende plasken af vand, som slog mod asfalten, mod bilen, mod hustage og træer og legeredskaberne på den lille plads over vejen, hvor en gynge svingede frem og tilbage i kastevindene, og en kvinde havde stået og ventet.

Hun ville have Billie tilbage.

Helens datter var født af en anden. Alle papirerne var i orden.

Hun huskede sit eget skrig: *Papirerne er i orden,* og hun huskede tegnebogen, som hun greb fra tasken og viftede med foran den andens blege, bestemte ansigt. *Hvor meget skal du have? Hvad vil du have for ikke at gøre det her imod mig?*

Det drejede sig ikke om penge, sagde Billies biologiske mor.

Hun vidste godt, at papirerne var gyldige, sagde hun, men i papirerne stod der intet om Billies far. Som faktisk var kommet tilbage nu.

Hun sagde det med et lille smil, en svagt triumferende mine, som om hun havde vundet en konkurrence og ikke kunne lade være med at prale en lille smule af det.

Far. Far! Du har ikke opgivet nogen far! Du sagde, du ikke var sikker, og at fyren under alle omstændigheder var over alle bjerge og en ansvarsløs lømmel, som du ikke ville udsætte Billie for. Du sagde, at du ville Billies bedste, og Billies bedste var at komme hjem til os, til Christopher og mig, og at alle papirer var i orden. Du har underskrevet dem! Du skrev under, og nu har Billie sit eget værelse, et værelse med lyserødt tapet og en hvid barneseng med en uro, som hun rækker op efter og smiler.

Faderen ville tage sig af dem begge to, havde kvinden sagt. Hun måtte råbe i det larmende uvejr. Han ville sørge for både Billie og Billies rigtige mor. Barnefædre havde også rettigheder. Det havde været dumt af hende ikke at opgive navnet allerede ved fødslen, for så kunne alt det her kedelige have været undgået. Hun beklagede det, men sådan var det altså nu. Kæresten var kommet ud af fængslet og tilbage til hende. Situationen havde ændret sig. Det måtte en advokat som Helen Bentley vide og forstå.

Nu måtte hun desværre have Billie tilbage.

Madam President satte håndfladerne mod væggen i brusekabinen.

Hun orkede ikke at huske. I over tyve år havde hun prøvet at fortrænge mindet om sin egen panik, da hun havde vendt sig væk fra kvinden og var løbet over mod bilen på den anden side af vejen. Hun ville hente en diamanthalskæde, hun havde fået af sin far tidligere på aftenen. De havde fejret Billie, og hans ansigt havde været varmt og rødt, og han smilede og smilede over det lille barnebarn, mens alle talte om, hvor skøn hun var, hvor smuk hun var, lille Billie Lardahl Bentley.

Halskæden lå stadig i handskerummet, og måske kunne Helen købe sit barn én gang til med diamanter og måske et kreditkort.

To kreditkort. Tre. Tag dem alle sammen!

Mens hun fumlede med bilnøglen og prøvede at bekæmpe gråden og panikken, som truede med at kvæle hende, hørte hun det frygtelige bump. Et forfærdende, kødagtigt dunk fik hende til at vende sig lige tidsnok til at se en skikkelse i rød regnfrakke flyve gennem luften. Endnu et smæld hørtes gennem uvejret, da kvinden klaskede ned i asfalten.

En lille sportsvogn drønede omkring et gadehjørne. Helen Bentley lagde ikke engang mærke til farven. Der blev stille.

Helen hørte ikke regnen længere. Hun hørte ingenting. Langsomt og mekanisk gik hun over gaden. Først da hun var en meter fra den rødklædte kvinde, standsede hun.

Hun lå så mærkeligt. Forvreden og unaturlig, og selv i det dårlige lys fra en lygtepæl kunne Helen se blodet løbe fra en skade i hovedet. Det blandede sig hurtigt med regnvandet og dannede en mørk flod, som bugtede sig mod rendestenen. Kvindens øjne var vidåbne, og munden bevægede sig.

Hjælp mig.

Helen Lardahl Bentley trådte to skridt tilbage.

Hun vendte sig og løb hen til sin bil, rev døren op, satte sig ind og kørte væk. Hun tog hjem og stod i fyrre minutter under bruseren, mens hun skrubbede huden til blods med en svamp.

De hørte aldrig mere noget til Billies biologiske mor. Og temmelig nøjagtigt tyve år senere, en novembernat i 2004, blev Helen Lardahl Bentley kåret som vinder af præsidentvalget i USA. Datteren stod sammen med hende på podiet, en rank, lyshåret ung kvinde, som aldrig havde gjort forældrene andet end stolte.

Madam President tog hampehandsken af og sæbede håret ind i shampoo. Øjnene sved. Det gjorde godt. Det forstyrrede billedet af den sårede kvinde på regnvåd asfalt med hovedet i blodigt rendestensvand.

Jeffrey Hunter havde vist hende et brev, da han vækkede hende på hotellet, stille og alt for tidligt. Hun havde været forvirret, og han lagde pegefingeren over hendes mund i en alt for intim bevægelse.

De kendte til barnet, stod der. De ville afsløre hendes hemmelighed. Hun skulle følge med Jeffrey. *Troja* var i gang, og de ville røbe hemmeligheden, som ville ødelægge hende.

Brevet var underskrevet af Warren Scifford.

Helen Bentley greb mentalt fat i navnet og klamrede sig til det. Hun bed tænderne sammen og lod vandet ramme ned midt i ansigtet.

Warren Scifford.

Hun skulle ikke tænke på kvinden i den røde regnfrakke. Hun skulle tænke på Warren og kun på ham. Hun måtte fokusere. Langsomt drejede hun sig rundt under bruseren og lod vandet hamre ned mod den forslåede ryg. Hun bøjede hovedet og trak vejret dybt. Ind og ud.

Verus amicus rara avis.

En sand ven er en sjælden fugl.

Det var det, der overbeviste hende. Warren var den eneste, som kendte til inskriptionen på bagsiden af det armbåndsur, hun havde givet ham lige efter valget. Han var en god, gammel ven og havde kontaktet hende inden den sidste tv-debat mellem hende og George W. Bush. Meningsmålingerne havde bevæget sig i den siddende præsidents favør de sidste dage op til udsendelsen. Hun førte ganske vist stadig, men texaneren åd sig ind på hendes forspring. Hans sikkerhedsretorik var omsider ved at gå hjem hos befolkningen. Han fremstod som en handlekraftig, afbalanceret mand med den erfaring og indsigt, som var nødvendig for et land i krig og krise. Han repræsenterede kontinuitet. Man vidste, hvad man havde, men ikke meget om hvad denne Bentley kunne byde på, uerfaren på det udenrigspolitiske område, som hun var.

– Du må opgive Arabian Port Management, havde Warren

sagt og grebet hendes hænder.

Det samme havde alle hendes rådgivere, interne og eksterne, fortalt hende. De havde insisteret. De havde tryglet og bedt og raset: Tiden var ikke moden. Måske senere, når der var løbet mere vand i stranden efter 11. september. Men ikke nu.

Hun nægtede at bøje sig. Det Dubai-baserede og saudiarabisk-ejede driftsselskab var seriøst og effektivt og drev fra tidligere tid vigtige havneanlæg over hele verden fra Okinawa til London. To af selskaberne, det ene britisk, som indtil nu havde drevet de største havneanlæg i USA, var interesseret i at sælge. Arabian Port Management ønskede at købe dem begge. Det ene ville give dem ansvaret for at drive New York, Baltimore, New Jersey, New Orleans, Miami og Philadelphia. Det andet ville omfatte Charleston, Savannah, Houston og Mobile. Med andre ord ville et arabisk selskab sidde med en betydelig kontrol over alle de vigtigste havnebyer på østkysten og i Den mexicanske Golf.

Helen Lardahl Bentley mente, at det var en god idé.

For det første var selskabet det bedste. Det dygtigste og det klart mest lønsomme. Sådan et salg ville desuden være et vigtigt skridt i retning af at normalisere forholdene til de kræfter i Mellemøsten, som USA havde den allerstørste interesse i at stå på god fod med. Og desuden, og for Helen Bentley var det måske det vigtigste, ville et sådant salg bidrage til genrejsning af respekten for arabiske, gode amerikanere.

De havde lidt længe nok, mente hun og stod stejlt på sit. Hun havde haft møder med ledelsen i det arabiske selskab, og selv om hun ikke var så dum, at hun lovede noget, havde hun signaleret en åbenlys velvilje. Specielt tilfreds var hun med, at selskabet, på trods af den usikkerhed, som var knyttet til godkendelsen af salgene, allerede havde foretaget enorme investeringer på amerikansk jord for at stå bedst muligt rustet ved en senere overtagelse.

Warren havde været lavmælt. Han slap ikke hendes hænder. Blikket var naglet ind i hendes, da han sagde:

– Jeg støtter dit mål. Fuldt ud. Men du når det aldrig, hvis du taber alt på gulvet nu. Du skal slå kontra, Helen. Du skal slå tilbage mod Bush på et punkt, hvor han mindst venter det. Jeg har brugt adskillige år på at analysere manden, Helen. Jeg kender ham så godt, som nogen kan kende ham uden at have mødt ham. Han vil også gerne se dette salg gennemført! Han er bare erfaren nok til ikke at foreslå det endnu. Han forstår, at emnet vækker følelser i befolkningen, som ikke er til at spøge med. Du skal afsløre manden. Du skal fange ham. Nu skal du høre, hvad du skal gøre …

Endelig følte hun sig ren.

Huden sved, og badeværelset var fuld af varm damp. Hun trådte ud af brusenichen og tog et frottéhåndklæde. Da hun havde hyllet det om kroppen, tog hun et mindre håndklæde og viklede om håret. Med venstre hånd lavede hun et stort hul i duggen på spejlet.

Blodet i ansigtet var vasket af. Bulen var stadig tydelig, men øjet kunne åbnes igen. Det var egentlig værst med håndleddene. De smalle plasticstrimler havde boret sig så langt ind i kødet, at der flere steder var dybe, gabende sår. Hun måtte have noget desinficerende og allerhelst nogle forbindinger.

Hun havde fulgt Warrens råd dengang. Var stærkt i tvivl.

På debatlederens spørgsmål om, hvordan hun så på sikkerhedstruslen ved salg af central, amerikansk infrastruktur, havde hun set direkte ind i kameraet og holdt en femogfyrre sekunders flammende, næsten lidenskabelig appel om forbrødring med „vore arabiske venner" og ikke mindst betydningen af at tage vare på den helt grundlæggende, amerikanske værdi, som bestod i lige ret for alle, hvor end i verden en god amerikaners forfædre måtte være kommet fra, og hvilken religion de bekendte sig til.

Så havde hun trukket vejret. Et blik på den siddende præsident fik hende til at indse, at Warren havde helt ret. Præsident Bush smilede sejrssikker. Han løftede skuldrene med den sære bevægelse, der var hans, med hænderne bydende strakt ud fra kroppen. Han var sikker på, hvad der ville komme.

Men der kom noget helt andet.

Med hensyn til infrastruktur, havde Helen Bentley sagt helt roligt, stillede sagen sig imidlertid ganske anderledes. Hun var af den formening, at ingen dele af denne skulle afsættes til andre end amerikanere og deres allernærmeste allierede. Målet måtte være, sagde hun, at alt fra hovedveje til flyvepladser, havneanlæg, toldstationer, grænseovergange og jernbaner altid og til evig tid skulle ejes, drives og styres af amerikanske interesser.

Af hensyn til den nationale sikkerhed.

Til sidst tilføjede hun med et lille smil, at det naturligvis ville tage tid og kræve storpolitisk vilje at nå et sådant mål. Ikke mindst eftersom George W. Bush selv varmt var gået ind for salget til arabiske interesser i et internt dokument, som hun holdt op foran kameraet et par sekunder, inden hun lagde det tilbage på talerstolen og strakte hånden bydende ud mod programlederen. Hun var færdig.

Helen Lardahl Bentley vandt debatten med elleve procentpoints. Ugen efter blev hun *Madam President*, sådan som hun havde drømt om i mere end ti år. Warren Scifford blev straks efter leder af den nyoprettede *BS-Unit*.

Chefstillingen var ikke nogen belønning.

Men det var armbåndsuret.

Og han havde misbrugt det. Han havde narret hende med hendes egen udtalelse om evigt venskab.

Verus amicus rara avis. Det havde vist sig sandere, end hun havde anet.

Hun gik hen til døren og åbnede den forsigtigt. En lille bunke sammenlagt tøj lå ganske rigtigt lige udenfor. Så hurtigt, den mørbankede krop tillod det, bøjede hun sig ned, snappede bunken og lukkede døren igen. Hun låste den bag sig.

Undertøjet var helt nyt. Mærkesedlerne sad stadig i det. Hun noterede sig den hensynsfulde gestus, før hun tog trusserne og bh'en på. Cowboybukserne virkede også nye og passede perfekt. Da hun trak den blegrosa cashmerejumper med V-udskæring over hovedet, stak det i sårene omkring håndleddene.

Hun stod lidt og så på sig selv i spejlet. Udsugningen havde fjernet det meste af emmen nu, og badeværelset var allerede flere grader koldere, end da hun var trådt ud af brusenichen fem minutter tidligere. Et øjeblik tænkte hun af gammel vane på at sminke sig. En japansk lakæske stod åben ved siden af vasken, fuld af kosmetik.

Hun slog det ud af hovedet. Munden var stadig meget hævet, og den sprukne underlæbe ville se håbløs ud med læbestift på.

For mange år siden, under Bill Clintons første præsidentperiode, havde Hillary Rodham Clinton inviteret Helen Bentley til frokost. Det var første gang, de mødtes under mere personlige former, og Helen huskede, hvor ekstremt nervøs hun havde været. Det var ikke mere end et par uger siden, hun havde indtaget sit sæde som senator, og hun havde stadig rigeligt at se til med at lære sig den skik, brug og omgangstone, som en ubetydelig og ung senator måtte få et lynhurtigt greb om for at overleve mere end ganske få timer på Capitol Hill. Frokosten med *The First Lady* blev et eventyr. Hillary havde været nøjagtig lige så nærværende, opmærksom og interessant, som hendes tilhængere påstod, hun var. Arrogancen, kulden og det beregnende væsen, fjender tillagde hende, var fuldstændig fraværende. Hun var selvfølgelig ude efter noget, ligesom alle i Washington altid var ude efter et eller andet, men mest af alt fik Helen Bentley indtryk af, at Hillary Rodham Clinton ville hende det godt. Hun ønskede at få hende til at føle sig tryg i sin nye tilværelse. Hvis senator Bentley desuden ville være så elskværdig at gennemlæse det dokument, som handlede om en sundhedsreform til den jævne amerikaners bedste, ville hun samtidig glæde *The First Lady* meget.

Helen Bentley huskede det tydeligt.

De havde rejst sig efter måltidet. Hillary så diskret på sit ur, gav hende et formelt kys på kinden og tog hende i hånden.

– Én ting til, sagde hun uden at slippe den. -I denne verden kan du ikke stole på nogen. Undtagen én. Din mand. Så længe han er din mand, er han den eneste, som altid vil dig det godt. Den eneste, du kan stole på. Glem aldrig det.

Helen havde aldrig glemt det.

Den 19. januar 1998 indrømmede Bill Clinton ikke bare, at han havde bedraget en hel verden, men også sin kone. Et par uger senere stødte Helen Bentley helt tilfældigt på Hillary Clinton i en korridor i Vestfløjen efter et møde i Det Hvide Hus. *The First Lady* var lige kommet tilbage fra Martha's Vineyard, hvor hele præsidentfamilien havde søgt tilflugt i den grusomme tid. Hun var standset, havde taget Helens hånd og holdt den, sådan som hun havde gjort det under deres allerførste møde mange år tidligere. Helen havde ikke kunnet finde på andet at sige end:

– *I'm so sorry, Hillary. I'm truly sorry for you and Chelsea.*

Mrs. Clinton sagde ingenting. Øjnene var rødrandede. Munden skælvede. Hun pressede et smil frem, nikkede og slap Helens hånd, inden hun gik videre, stolt og rank og med et blik, som så direkte på hvem som helst, som turde møde det.

Helen Lardahl Bentley havde aldrig glemt præsidentfruens råd, men hun havde ikke fulgt det. Helen kunne ikke leve uden at stole på nogen. Langt mindre kunne hun begive sig ud på den lange vej mod USA's højeste embede uden at have fuld tillid til en håndfuld trofaste medarbejdere, en eksklusiv gruppe gode venner, som kun ville hendes bedste.

Warren Scifford havde været en af dem.

Det havde hun altid troet. Men han løj. Han svigtede hende, og løgnen var større end sig selv.

Han kunne nemlig ikke vide det, han i brevet havde påstået, at trojanerne kendte til. Ingen vidste det. Ikke engang Christopher. Det var hendes hemmelighed, hendes byrde, og hun havde båret den alene i mere end tyve år.

Det hele var komplet uforståeligt, og kun panikken, den lammende, overvældende angst, som slog hende ud, da Jeffrey Hunter viste hende brevet, havde forhindret hende i at se det allerede på det tidspunkt.

Warren løj. Noget var helt galt.

Ingen kunne vide noget.

Det føltes, som om tænderne havde fået fløjlspels på, og hun havde en grim smag i munden. Hun så sig søgende rundt i rummet. Så fik hun øje på det ved spejlet. Hanne Wilhelmsen havde sat et tandglas frem til hende med en ny tandbørste og en halvfuld tube tandpasta i. Hun baksede med den genstridige pakning og skar sig på den hårde plastic, før hun kunne trække tandbørsten ud.

Præsident Bentley viste tænder mod spejlbilledet.

– *You bastard,* hviskede hun. – *Fanden tage dig, Warren Scifford! Der findes et helt specielt sted i helvede til mennesker som dig!*

2

Warren Scifford følte sig rigtig elendigt tilpas.

Han famlede i halvmørket efter mobiltelefonen, som spillede en mekanisk version af noget, der skulle forestille hanegal. Spektaklet ville ikke holde op. Fortumlet satte han sig op i sengen. Han havde igen glemt at trække for vinduerne, inden han gik i seng, men det grå lys bag de lette gardiner fortalte ham ikke noget om, hvad tid på døgnet det var.

Hanegalet steg i styrke, og Warren bandede saftigt, mens han rodede rundt på natbordet. Til sidst fik han øje på telefonen. Displayet lyste 05.07. Den måtte være faldet på gulvet i de knap tre timers urolige søvn, han havde fået. Han kunne ikke forstå, at han kunne have taget så meget fejl, da han stillede alarmen. Meningen var, at han skulle vækkes fem minutter over syv.

Det mislykkedes et par gange, men til sidst fik han slukket telefonen. Han lagde sig opgivende tilbage i sengen. Han lukkede øjnene, men syntes ikke umiddelbart, at det hjalp.

Tankerne rumsterede og kolliderede og skabte et kaos, det var umuligt at sove fra. Han rejste sig resigneret, trissede ud under bruseren og blev stående der i næsten et kvarter. Hvis han ikke kunne være udhvilet, ville det i hvert fald hjælpe at skrubbe sig til en slags vågenhed.

Han tørrede sig og tog boxershorts og T-shirt på.

Det tog ham ganske kort tid at sætte det transportable kontor op. Han lod loftslyset være slukket og trak mørkelægningsgardinerne for. Natbordslampen og lyset på skrivebordet var tilstrækkeligt til at arbejde ved. Da det hele var klart, fyldte han el-kedlen og stillede sig op ad reolen, mens vandet kom i kog. Han overvejede kaffe, men pulveret virkede så gammelt og aromaforladt, at han i stedet tog en tepose, lagde den i en kop og hældte kogende vand over.

Ingen nye e-mails.

Han prøvede at regne tilbage. Klokken var omkring to om natten, da han var gået i seng. Det vil sige cirka otte om aftenen i Washington DC. Nu var den elleve derhjemme. Alle arbejdede på fuldt tryk. Ingen havde sendt ham noget i mere end fire timer.

Han prøvede at berolige sig selv med, at de sikkert troede, han sov.

Det hjalp ikke. Udfrysningen blev mere og mere tydelig. Efterhånden som tiden gik, uden at præsidenten blev fundet, blev Warren Sciffords rolle mere og mere svækket. Selv om det stadig var ham, der stod for kontakten med det lokale politi, var det tydeligt, at aktiviteten på ambassaden på Drammensveien var tiltaget i omfang og styrke, uden at han blev fuldt orienteret. De operative efterforskere, som FBI havde sendt til Norge et par timer efter ham selv, var kongerne på bjerget. De boede på ambassaden. De var udstyret med kommunikationsteknologi, som fik hans lille kontor med et udvalg af mobiltelefoner og en krypteret pc til at ligne en sørgelig forsendelse til Teknisk Museum.

De ville blæse det norske politi en lang march.

Der kom ganske vist stadig et par af dem til de møder, han

prøvede at få plads til flere gange om dagen i et forsøg på at koordinere amerikanernes egen indsats med det, som norsk politi måtte have være kommet op med af fund, spor og teorier. Da han kunne oplyse, at liget af Jeffrey Hunter var fundet, fik han i det mindste noget, der kunne ligne opmærksomhed. Så vidt han havde forstået på ambassadøren, kom det derefter til en lille diplomatisk krise omkring udleveringen af mandens jordiske rester. Nordmændene ville beholde ham for nærmere undersøgelser. Det ville USA bare ikke finde sig i.

– Det vil jeg skide på, hviskede Warren Scifford og gned sig i ansigtet.

Han havde advaret ambassadør Wells.

– De eksploderer, når de finder ud af, hvad I har gang i, sagde Warren opgivende, da de havde mødtes på ambassaden dagen før. – Selv om de har en USA-venlig regering, har jeg alligevel forstået, at det her er et land med en stærk opposition. Det er muligt, de er stædige, som du advarede mig om, da jeg ankom, men de er langt fra idioter. Vi kan simpelthen ikke …

Ambassadøren havde afbrudt ham med et iskoldt blik og en stemme, som fik Warren til at tie:

– Det er *mig*, der kender det her land, Warren. Det er mig, der er USA's udsending i Norge. Jeg har tre møder dagligt med den norske udenrigsminister. Regeringen i dette land er løbende orienteret om alt, hvad vi foretager os. *Om alt, hvad vi foretager os.*

Det var en lodret løgn, og det vidste de begge to.

Warren tog en slurk af teen. Den smagte ikke af meget, men var i det mindste varm. Det var værelset også. Alt for varmt. Han gik hen til en kasse på væggen og prøvede at skrue ned for temperaturen. Han havde aldrig rigtig lært systemet med det der Celcius-princip. Nu stod pilen på 25 grader, og det var i hvert fald for varmt. Måske 15 var bedre. Han holdt hånden op mod filteret på væggen. Luften blev øjeblikkeligt koldere.

Han ventede et øjeblik, inden han slukkede for pc'en igen.

Der lå to dokumenter på bordet. Det ene var tykt som en bog. Det andet var på knap tyve sider. Han tog dem begge, stablede alt, hvad der var af puder, op i sengens hovedende og satte sig i dem.

Han bladrede først rundt i den topgraderede redegørelse om status på efterretningsfronten. Den var på mere end to hundred sider, og han havde ikke modtaget den som krypteret e-mail, hvilket han burde ifølge aftaler og instrukser. Da han tilfældigt opdagede, at den fandtes ved at overhøre brudstykker af en samtale i hovedkvarteret på ambassaden, havde han måttet tigge om at få indblik. Conrad Victory, en tres år gammel specialagent, som havde kommandoen over styrken på ambassaden, mente, at Warren slet ikke havde brug for dokumentet. I situationer som denne opererede de strikst efter en *need-to-know-policy*, hvilket Warren med sin erfaring måtte kunne forstå. Hans rolle var at være bindeled mellem norsk og amerikansk politi. Han havde selv beklaget sig over, hvor vanskeligt det var at modstå det pres, nordmændene lagde på ham med hensyn til amerikansk information og efterretning. Jo mindre han vidste, jo mindre havde Oslopolitiet at brokke sig over.

Men Warren gav sig ikke. Da intet andet hjalp, holdt han sig ikke for god til at betone sit nære og personlige forhold til præsidenten. Mellem linjerne, naturligvis. Det virkede. Til sidst.

Han var gået på hovedet i seng klokken to og havde stort set ikke kigget på dokumentet før nu.

Det var skræmmende læsning.

I den intense jagt på præsidentens bortførere tegnede der sig et mere og mere tydeligt billede af, at forsvindingsnummeret ville blive fulgt op af et større terrorangreb. Hverken FBI, CIA eller nogen af de talrige andre organisationer under paraplyen *Homeland Security* var villige til at benytte det navn, Warren Sciffords *BS-Unit* havde sat på det potentielle angreb: *Troja*.

De turde endnu ikke kalde det noget som helst.

De turde ikke engang være sikre på, at det ville indtræffe.

Problemet var, at ingen vidste, hvad eller hvem angrebet ville blive rettet imod. Efterretningen var massiv i den forstand, at mængden af indkomne rapporter og tips, spekulationer og teorier var overvældende. Alligevel var informationsmaterialet fragmentarisk, forvirrende og desuden langt hen ad vejen selvmodsigende.

Der kunne være tale om en islamistisk konspiration.

Der var *sandsynligvis* tale om en islamistisk konspiration.

Det *måtte* dreje sig om muslimerne.

Rapporterne tydede på, at myndighederne havde kontrol med alle andre potentielle forbrydere, angribere og aktuelle terrorister, for så vidt man overhovedet kunne tale om kontrol i den slags sammenhænge. Med hensyn til grupper af forskruede, fanatiske amerikanske borgere var de altid en latent trussel. Det havde ikke mindst bombemanden Timothy McVeigh bevist, da Golf-veteranen og våbenfanatikeren dræbte 168 mennesker i Oklahoma City i 1995. Problemet var, at der ikke fandtes spor af unormal aktivitet omkring de mange ultra-reaktionære grupper i USA. De stod som altid under omfattende overvågning, selv efter 11. september, da det allermeste af opmærksomheden blev rettet mod et helt andet mål. Heller ikke blandt de ekstreme dyreværnsfolk eller yderliggående miljøaktivister var der noget, som tydede på, at de havde taget skridtet fra ulovlige, besværlige aktioner til håndfaste terrorangreb. Religiøse grupperinger af fanatisk karakter fandtes overalt i USA, men som regel var de først og fremmest en trussel mod sig selv. Desuden var det heller ikke blandt dem muligt at få øje på noget ekstraordinært.

At kidnappe en amerikansk præsident fra hendes hotelværelse i Norge lå desuden lysår fra noget, kendte amerikanske grupperinger kunne have kompetence eller midler til at gennemføre.

Det måtte være en islamistisk konspiration.

Warren rettede på brillerne.

Rapporten var fascinerende gennemsyret af angst. Efter mere end tredive år i FBI havde Warren Scifford indtil nu ikke læst en professionel analyse, som i den grad var præget af katastrofetænkning. Det var, som om sandheden endelig var gået op for hele *Homeland Security*-systemet: Nogen havde magtet det umulige. Det utænkelige. Nogen havde stjålet den amerikanske *Commander in Chief*, og det var meget vanskeligt at forestille sig, at der var grænser for, hvilke andre ting disse mørke kræfter kunne gennemføre.

Frygten gjaldt et angreb mod forskellige, men ikke identificerede installationer på amerikansk grund. Den byggede på en række rapporter og begivenheder, men rapporterne var mangelfulde, begivenhederne tvetydige.

Det allermest bekymrende og forvirrende var tippene.

Amerikanske myndigheder modtog den slags henvendelser i en lind strøm, og der var så at sige aldrig noget i dem. Folk i villaer, som ville ramme naboen med ubehagelige undersøgelser fra uniformeret politi, kunne fremkomme med de mest fantastiske påstande om, hvad de havde set over hækken. Mistænkelige besøg, underlige lyde ved nattetid, unormal adfærd og opbevaring af noget, som helt sikkert var sprængstof. Eller måske også en bombe. Bolighajer kunne finde det både bekvemt og effektivt at få hjælp af FBI til at fjerne en besværlig lejer. Der var ikke grænser for, hvad folk mente at have set. Arabere, som gik ind og ud på alle tider af døgnet, samtaler på fremmede sprog og transport af kasser, som guderne måtte vide, hvad indeholdt. Selv unge i lømmelalderen kunne finde på at sende et terrortip om en skolekammerat uden anden grund, end at fyren havde været fræk nok til at bage på en pige, han burde have holdt sig fra.

Denne gang havde tippene mere klang af advarsler.

En usædvanlig mængde anonyme meldinger var kommet ind til FBIs *field offices* de seneste døgn. Nogle ringede, andre benyttede e-mail. Indholdet var sjældent nøjagtigt det samme, men alle gik ud på, at der ville ske noget, noget som fik 11. september til at blegne. De fleste af dem pegede på, at

USA var en svag nation, som ikke engang magtede at passe på sin egen præsident. Landet havde sig selv at takke for, at flanken lå åben. Denne gang ville katastrofen ikke rettes mod et begrænset område. Denne gang skulle USA lide på samme måde, som USA havde spredt lidelse over resten af verden.

It was payback time.

Det mest bekymrende var, at samtalerne ikke kunne spores.

Det var ufatteligt.

De mange organisationer, som beskæftigede sig med *Homeland Security,* havde et teknologisk forspring, som de troede var absolut, og som gjorde det muligt at spore enhver telefonsamtale på, til eller fra amerikansk jord. Som regel tog det heller ikke mere end minutter at identificere en afsenders pc. I skyggen af de vidtgående dommerkendelser, George W. Bush havde tilladt i årene efter 2001, havde National Security Agency opbygget det de mente, var en tilnærmet total kontrol over telefonisk og elektronisk kommunikation. At de i deres bestræbelser efter fuld effektivitet gik længere, end nogen kendelse var beregnet på at række, fandt organisationen ganske uproblematisk. De havde et job at udføre. De skulle sørge for hjemlandets sikkerhed. De få, som havde haft mulighed for at opdage og standse ulovlighederne, valgte at vende blikket den anden vej.

Fjenden var mægtig og farlig.

USA skulle beskyttes for enhver pris.

De skræmmende meldinger lod sig imidlertid ikke spore. Ikke til de rigtige steder. Den suveræne teknologi kom lynhurtigt op med afsenders IP-adresse eller telefonnummer, men ved nærmere undersøgelser viste oplysningerne sig at være forkerte. En opringning fra en mørk mandsstemme, som advarede amerikanske myndigheder mod arrogance og chikane imod ordentlige borgere, som ikke gjorde andet galt end at have en palæstinensisk far, viste sig at stamme fra en telefon, ejet af en halvfjerdsårig kvinde i Lake Placid, New York. På det tidspunkt, da samtalen indløb til et af FBI's kontorer på

Manhattan, holdt den affældige kvinde teselskab med fire elskelige veninder. Ingen af dem havde rørt telefonen, det kunne de ved gud sværge på, og i udskriften fra det lokale telefonselskab kunne man se, at enkefruerne talte sandt: Ingen havde benyttet apparatet på det pågældende tidspunkt.

Teen var blevet mere tempereret. Warren drak. Emmen lagde sig et øjeblik på brillerne, som et pust, og forsvandt.

Han bladrede hurtigt igennem den mere tekniske del af rapporten. Han forstod ikke meget af den og var heller ikke voldsomt interesseret i detaljerne. Det var konklusionen, han var ude efter, og han fandt den på side 173:

Det var absolut muligt at manipulere adressater, sådan som det var blevet gjort.

Temmelig unødvendig konklusion, tænkte Warren. *I har jo allerede dokumenteret mere end 130 tilfælde af fænomenet!*

Han prøvede at få en pude til at ligge bedre bag hovedet, inden han læste videre.

En manipulation af denne type krævede enorme ressourcer.

Ja, ja. Ingen har troet, det var fattigmands værk.

Og sandsynligvis egen telekommunikationssatellit. Eller adgang til kapacitet fra en. Lejet eller stjålet.

En satellit? Et skide rumskib?

Warren begyndte at fryse. 15 grader celcius var åbenbart ret køligt. Han stod ud af sengen og gik igen hen og korrigerede termostaten på væggen. Denne gang satsede han på 20 grader, inden han satte sig tilbage i sengen og læste videre.

Eftersom satellitter af denne type lå i en stationær bane omkring fyrre tusind kilometer fra jordens overflade, var hændelserne forenelige med brugen af en arabisk satellit. Samtlige opringninger og elektroniske meddelelser var knyttet til telefoner og computere på USA's østkyst.

En arabisk satellit ville næppe kunne række længere ind i landet end det.

Men østkysten ville den kunne klare.

Sporing, tænkte Warren og bladrede utålmodig videre. *Med alle milliarderne, alle dommerkendelserne, hele teknologien, som vi har adgang til, hvad så med eftersporing og rekonstruktion af samtalerne og meddelelserne?*

Warren Scifford var *profiler*.

Han havde respekt for teknik. Ikke mindst havde han i løbet af alle årene på jagt efter seriemordere og sadistiske seksualmordere fået dyb respekt for retspatologer og deres tryllekunster med kemi og fysik, elektronik og teknologi. Det skete, at han endog stjal sig til at se en episode af *C.S.I.* i dyb beundring for faget.

Men han forstod sig ikke på det. Han kunne installere en pc, lære sig nogle koder, men var derudover helt tilfreds med, at andre tog sig af teknologien.

Hans område var sjælen.

Og det her kunne han ikke begribe.

Han læste videre.

Tippene var sluttet helt pludselig klokken 09.14, *eastern time*. Det var nøjagtigt på minuttet for FBI's besøg på den første adresse, de havde fundet frem til. Ifølge NSA's lister havde en eller anden ringet fra et lille hus i udkanten af Everglades, Florida, til FBI-hovedkvarteret i Quantico med en truende advarsel om, at USA stod for fald.

Huset var beboet af en gammel mand med dårligt syn og elendig hørelse. Hans telefon var ikke engang koblet til. Apparatet lå helt tilstøvet i kælderen, men abonnementet blev stadig betalt, fordi det var sønnen i Miami, som betalte faderens faste regninger. Åbenbart uden at tænke særlig meget over dem. Sandsynligvis havde han ikke besøgt den gamle i mange år.

Og tippene ophørte i samme øjeblik.

Derefter var der helt stille.

Arbejdet med stemme- og sproganalyse af optagelserne foregik stadig på fuldt tryk, afsluttede rapportens forfatter. Man kunne endnu ikke sige noget af værdi for efterforskningen, hverken om båndoptagelserne med trusler eller de næsten tres e-mails med lignende indhold. Stemmerne var scramblet og forvrænget, så man skulle ikke stille for store forhåbninger. Det eneste, man med en vis sikkerhed kunne sige, var, at samtlige, der havde ringet op, var mænd. De elektroniske breve var af åbenlyse årsager noget vanskeligere at kønsbestemme.

Rapport slut.

Warren var sulten.

Han hentede en chokolade i minibaren og åbnede en flaske cola. Ingen af delene smagte ham, men det hjalp på blodsukkeret. Den lette hovedpine, som skyldtes alt for lidt søvn, forsvandt.

Han lagde sig tilbage i sengen. Det tykke dokument faldt ned på gulvet. Ifølge instrukserne skulle det destrueres øjeblikkeligt. Det måtte vente. Han tog den tyndere bunke papirer og holdt dem ud i strakt arm et par sekunder. Så sænkede han armen ned på dynen.

Denne lille rapport var et mesterværk.

Problemet var, at ingen virkede synderligt interesseret i at læse den og endnu mindre i at handle aktivt i henhold til den.

Warren kunne den næsten udenad, selv om han kun havde læst papirerne igennem to gange. Rapporten var udarbejdet af *the BS-Unit* hjemme i DC, og han havde selv bidraget, så godt han kunne, fra et af jordens mest gudsforladte steder, som de kaldte Norge.

Warren længtes hjem. Han lukkede øjnene.

I den seneste tid havde han flere og flere gange følt sig gammel. Ikke bare ældre, men rigtig gammel. Han var udslidt og havde påtaget sig noget, han ikke kunne magte, med det nye job. Han ville tilbage til Quantico, til Virginia, til familien. Til Kathleen, som havde holdt ham og hans utallige, dybt krænkende sidespring ud i alle årene. Til de voksne børn, som alle havde bosat sig i nærheden af barndomshjemmet. Til sit eget hus og sin egen have. Han ville hjem og mærkede et tungt tryk under ribbenene, som ikke forsvandt, selv om han sank dybt flere gange.

Den tynde rapport var en profil.

Som altid havde de indledt arbejdet med at tage fat i handlinger og begivenheder. *The BS-Unit* bevægede sig langs tidslinjer og i dybden, satte begivenheder i sammenhæng og analyserede årsagsforhold og virkning. De gik omkostninger og kompleksitet efter i sømmene. Enhver detalje i hændelsesforløbet blev sat op imod alternative løsninger, for kun på den måde kunne de komme i nærheden af bevæggrunde og holdninger hos dem, der stod bag kidnapningen af *Madam President*.

Det billede, som langsomt begyndte at tegne sig over de tyve sider, bekymrede Warren og hans trofaste folk i *the BS-Unit* mindst lige så meget, som den tykke rapport skræmte livet af resten af FBI.

De troede, de skulle tegne profilen af en organisation. En gruppe mennesker, en terrorcelle. Eventuelt en lille hær, en armé i hellig krig mod Satans bolværk USA.

I stedet så de konturerne af en mand.

Én mand.

Selvfølgelig kunne han ikke stå alene. Alt, hvad der var sket, siden *the BS-Unit* for første gang så spæde tegn på *Troja* for lidt mere end seks uger siden, tydede på, at der fandtes uhyggeligt mange involverede.

Problemet var bare, at de ikke så ud til at høre sammen. Ikke på nogen måde. I stedet for at komme med en nærmere beskrivelse af en terrororganisation havde *the BS-Unit* fået øje på én enkelt aktør, som benyttede mennesker, som andre ville have benyttet redskaber, og med den samme mangel på loyalitet eller andre menneskelige følelser over for sine hjælpere, som andre ville have haft over for en værkstøjskasse.

Der var ikke gjort noget for at sørge for de forskellige gerningsmænd bagefter. Når de havde spillet deres rolle, gjort deres indsats, var der ikke noget apparat til beskyttelse. Gerhard Skrøder blev kastet for ulvene på samme måde, som den pakistanske rengøringsmand og alle de andre brikker i dette store puslespil også blev det.

Hvilket nødvendigvis måtte indebære, at de ikke anede, hvem de arbejdede for.

Warren gabte, rystede voldsomt på hovedet og spærrede øjnene op for at holde tårerne tilbage. Hånden, som stadig holdt om rapporten, føltes tung som bly. Han tog sig sammen, løftede den og lod øjnene glide ned over første side.

Øverst på arket stod en beskeden overskrift med samme skriftstørrelse som resten af dokumentet, men i halvfed:

The Guilty. A profile of the abductor.

Den Skyldige.

Warren var ikke sikker på, at han brød sig om det navn, de havde valgt. På den anden side var det i hvert fald neutralt nok og uden etniske eller nationale antydninger. Han prøvede endnu en gang at sætte sig bedre til rette og læste videre.

1.i. The abduction.

Som sædvanlig tog de udgangspunkt i det centrale i handlingen.

Allerede præsidentens bortførelse gav i sig selv stærke ledetråde til *the BS-Unit*s profil af gerningsmanden. Helt fra det ugudelige tidspunkt, da han blev vækket i sin lejlighed i Washington DC af en agent, som ophidset kunne fortælle, at præsidenten tilsyneladende var blevet kidnappet i Norge, havde Warren været alvorligt i vildrede. På flyet til Europa havde han ventet, og absurd nok næsten håbet, at han ville ankomme til budskabet om, at *Madam President* var fundet død.

At hun ville blive fundet i live, så han allerede på det tidspunkt helt bort fra.

Det centrale spørgsmål havde hele tiden været: Hvorfor en bortførelse? Hvorfor blev Helen Bentley ikke bare dræbt? Et attentat var efter alle målestokke langt enklere at gennemføre og dermed mindre risikabelt. At være USA's *Commander in Chief* var definitivt en højrisiko-stilling, simpelthen fordi det var umuligt at beskytte et enkeltindivid fra andre menneskers pludselige, dødelige angreb uden at sætte det i isolation.

Bortførelsen måtte have en værdi i sig selv. Der måtte ligge en væsentlig større gevinst i at holde USA hen i det uvisse frem for at lade amerikanerne samles i en fælles bestyrtelse og sorg over en myrdet præsident.

En åbenlys virkning af forsvindingsnummeret var, at landet var mere sårbart over for nye angreb.

Bare tanken gav Warren gåsehud.

Han bladrede om på næste side, inden han tog colaflasken og drak. Han havde stadig et hul i maven, han ikke helt kunne definere, og overvejede et overblik at bestille noget mad for at se, om det ville hjælpe. Uret på mobiltelefonen viste tre minutter i seks, så han droppede tanken. Om en time var der morgenmad.

Brugen af *Secret Service*-agenten Jeffrey Hunter var lige så genial, som den var enkel. Selv om det måske havde været teoretisk muligt at kidnappe præsidenten uden hjælp fra inderkredsen, var det næsten umuligt at forestille sig, hvordan det skulle kunne gennemføres i praksis. At Den Skyldige havde et apparat i USA, som kunne gennemføre to bortførelser af en autistisk dreng for at skræmme en professionel sikkerhedsagent til samarbejde, føjede sig ind i rækken af elementer, som gjorde profilen mere og mere tydelig. Og mere og mere overvældende.

Telefonen ringede.

Lyden kom så overraskende for Warren, at colaflasken, som stod i spænd mellem hans lår, væltede. Han bandede stygt, fik reddet resterne af den klæbrige, mørke væske og tog telefonen.

– Hallo, stønnede han og tørrede den frie hånd i dynen.

– Warren, sagde en stemme langt borte.

– Ja?

– Det er Colin.

– Åh, hej, Colin. Du er meget langt væk.

– Jeg gør det her meget kort.

– Det lyder, som om du hvisker. Tal højere!

– For helvede, Warren, hør på mig. Vi er ikke lige i kridthuset for tiden.

– Nej, det kan også mærkes her.

Colin Wolf og Warren Scifford havde arbejdet sammen i næsten ti år. Den jævnaldrende specialagent var Warrens første valg, da han skulle sammensætte *the BS-Unit*. Colin var af den gamle skole. Navnet var Wolf, han lignede en bjørn og var grundig, rolig og efterrettelig. Nu var stemmen en tak lysere end sædvanlig, og forsinkelsen i lyden gjorde ham tydeligt stresset.

– De vil ikke lytte til os, sagde Colin. – De har bestemt sig.

– Til hvad? spurgte Warren, selv om han godt kendte svaret.

– Til at det er en eller anden islamistisk organisation, som står bag det hele. Nu er de sgu tilbage på Al Qaida-sporet. Al Qaida! De er fandeme ikke tættere på det her kompleks af sager, end IRA er. Eller spejderbevægelsen, for den sags skyld. Og nu har de fået blod på tanden. Det er derfor, jeg ringer.

– Hvad er der sket?

– Der er dukket en konto op.

– Konto?

– Jeffrey Hunter. Penge overført til konen.

Warren sank. Den brune plamage over skridtet var modbydelig. Han trak i dynen med den klistrede hånd for at dække sig til.

– Hallo?

– Jeg er her stadig, sagde Warren. – Det var som fanden.

– Ja. Og det er også for godt til at være sandt.

– Hvad mener du?

– Hør lige, jeg må gøre det kort. Men jeg vil have, at du skal vide det her. Det drejer sig om 200.000 dollar. Pengene er selvfølgelig filtreret gennem de sædvanlige kanaler for at gøre dem identitetsløse, men vi har alligevel evnet at spore dem hele vejen tilbage til giveren. Det tog ikke manden på Pennsylvania Avenue mere end fem timer.

– Hvem kom de frem til?

– Hold fast.

– Jeg ligger i en seng.

– Fætteren til den saudiarabiske olieminister. Han bor i Iran.

– *Shit*.

– Det må du nok sige.

Warren tog rapporten fra *the BS-Unit*. Papiret klistrede til hånden. Det her passede bare ikke. Det kunne ikke passe. Det var dem, der havde ret; Colin og Warren og resten af den lille, udstødte gruppe af *profilers*, som ingen ville lytte til.

– Det kan bare ikke passe, sagde Warren stille. – Den Skyldige ville aldrig have lavet noget så amatøragtigt som at lade pengene være mulige at spore.

– Hvad?

– Det kan ikke passe!

– Nej, det er jo derfor, jeg ringer! Det er for enkelt, Warren. Men hvad nu hvis vi vender hele historien på hovedet?

– Hvad? Jeg kan ikke høre, der er …

– Vender det hele på hovedet! råbte Colin. – Lad os gå ud fra, at sporingen til Saudi-Arabien er lagt ud *med vilje* … Hvis vi har ret, og meningen var, at vi skulle finde pengene og finde ud af, hvor de kom fra …

… så falder alle brikkerne på plads, tænkte Warren og trak vejret dybt. *Det er sådan, Den Skyldige arbejder. Han ønsker kaos, han skaber krise, han er …*

– Forstår du det? Er du enig?

Colins stemme var meget fjern.

Warren hørte ikke ordentligt efter.

– Det vil ikke vare længe, før det her begynder at sive ud, sagde Colin, forbindelsen blev dårligere og dårligere. – Har du fulgt med på børsen?

– Lidt.

– Når forbindelsen til Saudi-Arabien og Iran bliver kendt …

Oliepriserne, tænkte Warren. *De vil drøne i vejret som aldrig tidligere i historien.*

– … dramatisk fald på Dow Jones, og det fortsætter allerhelvedes stejlt nedad og …

– Hallo, råbte Warren.

– Hej! Er du der stadig? Jeg må slutte nu, Warren. Jeg må løbe, for …

Det knitrede ubehageligt. Warren holdt røret nogle centimeter fra øret. Pludselig var Colin tilbage. For første gang var forbindelsen krystalklar.

– De taler om hundred dollar per tønde, sagde han dystert. – Inden udgangen af næste uge. Det er det, han vil. Det passer, Warren. Det hele passer. Jeg må løbe. Ring til mig.

Forbindelsen blev afbrudt.

Warren rejste sig fra sengen. Han blev nødt til at gå i bad igen. Med skrævende ben, for at de klæbrige lår ikke skulle berøre hinanden, gik han hen til sin kuffert.

Han havde stadig ikke pakket helt ud.

Den Skyldige er en mand med en enorm kapital og et indgående kendskab til Vesten, memorerede han fra profilen. *Han er intelligent langt over gennemsnittet og præget af en sjælden tålmodighed og evne til meget langsigtet planlægning og tænkning. Han har oparbejdet et imponerende internationalt og yderst kompliceret netværk af hjælpere, sandsynligvis ved hjælp af både trusler, kapital og kostbar pleje. Der er al mulig grund til at tro, at kun et fåtal af disse ved, hvem han er. Om overhovedet nogen.*

Warren kunne ikke finde et par rene boxershorts. Opgivende gennemrodede han sidelommerne i kufferten. Fingrene ramte noget tungt. Han tøvede lidt, før han fiskede genstanden op af den smalle åbning.

Uret?

Verus amicus rara avis.

Han havde troet, det var forsvundet for altid. Det havde naget ham mere, end han ville indrømme for sig selv. Han var glad for armbåndsuret og stolt over at have fået det af *Madam President*. Han tog det aldrig af.

Undtagen når han havde sex.

Sex og tid hørte ikke sammen, og derfor tog han det af.

Inderst inde havde han frygtet, at uret var blevet stjålet af kvinden med det røde hår. Han huskede ikke længere, hvad hun hed, selv om det ikke kunne være mere end en uges tid siden, de mødtes. På en bar. Hun arbejdede med reklame, mente han at huske. Eller måske var det film.

Whatever, tænkte han og lod uret glide over håndleddet.

Der var ingen rene boxershorts i kufferten.

Han måtte klare sig uden.

Han er højst sandsynligt ikke amerikaner, syntes Warren, han hørte en stemme sige, som om profildokumentet kørte på et lydbånd inde i hovedet. *Hvis han er muslim, hælder han mere til det sekulariserede end det fanatiske. Han er sandsynligvis bosiddende i Mellemøsten, men kan også have et midlertidigt opholdssted i Europa.*

Klokken var blevet tre minutter over halv syv, og Warren Scifford følte sig ikke længere det mindste søvnig.

3

Da Al Muffet nærmede sig gæsteværelset, kastede han et blik over gelænderet på første sal ned på det store standur i hall'en. Det viste tre minutter over halv et. Han mente, at han engang havde læst, at menneskets søvn var dybest mellem tre og fem om natten. Men da broderen havde været temmelig fuld aftenen før, turde Al alligevel godt løbe an på, at han sov tungt allerede nu.

Han havde ikke tålmodighed til at vente længere.

Omhyggeligt prøvede han at undgå de gulvplanker, som knirkede. Han havde bare fødder og fortrød, at han ikke havde taget et par sokker på. Fugtigheden under fodsålerne frembragte en svagt slubrende lyd mod trægulvet. Selv om Fayed ikke ville lade sig forstyrre af den, sov pigerne, især Louise, usædvanlig let. Det havde de gjort, siden moderen døde, klokken ti minutter over tre en novembernat.

Heldigvis havde han kunnet beherske sig aftenen før, da Fayeds kommentar om moderens dødsleje havde slået ham fuldstændig ud for et øjeblik. Efter en tur på badeværelset, hvor han havde vasket hænder og ansigt i iskoldt vand, havde han været i stand til at gå ned til broderen og døtrene og fortsætte aftenen nogenlunde fattet. Han sendte pigerne i seng klokken ti, under store protester, og var glad, da Fayed allerede en halv time efter erklærede, at han ville gå i seng.

Al Muffet nærmede sig døren til det værelse, broderen sov i.

Moderen havde aldrig taget fejl af sine to sønner.

Aldersforskellen var én ting. Ali og Fayed havde desuden helt forskellige karakterer. Al Muffet vidste, at moderen syntes, han lignede hende mest med sit venlige væsen og sin åbenhed over for det meste og de fleste.

Fayed var en fremmed fugl. Han var dygtigere end sin bror i skolen, faktisk blandt de allerbedste på hele skolen. Som håndværker var han imidlertid håbløs. Faderen fandt tidligt ud af, at det nok ikke var nogen god idé at tvinge Fayed til at hjælpe med forefaldende arbejde på værkstedet. Lille Ali, derimod, kendte principperne bag en bilmotor, inden han fyldte otte år. Da han var seksten og havde taget kørekort, byggede han sin egen bil af gamle vragdele, som faderen havde ladet ham få.

Broderens mutte, skeptiske væsen satte også tidligt et fysisk præg på drengen. Han tillagde sig et skævt sideblik på verden, en skulende holdning, som fik folk til at tvivle på, om han nogen sinde virkelig hørte efter. Desuden gik han en lille smule skævt, som om han altid ventede en eller anden form for angreb og ville vende den ene skulder til, hellere før end siden.

Men deres ansigter var alligevel usædvanlig ens. Uden at moderen af den grund nogen sinde havde taget fejl af dem. Det ville hun aldrig have gjort, tænkte Al Muffet og trykkede forsigtigt håndtaget ned.

Hvis hun virkelig havde gjort det, fordi hun var få minutter fra døden og hverken så eller tænkte klart, kunne det være en katastrofe.

Rummet var bælgravende mørkt. Al blev stående i nogle sekunder for at lade øjnene vænne sig til det.

Sengens omrids tegnede sig mod væggen. Fayed lå på maven med det ene ben halvt ud over sengekanten og venstre hånd under hovedet. Han snorkede svagt og regelmæssigt.

Al tog en lille lommelygte op af brystlommen. Inden han tændte den, konstaterede han, at broderens kuffert stod på en lav kommode ved siden af døren ind til husets mindste badeværelse.

Han skærmede for strålen med fingrene. Kun en lille lysstribe faldt over gulvet og gjorde det muligt for Al at nærme sig kufferten uden at snuble over noget.

Den var låst.

Han prøvede igen, men kodelåsen lod sig ikke åbne.

Fayed snorkede kraftigt og vendte sig i sengen. Al stod helt stille. Han turde ikke engang slukke lygten. I flere minutter stod han og lyttede til broderens vejrtrækning, som igen var rytmisk og langsom.

Kufferten var en almindelig, sort Samsonite i mellemstørrelse.

Banal kodelås, tænkte Al og rullede låseskiverne frem til tallene for broderens fødselsdag. *En så almindelig lås kan have den mest almindelige af alle koder.*

Klik.

Han gentog talindstillingerne på den venstre lås. Låget kunne nu åbnes. Han løftede det langsomt uden en lyd. Kufferten indeholdt tøj. To sweatre øverst, et par bukser, flere par underbukser og tre par sokker. Alt var pænt og sirligt lagt sammen. Al stak langsomt hånden ind under tøjet og flyttede det til siden.

På bunden af kufferten lå otte mobiltelefoner, en pc og en planner.

Ingen har brug for otte mobiltelefoner, medmindre de lever af at sælge dem, tænkte Al. Han mærkede sin puls stige. Alle telefonerne var slukket. Et øjeblik følte han sig fristet til at tage pc'en med ud til nærmere undersøgelse, men slog det hurtigt ud af hovedet. Den var sandsynligvis fuld af koder, han ikke ville kunne knække, og risikoen for, at broderen vågnede, inden han nåede at lægge maskinen tilbage, var for stor.

Planneren var i sort skind. Den var lukket med en flap med tryklås, som samtidig tjente som holder for en eksklusiv kuglepen. Al stak lommelygten i munden, rettede strålen mod bogen og åbnede den.

Det var en ordinær filofax. Venstre side var delt ind i felter for ugens tre første dage. De fire sidste havde plads på højre side. Søndagsfeltet var mindre end de andre, og så vidt Al kunne se, havde hans bror aldrig aftaler om søndagen.

Han bladrede lydløst frem og tilbage. Aftalerne sagde ham ikke andet, end at broderen var en travl mand. Det vidste han i forvejen.

En pludselig indskydelse fik ham til at slå op på de komprimerede årskalendere, der kun havde én linje for hver dag på et større ark, som kunne foldes ud. I hans egen planner sad disse sider bagest, men broderen fandt det åbenbart formålstjenligt at have dem foran det indeværende års agenda. Fayed havde gemt de sidste fem årsoversigter. Mærkedage var omhyggeligt markeret. I 2003 havde Fayeds familie fejret 4. juli på Sandy Hook. Labor Day 2004 blev tilbragt på Cape Cod hos nogen, som hed Collies.

11. september 2001 var markeret med en kulsort stjerne.

Al mærkede, at han svedte, selv om der var køligt i værelset. Broderen sov stadig tungt og stille. Fingrene skælvede, da han bladrede frem til moderens dødsdag. Da han så, hvad broderen havde skrevet, fik han endelig vished.

Hans øjne blev hængende ved teksten et par sekunder. Så lukkede han bogen og lagde den tilbage på plads. Nu var hans hænder rolige og arbejdede hurtigt. Han lukkede låget på kufferten og låste den igen.

Lige så stille som da han kom, listede han sig tilbage til døren. Der blev han stående. Han så på den sovende skikkelse i sengen, sådan som han så mange gange før under sin opvækst om natten havde betragtet broderen fra sin egen seng, når han ikke selv kunne falde i søvn. Mindet stod tydeligt for ham. Efter lange, udmattende dage i krigszonen mellem forældrene og Fayed kunne Ali sætte sig op og stirre på ryggen, som langsomt hævede og sænkede sig i det andet hjørne af drengeværelset. Af og til var han vågen i timevis. Somme tider græd han stille. Det eneste, han ønskede, var at forstå den trodsige, forurettede storebror, den tvære, uregerlige teenager, som altid gjorde faderen så ædende ond og moderen så bundløst fortvivlet.

Al Muffet følte sig lige så nedtrykt som dengang, mens han stod ved døren og så på sin sovende bror. Engang havde han holdt af Fayed. Først nu forstod han, at der ikke længere var nogen bånd imellem dem. Han vidste ikke, hvornår det var sket – på hvilket tidspunkt alt var gået i stykker.

Måske da moderen døde.

Han lukkede forsigtigt døren bag sig. Han måtte tænke. Han måtte finde ud af, hvad broderen vidste om bortførelsen af Helen Lardahl Bentley.

4

– Noget nyt?

Inger Johanne Vik vendte sig om mod Helen Lardahl Bentley og smilede, mens hun skruede ned for lyden på fjernsynet.

– Jeg har lige tændt. Hanne har lagt sig lidt. Godmorgen, for resten. De ser virkelig meget …

Inger Johanne tav, rødmede dybt og rejste sig. Hun glattede hurtigt ned over skjortebrystet. Resterne efter Ragnhilds morgenmad dryssede ned på gulvet.

– *Madam President*, sagde hun og greb sig i at ville neje.

– Glem formaliteterne, sagde Helen Bentley hurtigt. – Dette er vel, hvad man kan kalde en helt ekstraordinær situation, ikke? Kald mig Helen.

Hendes læber var ikke helt så hævede mere, og hun klarede at smile. Hun så stadig forslået ud, men badet og det rene tøj havde gjort underværker.

– Findes der en spand og nogle rengøringsmidler et sted? spurgte Helen Bentley og sig omkring. – Jeg ville gerne forsøge at begrænse ... skaderne derinde.

Med en smal hånd pegede hun mod stuen med den røde sofa.

– Åh, det, sagde Inger Johanne let. – Det skal De – du – ikke tænke på. Marry har allerede gjort det. Noget skal vist til rensning, men det er ...

– Marry, repeterede Helen Bentley mekanisk. – Hushjælpen.

Inger Johanne nikkede. Præsidenten kom nærmere.

– Og du er? Jeg beklager, at jeg i går aftes ikke var helt ...

– Inger Johanne. Vik. Inger Johanne Vik.

– Inger, sagde Helen Bentley prøvende og rakte hånden frem. – Og den lille dér er ...

Ragnhild sad på gulvet med et grydelåg, en grydeske og en kasse med Duplo-klodser. Hun pludrede fornøjet.

– Min datter, smilede Inger Johanne. – Hun hedder Ragnhild. Vi kalder hende som regel Agni, for det gør hun selv.

Præsidentens hånd var tør og varm, og Inger Johanne holdt et øjeblik for længe om den.

– Er det her en slags ...

Helen Bentley så ud, som om hun var bange for at fornærme nogen, og tøvede.

– ... kollektiv?

– Nej, nej! Jeg bor ikke her. Min datter og jeg er bare på besøg et par dage.

– Åh, så du bor ikke i Oslo?

– Jo. Jeg bor ... Det her er Hanne Wilhelmsens lejlighed. Og Nefis'. Som er Hannes partner. Samleverske, altså. Hun er fra Tyrkiet, og hun har taget Ida, som er deres datter, med til Tyrkiet for at besøge bedsteforældrene. Det er dem, som egentlig bor her. Jeg er bare ...

Præsidenten løftede hænderne, og Inger Johanne tav straks.

– Fint, sagde Helen Bentley. – Jeg forstår. Må jeg se fjernsyn sammen med dig? Kan I tage CNN?

– Vil du ikke ... have noget mad? Jeg ved, at Marry allerede har ...

– Er du amerikaner? spurgte præsidenten forbavset.

Der kom noget nyt i hendes øjne. Indtil nu havde blikket været vagtsomt, neutralt, som om hun hele tiden holdt noget tilbage for altid at have overtaget over omgivelserne. Selv i går, da Marry havde slæbt hende op fra kælderen, og hun dårligt nok kunne holde sig oprejst, havde blikket været stærkt og stolt.

Nu glimtede der noget i det, som kunne ligne frygt, og Inger Johanne forstod ikke hvorfor.

– Nej, forsikrede Inger Johanne ivrigt. – Jeg er norsk. Helt norsk!

– Du taler amerikansk.

– Jeg har studeret i USA. Skal jeg hente noget til dig? Noget at spise?

– Lad mig gætte, sagde præsidenten, antydningen af ængstelse var forsvundet. – Boston.

Hun trak o'et ud i en langstrakt lyd, som mindede om et a.

Inger Johanne smilede lige akkurat.

– Næmmen, her er jo liv å glade dage, mumlede Marry og haltede ind fra hall'en med en overfyldt bakke i hænderne. – Klokken er ik'ngang syv endnu, og så'r man i fuld gang her. Der står al'så ikke nåt om nattevagt i mine papirer.

Præsidenten stirrede fascineret på Marry, mens hun satte bakken fra sig på stuebordet.

– Kåfi, sagde hushjælpen og pegede. – Pænkeiks. Egg. Beiken. Milk. Æppelsinjus. Værsgo.

Hun satte en hånd for munden og hviskede til Inger Johanne:

– Det med pandekager har jeg set i fjernsynet. De spiser altid pandekager til mornmad. Mærk'lige men'sker.

Hun rystede på hovedet, strøg Ragnhild over håret og sjokkede tilbage til køkkenet.

– Er det til dig eller mig? spurgte præsidenten og satte sig foran maden. – For øvrigt ser der ud til at være rigeligt til tre.

– Spis, sagde Inger Johanne. – Hun bliver fornærmet, hvis det hele ikke er væk, når hun kommer igen.

Præsidenten løftede kniv og gaffel. Det virkede, som om hun ikke helt vidste, hvordan hun skulle angribe det enorme måltid. Forsigtigt stak hun i en pandekage, som var rullet sammen om mængder af syltetøj og fløde. Sukkeret lå som en stribe sne ovenpå.

– Hvad er det her? sagde hun sagte. – En form for *Crêpes Suzettes?*

– Vi kalder dem pandekager, hviskede Inger Johanne. – Marry tror, at det er den slags, amerikanerne spiser til morgenmad.

– Mmm. Lækkert. Virkelig. Men meget sødt. Hvem er det?

Helen Bentley nikkede mod tv-skærmen, hvor gårsdagens RedaksjonEn blev genudsendt. Både NRK og TV2 kørte stadig ekstraudsendelser døgnet rundt. Efter klokken et om natten vendte de bunken og sendte aftenens udsendelser en gang til frem til den første dugfriske udsendelse klokken halv otte.

Wencke Bencke var i studiet igen. Hun diskuterede hidsigt med en pensioneret politimand. Han havde slået sig op som ekspertkommentator på kriminalsager efter en ikke helt vellykket karriere som privatdetektiv. De seneste døgn var de begge gået i fast pendulfart mellem de største kanaler. De leverede varen hver gang.

De kunne ikke tåle hinanden.

– Hun er … forfatter, egentlig.

Inger Johanne rakte ud efter fjernbetjeningen.

– Jeg skal nok finde CNN, mumlede hun.

Præsidenten stivnede.

– Vent! *Wait!*

Inger Johanne blev forfjamsket siddende med fjernbetjeningen i hånden. Hun så fra præsidenten til tv-skærmen og tilbage. Helen Bentley sad med halvåben mund og hovedet på skrå, dybt koncentreret.

– Sagde den kvinde Warren Scifford? hviskede præsidenten.

– Hvad?

Inger Johanne skruede op for lyden og begyndte at lytte.

– … og der er overhovedet ingen grund til at beskylde FBI for brug af ulovlige virkemidler, sagde Wencke Bencke. – Som sagt har jeg et førstehåndskendskab til lederen af FBI-agenterne, som nu samarbejder med norsk politi, Warren Scifford. Han har …

– Der, hviskede præsidenten. – Hvad siger hun?

Den tresårige med pilotbriller og lyserød skjorte bøjede sig frem mod programlederen.

– Samarbejder? *Samarbejder?* Dersom fru kriminalforfatteren her…

Han spyttede titlen ud, som om den smagte som sur mælk.

– … havde haft det mindste begreb om, hvad der er ved at ske her i landet, hvor en fremmed politistyrke huserer …

– Hvad siger de? spurgte præsidenten skarpt. – Hvad taler de om?

– De skændes, hviskede Inger Johanne og prøvede at lytte på samme tid.

– Om hvad?

– Vent.

Hun løftede hånden afværgende.

– *Og så må jeg …*

Programlederen kæmpede for at blive hørt.

– Så sætter vi punktum for denne omgang, for vi har faktisk overskredet tiden. Jeg er sikker på, at denne diskussion vil fortsætte i dagene og ugerne, som kommer. Tak for i aften.

Jinglen kom på. Præsidenten sad stadig med hævet gaffel. Der dryppede syltetøj ned på bordet fra et stykke pandekage. Hun opdagede det ikke.

– Den kvinde talte om Warren Scifford, gentog hun nærmest hypnotiseret.

Inger Johanne tog en serviet og tørrede bordet foran præsidenten.

– Ja, sagde hun sagte. – Jeg hørte jo ikke særlig meget af diskussionen, men det virkede, som om de var uenige om, hvor vidt FBI ... De skændtes om ... ja, om hvorvidt FBI tog sig friheder på norsk jord, så vidt jeg forstod. Det har faktisk været ... et samtaleemne det sidste døgns tid.

– Men ... *er Warren her?* I Norge?

Inger Johannes hånd standsede midt i en bevægelse. Præsidenten virkede hverken kontrolleret eller synderligt majestætisk mere. Hun måbede.

– Ja ...

Inger Johanne vidste ikke, hvad hun skulle gøre, så hun løftede Ragnhild op og satte hende på skødet. Den lille pige vred sig som en ål. Moderen ville ikke slippe.

– Ned, hylede Ragnhild. – Mor! Agni ned!

– Kender du ham? spurgte Inger Johanne, mest fordi hun ikke kunne finde på andet at sige. – Rent personligt, mener jeg ...

Præsidenten svarede ikke. Hun trak vejret tungt et par gange, inden hun igen begyndte at spise. Langsomt og forsigtigt, som om det gjorde ondt at tygge, fik hun en halv pandekage og lidt bacon i sig. Inger Johanne magtede ikke længere at holde på Ragnhild. Hun lod hende komme ned og lege på gulvet igen. Helen Bentley drak sin juice i én slurk og hældte mælk fra glasset over i kaffekoppen.

– Jeg troede, jeg kendte ham, sagde hun og løftede koppen op til munden.

Stemmen var bemærkelsesværdigt rolig i betragtning af, at hun havde virket som i chok for et øjeblik siden. Inger Johanne syntes, hun kunne ane en svag skælven i stemmen, da Helen Bentley forsigtigt glattede sit hår og fortsatte:

– Jeg synes, jeg kan huske, at jeg fik tilbud om en internetopkobling. Jeg skal selvfølgelig også bruge en computer.

Det er på tide, at jeg begynder at rydde op i denne miserable affære.

Inger Johanne svælgede dybt. Hun sank en gang til. Hun åbnede munden for at sige noget, men der kom ikke en lyd. Hun mærkede, at præsidenten så på hende. Varsomt lagde hun hånden på Inger Johannes underarm.

– Jeg kendte ham også engang, hviskede Inger Johanne. – Jeg troede, jeg kendte Warren Scifford.

Måske var det, fordi Helen Bentley var en fremmed. Måske var det visheden om, at denne kvinde ikke hørte til her, hverken i Inger Johannes liv, i Oslo eller i Norge, som fik hende til at fortælle. *Madam President* skulle hjem på et eller andet tidspunkt. I dag, i morgen eller i hvert fald snart. De to skulle aldrig mere mødes. Om et år eller to ville præsidenten knap nok huske, hvem Inger Johanne Vik var. Måske var det den enorme afgrund imellem dem, i stand og liv og geografi, som fik Inger Johanne til endelig, efter tretten tavse år, at fortælle historien om, da Warren svigtede hende så fundamentalt, og hun mistede det barn, de ventede sammen.

Og da hun var færdig med historien, havde Helen Bentley mistet den sidste rest af tvivl. Hun trak forsigtigt Inger Johanne ind til sig. Holdt om hende, strøg hende over ryggen. Da gråden til sidst lod sig stoppe, rejste hun sig og bad stille om tilladelse til at bruge pc'en.

5

Det var Abdallah al-Rahman selv, som havde fundet på navnet *Troja*.

Påfundet morede ham kosteligt. Navnevalget var ikke strengt nødvendigt, men det havde gjort det meget nemmere at narre *Madam President* til at forlade sit hotelværelse. I ugerne efter at det blev kendt, at præsidenten skulle til Norge midt i maj, havde han bearbejdet det amerikanske efterretningsvæsen med guerillataktik.

Lynhurtigt ind. Lige så hurtigt ud igen.

De oplysninger, han havde plantet, var fragmentariske og i grunden intetsigende. Alligevel udgjorde de en slags indicier for, at noget var i gang, og ved en udspekuleret brug af ordene „indefra", „uventet indre angreb" og til overmål benævnelsen „hest" i et notat, som blev fundet af CIA på et lig, som flød i land i Italien, fik han dem præcis derhen, hvor han ville have dem.

Da informationen nåede Warren Scifford og hans stab, bed de på. Det blev *Troja*, nøjagtigt som han havde ønsket.

Abdallah var tilbage på kontoret efter en ridetur. Morgen i ørkenen var noget af det smukkeste, han kendte. Hesten havde fået lov at strække rigtig ud, og bagefter havde både han og hingsten badet i dammen under palmerne ved staldene. Dyret var gammelt, et af de ældste han ejede, og det var en god fornemmelse at mærke, at det stadig besad fart, spændstighed og livsglæde.

Dagen var begyndt godt. Han havde allerede overstået de almindelige forretninger. Svaret på mails, gennemført et telefonmøde. Læst en bestyrelsesrapport, som ikke indeholdt noget af interesse. Efterhånden som morgenen gik over i formiddag, mærkede han, at koncentrationen svigtede. Han gav en kort besked til forværelset om, at han ikke ville forstyrres, og loggede sig af pc'en.

På den ene væg viste plasmaskærmen udsendelserne fra CNN uden lyd.

På den anden hang et enormt kort over USA.

Det store antal farvede knappenåle var spredt over hele landet. Han slentrede over til kortet og lod fingeren køre i siksakbevægelse imellem dem. Hånden standsede ved Los Angeles.

Det her var måske Eric Ariyoshi, tænkte Abdallah al-Rahman og lod fingeren kærtegne det gule nålehoved. Eric var *Sansei*, tredje generations amerikaner af japansk herkomst. Han nærmede sig de femogfyrre og havde ingen familie. Konen forlod ham efter fire ugers ægteskab, da han mistede sit job i 1983, og siden havde han boet hos sine forældre. Eric Ariyoshi havde dog ikke ladet sig knække. Han tog de løse arbejder, han kunne finde, indtil han som trediveårig fuldførte aftenskolen og var blevet udlært kabelmontør.

Det virkelig slag kom, da faderen døde.

Den gamle havde været interneret på Vestkysten under Anden Verdenskrig. Han havde ikke været andet end en lille dreng dengang. Sammen med forældrene og de to små søstre havde han siddet i fangelejr i tre år. De færreste af de internerede havde gjort noget galt. De havde været gode amerikanere siden fødslen. Moderen, Erics bedstemor, døde, inden de blev løsladt i 1945. Erics far kom sig aldrig over det. Da han blev voksen og slog sig ned i udkanten af Los Angeles med en lille blomsterforretning, som lige akkurat kunne holde liv i ham selv, konen og de to børn, lagde han sag an mod den amerikanske stat. Processen trak ud. Og den blev meget kostbar.

Da Erics far døde i 1994, viste boet sig at bestå af en knusende gæld. Det lille hus, som sønnen havde brugt alle sine indtægter på gennem næsten femten år, stod stadig registreret i faderens navn. Banken tog boligen, og Eric måtte endnu en gang begynde forfra. Den sag, faderen havde anlagt mod staten for uretmæssig internering, var løbet ud i sandet. Det eneste, gamle Daniel Ariyoshi havde fået ud af at følge reglerne og lytte til dyrere og dyrere advokater, var et liv i bitterhed og en død i total ruin.

Det havde, ifølge rapporterne, været meget enkelt at overtale Eric.

Han ville selvfølgelig have penge, mange penge ifølge hans egen, fattige målestok, men det fortjente han så også.

Abdallah lod fingeren glide videre fra nålehoved til nålehoved.

Han ønskede ikke, som Osama bin Laden, at bruge selvmordsbombere og fanatikere til at angribe et USA, som de hadede og aldrig havde forstået..

I stedet havde han opbygget en tavs hær af amerikanere. Af misfornøjede, bedragne, undertrykte og rundbarberede amerikanere, af almindelige mennesker, som hørte til i landet. Mange af dem var født der, alle boede der, og landet var deres. De var borgere i USA, men USA havde aldrig belønnet dem med andet end svigt og nederlag.

– *The spring of our discontent*, hviskede Abdallah.

Fingeren standsede ved et grønt nålehoved ud for Tucson, Arizona. Måske repræsenterede det Jorge Gonzales, hvis yngste søn blev dræbt af en sherif-assistent under et bankrøveri. Drengen var seks år gammel og cyklede tilfældigt forbi. Sheriffen udtalte vredt til lokalpressen, at hans udmærkede assistent havde været overbevist om, at drengen havde været en af røverne. Desuden var det hele gået så hurtigt.

Lilla Antonio var cirka 120 cm høj og havde befundet sig seks meter fra politimanden, da han blev skudt. Han sad på en grøn barnecykel og havde en lidt for stor T-shirt på med Spiderman på ryggen.

Ingen blev nogen sinde straffet efter episoden.

Der blev ikke engang rejst tiltale.

Faderen, som havde arbejdet på *Wal-Mart*, siden han kom til sine drømmes land fra Mexico som trettenårig, kom aldrig over sønnens død og den mangel på respekt, han blev mødt med af alle dem, som skulle beskytte ham og hans familie. Da der dukkede et tilbud op om en sum, som gjorde det muligt at flytte tilbage til hjemlandet som en holden mand mod gentjenester, som overhovedet ikke virkede afskrækkende, greb han begærligt chancen.

Og sådan kunne Abdallah blive ved.

Hver ny nål stod for endnu en skæbne, endnu et liv. Selvfølgelig havde han aldrig mødt nogen af dem. De anede ikke, hvem han var og ville aldrig komme til at vide det. Heller ikke de omkring tredive mennesker, som siden begyndelsen af 2002 havde arbejdet med at kortlægge og rekruttere denne armé af bristede drømme, vidste noget om, hvor ordrerne og pengene kom fra.

Røde reflekser fra plasmaskærmen fik Abdallah til at vende sig om.

TV-billederne viste en ildebrand.

Han gik tilbage til skrivebordet og skruede op for lyden.

– ... *i denne lade uden for Fargo. Det er anden gang på under tolv timer, at ulovlig opbevaring af benzin forårsager brand i dette område. Lokale myndigheder hævder, at ...*

Amerikanerne var begyndt at hamstre.

Abdallah satte sig ned. Han lagde benene op på det kolossale skrivebord og greb ud efter en vandflaske.

Med benzinpriser, som steg og steg med få timers mellemrum, og dystre nyhedsudsendelser, som fortalte om flere og flere hidsige, diplomatiske ordvalg fra Mellemøsten, valfartede folk hjemmefra for at sikre sig brændstof. Det var stadig nat i USA. Alligevel kunne billederne vise køer af iltre chauffører med bilerne fulde af dunke, spande, gamle olietønder og plasticbeholdere. En reporter, som stod i vejen for en pickup, der endelig var meget tæt på pumperne, måtte springe til siden for ikke at blive kørt over.

– De kan ikke bare nægte os at købe benzin, brølede en stærkt overvægtig bonde ind i kameraet. – Når myndighederne ikke kan sørge for anstændige benzinpriser, har vi ret til at tage vores egne forholdsregler!

– Hvad vil du så gøre nu? spurgte intervieweren, mens billedet panorerede hen på to unge mænd i håndgemæng over en benzindunk.

– Først skal jeg have fyldt de her, råbte bonden og hamrede hånden ned i den ene af fem oliedunke på ladet. – Og så tømmer jeg dem ud i min nye silo. Og det fortsætter jeg med resten af natten og i morgen med, til der ikke findes en dråbe tilbage i hele staten ...

Lyden blev klippet af, og reporteren så forvirret ind i kameraet. Produceren stillede lynhurtigt om til studiet.

Abdallah drak. Han tømte flasken og så over på kortet med alle nålene, alle hans soldater.

De havde intet med olie og benzin at gøre.

De fleste arbejdede med kabel-tv.

Mange af dem var ansat på *Sears* eller *Wal-Mart*.

Resten var computerkyndige. Unge hackere, som lod sig friste til hvad som helst mod en billig penge, og mere erfarne programmører. Nogle af dem havde mistet deres arbejde, fordi de blev anset for at være for gamle. Industrien havde ikke længere plads til dygtige, trofaste slidere, som havde lært om computere, dengang man brugte hulkort, og som næsten havde løbet livet af sig for at holde trit med udviklingen.

Det smukkeste af det hele, tænkte Abdallah og strakte sig ud mod et fotografi af sin afdøde bror, Rashid, var, at ingen af knappenålshovederne vidste noget om hinanden. Den indsats, de hver især skulle udføre, var i sig selv lille. Nærmest bagatelagtig, en forseelse, som det rigeligt kunne betale sig at begå, med tanke på den belønning, som fulgte.

Tilsammen ville anslaget imidlertid være fatalt.

Ikke blot et enormt antal *headends*, installationerne, hvor kabel-tv-signalerne blev hentet ned og sendt ud til abonnenterne, ville blive ramt. De stort set ubemandede installationer havde vist sig at være meget enklere mål, end Abdallah havde kunnet forestille sig. Også signalforstærkere og kabler ville blive udsat for sabotage i et omfang, det ville tage uger, måske måneder at udbedre.

I mellemtiden ville raseriet vokse.

Endnu værre ville det blive, når sikkerhedssystemer og kasseapparater i de største supermarkedskæder ikke længere fungerede. Angrebet mod dagligvarehandelen skulle gennemføres etapevis med hurtige angreb mod udvalgte områder, efterfulgt af nye udfald i andre områder, uforudsigeligt og strategisk ulæseligt som fra en effektiv guerilla.

Den usynlige hær af amerikanere, spredt over hele kontinentet og intetanende om hinandens eksistens, vidste nøjagtigt, hvad de hver især skulle gøre, når signalet lød.

Det ville lyde i morgen.

Det havde taget Abdallah mere end en uge at udarbejde den endelige strategi. Han havde siddet her, på dette kontor, med lange lister over de rekrutterede foran sig. I syv dage havde han flyttet dem rundt på kortet, beregnet og kalkuleret, vurderet slagkraft og maksimal effekt. Da han til sidst skrev det hele ned på papir, var der kun tilbage at kalde Tom O'Reilly til Riyadh.

Og William Smith. Og David Coach.

Tre kurerer havde han hentet. De havde opholdt sig på paladset samtidig uden at kende til de andres tilstedeværelse. I hver sit fly var de blevet sendt tilbage til Europa med kun en halv times mellemrum. Abdallah smilede ved tanken og strøg blidt over broderens fotografi.

Man kunne aldrig være helt sikker på noget i verden, men ved at brænde tre af sine sikreste kort, var chancen for, at i hvert fald et af brevene ville nå frem til en amerikansk postkasse, overvældende.

Tre kurerer havde han brugt, og alle tre var døde, lige efter at de havde postet de enslydende breve. Konvolutterne havde samme adressat, og indholdet havde været intetsigende for alle andre end modtageren, hvis brevene mod forventning skulle komme på afveje.

Og dér lå planens allersvageste punkt: At alle havde samme adressat.

Som enhver god general kendte Abdallah sine styrker og svagheder. Styrken var først og fremmest tålmodigheden, hans enorme kapital og det faktum, at han var usynlig. Det sidste var samtidig hans mest sårbare punkt. Han var afhængig af at operere gennem mange led, ved brug af stråmænd og elektroniske omveje, gennem dækmanøvrer og en sjælden gang falske identiteter.

Abdallah al-Rahman var en respekteret forretningsmand. Det allermeste af hans virksomhed var legitim, og han benyttede sig af de bedste mæglere i Europa og USA. Han var ganske vist omgærdet af en mytisk utilnærmelighed, men aldrig havde nogen eller noget slået sprækker i hans renommé som rendyrket kapitalist, investor og børsspekulant.

Og sådan skulle det blive ved med at være.

Men han havde haft brug for én allieret. En, som var indviet.

Operation *Troja* var for kompliceret til, at alt kunne fjernstyres. Fordi intet skulle kunne spores til noget, som lå i nærheden af Abdallah selv, havde han ikke været i USA i mere end ti måneder.

I slutningen af juni 2004 havde han sit møde med demokraternes præsidentkandidat. Hun havde virket positiv. Hun var imponeret af Arabian Port Management. Han kunne se det på hende. Mødet havde varet en halv time længere end planlagt, fordi hun ville vide mere. I flyet på vej hjem til Saudi-Arabien havde han for første gang siden broderens død tænkt, at det måske aldrig nogen sinde ville blive nødvendigt at sætte det hele i værk. At de tredive år med planmæssig positionering og opdyrkning af et slumrende agentnet over hele USA måske ville være spildt. Han havde lænet ansigtet mod vinduet i sin private jet og set på skydækket under sig, den intense rosa farve fra solen, som de rejste fra, og som var ved at forsvinde bag dem. Det spillede ingen rolle, havde han tænkt. Tilværelsen var fuld af investeringer, som ikke gav afkast. At overtage broderparten af Amerikas havne ville være det hele værd.

Hun havde så godt som lovet ham kontrakten.

Og så droppede hun ham bare for en sejr.

Der fandtes en modtager af brevene, en mand, som skulle sætte det hele i gang efter Abdallahs egne, detaljerede planer. Intet måtte gå galt, og Abdallah måtte løbe risikoen ved direkte kontakt. Han stolede på hjælperen. De havde kendt hinanden længe. Det nagede ham med mellemrum at tænke på, at selv dette sidste, tynde bånd mellem ham selv og USA måtte elimineres, så snart operation *Troja* var gennemført.

Abdallah gned forsigtigt skjorteærmet over billedglasset, før han satte fotografiet af Rashid tilbage på skrivebordet.

Ganske vist stolede han på Fayed Muffasa, men på den anden side kunne han ikke fordrage at være tvunget til at stole på noget levende menneske.

6

– Well, isn't this a Kodak moment?

Præsident Helen Bentley sad med Ragnhild på skødet. Pigen sov. Det lysblonde hoved hang slapt bagover, munden var vidåben, og bag de tynde øjenlåg bevægede øjeæblerne sig hurtigt fra side til side. Med jævne mellemrum snorkede hun med små grynt.

– Det var ikke meningen, at du skulle …

Moderen rakte hænderne ud for at tage barnet.

– Lad hende ligge, smilede Helen Bentley. – Jeg trængte alligevel til en pause.

I tre timer havde hun siddet foran skærmen. Situationen var mildest talt alvorlig. Langt værre, end hun havde forstillet sig. Frygten for, hvad der ville ske, når New York-børsen åbnede om få timer, var enorm, og det virkede, som om alle medier det sidste døgn havde været mere optaget af økonomi end politik. Hvis det da overhovedet var muligt at skille de to ting ad, tænkte Helen Bentley. Alle tv-stationer og netaviser udsendte stadig jævnlige rapporter fra Oslo for at opdatere offentligheden om præsidentens bortførelse. Men på en måde var det alligevel, som om Helen Bentley og hendes skæbne var blevet kørt ud i periferien af folks bevidsthed. Nu handlede det om de nære ting. Om olie, benzin og arbejdspladser. Flere steder havde der været tumulter, grænsende til optøjer, og de to første selvmord i Wall Street var allerede en kendsgerning. Den saudiarabiske og den iranske regering var enige om at være rasende. Hendes egen udenrigsminister havde flere gange måttet berolige verden med, at rygtet om en kobling mellem de to lande og kidnapningen af præsidenten ikke havde bund i virkeligheden.

Men det lå stadig uudtalt i luften efter hans tale i går aftes, og konflikten eskalerede yderligere.

Foreløbig havde hun begrænset sig til at surfe på åbne netsider. Hun vidste, at hun før eller siden ville blive nødt til at gå ind på sider, som ville få alarmklokkerne til at ringe i Det

Hvide Hus, men hun ville vente så længe som overhovedet muligt. Fristelsen til at oprette en hotmailadresse og få sendt en beroligende meddelelse til Christophers private mailbox havde flere gange været ved at overmande hende. Heldigvis havde hun haft styrke til at modstå den.

Der var stadig alt for meget, hun ikke forstod.

At Warren havde spillet dobbeltspil, var i sig selv ufatteligt nok. Men et langt liv havde alligevel lært hende, at mennesker nu og da foretog underlige krumspring. Hvis Guds veje var uransalige, kunne de i sandhed ikke sammenlignes med de dødeliges.

Det var passusen om barnet, hun ikke kunne begribe.

I det brev, Jeffrey Hunter havde vist hende i det tidlige morgengry, som fortonede sig som en evighed siden, stod der, at de vidste det. At trojanerne kendte til barnet. Noget i den retning. Hun kunne ikke for sin død huske den nøjagtige formulering. Idet hun læste brevet, havde hun i et glimt set sit barns biologiske mor for sig, en rødklædt skikkelse i regnen med opspilede øjne og en bøn om hjælp, som aldrig blev besvaret.

Lille Ragnhild prøvede at vende sig.

Det var en skøn unge. Lyst, pjusket hår og kridhvide tænder bag våde, røde læber. Vipperne var lange og smukt buede.

Hun lignede Billie.

Helen Bentley smilede og lagde barnet bedre til rette. Det var et underligt sted det her. Her var så stille. Langt borte lød suset af den verden, hun skjulte sig for. Herinde sad fem mennesker og lod være med at tale sammen.

Den pudsige hushjælp sad henne ved vinduet. Hun hæklede. Med jævne mellemrum smækkede hun arrigt med tungen og stirrede ud på et enormt egetræ. Så var det, som om hun talte sig selv til rette med en lydløs mumlen, før hun igen fordybede sig i sit shocking pink-farvede håndarbejde.

Barnets mor var en fascinerende kvinde. Da hun fortalte historien om Warren, havde det næsten virket, som om hun aldrig før havde delt den med nogen. På en måde indgav det Helen en følelse af skæbnefællesskab. Paradoksalt nok, tænkte hun, eftersom hendes hemmelighed handlede om, at hun selv havde svigtet. Inger Johanne var *blevet* svigtet, noget så eftertrykkeligt.

Vi kvinder og vores fordømte hemmeligheder, tænkte hun. *Hvorfor er det sådan? Hvorfor føler vi skam, hvad enten vi har grund til det eller ej? Hvor kommer den fra, denne knugende følelse af altid at bære skyld?*

Kvinden i kørestolen var umulig at forstå sig på.

Hun sad der nu, på den anden side af køkkenbordet, med en avis i skødet og en kaffekop i hånden. Det virkede ikke, som om hun læste. Avisen lå stadig opslået på de samme sider som for et kvarter siden.

Helen kunne ikke rigtig finde ud af, hvem der hørte sammen med hvem i dette hjem. Af en eller anden grund gjorde det hende ikke noget. Normalt ville hendes stærke kontrolbehov have gjort situationen uudholdelig. I stedet følte hun sig rolig, som om de utydelige konstellationer gjorde hendes egen absurde tilstedeværelse så meget desto mere naturlig.

De havde ikke stillet et eneste spørgsmål, siden hun vågnede i det tidligste morgengry. Ikke ét.

Det var ikke til at tro.

Barnet på hendes skød satte sig søvndrukkent op. Hun fornemmede et strejf af sød mælk og søvn, da barnet så skeptisk på hende og sagde:

– Mor. Vil over til mor.

Hushjælpen rejste sig hurtigere, end man skulle have tiltroet den radmagre, halte skikkelse.

– Nu ska' du komme med tante Marry, ja. Og så ska' vi finde Idas legeting. Så ka' damerne her sidde og holde deres mund i fred sammen.

Ragnhild smilede og strakte armene op mod hende.

De måtte i hvert fald komme her tit, tænkte Helen Bentley. Ungen så ud til at elske det gamle fugleskræmsel. De forsvandt ud af stuen. Lyden af det pludrende barn og den småsnakkende kvinde blev svagere og svagere, før der igen blev helt stille. De måtte være gået ind på et andet værelse.

Hun måtte tilbage til pc'en. På en eller anden måde måtte hun se at finde de svar, hun manglede. Hun måtte søge videre. Et eller andet sted i det kaos af informationer, som svirrede i cyberspace, skulle hun finde det, hun søgte efter, før hun gav sig til kende og fik kloden bragt tilbage på sin normale bane.

Selvfølgelig ville hun ikke finde svaret på en pc, tænkte hun. Før hun kunne gå ind på sine egne sider, var der intet derude, som kunne hjælpe hende.

Hun opdagede, at hun stirrede på sine hænder. Huden var tør, og hun havde brækket en negl. Vielsesringen virkede for stor. Den sad løst og truede med at glide af, da hun tog om den med to fingre og drejede den rundt. Langsomt løftede hun hovedet.

Kvinden i kørestolen så på hende. Hun havde de mærkeligste øjne, Helen Bentley nogen sinde havde set. De var isblå, næsten farveløse, men samtidig dybe og mørke. Det var umuligt at læse noget ud af det blik: ingen spørgsmål, ingen krav. Intet. Kvinden sad bare der og så på hende; det gjorde hende forvirret, og hun prøvede at slå øjnene ned. Det var umuligt.

– De narrede mig, sagde Helen Bentley stille. – De vidste, hvad de skulle gøre for at få mig i panik. Jeg fulgte frivilligt med.

Kvinden, som hed Hanne Wilhelmsen, blinkede.

– Vil du fortælle mig, hvad der skete? spurgte hun og foldede langsomt avisen sammen.

– Det må jeg nok hellere, sagde Helen Bentley og trak vejret så dybt, hun kunne. – Jeg har vist ikke andet valg.

7

– Og det er det eneste, du kan fortælle?

Overvågningschef Peter Salhus satte en misfornøjet mine

op og kløede sig på den tætklippede isse. Yngvar Stubø slog ud med hænderne og prøvede at sætte sig bedre til rette på den ukomfortable stol. Tv-apparatet på arkivskabet var tændt. Lyden var lav og skurrende, og Yngvar havde set nøjagtig det samme indslag fire gange før.

– Jeg giver op, sagde han. – Efter den episode i går aftes er det ikke muligt at få et kvæk ud af Warren Scifford. Jeg begynder næsten at tro på rygterne om, at FBI kører sit eget løb. Nogen i kantinen påstod endda, at de var brudt ind i en lejlighed i nat. På Huseby. Eller ... det var måske en villa.

– Bare rygter, mumlede Peter Salhus og trak en skuffe ud. – De fører sig ganske vist frem, men de har forståët, at de ikke kan lege totalt lovløse cowboys. Vi havde naturligvis fået en fuldstændig rapport om sagen, hvis noget sådant havde været sandt.

– Ja, Gud ved. Jeg synes, det hele er ... totalt frustrerende.

– Hvilket? At amerikanerne slår sig løs på et andet lands territorium?

– Nej. Jo, for så vidt. Men ... Tak!

Han lænede sig frem mod den røde kasse, Peter Salhus rakte ham. Forsigtigt, som om han modtog en kostbar skat, tog han en tyk cigar og stirrede nogle sekunder på den, før han strøg den under næsen.

– CAO Maduro No. 4, sagde han højtideligt. – *Sopranos*-cigaren! Men ... men kan vi ryge her?

– Undtagelsestilstand, sagde Salhus kort og lagde en klipper og en æske lange tændstikker frem. – Jeg giver, med al respekt at melde, fanden i forbud.

Yngvar lo højt og behandlede cigaren med erfarne fingre, før han tændte den.

– Du var ved at sige noget, sagde Peter Salhus og lænede sig tilbage.

Cigarrøgen lagde sig i bløde cirkler oppe under loftet. Det var tidlig formiddag, men Yngvar følte sig pludselig træt som efter en større middag.

– Det hele, mumlede han og blæste en røgring op i luften.

– Hvad?

– Jeg er frustreret over det hele. Her har vi gud ved hvor mange mand rodende rundt efter løsningen på, hvem der bortførte præsidenten, og hvordan de gjorde det, og så betyder det ingenting, når det kommer til stykket.

– Selvfølgelig betyder det noget, det ...

– Har du set på den kasse for nylig?

Yngvar nikkede mod fjernsynet.

– Hele molevitten er blevet til storpolitik.

– Hvad havde du ventet? At denne sag skulle behandles som et hvilket som helst andet forsvindingsnummer?

– Nej. Men hvorfor slider vi egentlig livet af os for at finde småforbrydere som Gerhard Skrøder og en pakistaner, som skider i bukserne af skræk, bare vi ser på ham, når amerikanerne allerede har bestemt sig for, hvad der er sket?

Salhus så ud, som om han morede sig. Uden at svare stak han cigaren i munden og lagde benene op på bordet.

– Jeg mener, sagde Yngvar og så sig om efter noget, der kunne fungere som askebæger. – I går aftes sad tre mand i fem timer for at samle det puslespil, som forklarer, hvornår Jeffrey Hunter lagde sig til rette i luftkanalen. Det var kompliceret. Massevis af løse brikker. Hvornår blev præsidentsuiten undersøgt sidst, hvornår kom sporhundene, hvornår blev der støvsuget af hensyn til præsidentens allergi, hvornår blev kameraerne slukket og tændt, hvornår gik ... ja, du forstår. Det lykkedes dem til sidst. Men hvad er hele ideen?

– Hele ideen er, at vi har en sag at opklare.

– Men amerikanerne er jo fløjtende ligeglade.

Han så skeptisk på det plastickrus, Salhus tilbød ham. Så trak han på skuldrene og slog forsigtigt asken ned i det.

– Oslopolitiet burer den ene forbryder efter den anden inde, fortsatte han. – Og alle viser sig at have været involveret i kidnapningen. De har fundet den anden chauffør. De har oven i købet fået kløerne i den ene af de damer, som spillede præsidenten. Ikke én af de pågrebne har andet at fortælle, end at de fik en opgave mod en klækkelig betaling uden at ane, hvor den kom fra. Inden dagen er ovre, har vi kælderen fuld af satans kidnappere!

Peter Salhus lo højt og hjerteligt.

– Men er de det mindste interesserede, spurgte Yngvar retorisk og bøjede sig ind over bordet. – Viser Drammensveien skyggen af interesse for, hvad vi beskæftiger os med? Har de lyst til at modtage en smule information, måske? Ork, nej. De farer forvirret rundt om sig selv og leger Texas, mens verden derude er ved at gå totalt op i limningen. Jeg giver op. Jeg giver simpelthen op.

Han tog et nyt hiv af cigaren.

– Du har ry for at være flegmatiker, sagde Salhus. – Man siger, at du er den mest besindige mand i Kripos. Jeg må sige, at dit ry virker en anelse ufortjent. Hvad siger for resten din kone?

– Min kone? Inger Johanne?

– Har du flere end én?

– Hvorfor skulle hun sige noget om denne sag?

– Så vidt jeg ved, har hun en doktorgrad i kriminologi og en slags fortid i FBI, sagde Salhus og løftede hænderne i forsvar. – Man skulle tro, at det kvalificerede til at have en mening, om ikke andet.

– Det er muligt, sagde Yngvar og stirrede på cigarasken, som dryssede let ned på buksebenet. – Men jeg ved faktisk ikke, hvad hun mener. Jeg har ingen anelse om, hvad hun måtte tænke om denne sag.

– Sådan er det, sagde Peter Salhus og skubbede plasticbægeret længere hen mod Yngvar. – Vi har vel næsten ikke været hjemme nogen af os, de seneste døgn.

– Sådan er det, gentog Yngvar tonløst og skoddede cigaren, længe før den var røget færdig, som om den stjålne ulovlighed havde været for god til at være sand. – Sådan er det sikkert for os alle sammen.

Klokken var tyve minutter i elleve, og Inger Johanne havde endnu ikke givet lyd fra sig.

8

Inger Johanne anede ikke, hvad klokken var. Hun følte sig hensat til en anden virkelighed. Chokket, da Marry aftenen før var dukket op med den forkomne præsident i armene, var gået over i en oplevelse af at være fuldstændig ved siden af alt, hvad der skete uden for lejligheden i Kruses gate. Hun havde med mellemrum opfattet noget af tv-udsendelserne, men aviser havde hun ikke været ude at købe.

Lejligheden var en lukket borg. Ingen ud og ingen ind. Det var, som om Hannes kontante afgørelse om at efterkomme præsidentens bøn om ikke at slå alarm havde skabt en voldgrav omkring tilværelsen. Inger Johanne måtte tænke sig om for i det hele taget at huske, om det var morgen eller aften.

– Det må handle om noget helt andet, sagde hun pludselig. – Du har stirret dig blind på en forkert hemmelighed.

Hun havde været stille længe. I tavshed havde hun lyttet til de to andre kvinder. Hun havde fulgt den somme tider ivrige, til andre tider tøvende og eftertænksomme samtale mellem Helen Bentley og Hanne Wilhelmsen uden at bidrage med noget, så længe at de tilsyneladende havde glemt, at hun var der.

Hanne løftede spørgende øjenbrynene. Helen Bentley sænkede sine med en skeptisk mine, som fik øjet på den sårede side af ansigtet til at lukke sig.

– Hvad mener du? spurgte Hanne.

– Jeg tror, I koncentrerer jer om en forkert hemmelighed.

– Det forstår jeg ikke, sagde Helen Bentley og lænede sig tilbage og lagde armene over kors foran brystet, som om hun følte sig krænket. – Jeg hører, hvad du siger, men hvad betyder det?

Inger Johanne skubbede kaffekoppen fra sig og skubbede håret om bag ørerne. Et øjeblik sad hun tavs og stirrede med halvåben mund og uden at trække vejret på et punkt på bordpladen, som om hun ikke rigtig vidste, hvor hun skulle begynde.

– Vi mennesker er selvhenførende, sagde hun til sidst og supplerede med et afvæbnende smil. – Det er vi alle sammen på en eller anden måde. Måske især … kvinder.

Igen måtte hun tænke sig om. Hun rystede på hovedet og snurrede en tot hår om en finger. De to andre kvinder virkede stadig skeptiske, men de lyttede. Da Inger Johanne igen begyndte at tale, lå stemmen i et lavere leje end sædvanlig.

– Du fortæller, at du blev vækket af denne Jeffrey, som du kendte. Du var naturligvis meget træt. Ifølge det, du har fortalt, blev du først temmelig forvirret. *Meget* forvirret, siger du. Hvilket ikke er spor besynderligt. Situationen må have forekommet temmelig … ekstraordinær.

Inger Johanne tog brillerne af og så sig omkring i rummet med nærsynede, sammenknebne øje.

– Han viser dig et brev, sagde hun. – Du husker ikke det eksakte indhold. Det, du husker, er, at du gik i panik.

– Nej, sagde Helen Bentley bestemt. – Jeg husker, at …

– Vent, sagde Inger Johanne og løftede hånden. – *Please*. Hør lige på det her først. Det er faktisk det, du siger. Du betoner hele tiden, at du gik i panik. Det er, som om du … springer et led over. Det er, som om du … *skammer* dig så meget over, at du ikke tacklede situationen godt, at du heller ikke er i stand til at rekonstruere det hele.

Hun ville sværge på, at der steg en rødmen op i præsidentens ansigt.

– Helen, sagde Inger Johanne og rakte hånden frem mod hende.

Det var første gang, hun tiltalte præsidenten med fornavn. Hånden blev liggende urørt på bordet med håndfladen opad. Hun trak den til sig igen.

– Du er Amerikas præsident, sagde hun lavmælt. – Du har bogstaveligt talt været i krig tidligere.

Antydningen af et smil gled over Helen Bentleys ansigt.

– At gå i panik i sådan en situation, sagde Inger Johanne og trak vejret, – … det er ikke særlig … præsidentagtigt. Ikke sådan som du ser på det. Du dømmer dig selv for hårdt, Helen. Det skal du ikke. Det er ganske enkelt ikke formålstjenligt. Selv et menneske som du har sine svage punkter. Det har alle. Katastrofen i denne sag er bare, at du troede, de havde fundet dit. Lad os prøve at gå et skridt tilbage. Lad os se, hvad der skete i sekunderne *inden*, du oplevede, at verden styrtede sammen.

– Jeg læste brevet fra Warren, sagde Helen Bentley kort.

– Ja. Og der stod noget om et barn. Du kan ikke huske andet end det.

– Jo. Der stod, at de vidste det. At trojanerne vidste det. Det om barnet.

Inger Johanne pudsede brilleglassene med en serviet. Der måtte have været fedt på den. Da hun tog brillerne på igen, så hun rummet gennem et sløret filter.

– Helen, prøvede hun igen. – Jeg forstår, at du ikke kan fortælle os, hvad det der Troja-noget går ud på. Jeg respekterer også fuldt ud, at du vil holde hemmeligheden om barnet for dig selv, denne hemmelighed, som du siger, du troede, de kendte, og som fik det til at ... slå klik for dig. Men kan det ... kan det tænkes, at ...

Hun tav og skar en grimasse.

– Nu vrøvler du, sagde Hanne.

– Ja.

Inger Johanne så på præsidenten.

– Kan det være, at du automatisk tænkte på din hemmelighed, sagde hun hurtigt for ikke at miste tråden igen. – Tænkte du på lige præcis den, fordi den er det værste? Den grimmeste?

– Nu er jeg ikke helt med på, hvor du vil hen, sagde Helen Bentley.

Inger Johanne rejste sig og gik hen til køkkenvasken. Hun hældte en dråbe opvaskemiddel på brilleglassene og lod det varme vand løbe ned over dem, mens hun gned tommelfingeren mod dem.

– Jeg har en datter på snart elleve år, sagde Inger Johanne og tørrede omhyggeligt brillerne. – Hun har et mentalt handicap, som vi ikke helt ved, hvad er. Hun er mit ... allerømmeste punkt i livet. Jeg føler altid, at jeg ikke ser hende på den rigtige måde. At jeg ikke er god nok for hende, god nok *med* hende. Hun gør mig så frygtelig sårbar. Hun gør mig ... selvhenførende. Hvis jeg overhører en samtale om omsorgssvigt, så tror jeg automatisk, at det er mig, de taler om. Hvis jeg ser et tv-program om en eller anden mirakelkur for autister i USA, føler jeg mig som en elendig mor, fordi jeg ikke har forsøgt noget tilsvarende. Programmet bliver en personlig anklage mod mig, og jeg ligger vågen om natten og føler mig elendigt tilpas.

Både Helen Bentley og Hanne Wilhelmsen smilede nu. Inger Johanne satte sig tilbage ved bordet.

– Der kan I se, sagde hun og gengældte smilene. – I genkender det. Vi er sådan alle sammen. Mere eller mindre. Og jeg tror simpelthen, at du, Helen, tænkte på din hemmelighed, fordi den er dit svageste punkt. Men det var ikke den, brevet hentydede til. Det var noget andet. Måske en anden hemmelighed. Eller et andet barn.

– Et andet barn? gentog præsidenten uforstående.

– Ja. Du insisterer på, at ingen, absolut ingen, kan have kendskab til ... til denne begivenhed, som ligger så langt tilbage i tiden. Ikke engang din mand, siger du. Og så er det vel logisk ..

Inger Johanne bøjede sig ind over bordet.

– Hanne, du har været efterforsker i mange år. Er det ikke rimeligt at antage, at når noget er helt umuligt ... ja, så ... *er* det ganske enkelt umuligt! Så må man lede efter en anden forklaring.

– Aborten, sagde Helen Bentley.

Englen, som gik igennem rummet, tog sig uhyggeligt god tid. Helen Bentley stirrede frem for sig uden at rette øjnene mod noget bestemt. Munden var halvåben, og en dyb rynke delte næseroden i to. Hun virkede på ingen måde skræmt eller skamfuld eller for den sags skyld ilde berørt.

Hun var dybt koncentreret.

– Du har fået foretaget en abort, sagde Inger Johanne endelig og meget langsomt, efter hvad der forekom som flere minutters stilhed. – Det er vist aldrig kommet ud. Ikke så vidt jeg har set. Og jeg ser vældig godt efter, for at sige det som det er.

Så hørtes en lys, klingende lyd.

Der blev ringet på yderdøren.

– Hvad gør vi nu? hviskede Inger Johanne.

Helen Bentley stivnede.

– Vent, sagde Hanne. – Marry åbner. Det går fint.

De holdt vejret alle tre, dels i spænding, dels i et forsøg på at høre den samtale, der foregik mellem Marry og den, som havde ringet på. Ingen af dem kunne skelne ordene.

Der gik et halvt minut. Døren blev lukket igen. Et øjeblik efter stod Marry i køkkenet med Ragnhild over skrævs på hoften.

– Hvem var det? spurgte Hanne.

– En af naboerne, svarede Marry og tog et glas vand fra køkkenbordet.

– Og hvad ville en af naboerne?

– Fortælle, at vor's kælderrum står åbent. Fandens osse! Jeg glemte å gå ned igen i går aftes. Gud i himlen, jeg ku jo ikke lige slippe damen her for nået så mosaisk som å låse ind te rummet, vel?

– Og hvad sagde du til naboen?

– Jeg takkede for oplysningen. Men da hun begyndte å plapre op om en dør å var smadret dernede, og om jeg havde nå't kendskab te det, så bad jeg hende passe sine egne sager. Det var det.

Hun satte vandglasset fra sig og forsvandt.

– *What*, sagde Helen Bentley ivrigt. – *What was all that about?*

– Ikke noget, sagde Hanne og viftede med hånden. – Bare noget om en kælderdør, som stod åben. Glem det.

– Det *var* en anden hemmelighed, sagde Inger Johanne.

– Jeg har aldrig opfattet det som en hemmelighed, sagde

Helen Bentley roligt, hun virkede næsten forbavset ved tanken. – Bare noget, der ikke vedkommer nogen. Det er forfærdelig længe siden. Sommeren 1971. Jeg var enogtyve år og studerende. Det var længe før, jeg traf Christopher. Han ved det selvfølgelig. Så det er ingen … hemmelighed. Ikke i den forstand.

– Men en abort …

Inger Johanne strøg med fingrene over bordpladen og gentog sig selv:

– En abort! Ville det ikke have været knusende for din valgkamp, hvis det var blevet kendt? Og vil det ikke stadig være et stort problem for dig at håndtere? Abortspørgsmålet er mildest talt et betændt og evigt skisma i USA, og …

– Det tror jeg egentlig ikke, sagde Helen Bentley bestemt. – Og i hvert fald har jeg hele tiden været forberedt. Alle ved, at jeg er *Pro-Choice*. Mit standpunkt i selve debatten var ganske vist en overgang ved at koste mig valget …

– Det er dagens *understatement*, sagde Inger Johanne. – Bush gjorde, hvad han kunne, for at ramme dig på det spørgsmål.

– Ja, det er rigtigt. Men det gik godt, ikke mindst fordi jeg trak mange kvindestemmer fra de … mindre heldigt stillede klasser. Undersøgelser viste, at jeg faktisk fik et imponerende antal stemmer fra kvinder, som aldrig før havde ladet sig registrere som vælgere. Desuden markerede jeg mig som stærk modstander af sen-aborter. Det gjorde mig mere spiselig, selv hos abortmodstanderne. Og jeg har hele tiden været rolig ved tanken om, at min egen abort skulle blive kendt. Det var en risiko, som var værd at løbe. Jeg skammer mig nemlig ikke over den. Jeg var alt for ung til at få børn. Jeg gik på college på andet år. Jeg elskede ikke barnefaderen. Aborten blev lovligt udført, jeg var kun syv uger henne og tog til New York. Jeg var og er tilhænger af abort i første trimester og vil gerne stå ved det, jeg har gjort.

Hun trak vejret, og Inger Johanne opfattede en snert af bæven i stemmen, da Helen Bentley fortsatte:

– Men jeg betalte en høj pris. Jeg blev steril. Som I ved, er min datter Billie adopteret. Der er intet i denne sag, som kan få nogen til at påvise en forskel mellem holdning og praksis. Det er til syvende og sidst det, det gælder om for os politikere.

– Men nogen vil alligevel mene, at det var dynamit, sagde Inger Johanne.

– Absolut, sagde Helen Bentley. – Faktisk temmelig mange. Som du selv siger: Abortspørgsmålet deler USA midt over og er et meget sårbart og aldrig afsluttet tema. Hvis indgrebet var blevet kendt, var jeg blevet gennemheglet. Men som sagt, jeg ...

– Hvem ved det her?

– Hvem ...

Hun tænkte sig om og fik rynker i panden.

– Ingen, sagde hun tøvende. – Jo, Christopher, selvfølgelig. Han fik det at vide, inden vi blev gift. Og jeg havde en bedsteveninde, Karen, som vidste det. Hun var fantastisk og støttede mig enormt. Et år efter døde hun i en bilulykke. Det var, mens jeg var i Vietnam, og ... Jeg kan simpelthen ikke forestille mig, at Karen har sagt det til nogen. Hun var ...

– Hospitalet, da? Der må vel eksistere en journal et sted?

– Bygningen nedbrændte i 1972 eller 73. *Pro-life*-aktivister, som gik lidt for langt under en demonstration. Det var jo inden computer-revolutionen, og jeg går ud fra ...

– Journalerne er borte, sagde Inger Johanne. – Veninden er borte.

Hun talte på fingrene og tøvede lidt, inden hun dristede sig til at stille spørgsmålet:

– Hvad med barnefaderen? Vidste han noget?

– Ja. Selvfølgelig. Han ...

Hun faldt i staver. Ansigtet fik en indtil da fremmed mildhed over sig, en blød bue omkring munden og en stramning omkring øjnene, som viskede rynker ud og fik hende til at se yngre ud.

– Han ville gifte sig med mig, sagde hun. – Han ville så gerne have barnet. Men da han forstod, at jeg mente det alvorligt, støttede han mig på alle måder. Han tog også med til New York.

Hun så op, øjnene løb over. Hun gjorde ikke tegn til at tørre tårerne bort.

– Jeg elskede ham ikke. Jeg tror ikke engang, jeg var rigtig forelsket. Men han var den sødeste ... Jeg tror, han er den sødeste mand, jeg nogen sinde har truffet. Betænksom. Klog. Han lovede mig aldrig at sige det til nogen. Jeg kan ganske enkelt ikke forestille mig, at han har brudt sit løfte. I så fald må han have ændret sig radikalt.

– Den slags sker, hviskede Inger Johanne.

– Ikke med ham, sagde Helen Bentley. – Han var en mand af ære, om jeg nogen sinde har mødt en. Jeg havde kendt ham i næsten to år, før jeg blev gravid.

– Det er fireogtredive år siden, sagde Hanne. – Meget kan ske med et menneske på så mange år.

– Ikke med ham, sagde Helen Bentley og rystede på hovedet.

– Hvad hed han? spurgte Hanne. – Kan du huske det?

– Ali Shaeed Muffasa, sagde Helen Bentley. – Jeg tror, han skiftede navn senere. Til et mere ... engelskklingende et. Men for mig var han bare Ali, verdens sødeste fyr.

9

Klokken var endelig blevet halv otte om morgenen. Heldigvis var det torsdag. Begge pigerne skulle møde tidligt i skolen. Louise for at spille skak før undervisningen begyndte, Catherine for at gøre en ekstra indsats med styrketræningen. De havde spurgt efter onklen, men slået sig til tåls med faderens hentydning til, at Fayed nok havde fået lidt for meget vin aftenen før. Han sov bare rusen ud.

Huset på Rural Route # 4 i Farmington, Maine, var aldrig helt stille. Træværket knirkede; de fleste af dørene havde slået sig; nogle af dem var svære at åbne, andre var løse i karmen og stod og dunkede i den evige træk mellem vinduer, som ikke var helt tætte. På bagsiden var de enorme lønnetræer plantet så tæt på huset, at grenene slog mod taget ved det mindste vindpust. Det var, som om hele huset levede.

Al Muffet behøvede ikke længere liste rundt. Han vidste, at ingen ville dukke op, før postbudet kom forbi på sin runde, og det var normalt ikke før klokken to. Efter at have kørt pigerne i skole, havde Al været forbi kontoret. Han følte sig sløj i dag, havde han sagt til sekretæren. Ondt i halsen og lidt feber. De måtte desværre aflyse dagens aftaler. Hun havde set på ham med medfølende øjne og stor sympati og ønsket ham rigtig god bedring.

Han havde hentet det, han havde brug for, hostet et farvel og var kørt hjem.

– Ligger du nogenlunde behageligt?

Al Muffet kastede et blik på broderen. Armene var bundet til sengens hovedgærde med kraftig lærredstape om hvert håndled. Fødderne var bundet sammen med et reb, som var viklet videre rundt om den høje fodende og strammet til med store knuder. Al havde tapet broderens mund til med gaffatape.

– Mmmm, sagde broderen og rystede frenetisk på hovedet. Lyden blev kraftigt dæmpet af en vaskeklud, som var proppet ind bag tapen.

Al Muffet trak gardinerne fra. Morgenlyset væltede ind. Støvet i gæsteværelset dansede over de slidte trægulve. Han smilede og vendte sig om mod broderen i sengen.

– Du ligger godt. Du vågnede dårligt nok, da jeg gav dig en beroligende sprøjte i bagdelen i nat. Du var så let at overmande, at jeg næsten ikke kender dig igen, Fayed. Tidligere var det dig, der var slagsbroderen, ikke mig.

– Mmfff!

Ved vinduet stod en spinkel tremmestol. Den var gebrækkelig og ramponeret, og sædet var slidt af hundrede års brug. Den havde fulgt med huset, da Al Muffet købte det, sammen med en masse andre smukke, gamle ting, som havde hjulpet familien med at føle sig hjemme i huset, hurtigere end de havde kunnet håbe på.

Han trak stolen hen til sengen og satte sig på den.

– Det her, sagde han roligt og holdt en sprøjte op foran broderens øjne, som stirrede opspilede og vantro på ham. – Det er meget farligere end det, jeg sprøjtede i dig i nat. Det her, forstår du ...

Han trykkede stemplet i sprøjten langsomt ind, til et par fine dråber sprøjtede ud af den ultratynde nål.

– Det her er ketovenidon. Et stærkt morfinpræparat. Meget effektivt. Og i denne her har jeg ...

Han kneb øjnene sammen og holdt sprøjten op mod lyset.

– 150 milligram. Med andre ord, en dødelig dosis for et menneske.

Fayed rullede med øjnene og forsøgte forgæves at rive hænderne løs.

– Og i denne her, sagde Al uforstyrret og tog endnu en injektionssprøjte op af tasken, som han havde stående på gulvet ved siden af sig, – ... har vi naloxon. Modgiften, altså.

Han lagde den sidste sprøjte på natbordet og skubbede det for en sikkerheds skyld væk fra sengen.

– Jeg tager lige straks kneblen af dig, sagde han og prøvede at fange broderens blik. Men først giver jeg dig noget af morfinen. Du vil mærke den meget hurtigt. Dit blodtryk og din puls vil falde. Du bliver temmelig dårlig. Måske får du vejrtrækningsproblemer. Så kan du vælge. Enten svarer du på det, jeg spørger om, eller også giver jeg dig noget mere. Og sådan fortsætter vi. Helt enkelt, ikke? Når du har givet mig de oplysninger, jeg har brug for, giver jeg dig modgiften. Men først da. Forstået?

Broderen vred sig desperat i sengen. Tårerne strømmede ud af øjnene, og Al lagde mærke til, at hans bukser var våde i skridtet.

– Lige én ting til, sagde Al, mens han stak nålen ind i Fayeds lår gennem pyjamasstoffet. – Du kan hyle og skrige så meget, du vil. Det er spild af tid, skal du vide. Der er over en *mile* til nærmeste nabo. Og han er for resten bortrejst. Det er en almindelig hverdag, så folk er ikke ude at spadsere. Glem det. Sådan …

Han trak sprøjten ud igen og tjekkede, hvor meget han havde injiceret. Han nikkede tilfreds, lagde sprøjten ved siden af den anden på natbordet og rev knebelen af i ét ryk. Fayed prøvede at skubbe vaskekluden ud med tungen, men fik brækfornemmelser og måtte vende hovedet om på siden. Al stak to fingre ind i munden og trak kluden ud.

Fayed hev efter vejret. Han hikstede og prøvede tilsyneladende at sige noget. Det eneste, der kom ud, var harke- og bræklyde.

– Tiden begynder at blive knap, sagde Al. – Så du bør nok gøre dig umage med at svare hurtigt.

Han fugtede læberne og tænkte sig om.

– Er det sandt, at mor troede, du var mig, inden hun døde? spurgte han.

Fayed kunne lige klare at nikke.

– Fortalte hun dig noget, som du kunne regne ud, kun var bestemt for mine ører?

Nu tog broderen sig sammen. Han var roligere. Det var, som om han endelig forstod, at det var nytteløst at prøve at slide sig løs. Et øjeblik lå han helt stille. Kun munden bevægede sig. Det virkede, som om han forsøgte at producere spyt efter at have haft kluden i munden i flere timer.

– Her, sagde Al og holdt et glas vand op mod hans læber.

Fayed drak. Flere slurke. Så rømmede han sig kraftigt og sendte en klat med vand, slim, spyt og opløste rester vaskeklud lige i ansigtet på broderen.

– *Fuck you*, sagde han hæst og lagde hovedet tilbage.

– Nu er du ikke særlig fornuftig, sagde Al og tørrede sig med ærmet.

Fayed sagde ingenting. Det kunne se ud, som om han tænkte sig om, som om han overvejede, hvad der mon skulle til for at forhandle sig frem til en løsning.

– Vi prøver en gang til, sagde Al. – Sagde mor noget til dig om mit liv i den tro, at du var mig?

Fayed svarede stadig ikke. Men han lå i det mindste stille. Morfinen var begyndt at virke. Pupillerne trak sig tydeligt sammen. Al gik hen til kommoden ved døren til badeværelset, åbnede kodelåsene på kufferten og tog Fayeds planner ud. Han bladrede sig frem til årskalenderen for 2002 og rev den ud med et lille ryk.

– Her, sagde han og gik tilbage til sengen. – Her har vi mors dødsdato. Og hvad er det, du har skrevet ned her, Fayed? På mors dødsdag, da du sad hos hende?

Han holdt arket op mod broderen, som vendte hovedet bort.

– Juni 1971 i New York, har du noteret. Hvad betyder den dato for dig? Var det mor, som gav dig den? Var det mor, som talte om den dag, da du sad hos hende?

Stadig intet svar.

– Ved du, sagde Al dæmpet, mens hans viftede med kalenderen. – ... at det at dø af en overdosis morfin er langt fra så behageligt, som nogen påstår. Kan du mærke, at lungerne er begyndt at svigte? Kan du mærke, at det bliver sværere at trække vejret?

Broderen hvæsede. Han prøvede at spænde kroppen op i bro, men havde ikke kræfter nok.

– Mor var den eneste, som vidste det, sagde Al. – Men hun bebrejdede mig det ikke, Fayed. Aldrig. Min hemmelighed gik hende meget på, men hun brugte den ikke imod mig. Mor var min sjælesørger. Som hun også kunne have været din, hvis du havde opført dig nogenlunde ordentligt. Du kunne i hvert fald have prøvet at være et medlem af familien. I stedet gjorde du, hvad du kunne for ikke at høre til.

– Jeg hørte aldrig til, snerrede Fayed. – Det sørgede du for.

Han var bleg nu. Han lå roligt og havde lukket øjnene.

– Jeg? *Jeg?* Jeg, som ...

Resolut greb han morfinsprøjten, stak den i Fayeds lår og

tømte yderligere ti milligram af indholdet ind i musklen.

– Vi har ikke tid til det her. Hvad er det, der skal ske, Fayed? Hvorfor er du her? Hvorfor opsøger du mig efter alle disse år? *Og hvad i helvede har du brugt oplysningerne om Helens abort til?*

Omsider så det ud, som om Fayed var ved at blive virkelig bange. Han prøvede at hive efter vejret, men musklerne ville ikke rigtig. Om læberne dannedes der hvid fråde, som om han ikke engang havde kræfter til at synke sit eget spyt.

– Hjælp mig, sagde han. – Du må hjælpe mig. Jeg kan ikke ...

– Svar på mine spørgsmål.

– Hjælp mig. Jeg må ikke ... Det hele bliver øde... Planen ...

– Planen? Hvilken plan? Fayed, hvilken plan taler du om?

Han var ved at dø. Det var tydeligt, og Al følte sig varm. Han mærkede, at hænderne var usikre, da han greb sprøjten med naloxon og gjorde den klar.

– Fayed, sagde han og lagde sin frie hånd i et fast greb om broderens hage for at tvinge ham til at se på ham. – Nu er du virkelig på den. Jeg har modgiften her. Svar mig på én ting. Kun én ting. Hvorfor er du kommet herop? *Hvorfor kom du lige præcis til mig?*

– Brevene, mumlede Fayed.

Øjnene virkede helt døde.

– Brevene kommer hertil. Hvis noget skulle gå galt ...

Han trak ikke vejret. Al gav ham et hårdt slag i brystkassen. Fayeds lunger gjorde endnu et forsøg på at trodse døden.

– Du bliver revet med i faldet, sagde Fayed. – Det var dig, de elskede.

Al tog en kniv op af tasken og skar tapen, som bandt Fayeds højre arm til sengestolpen, over. Han havde sprøjtet morfinen direkte ind i musklen, men nu skulle han bruge en vene. Langsomt tømte han modgiften ind i en blegblå åre i broderens underarm. Hurtigt, for ikke helt at miste modet, tapede han armen fast igen. Han rejste sig, gik ud på gulvet og kunne ikke holde tårerne tilbage.

– Fandens også. *Fandens også!* Det eneste, jeg har villet have ud af livet, er fred og ro! Ingen skænderier! Ingen ufred og ballade! Jeg har fundet denne lille afkrog af verden, hvor alt er godt for mig og pigerne, og så kommer du ...

Nu hulkede Al. Han var ikke vant til at græde. Han vidste ikke, hvor han skulle gøre af armene. De hang slapt ned langs siden af kroppen. Hans skuldre rystede.

– Hvad slags brev taler du om, Fayed? Hvad er det, du har gjort? *Fayed! Hvad har du dog gjort?*

Pludselig stormede han over gulvet og bøjede sig over broderen. Han lagde sin håndflade mod hans kind. Overskægget, den tykke, fjollede moustache, han havde tillagt sig siden sidst, kildede mod huden, og han strøg broderen over ansigtet, igen og igen.

– Hvad er det, du har fundet på denne gang? hviskede han.

Men broderen svarede ikke, for han var død.

10

Klokken havde akkurat passeret to, da Helen Bentley kom ud i køkkenet igen. Hun så elendig ud. Seks timers søvn og et langt brusebad havde gjort underværker tidligt i morges, men nu var hun synligt bleg. Øjnene var matte med halvmåneformede skygger over kindbenene. Hun satte sig tungt ned i en stol og greb begærligt efter kaffekoppen, som Inger Johanne tilbød hende.

– Der er halvanden time, til New York-børserne åbner, sukkede hun og drak. – Det kommer til at blive en kulsort torsdag. Måske den værste siden trediverne.

– Har du fundet ud af noget? spurgte Inger Johanne forsigtigt.

– Jeg har i hvert fald en slags oversigt. Det er tydeligt, at vores venner i Saudi-Arabien ikke har været lige venligtsindede, når det kommer til stykket. Hårdnakkede rygter vil vide, at det er dem, der står bag, sammen med Iran. Naturligvis uden at nogen i min administration vil indrømme noget som helst.

Hun fremtvang et smil. Læberne var næsten lige så blege som resten af ansigtet.

– Hvilket betyder, at Warren må have solgt sig til araberne, sagde Inger Johanne, stadig lavmælt.

Præsidenten nikkede og lagde en hånd over øjnene. Sådan blev hun siddende i flere sekunder, inden hun pludselig så op og sagde:

– Jeg kan ikke finde rigtig ud af, hvordan det her hænger sammen, før jeg kan gå ind på krypterede sider i Det Hvide Hus. Jeg skal bruge mine egne koder. Der vil stadig være en masse, jeg ikke kan komme ind til, for til det har jeg brug for andet udstyr. Men jeg *må* finde ud af, om Warren er færdig. Jeg må vide, hvad mine folk ved om det hele, før jeg giver mig til kende. Hvis de ikke aner noget om hans ...

– Han er i fuldt sving her i Norge, sagde Inger Johanne. – Jeg ville have vidst det, hvis der var sket noget med ham. Hvis han var blevet arresteret eller sådan noget, mener jeg.

Hun tøvede et øjeblik, kastede et blik på sin mobiltelefon og tilføjede:

– Tror jeg da.

– Men det behøver ikke betyde noget, sagde præsidenten. Hvis de ved, at han er involveret, kan det lige så godt være, at de finder det mest hensigtsmæssigt at holde ham hen i det uvisse. Men hvis de *ikke* ved det ...

Hun trak vejret dybt.

– ... så kan det være farligt at have ham gående løs, når jeg giver mig til kende. Jeg må simpelthen ind på mine egne sider. Jeg må.

– Det vil ikke tage dem mere end få sekunder at opdage det, sagde Inger Johanne skeptisk. – De vil kunne se IP-adressen og finde ud af, at maskinen står her. Så har vi sikkert startet ragnarok.

– Ja. Kunne det … Nej. Jeg har egentlig ikke brug for så lang tid. Et par timer er nok. Håber jeg.

Døren til stuen gik op, og Hanne Wilhelmsen rullede ind.

– En times søvn her og en times søvn der, sagde hun og gabte. – Man kan næsten blive udhvilet af mindre. Er du kommet nogen vegne?

Hun så på Helen Bentley.

– Et godt stykke vej. Men nu har jeg et problem. Jeg må ind på de spærrede sider, men hvis jeg bruger din maskine, vil jeg øjeblikkeligt afsløre, både at jeg er i live, og ikke mindst hvor jeg er.

Hanne snøftede og tørrede sig under næsen med en pegefinger.

– Ja, det er et problem. Hvad gør vi ved det?

– Min computer, sagde Inger Johanne forbavset og stak en pegefinger i vejret. – Hvad med at bruge den?

– Din computer?

– Har du en pc? Her?

De to andre så skeptisk på hende.

– Den ligger i bilen, sagde Inger Johanne ivrigt. – Og den er registreret på Universitetet i Oslo. Den giver selvfølgelig også en IP-adresse fra sig, men det vil tage længere tid at … Først skal de i kontakt med Universitetet, så må de finde ud af, hvem maskinen er udlånt til, og så må de til sidst finde ud af, hvor jeg befinder mig. Det er faktisk kun …

Hun så skyldbevidst på mobiltelefonen.

– … Yngvar, som ved det, tilføjede hun endnu mere dæmpet. – Og han ved det egentlig heller ikke helt.

– Ved du hvad, sagde præsidenten. – Det tror jeg er en god idé. Jeg har kun brug for et par timer. Og det er formodentlig den tid, vi kan købe os ved at benytte en anden computer.

Hanne var den eneste, som stadig virkede dybt skeptisk.

– Nu ved jeg ikke meget om IP-adresser og den slags, sagde hun. – Men er nogen af jer overhovedet sikre på, at det vil gå? At det ikke er selve linjen, der spores?

Inger Johanne og Helen Bentley udvekslede blikke.

– Jeg er ikke sikker, sagde præsidenten. – Men den chance er jeg simpelthen nødt til at tage. Vil du hente den?

– Selvfølgelig, sagde Inger Johanne og rejste sig. – Det tager bare fem minutter.

Idet yderdøren smækkede efter hende, gik Helen Bentley hen til stolen ved siden af Hannes kørestol. Hun satte sig ned. Det så ud, som om hun ikke kunne finde de rigtige ord. Hanne så udtryksløst på hende, som om hun havde alverdens tid.

– Hannah. Har du ... Du siger, at du er pensioneret fra politiet. Har du våben i huset?

Hanne rullede stolen væk fra bordkanten.

– Våben? Hvad skal du med ...

– Schh, sagde præsidenten, og stemmen havde pludselig et sting af autoritet, som fik Hanne til at stivne. – Vær så venlig at ... Jeg vil helst ikke have, at Inger Johanne skal vide noget om det her. Jeg ville ikke selv have brudt mig om at have mit etårige barn i samme lejlighed som et ladt våben. Og jeg tror selvfølgelig ikke, det bliver nødvendigt at bruge det. Men du må huske, at ...

– Ved du, hvorfor jeg sidder her? Har den tanke overhovedet strejfet dig? Jeg sidder i denne her fordømte stol, fordi jeg blev skudt. Jeg fik rygraden revet over af en kugle. Mit forhold til våben er ikke netop hjerteligt.

– Hannah! *Hannah! Hør på mig!*

Hanne kneb munden sammen og så Helen Bentley lige i øjnene.

– Jeg er normalt et af verdens bedst bevogtede mennesker, sagde præsidenten lavmælt, som om hun var bange for, at Inger Johanne allerede var tilbage. – Jeg har tungt bevæbnede vagter omkring mig overalt, hele tiden. Det er ikke tilfældigt, Hannah. Det er ganske enkelt nødvendigt. I det øjeblik det bliver kendt, at jeg opholder mig i denne lejlighed, er jeg fuldstændig forsvarsløs. Indtil de rette mennesker kommer og henter mig og igen kan sætte mig under beskyttelse, må jeg være i stand til at forsvare mig. Jeg tror, du forstår det, hvis du tænker dig om.

Det blev Hanne, som måtte trække øjnene til sig først.

– Jeg har våben, sagde hun til sidst. – Og ammunition. Jeg har aldrig fået fjernet de tunge stålskabe, og de ... Er du god?

Præsidenten smilede skævt.

– Mine lærere ville nok have protesteret mod sådan en påstand. Men jeg kan håndtere et skydevåben. Jeg er *Commander in Chief, remember?* Hanne sad stadig udtryksløs og studerede bordpladen.

– Én ting til, sagde Helen Bentley og lagde hånden på Hannes underarm. – Jeg tror, det er bedst, at I alle sammen går. Tager væk fra lejligheden. I tilfælde af at der skulle ske noget.

Hanne løftede hovedet og stirrede på hende med et udtryk af overdreven vantro. Så begyndte hun at le. Hun lo højt, lagde hovedet tilbage og skraldgrinede.

– Jamen, pøj, pøj med det, hikstede hun. – Jeg rokker mig ikke ud af pletten. Og med hensyn til Marry har hun en tilværelsesradius på tredive meter. Du får hende aldrig, og jeg gentager *aldrig,* til at gå herfra. Det sker en sjælden gang, at jeg får hende overtalt til at gå ned i kælderen, men det vil du ikke kunne klare. Med hensyn til ...

– Her er jeg, sagde Inger Johanne stakåndet. – Det er for resten blevet rigtigt sommervejr udenfor!

Hun satte den bærbare pc fra sig på køkkenbordet. Med vante bevægelser pluggede hun en ekstern mus ind, lagde en måtte frem, satte el-ledningen til og tændte for maskinen.

– *Voilà,* sagde hun og loggede sig på. – Værsgo, *Madam President*. En pc, det vil tage tid at spore!

Hun var så oprømt, at hun ikke lagde mærke til Hannes bekymrede mine, da hun rullede stolen væk fra bordet, vendte den og langsomt kørte videre ind i lejligheden. Gummihjulene peb tyndt mod parketgulvet. Lyden forsvandt ikke, før de hørte en dør blive lukket længst inde i den enormt store lejlighed.

11

Den unge mand, som sad foran en monitor i et lillebitte kontor ikke så langt fra *The Situation Room* i Det Hvide Hus, mærkede, at bogstaver og tal var begyndt at danse for øjnene. Han kneb dem hårdt i, rystede på hovedet og prøvede igen. Men det var stadig vanskeligt at fæstne blikket på én række, én kolonne. Han forsøgte at massere sig selv i nakken. Den beske lugt af døgngammel sved slog op fra armhulerne og fik ham til beskæmmet at klemme overarmene ind til kroppen, idet han håbede, at ingen ville komme forbi netop nu.

Det var ikke den slags, han havde taget en universitetsuddannelse for. Da han som færdig dataingeniør med kun to års praksis i erhvervslivet fik arbejde i Det Hvide Hus, havde han næsten ikke turdet tro sit eget held. Nu, fem måneder senere, var han allerede træt af det. Han havde bevist sin kapacitet i det lille datafirma, han var blevet headhuntet til efter eksamen, og troede, det var hans indiskutable evner som programmør, som havde fået præsident Bentleys administration til at kapre ham.

Men han havde først og fremmest følt sig som stikirenddreng i snart et halvt år.

Og nu sad han her i et indelukket rum uden vinduer, svedig og stinkende på treogtyvende time og stirrede på koder, som flimrede over skærmen i et kaos, han var sat til at skabe en slags orden i. I hvert fald var det vigtigt, at han fulgte med.

Han satte fingrene mod øjenhulerne og pressede.

Han følte sig så udmattet, at han ikke engang var søvnig længere. Det var bare, som om hjernen havde sagt stop. Den ville ikke mere. Han private harddisk var logget af, følte han, og lod resten af kroppen sejle sin egen sø. Hænderne var følelsesløse, og en stikkende smerte over lænden havde plaget ham i flere timer.

Han åndede langsomt ud og spærrede øjnene op for at tvinge lidt fugtighed frem. Egentlig burde han have haft noget at drikke, men han kunne ikke holde pause før om et kvarter.

Han måtte prøve at få et brusebad.

Der var noget.

Et eller andet.

Han blinkede og lod fingrene løbe hurtigt over tastaturet. Skærmbilledet frøs. Han løftede tøvende hånden og lod pegefingeren følge en kolonne fra venstre til højre, inden han igen hamrede løs på tastaturet.

Et nyt billede kom op.

Det kunne ikke være rigtigt.

Det var rigtigt, og det var ham, der havde set det. Han, som pludselig overhovedet ikke fortrød jobskiftet, havde opdaget det her før nogen anden. Igen fór fingrene over tastaturet foran ham. Til sidst trykkede han på printerikonet, greb telefonen og ventede spændt på næste skærmbillede.

– *She's alive,* hviskede han og glemte helt at trække vejret. – *She's fucking alive!*

12

– Det her er det smukkeste sted i hele Oslo, sagde Yngvar Stubø og pegede mod en enlig bænk nede ved vandet. – Jeg tænkte, at vi begge to kunne have godt af lidt frisk luft.

Sommeren havde overfaldet byen. I løbet af et døgn var temperaturen steget med næsten ti grader. Solen farvede det meste af himlen kridhvid i en eksplosion af lys. Det virkede, som om træerne langs Akerselva havde fået en dybere grøn farve bare i løbet af formiddagen, og der var så meget pollen i luften, at Yngvars øjne var begyndt at løbe, så snart de var stået ud af bilen.

– Er det her en park? spurgte Warren Scifford uden at vise påfaldende interesse. – En stor park?

– Nej. Det er udkanten af byen. Eller udkanten af skoven, hvis man vil sige det på den måde. Det er her, de mødes, træer og huse. Fint, ikke? Sæt dig ned.

Warren så skeptisk på den beskidte bænk. Yngvar tog et

lommetørklæde frem og tørrede resterne af 17. maj-festen af. Lidt størknet chokoladeis, en stribe ketchup og noget, han helst ikke ville vide, hvad var.

– Sådan. Sæt dig så.

Op af en plasticpose trak han to enorme, sammenklappede rundstykker i plastfolie og et par dåser Cola light.

– Jeg må tænke på vægten, sagde han og anbragte det hele på bænken imellem dem. – Jeg kan bedst lide almindelig cola. *The real thing*. Men du ved ...

Han klappede sig på maven. Warren sagde ingenting. Han rørte ikke maden. I stedet sad han og fulgte tre canadagæs med øjnene. En lille hund, halvt så stor som den største fugl, blev jaget rundt på den store græsbakke ned mod vandet. Det så ud til, at den kunne lide det. Hver gang den største gås havde jaget den væk med klaprende næb, vendte det kvikke dyr lynhurtigt rundt og løb gøende tilbage i siksak.

– Skal du ikke have noget? spurgte Yngvar med munden fuld af mad.

Warren sagde stadig ingenting.

– Hør nu her, sagde Yngvar og sank en mundfuld. – Jeg har nu engang fået som opgave at følge dig rundt. Det bliver mere og mere åbenlyst, at du ikke er særlig opsat på at informere mig om noget som helst. Eller os. Informere os. Så kan vi ikke bare ...

Han hapsede en stor bid af rundstykket.

– ... hygge os i stedet?

Ordene forsvandt i al maden.

Hunden var blevet træt. Den var omsider fløjtende ligeglad med de snadrende gæs og vimsede langs vandkanten med snuden i jorden op mod Mariadalsvannet.

Yngvar spiste videre i tavshed. Warren vendte ansigtet op mod solen, lagde venstre fod på højre knæ og lukkede øjnene mod det blændende lys.

– Hvad er der? spurgte Yngvar, da han var færdig med sit eget rundstykke og havde brækket halvdelen af Warrens af til sig selv.

Han krøllede plastfolien sammen og smed den ned i posen, åbnede den ene dåse og drak.

– Hvad er der egentlig med dig? gentog han og prøvede at undertrykke et ræb.

Warren blev siddende ubevægelig.

– Som du vil, sagde Yngvar og tog et par solbriller op af brystlommen.

– Der er en satan derude, sagde Warren uden at skifte stilling.

– Mange, nikkede Yngvar. – Alt for mange, hvis du spørger mig.

– Der er én, som vil knække os.

– Jaså …

– Han er begyndt. Problemet er, at jeg ikke ved, hvordan han har tænkt sig at fortsætte. Desuden er der ingen, som vil lytte til mig.

Yngvar prøvede at sætte sig bedre til rette på den ukomfortable træbænk. Et øjeblik lagde han foden på knæet ligesom Warren. Maven protesterede mod trykket, og han lod foden falde ned igen.

– Jeg sidder her, sagde han. – Og jeg er lutter øren.

Endelig smilede Warren. Han lagde en flad hånd over øjnene som skygge for solen og så sig omkring.

– Her er virkelig smukt, sagde han lavmælt. – Hvordan går det med Inger Johanne?

– Fint. Helt fint.

Yngvar rodede i posen og trak en plade chokolade op. Han rev papiret af og bød Warren.

– Nej tak. Hun er, hånden på hjertet, den dygtigste og skarpeste studerende, jeg nogen sinde har haft.

Yngvar så på chokoladen. Så pakkede han den ind igen og stoppede den i posen.

– Inger Johanne har det godt, gentog han. – Vi fik en datter sidste vinter. Sund og kvik unge. Derudover tror jeg, vi skal undgå emnet, Warren.

– Er det så slemt? Er hun stadig …

Yngvar tog solbrillerne af igen.

– Ja. Så slemt er det. Jeg vil ikke tale om Inger Johanne med dig. Det ville være grundlæggende illoyalt. Desuden har jeg ikke spor lyst. Okay?

– Selvfølgelig.

Amerikaneren bukkede let og slog undskyldende ud med hånden.

– Min allerstørste svaghed, sagde han og smilede stramt. – Kvinder.

Yngvar havde ikke noget at sige. Han begyndte at tvivle på hele denne udflugt. En time tidligere, da Warren pludselig var dukket op på Peter Salhus' kontor uden forvarsel og uden egentlig at have noget på hjerte, troede Yngvar, at et brud på rutinen måske kunne få dem tilbage på talefod.

Men det var i hvert fald ikke Inger Johanne, han ville tale om.

– Ved du, fortsatte Warren. – Somme tider når jeg ligger vågen om natten og sveder over de fejl, jeg har begået i mit liv, så slår det mig, at de alle har noget at gøre med kvinder. Og nu er jeg i den situation, at hvis præsident Bentley ikke bliver fundet i live, så er min karriere forbi. En kvinde holder hele min tilværelse i sine hænder.

Han sukkede demonstrativt.

– Kvinder. Jeg forstår mig ikke på dem. De er uimodståelige og ubegribelige.

Yngvar mærkede, at han skar tænder. Han koncentrerede sig om at lade være. Det var næsten umuligt, og han masserede sin kind let for at prøve at slappe af.

– Du er ikke enig, sagde Warren med en kort latter.

– Nej.

Yngvar rettede sig op med en pludselig bevægelse.

– Nej, gentog han. – Jeg finder de aller allerfærreste af dem uimodståelige. De fleste er også meget lette at forstå. Ikke altid, ikke hele tiden, men stort set. Men …

Han slog ud med armene og så til den anden side.

– … det kræver selvfølgelig, at man betragter dem som

ligeværdige mennesker.

– *Touché*, sagde Warren og smilede bredt op i solen. – Vældig politisk korrekt. Vældig … skandinavisk.

En kimende lyd skar gennem fuglekvidderen og bruset fra elven. Yngvar klappede sig på lommerne for at finde telefonen.

– Hallo! bjæffede han, da han endelig havde fundet den.

– Yngvar?

– Ja.

– Det er Peter.

– Hvem?

– Peter Salhus.

– Nå. Hej.

Yngvar skulle til at rejse sig og gå væk fra bænken, da han kom i tanker om, at Warren ikke forstod norsk.

– Noget nyt? spurgte han.

– Ja. Men bare mellem os, Yngvar. Kan jeg stole på det?

– Selvfølgelig. Hvad er det?

– Uden at gå i detaljer, så må jeg indrømme, at vi har … Ja, altså, vi har en ganske god fornemmelse for, hvad der foregår på den amerikanske ambassade. For nu at sige det sådan.

Pause.

De aflytter dem, tænkte Yngvar og greb den halvtomme colaflaske uden at drikke. *De aflytter denondelynemig en venligtsindet ambassade på norsk jord. Hvad i helvede skal …*

– De tror, præsidenten er i live, Yngvar.

Hans puls slog lidt hurtigere. Han rømmede sig og prøvede at sætte et pokerfjæs op. For at være på den sikre side vendte han ansigtet væk fra Warren.

– Og hvor skulle hun så være?

– Det er det, der er pointen, Yngvar. De mener, at præsidenten har været inde på en hjemmeside, som hun skal bruge kode for at komme ind på. Enten er det hende, eller også er det andre, som har narret disse koder ud af hende. Hvis det sidste er rigtigt, tyder også det på, at hun er i live.

– Men … Jeg er ikke helt …

– De har sporet hende til din kones IP-adresse. Det ved de heldigvis ikke endnu.

– Ing …

Han holdt inde. Han ville ikke nævne hendes navn i Warrens påhør.

– De har sporet en IP-adresse til en pc, som tilhører universitetet. Nu skændes de med ledelsen deroppe for at få at vide, hvem der benytter maskinen. Vi tror, vi kan klare at forsinke dem lidt, men ikke særlig længe. Men jeg tænkte … Jeg får Bastesen til at sende en patrulje hjem til dig for en sikkerheds skyld. Hvis der skulle være noget i de der rygter om, at FBI farer rundt på egen hånd, mener jeg. Og hvis jeg var dig, ville jeg tage hjem.

– Ja … Selvfølgelig … Tak.

Han afsluttede samtalen uden overhovedet at tænke på, at patruljen burde sendes et andet sted hen. Inger Johanne var ikke hjemme. Hun og Ragnhild var på Frogner. På en adresse, han ikke kendte.

Yngvar rejste sig brat.

– Jeg må gå, sagde han og begyndte at gå.

Plasticposen og en uåbnet dåse cola light blev stående tilbage efter ham. Warren stirrede forbavset på affaldet, inden han løb efter Yngvar.

– Hvad er det? spurgte han, da han indhentede ham.

– Jeg sætter dig af inde i byen, okay? Der er noget, jeg må finde ud af.

Den overvægtige krop gyngede tungt, da han begyndte at løbe hen mod bilen. Idet de satte sig ind, ringede Warrens telefon. Han svarede med korte ja'er og nej'er. Efter halvandet minut lagde han på. Da Yngvar et øjeblik tog øjnene fra vejbanen og så på amerikaneren, gav det et sæt i ham. Warren var askegrå. Han sad med halvåben mund, og det virkede, som om øjnene var ved at forsvinde ind i hovedet.

– De tror, de har fundet præsidenten, sagde han tonløst og stak telefonen i brystlommen.

Yngvar skiftede gear og kørte ud på Frysjaveien.

– Der er noget, der tyder på, at hun er sammen med Inger Johanne, sagde Warren, stadig i et usædvanlig tonløst stemmeleje. – Er vi på vej hjem til dig?

Satans, tænkte Yngvar fortvivlet. *De har allerede klaret det! Kunne I dog ikke have forsinket dem lidt mere!?*

– Jeg sætter dig af i byen, sagde han. – Derfra må du klare dig selv.

Med den ene hånd på rattet og i fuld fart op mod Maridalsveien prøvede han at ringe Salhus op igen. Ringetonen varede en evighed, før den automatiske telefonsvarer blev slået til.

– Peter, det er Yngvar, bjæffede han. – Ring til mig med det samme. Lige med det samme, forstår du?

Det bedste ville sikkert være at køre ad Ringveien til Smestad. At siksakke gennem byen på denne tid af døgnet ville tage evigheder. Han kastede bilen ind i rundkørslen oven over Ring 3 og accelererede vestpå.

– Hør her, sagde Warren lavmælt. – Jeg skal røbe en hemmelighed.

– På tide at du begynder at sige noget, mumlede Yngvar og hørte dårlig nok efter.

– Jeg er på kollisionskurs med mine egne. Og det er temmelig voldsomt.

– Det kan du sikkert tale med nogen om, men det bliver ikke mig.

Han skiftede bane for at komme forbi en lastbil og var tæt på at støde sammen med en lille Fiat, som havde anbragt sig forkert. Han bandede indædt, kom uden om Fiat'en og satte farten yderligere op.

– Hvis du nu er på vej til Inger Johanne, fortsatte Warren, – ... så bør du tage mig med. Det her er en mildest talt farlig situation, og jeg ...

– Du kommer ikke med.

– Yngvar! *Yngvar!*

Yngvar stod på bremsen. Warren, som ikke havde taget sele på, blev kastet frem mod instrumentbrættet. Han nåede at gribe for sig med armene. Yngvar lod bilen trille ud i nødsporet lige ved bomstedet neden for Rikshospitalet.

– Hvad? brølede han til amerikaneren. – *Hvad fanden er det, du vil?*

– Du kan ikke tage derhen alene. Jeg advarer dig. For din egen skyld.

– Ud. Ud af bilen. Nu.

– Nu? Her, midt på motorvejen?

– Ja.

– Det mener du ikke, Yngvar. Hør på mig ...

– Ud!

– Hør så på mig!

Stemmen havde fået en desperat klang. Yngvar prøvede at trække vejret regelmæssigt. Han knugede begge hænder om rattet og havde allermest lyst til at slå.

– Som jeg lige sagde til dig i parken: Jeg er en idiot, når det drejer sig om kvinder. Jeg har gjort så meget ...

Han holdt vejret, længe. Da han igen begyndte at tale, kom det i rasende fart:

– Men betvivler du mine evner som FBI-agent? Tror du, det er inkompetence, som har ført mig til, hvor jeg er i dag? Mener du virkelig, det er bedre for dig at gå alene ind i en situation, du ikke har det mindste overblik over, end at tage en agent med tredive års erfaring og som oven i købet bærer våben, med dig?

Yngvar bed sig i læben. Han sendte Warren et kort blik, satte bilen i første gear og drejede ud på kørebanen. Han tastede Inger Johannes nummer. Hun svarede ikke. Telefonsvareren blev heller ikke slået til.

– Fandens, sagde han med sammenbidte tænder og tastede 1881. – *For fanden i helvede.*

– Undskyld, lød det i den anden ende. – Hvad sagde du?

– En adresse i Oslo, tak. Hanne Wilhelmsen. Kruses gate, men hvilket husnummer?

Damen svarede surt efter få sekunder.

Idet de drejede af fra Ringveien for at komme op mod Smestad, tastede han endnu et nummer. Denne gang til vagthavende i kriminalpolitiet.

Han agtede på ingen måde at gå alene ind i en farlig situation.

Men han havde heller ingen planer om at tage en udenlandsk statsborger med; en, som han omsider havde fundet ud af, at han ikke kunne lide.

Overhovedet.

13

Helen Lardahl Bentley var mere forvirret efter at have været inde på de spærrede sider, end hun havde været inden. Der var så meget, som ikke stemte. *The BS-Unit* var åbenbart kørt ud på et sidespor. Det kunne selvfølgelig være, fordi Warren var gennemskuet. FBI kunne finde det formålstjenligt ikke at konfrontere ham med det endnu, samtidig med at de ville marginalisere mandens muligheder for at manipulere efterforskningen. Men samtidig forstod hun heller ikke, hvorfor den profil, Warrens mænd havde udarbejdet, i en så høj grad var miskrediteret af resten af systemet. Dokumentet virkede uhyre gennemarbejdet. Det stemte overens med alt det, de havde frygtet, fra de første, vage informationer om *Troja* havde nået FBI for blot seks uger siden.

Profilen skræmte hende mere end noget andet, hun havde fundet ud af.

Men der var et eller andet, som ikke stemte.

På den ene side virkede det, som om alle var enige om, at et angreb på USA var meget nært forestående. På den anden side havde ingen af de mægtige organisationer under *Homeland Security* fundet antydning af spor, der førte til nogen eksisterende eller kendt organisation. Det var, som om de klamrede sig til Jeffrey Hunters penge. De kunne spores til en fætter af den saudiarabiske olieminister og til et konsulentfirma, han ejede i Iran, men det var også alt. Hun kunne ikke se, at nogen var kommet videre ad dette spor, og hun blev skiftevis varm og kold, da hun begyndte at få en anelse om, med hvilken kraft den amerikanske regering med hendes egen vicepræsident i spidsen, var faret frem mod de to arabiske lande. Uden krypteringsudstyr kunne hun ikke komme ind på siderne, hvor selve korrepondancen var lagret, men det begyndte for alvor at gå op for hende, hvilken katastrofe landet blev styret frem imod.

Hun sad i et kontor, som lå inderst i lejligheden.

Da det ringede på døren, kunne hun derfor kun lige akkurat høre klokken. Hun spidsede ører. Det ringede på endnu en gang. Forsigtigt rejste hun sig og greb den pistol, som Hanne havde fundet frem og ladet for hende. Hun lod den være sikret, stak våbnet i bukselinningen og trak blusen ud over det hele.

Et eller andet var riv, rav, ruskende galt.

14

Uden for døren ind til Hanne Wilhelmsens lejlighed i Kruses gate stod Warren Scifford og Yngvar Stubø og skændtes højlydt.

– Vi venter, sagde Yngvar rasende. – Patruljen er her når som helst!

Warren rev sig løs fra det faste greb, nordmanden havde om hans arm.

– Det er *min* præsident! hvæsede han tilbage. – Det er *mit* ansvar at finde ud af, om *mit lands* øverste leder befinder sig bag denne dør. *Mit eget liv afhænger af det, Yngvar!* Hun er den eneste, som tror mig! Jeg vil under ingen omstændigheder vente på en flok skydeliderlige, uniformerede …

– Hallå! sagde en hæs stemme. – Hvad æ'ret?

Døren blev åbnet med en sprække på ti centimeter. En sikkerhedskæde i stål var udspændt i ansigtshøjde, hvor en ældre kvinde stirrede på dem med vildt opspærrede øjne.

– Du skal ikke lukke op, sagde Yngvar hurtigt. – For helvede, menneske, luk den dør nu!

Warren sparkede til. Kvinden fór tilbage med en strøm af eder. Døren var intakt. Yngvar greb fat i Warrens jakke, men mistede først grebet og så balancen. Han faldt og masede for at komme på benene igen. Desperat prøvede han at gribe fat i Warrens bukseben, men den ældre mand var i meget bedre træning. Da han rev benet løs, sparkede han samtidig Yngvar hårdt i skridtet. Han sank sammen som en sæk og var ved at besvime. Spektaklet fra kvinden på den anden side af døren ophørte brat, da endnu et spark fik sikkerhedskæden til at blive flået af. Døren blev slået op med et brag og ramte den gamle dame, som blev kastet bagover og landede i en skohylde.

Warren stormede ind med tjenestepistolen i hånden. Han standsede ved næste dør og søgte ly bag den, mens han råbte:

– Helen! Helen! *Madam President, are you there?*

Ingen svarede. Pludselig og med løftet våben gik han ind i det næste værelse.

Han stod i en stor stue. Ved vinduet sad en kvinde i kørestol. Hun bevægede sig ikke, og ansigtet var fuldstændig udtryksløst. Han lagde alligevel mærke til, at hendes øjne var rettet mod en dør i stuens bageste væg. I en sofagruppe sad endnu en kvinde med ryggen til og et barn på skødet. Hun knugede barnet ind til sig og virkede skræmt fra vid og sans.

Barnet skreg.

– Warren.

Madam President kom ind.

– Gudskelov, sagde Warren og gik to skridt frem, mens han stak tjenestevåbnet tilbage i hylsteret. – *Thank God, you're alive!*

– Stå stille.

– Hvad?

Han stoppede på stedet, da hun trak en pistol frem og rettede den imod ham.

– *Madam President*, hviskede han. – Det er mig! Warren!

– Du svigtede mig. Du svigtede Amerika.

– Jeg? Jeg har da ikke ...

– Hvordan fik du kendskab til aborten, Warren? Hvordan kunne du bruge sådan noget imod mig, du som ...

– Helen ...

Han prøvede endnu en gang at nærme sig, men trådte hurtigt et skridt tilbage igen, da hun hævede våbnet og sagde:

– Jeg blev narret ud af hotellet med et brev.

– På æresord ... Jeg aner ikke, hvad du taler om!

– Hænderne op, Warren!

– Jeg ...

– Hænderne op!

Langsomt strakte han armene i vejret.

– *Verus amicus rara avis*, sagde Helen Bentley. – Ingen andre kunne kende til det ordsprog, brevet var underskrevet med. Kun du og jeg, Warren. Kun os.

– *Jeg har mistet uret! Det blev... stjålet! Jeg ...*

Barnet hylede som besat.

– Inger, sagde præsidenten. – Tag din datter med dig og gå ind på Hannahs kontor. – Nu.

Inger Johanne rejste sig og løb over gulvet. Hun kastede ikke så meget som et blik i mandens retning.

– Hvis dit ur er stjålet, Warren, hvad er det så, du har om venstre håndled?

Hun afsikrede pistolen.

Uhyre langsomt, for ikke at provokere til noget, vendte han hovedet for at se. Trøjen var gledet lidt ned ad underarmen, da han løftede hænderne. Rundt om håndleddet sad et ur, et Omega Oyster med tal af diamanter og en inskription på bagsiden.

– Det er ... forstår du ... jeg troede, det var ...

Han lod hænderne synke.

– Stop! advarede præsidenten. – Op med dem!

Han så på hende. Armene hang slapt ned langs siderne. Håndfladerne var åbne, og han begyndte at hæve dem imod hende med en bydende, bedende gestus.

Madam President trykkede af.

Smældet fik selv Hanne Wilhelmsen til at fare sammen. Ekkoet dundrede i ørerne, og hun mærkede, at hørelsen forsvandt et øjeblik i en lang, pibende lyd. Warren Scifford lå ubevægelig på gulvet, på ryggen, med ansigtet opad. Hun rullede stolen hen til ham, bøjede sig ned og anbragte to fingre på hans hals. Så satte hun sig op og rystede på hovedet.

Warren havde et smil på læberne og let hævede øjenbryn, som om han i sekundet, inden han døde, havde tænkt på noget morsomt, en ironi, ingen anden kunne forstå.

Yngvar Stubø stod i døren. Han holdt sig i skridtet og var kridhvid i ansigtet. Da han så den døde skikkelse, stønnede han og vaklede videre.

– Hvem er du? spurgte præsidenten roligt; hun stod stadig midt på gulvet med pistolen i hånden.

– Han er en *good guy*, sagde Hanne lynhurtigt. – Politi. Inger Johannes mand. Du må ikke ...

Præsidenten løftede våbnet. Så rakte hun det til ham med kolben først.

– Men så er det vel bedst, at du overtager denne her. Og hvis det ikke er til for megen ulejlighed, vil jeg gerne have lov til at ringe til min ambassade nu.

I det fjerne hørtes høje sirener.

Lyden blev stærkere og stærkere.

15

Al Muffet havde båret liget af sin bror ned i kælderen og lagt ham i en gammel dragkiste, som formodentlig havde stået der, siden huset blev bygget. Den var ikke lang nok, så Al måtte lægge Fayed på siden med bøjede knæ og nakke som i fosterstilling. Det havde budt ham voldsomt imod at rive og slide sådan i liget, men til sidst havde han fået låget lukket. Broderens kuffert lå nu allerinderst i et rum under trappen.

Hverken broderen eller hans ting skulle blive der særlig længe. Det vigtigste var at fjerne alle spor, inden pigerne kom hjem fra skole. Hans døtre skulle ikke udsættes for at se deres døde onkel. De skulle ikke se deres far blive arresteret. Han måtte sende dem bort. Han kunne finde på en pludselig konference eller et andet vigtigt, udenbys møde og sende dem på besøg hos deres afdøde mors søster i Boston. De var for unge til at være alene hjemme.

Så ville han ringe til politiet.

Men først når pigerne var vel anbragt.

Det værste var Fayeds udlejningsbil. Al havde haft problemer med at finde bilnøglerne. De lå under sengen. Måske havde de oprindeligt ligget på natbordet, men var faldet ned under hans forsøg på at få Fayed til at røbe, hvad han vidste om præsident Bentleys bortførelse.

Al Muffet sad på trappen op til sit pittoreske New England-hus med ansigtet skjult i hænderne.

Hvad har jeg gjort? Hvad nu hvis jeg har taget fejl? Tænk, hvis det hele beror på en fatal og tilfældig misforståelse? Hvorfor kunne du ikke bare sige noget, Fayed? Kunne du ikke bare have svaret mig, før det var for sent?

Han kunne køre bilen ind i den gamle, faldefærdige lade. Der var ingen grund til, at pigerne skulle gå derind nu; så vidt han vidste, var der ingen af de vilde katte, som havde fået killinger for nylig. Det var kun kattekillinger, der kunne lokke Louise ind i laden, som var fuld af spindelvæv og edderkopper, som skræmte livet af hende.

Han kunne ikke engang græde. En iskold hånd havde taget et fast greb inde bag brystbenet og gjorde det vanskeligt at tænke og umuligt at tale.

Hvem skulle han i øvrigt også tale med, tænkte han mat.

Hvem kan hjælpe mig nu?

Han prøvede at rette ryggen og trække vejret.

Flaget var oppe på postkassen.

Fayed havde sagt noget om et brev.

Brevene.

Han kunne næsten ikke rejse sig. Han burde flytte bilen. Fjerne det sidste spor efter Fayed Muffasa og tage sig sammen, inden hans døtre kom. Klokken måtte være mindst tre, og Louise kom tidligt hjem i dag.

Benene kunne lige akkurat bære ham, da han gik ned ad indkørslen. Han så sig om til begge sider. Der var ingen tegn på mennesker nogen steder ud over lyden af en motorsav langt borte.

Han åbnede postkassen. To regninger og tre ens konvolutter.

Fayed Muffasa, c/o Al Muffet.

Og så adressen. Tre helt ens, temmelig tykke konvolutter, som var sendt til Fayed på Als adresse.

Mobiltelefonen ringede. Han lagde brevene ind i postkassen igen og stirrede på displayet. Ukendt nummer. Ellers var der ingen, som havde ringet til ham i løbet af hele denne forfærdelige dag. Han havde ikke lyst til at tale med nogen. Han var ikke længere sikker på, om hans stemme fungerede, og stak telefonen tilbage i brystlommen, tog brevene ud af postkassen og begyndte langsomt at gå tilbage mod huset.

Den, der ringede, gav ikke op.

Han standsede, da han nåede trappen, og satte sig ned.

Han måtte samle kræfter til at flytte den fordømte bil.

Telefonen ringede og ringede. Han orkede ikke høre på lyden længere, den var høj og skinger og fik ham til at fryse. Han trykkede på tasten med det grønne rør.

– Hallo, sagde han; han kunne næsten ikke tale. – Hallo?

– Ali? Ali Shaeed?

Han sagde ingenting.

– Ali, det er mig. Helen Lardahl.

– Helen, hviskede han. – Hvordan …

Han havde ikke set fjernsyn. Han havde ikke hørt radio. Han havde ikke været i nærheden af sin pc. Det eneste, han havde gjort hele dagen, var at fortvivle over en død bror og prøve at finde ud af, hvordan tilværelsen skulle få mening for hans piger efter dette.

Endelig begyndte han at græde.

– Ali, hør på mig. Jeg sidder i et fly over Atlanten. Det er derfor, lyden er dårlig.

– Jeg har ikke svigtet dig, råbte han. – Jeg lovede dig aldrig at svigte, og det løfte har jeg holdt.

– Jeg tror dig, sagde hun roligt. – Men du forstår sikkert, at vi er nødt til at undersøge det her nærmere. Det første, jeg vil bede dig om at gøre ...

– Det var min bror, sagde han. – Min bror havde talt med min mor, da hun døde, og ...

Han tav og holdt vejret. I det fjerne hørte han motorlarm. En støvsky rejste sig bag de store lønnetræer. En dump, roterende lyd fik ham til at vende sig mod vest. En helikopter cirklede over trætoppene. Piloten ledte åbenbart efter en landingsplads.

– Hør på mig, sagde Helen Bentley. – Hør på mig!

– Ja, sagde Al Muffet og rejste sig. – Jeg hører.

– Det er FBI, som kommer. Du skal ikke være bange, okay? De tager kun imod ordrer direkte fra mig. De kommer for at tale med dig. Fortæl dem alt. Hvis du ikke er indblandet i det her, vil alt gå godt. Det lover jeg dig.

En sort bil drejede op af indkørslen og nærmede sig langsomt.

– Du skal ikke være bange, Ali. Bare fortæl dem alt, hvad der er at fortælle.

Samtalen blev afbrudt.

Bilen standsede. To mørkklædte mænd steg ud. Den ene smilede og rakte hånden frem.

– *Al Muffet, I presume.*

Al tog hånden, som føltes varm og fast.

– Jeg hører, du er en ven af *Madam President*, sagde agenten og ville ikke slippe hans hånd. – Og en ven af præsidenten er en ven af mig. Skal vi gå indenfor?

– Jeg tror, sagde Al Muffet og sank. – Jeg tror, du skal tage dig af de her.

Han rakte ham de tre konvolutter. Manden så udtryksløst

på dem, inden han tog imod dem med to fingre alleryderst på papiret og gjorde tegn til kollegaen om at komme med en pose.

– Fayed Muffasa, læste han hurtigt med hovedet på skrå, inden han så op. – Hvem er det?

– Det er min bror. Han ligger i en kiste i kælderen. Jeg har dræbt ham.

FBI-agenten så på ham et langt øjeblik.

– Jeg tror, det er bedst, vi går ind, sagde han og klappede Al Muffet på skulderen. – Det virker, som om vi har en masse at rydde op i.

Helikopteren var landet, og der blev endelig helt stille.

16

Der var kun en time tilbage af torsdag den 19. maj 2005. Den intense sommervarme havde holdt sig hele dagen og lå tilbage som en lun, vindstille sen aften. Inger Johanne havde åbnet alle vinduerne i stuen. Hun havde badet sammen med Ragnhild, som lykkelig og dødtræt var faldet i søvn i samme øjeblik, hun var blevet lagt i sin egen, velkendte seng. Selv følte hun sig lige så glad som den etårige. At komme hjem var som en renselse, følte hun. Bare det at gå igennem yderdøren havde næsten fået hende til at græde af lettelse. De var blevet holdt tilbage af Politiets Sikkerhedstjeneste så længe, at Yngvar til sidst havde tilkaldt Peter Salhus og truet ham med at rive hele stakken af de tavshedsløfter, han havde underskrevet, i stykker, hvis de ikke øjeblikkeligt fik lov til at tage hjem.

– Jeg tror i hvert fald, vi kan afskrive flere børn, sagde Yngvar, da han med spredte ben vaklede over gulvet, iført et par løsthængende pyjamasbukser, som for en sikkerheds skyld var klippet op i skridtet. – Jeg har ikke oplevet noget, der gjorde så ondt, i hele mit liv.

– Så skulle du bare prøve at føde, smilede Inger Johanne

og klappede på sofaen ved siden af sig. – Lægen sagde, at det ordnede sig. Prøv, om du kan klare at sætte dig her.

– *... og var altså en sammensværgelse i amerikanernes egne rækker. Præsident Bentley oplyste under en pressekonference på Gardermoen, at ...*

Fjernsynet havde kørt, siden de kom hjem.

– Det ved man jo ikke helt sikkert, sagde Inger Johanne. – At det kun var amerikanerne, mener jeg.

– Det er den sandhed, de ønsker, at vi skal kende. Det er den sandhed, der betaler sig bedst netop nu. Det er simpelthen den sandhed, som fører til lavere oliepriser.

Yngvar ømmede sig, da han satte sig til rette med skrævende ben.

– *... efter en dramatisk skudepisode i Kruses gate i Oslo, hvor den amerikanske FBI-agent Warren Scifford ...*

Det billede, de viste, måtte være et pasfoto. Han lignede en forbryder med et tvært udtryk og halvt lukkede øjne.

– *... blev skudt og dræbt af en norsk, ikke navngivet efterretningsofficer. Kilder ved den amerikanske ambassade i Oslo oplyser, at sammensværgelsen bestod af en meget begrænset gruppe mennesker, og at samtlige disse nu er i myndighedernes varetægt.*

– Det mest imponerende ved alt det her er i virkeligheden, hvordan de har evnet at koge denne historie sammen på så kort tid, sagde Inger Johanne. – Især det med at præsidenten slet ikke var kidnappet, men selv havde valgt at gå under jorden som led i afsløringen af et planlagt attentat. Har de den slags scenarier liggende, eller hvad?

– Måske. Næppe. Vi kommer til at se en mesterlig røgsløring i de kommende dage. Hvis de ikke lige har historierne liggende grydeklare, så har de i hvert fald folk, som er eksperter i den slags. De filer og snedkererer og koger sammen. Til sidst har de en fortælling, som de allerfleste vil slå sig til tåls med. Og så kommer konspirationsteorierne. Det her vil i sandhed blive guf for paranoikerne. Men dem er der jo ingen, som lytter til. Og sådan går verden sin skæve gang, lige indtil det er umuligt at vide, hvad der er sandhed og løgn, og ingen strengt taget gider interessere sig for det længere. Det er mest behageligt på den måde. For os alle. Av for satan, hvor gør det ondt!

Han jamrede sig.

– *… ventet, at præsident Bentley, som lander i sit hjemland om få timer, vil komme med en uforbeholden undskyldning over for Saudi-Arabien og Iran. Der er annonceret en tale til det amerikanske folk i morgen klokken …*

– Sluk, sagde Yngvar og lagde armen om Inger Johanne.

Han kyssede hende i tindingen.

– Vi har hørt nok. Det er jo det rene løgn og latin alt sammen. Jeg gider ikke høre mere.

Hun tog fjernbetjeningen. Der blev stille. Hun krøb tættere ind til ham og strøg ham forsigtigt over den behårede underarm. Sådan sad de længe, og hun mærkede lugten af Yngvar og lykken over, at sommeren endelig var kommet.

– Du, sagde han lavt; hun var lige ved at falde i søvn.

– Ja.

– Jeg vil vide, hvad Warren gjorde imod dig.

Hun svarede ikke. Men hun trak sig heller ikke væk, som hun ellers altid gjorde ved den mindste omtale af den ømme byld, som havde ligget imellem dem, siden de mødte hinanden allerførste gang en varm forårsdag for næsten nøjagtig fem år siden. Hun holdt heller ikke op med at trække vejret, hun vendte sig ikke væk. Han kunne ikke se hendes ansigt, sådan som de sad, men det virkede ikke, som om hun lukkede sig og kneb munden sammen, bogstaveligt talt, sådan som hun ellers altid gjorde.

– Jeg synes, det er på tide, sagde han og satte munden helt hen til hendes øre. – Det er vist på tide nu, Inger Johanne.

– Ja, sagde hun. – Det er på tide.

Hun tog en dyb indånding.

– Jeg var kun treogtyve år, og vi var i DC for at …

Da de gik i seng, var klokken blevet tre.

En ny dag var så småt begyndt at krybe ind over trætoppene mod øst, og Yngvar kom aldrig til at vide, at han ikke var den første, som blev indviet i Inger Johannes smertefulde hemmelighed.

Det var ikke vigtigt, tænkte hun.

Den allerførste var præsident i Amerika, og de skulle aldrig møde hende igen.

Fredag den 20. maj 2005

Da nyheden om, at præsident Bentley alligevel var i live, løb verden rundt torsdag aften, europæisk tid, havde Abdallah al-Rahman afbrudt alle sine sædvanlige gøremål og lukket sig inde på kontoret i østfløjen.

Klokken var blevet seks næste morgen. Han følte sig ikke specielt træt, selv om han havde været vågen hele natten. Flere gange havde han prøvet at tage en kort lur på den lave divan foran plasmaskærmen, men en voksende uro holdt ham vågen.

Præsidenten var ved at lande på en ikke navngivet militær flybase i USA. CNN-reporterne kommenterede i munden på hinanden for at gætte på, hvor hun rent faktisk var. *US Air Forces* egne fotografer, som sendte direkte optagelser videre til alverdens tv-stationer, var imidlertid meget omhyggelige med at styre uden om både omgivelser og bygninger, som kunne give det mindste hint om, hvor præsidenten igen satte foden på amerikansk jord.

Det hele var ikke forbi endnu.

Uden at slukke for lyden på fjernsynet satte Abdallah sig ved pc'en.

Han tastede en række søgeord ind for sjette gang på seks timer. Flere tusinde opslag blev tilgængelige, så han indsnævrede søgningen. Nu kom han ned i et par hundrede. Lidt tvivlende skrev han endnu et ord i søgefeltet.

Fem artikler.

Han scrollede hurtigt gennem de fire af dem. De indeholdt intet af interesse.

Den femte fortalte ham, at det trojanske angreb aldrig ville finde sted.

Han forstod det efter at have læst ganske få linjer, men tvang sig til at læse hele artiklen igennem tre gange, før han loggede af og slukkede maskinen.

Han gik hen til divanen, lagde sig ned og lukkede øjnene.

FBI havde slået til i en lille by i Maine med helikopter og stort mandskab. Lokale reportere havde fantasifuldt nok koblet sagen til Helen Bentley, og det varede knap en time, før stedet var omringet af journalister fra hele delstaten. Lokalt politi kunne imidlertid berolige offentligheden med, at det drejede sig om noget helt andet. I samarbejde med FBI havde de længe været i hælene på en bande, som fangede udrydningstruede fugle med henblik på salg til det illegale marked. En lokal dyrlæge havde været meget behjælpelig under efterforskningen. Desværre var en af fuglejægerne blevet dræbt under pågribelsen, men politiet havde for øvrigt alt under kontrol. Billedet af dyrlægen, som fulgte artiklen, viste en mand, der lignede Fayed så meget, at kun overskægget adskilte dem.

Fayed havde svigtet.

Fayed skulle sætte angrebet i gang ifølge instrukser i de kodede breve, Abdallah havde ofret tre kurerer for at få sendt til ham.

Fayed var død, og *Madam President* var tilbage på sin plads.

Abdallah al-Rahman åbnede øjnene og rejste sig fra divanen. Langsomt begyndte han at rive nålene ud af kortet. Han sorterede nålene efter farve. De kunne finde anvendelse senere.

Det bankede let på døren.

Han studsede over tidspunktet. Alligevel åbnede han. Udenfor stod hans yngste søn. Han var klædt på til at ride og virkede utrøstelig.

– Far, græd Rashid. – Jeg skulle ride morgentur med de

andre. Men så faldt jeg af hesten, og så red de andre bare fra mig. De siger, jeg er for lille, og ...

Drengen hulkede og viste faderen en stor hudafskrabning over albuen.

– Så, så, sagde Abdallah og satte sig på hug foran sønnen. – Du skal bare prøve igen. Du kan aldrig lære noget uden at prøve om og om igen. Nu skal jeg gå med dig, og så rider vi en tur sammen.

– Jamen ... jeg bløder, far!

– Rashid, sagde Abdallah og pustede på såret. – Vi lader os ikke slå ud af et lille nederlag. Det gør ondt et stykke tid, men så prøver vi igen. Lige indtil det lykkes. Forstår du?

Drengen nikkede og tørrede sine øjne.

Abdallah tog sønnens hånd i sin. Idet han skulle til at lukke døren bag dem, faldt hans blik på det store billede af Amerika. Et par steder sad en nål tilbage i kortet, på skrå, i et spredt mønster uden system og struktur.

2010, tænkte han og stod stille og smagte lidt på årstallet. *Inden da er jeg stærk nok til et nyt forsøg. Inden 2010.*

– Hvad sagde du, far?

– Ikke noget. Lad os gå.

Han havde allerede besluttet sig.

Forfatterens efterskrift

I denne bog har jeg taget mig friheder med enkelte offentlige personer ved at lægge dem ord i munden. Jeg har gjort mig umage med at gøre dette med tilbørlig respekt og håber, at det er lykkedes mig.

Stor frihed har jeg taget mig med en bygning i Oslo, Thon Hotel Opera, som i bogen bare hedder Hotel Opera. Jeg havde brug for hotellets beliggenhed til at fortælle historien, og jeg har holdt mig til virkeligheden med hensyn til bygningens ydre arkitektur og placering. Indvendig er hotellet i denne bog imidlertid et rent produkt af min fantasi. Det samme gør sig naturligvis gældende med hensyn til de hotelansatte, som optræder i romanen.

Larvik, juni 2006
Anne Holt